Queillerie
is 'n druknaam van NB-Uitgewers,
'n afdeling van Media24 Boeke (Edms.) Beperk,
Heerengracht 40, Kaapstad

Omslagontwerp deur Michiel Botha
Omslagfoto's: Jeff Hire en iStockphoto
Skrywersfoto: Brenda Veldtman
Geset in 11.5 op 15 pt Dante deur Susan Bloemhof

Oorspronklik gedruk in Suid-Afrika
ISBN 978-0-7958-0092-4 (Eerste uitgawe, eerste druk 2015)

LSiPOD: 978-0-7958-0157-0 (Tweede uitgawe, eerste druk 2017)
ISBN 978-0-7958-0093-1 (epub)
ISBN 978-0-7958-0094-8 (mobi)

Judaskus

RUDIE VAN RENSBURG

Proloog

Jopie Bleekwater neurie 'n wiegeliedjie uit sy kinderdae terwyl hy die binnegoed van 'n vullissak inspekteer. Hy vroetel deur die inhoud. Dié mense het vis gevreet dat dit by hulle ore uitkom. Soveel grate en visbokse het hy nog nie in een sak raakgeloop nie. Dis net I&J en Sea Harvest waar jy kyk.

Hy swaai wild met sy arms om twee lastige seemeeue te verwilder. "Voertsek! Hier's 'n hele blerrie misipale dumping area vir julle en da' kom neuk julle hier om my rond!"

Hy kom op 'n wekker af, skud dit 'n paar keer, maar die wysers bly staan. "Kort dalk net nuwe batteries," mompel hy en sit die wekker in een van die sakke in sy Checkers-trollie. 'n Gekraakte koppie en gebuigde naelvyl vind ook hulle weg na sy trollie. Sy vrougoed gaan bly wees oor die vyl . . . en oor die botteltjie Vaseline wat hy vroeër ontdek het. Hy't al vir haar 'n hele pharmacy opgebou.

"Haai, Jopie Bleekwater, en as jy va'oggend so sitten woel met jou eie thoughts?" sê 'n stem agter hom.

Dis Beauty Appel. Sy staan onvas op haar maer bene en wieg. Seker weer die bloutrein gery.

"Nee, Beauty, ek werk vandag om kla' te kry. Ga' nie heeldag hier rondhang tussen die meeue en die stink nie. Da' wag werk by die huis, die vrougoed is besig om die shack te redecorate."

"Oeee, ghrênd, nè! Ek moet seker ok weer shack opsit. Die geslapery onner die brug issie goed vir my bors 'ie." Sy druk 'n droë hoesie uit terwyl sy in die trollie loer. "Al iets van value gekry?"

"Ja," spog Jopie, "'n wekker . . . hou tyd en als. Ma' verder kyk ek ma' nog. Mens weet mos nooit wanneer jy iets groots ga' strike nie."

"Reken, nè? Verlere week kry ek toe mos 'n vacuum cleaner hier. Spotless, sê ek jou, Jopie. Van die expensive soort ok nog."

"En toe?"

"Nee, fok, wat sal ek nou met 'n Hoover onner die brug maak?" lag sy met 'n tandelose mond. "Het ou Sammy Tieties geruil . . . vir 'n drinkdingetjie. Dit hou my at least warm innie aande."

Sy hurk langs hom en skeur 'n sak oop, beskou die inhoud met 'n geoefende oog. "Kyk nou hier! Net 'n spul vuil babydoeke. Arme kind het omtrent aan't kakke gegaan."

"Ja, 'n baby se maag kan mos ma' neuk."

Beauty vroetel tussen die sakke, spring dan skielik vervaard op. "Jou wetterse duiwel!" skree sy en beduie na die sak wat sy oopgeskeur het. "Kyk daar, Jopie, dan sê jy vir my of my oë my verneuk!"

Hy staan op en leun versigtig oor die sak. "Hiertjy!" skree hy en gee 'n paar treë terug. "Dis 'n blerrie skeletonvinger, Beauty! 'n Mens sinne!"

"Sê ek mos, Jopie!"

Hulle skuifel stadig nader. Jopie skiet die gebeente met 'n stokkie uit die sak. Die boonste lit breek af toe dit op die grond val.

"Nogals brittle ok," sê Beauty.

Jopie druk-druk met die stokkie daaraan. "Al lankal afgesny," oordeel hy. "Dis ou been hierie. Het lank iewers innie nat gelê, kyk hoe't die mos oppie ding gegroei. Ons sal die poelieste seker moet loop vertel." Hy krap die boonste lit nader en skuif dit teenaan die res.

"Boggher die poelieste, Jopie." Sy spoeg 'n kousel met 'n boog op die grond. "Nee, los die poelieste uit. Ons willie onnodig problems vir onsselwers maakie."

"Ja, jy's seker reg. Dis after all net 'n vinger." Hy krap verder in die sak. "Kom ons kyk net of hier nie nog anner body parts issie."

6

Beauty hurk oor die vinger. "Dis mos 'n helse lang vinger dié! Sieka 'n man s'n gewees."

Jopie staan steunend op. "Nee, hier's net 'n klomp ou blare in." Hy gaan hurk langs Beauty.

"Iewers in Canada of Japan of een of ander African country kap hulle mos mense se hanne af wat steel." Beauty giggel. "Wonner wat hy gedoen het om sy vinger afgekap te kry . . . dalk oppie verkeerde plek ingedruk."

Jopie bekyk die gebeente fronsend. "Ja, isse lang vinger." Hy meet versigtig met sy wysvinger. "Blerrie lank, moet 'n groot ou wees. Hy was seker'ie pleased toe hulle sy vinger sommerso afsit 'ie."

"Hy't dalk self sy vinger afgesit."

"Nou hoekom sal hy só stupid wees?"

"My oompie het sy vinger met 'n electric saag afgesny, maar dit was 'n accident," sê Beauty. "Dit kon gebeur het, hoor!"

"Ja," gee Jopie toe, "ma' dan kook jy nie eers die vleis af en gooi die been sommer saam met die anner garden rubbish in 'n sak nie."

"Nou wat moes hy doen? Dit innie backyard begrawe?"

"Die dokters werk nou se dae 'n vinger weer aan." Jopie skud sy kop, druk sy kakiepet reg. "Ons sal seker ma' net ka' raai oor wat gebeur het."

Sy kom regop. "Ja, nou't ek ok als gesien. 'n Skeletonvinger!"

Hy kap 'n paar keer met sy hak in die harde grond, buk af en vee die los kluite eenkant toe. Dan krap hy die beentjies tot in die gat, gooi dit toe en trap die grond vas.

"Nou vir wat begrawe jy dit?" vra sy verbaas.

"Dit ka' mos nou nie so vingeralleen hier lê nie, Beauty!"

Sy trek 'n nuwe sak nader en skeur dit oop. "Fok, Moedertjie Maria!" roep sy uit en slinger die sak eenkant toe. Sy retireer 'n paar treë, haar hande op haar wange.

7

"Wat byt nou?"

"Die anner parts van die skeleton is in daai sak, Jopie!"

1

Kolonel Donald Daniels, bevelvoerder van die Nuwelandse poli-siestasie en speurtak, kyk peinsend na die tientalle foto's wat op die moordtoneel geneem is. Die slagoffer het 'n koeëlwond tussen sy oë, sy mond koddig skeef getrek, die liggeel kopkussing rooi gespikkel op die dubbelbed in die egpaar se slaapkamer.

Hy trek die verslag nader en lees dit weer. Die aand van die moord het 'n hele klompie mense in die huis geslaap: die slagof-fer, sy vrou, haar broer, 'n vriend van Johannesburg en die egpaar se drie kinders. Die inbreker het die glaspaneel van die agterdeur stukkend geslaan, die deur oopgesluit en met die trappe opge-klim na die slaapkamers van die groot huis. In die hoofslaap-kamer het hy die egpaar gekonfronteer. Hy het die kluis se sleu-tel geëis, het die vrou van die vermoorde in haar verklaring gesê. Die inbreker was gemasker, maar aan sy spraak kon die vrou aflei hy is swart.

Haar man het sy hand uitgestrek na sy pistool onder die bed. Hy was bewus daarvan dat inbrekers dikwels huise met speelgoedre-wolwers beroof, en was moontlik oortuig die inbreker bluf met sy vuurwapen. Maar hy het hom misgis. Toe hy sy pistool uithaal, het die inbreker geskiet.

Volgens die vrou het die inbreker daarna weggehardloop. Die vriend van Johannesburg het dit bevestig. Hy het van die skoot wakker geskrik en onmiddellik uit sy kamer gestorm en gesien hoe 'n donker figuur teen die trappe af skarrel na die kombuis. Hy het die inbreker agtervolg, maar toe hy by die buitenste veilig-heidshek kom, was die inbreker al te ver af in die straat.

Die vrou se sieklike broer het niks gehoor nie; hy het voor bed-tyd twee slaappille gedrink. Die kinders het ook niks gesien nie, want die vrou het vir hulle geskreeu om in hul kamers te bly en die deure te sluit.

Sy vermoed hul vorige huiswerker kon iets met die inbraak te doen gehad het. Haar man het die huiswerker 'n week vantevore afgedank omdat hulle vermoed het sy steel geld van die kinders. Die feit dat die inbreker presies geweet het waar die hoofslaapkamer is, bevestig dat hy inligting bekom het oor die uitleg van die huis. Hy het ook nie gevra waar die kluis is nie, maar wou weet waar die sleutel is.

Die polisiesoektog na die huiswerker het op niks uitgeloop nie. Die gesin het haar net as Maria geken en sy het slegs vir drie maande by hulle gewerk. Volgens die vrou het sy in Khayelitsha gebly en elke oggend met 'n taxi Rondebosch toe gekom.

Daniels kyk op van die verslag. "Het julle met ál die huiswerkers in die omgewing gepraat? Iemand moet tog weet waar mens Maria kan opspoor."

Luitenant Daan Nolte skud sy kop. Hy beduie na sersant Robbie August langs hom. "Ek en Robbie was by almal, ons het onderhoude gevoer met amper twintig huiswerkers. Niemand het Maria geken nie. Die meeste huiswerkers daar rond is sleep-ins. Hulle ken mekaar, maar hulle het geen kontak met dié wat daagliks van buite inkom nie."

"Ek het ook met die taxibestuurders gepraat," sê August. "Nie een van die klomp wat daai area serve weet van 'n Maria nie. Hulle drop-off zone is ook 'n hele entjie van die moordhuis af. Hulle laai soggens 'n moerse lot mense af en weet nie eintlik wie hulle is of waar hulle werkplekke is nie."

Daniels knik. "Ek sien in die verslag julle het geen vreemde vingerafdrukke gekry nie."

"Nee, mevrou Barlow sê die inbreker het handskoene gedra," sê Nolte. "Da Silva het die plek gefynkam vir ander forensiese leidrade. Absoluut níks van belang gekry nie."

10

"Voetspore buite?" vra Daniels.

August skud sy kop. "Die grootste deel van die erf is gepave."

"En julle sê hy het toegang tot die erf gekry deur die veiligheids-hek?"

"Ja," sê Nolte. "Volgens mevrou Barlow is die hek al lank stuk-kend, hulle was van plan om dit reg te maak. Sy dink die huiswer-ker het dit natuurlik vir die inbreker gesê."

"En die rollie wat julle tussen die struike gekry het? Kon julle al iets uitvind daaroor?"

"Dis 'n gesteelde Smith & Wesson, reeksnommer afgevyl," sê Nolte.

Daniels frons. "Ek kan nie verstaan dat hy sy wapen weggegooi het nie."

"Ek dink hy't gepanic," sê August. "Hy wou ontslae raak van die evidence. Natuurlik bang gewees die skoot het die aandag ge-trek van die security firm wat die strate patrol."

Daniels sug. Die druk gaan opbou oor dié saak. Barlow was 'n bekende promotor in beroepsbokskringe. Die media gaan binne-kort begin om die SAPD te kruisig omdat daar nog nie 'n verdagte is nie.

Hy weet ook nie of Nolte die regte speurder vir die saak is nie, maar hy het geen keuse gehad nie. Cliffie Arendse is toegegooi met ander sake en Kassie Kasselman was met vakansie. Daniels sou veel eerder die saak vir Kasselman wou gee, maar hy kan Nolte nie nou afhaal nie. Die man is desperaat om homself te bewys as 'n goeie speurder en hy verdien die kans om 'n grote te hanteer.

"Ons is in 'n bleddie doodloopstraat, kêrels," sug Daniels.

Hy leun terug in sy stoel, wetende hy moet die storie nou sub-tiel hanteer. Daar is heelwat afguns onder die speurders teenoor Kasselman. Sy suksesse word daaraan toegeskryf dat hy altyd die kans kry om die grotes te hanteer. Maar Daniels weet van beter.

11

Kasselman benader dinge anders as enige ander sterfling en dís wat hom 'n uitsonderlike speurder maak.

Daniels kug voor hy praat. "Daan, ek dink nou sommer aan iets. Waarom vra ons nie vir Kassie om gou sy oor hier te kom gee nie? Jy ken vir Kassie. Hy dink dalk aan iets wat ons nog nie oorweeg het nie."

Nolte frons hewig.

"Nie dat ek dit oorweeg om die saak vir hom te gee nie," sê Daniels vinnig. "Julle twee doen 'n goeie job, maar ons is nou in 'n hoek."

Nolte haal sy skouers op. "Ek het nie eers geweet Kassie is al terug van vakansie nie."

"Hy't vandag weer begin," sê Daniels.

Nolte knik. "Ja, laat kom hom maar. Dit kan seker nie kwaad doen nie."

Die gebrek aan geesdrif is opvallend in die jonger man se stem. Daniels besluit om hom nie daaraan te steur nie. Hy trek die telefoon nader om Kassie te bel.

• • •

Victor gaan sit steunend op sy bed. Hy leun vorentoe en stut sy kop in sy hande, elmboë op sy knieë.

Alles is vir hom nog onwerklik. Dis sy laaste dag in hierdie plek. Tien jaar van foltering, vasgevang tussen vier vuil selmure, ingehok soos 'n aap in 'n dieretuin, blootgestel aan die sinlose praatjies van sewe ongeletterde skarminkels.

Die afgelope paar weke was die ergste. Hy moes die paar luukse artikels wat 'n tronkvoël met sy karige toelaag kan bekostig, gebruik om die bewaarders om te koop om hom na hierdie sel te verskuif. Ook dat hulle moes stilbly oor die afslag van twee jaar wat hy gekry het op sy twaalfjaarvonnis.

12

Hy kyk met weersin na sy selmaats waar hulle in twee kringe sit en kaart speel. Hy hoop om hulle nooit weer in sy lewe raak te loop nie.

Hy grinnik. Een van hulle sal hy beslis nie weer raakloop nie.

Dié gedagte laat sy maag op 'n knop trek. Die risiko is groot, maar hy het geen keuse nie. Dis noodsaaklik vir sy plan. En hy gaan nie daarvan afwyk nie.

Soos gewoonlik wanneer sy gedagtes in daardie rigting neig, sak hy op sy knieë af, strek hom op sy maag op die sementvloer uit en stoot sy lyf met forse arms van die vloer af op.

"Een, twee, drie . . ." begin hy saggies aftel aan die honderd-en-twintig opstote wat voorlê.

Hy word nie moeg nie, want sy kop is op 'n ander plek.

2

Daniels onderdruk met moeite 'n glimlag toe Kassie by die kantoor instap. Die veteraanspeurder het vir hom 'n nuwe windjekker aangeskaf. Weer 'n rooie soos hy die afgelope paar jaar dra, maar dié een se kleur is aansienlik helderder as die verbleikte oue. Die oue het boonop 'n winkelhaak in die een mou gehad en verskeie vetkolle en sigaretbrandmerke.

Almal by die stasie het in die stilligheid oor Kassie se windjekker geskinder. Party het tot weddenskappe aangegaan oor wanneer die onooglike kledingstuk selfs vir Kassie onaanvaarbaar sou raak. Da Silva gaan lekker smile, dink Daniels, hy het voorspel Kassie gaan ná sy vakansie terugkom met 'n nuwe een. Daar's glo al byna agthonderd rand in die Kassie-windjekkerboerpot.

Kassie se skraal figuur met die geboë houding sak in die stoel langs Nolte af. Dit lyk altyd asof die man van onderdanigheid aanmekaar gesit is, dink Daniels. Kassie vryf oudergewoonte senuweeagtig oor sy platgeroomde hare. Daniels vermoed hy is een van net 'n hand vol wesens in die nuwe millennium wat dié spesifieke room nog gebruik om sy hare styf teen sy skedel te plak. Dis beslis nie van die blink jel wat die jongetjies gebruik om hul hare punt in die wind te laat staan nie.

"Ek vertrou jy het jou vakansie darem geniet, Kassie. Was jy iewers heen?" vra Daniels.

"Nee, ek was maar besig met my seëls," sê Kassie verleë.

Weer sukkel Daniels om nie te glimlag nie. Kassie se beheptheid met sy posseëlversameling is ook 'n oorbekende feit én gewilde besprekingspunt by die stasie se skinderbrigade. Was die man vir drie vólle weke in sy woonstel in Goodwood met sy seëls bedrywig? wonder Daniels, maar hy vra eerder nie. Daar kan beswaarlik 'n meer sieldodende manier wees om jou waardevolle verloftyd te verwyl.

"Kassie, ek en Daan-hulle wil gou jou mening hoor oor die Barlow-moordsaak," sê Daniels.

Kassie se wenkbroue lig. "Barlow?"

Dis vir Daniels duidelik dat Kassie nie gedurende sy vakansie koerant gelees of nuus geluister het nie. Barlow se dood was talle kere voorbladnuus en die plaaslike radiostasies gons daaroor. Hy gee Kassie 'n volledige oorsig van die gebeure.

"Ja, dit klink na 'n moeilike een . . . moeilik," sê Kassie met 'n frons terwyl hy oor sy ken streel.

Daniels moet strek om die pak foto's oor die hope lêers op sy lessenaar vir Kassie aan te gee. "Foto's van die moordtoneel."

Terwyl Kassie baie tydsaam deur die foto's kyk, kan Nolte skaars sy irritasie verberg. Ná 'n lang, ongemaklike stilte kyk Kassie op na hom.

"Het julle die moontlikheid oorweeg dat die vrou kon lieg oor die inbreker? Dat daar dalk nie een was nie?"

Nolte skud sy kop en kyk vinnig na August. "Jy kan vir Robbie vra, die vrou en al die ander mense in die huis was baie getrauma-tiseer. Daar's geen kans sy bedrieg ons met haar storie nie. Wat laat jou enigsins dink sy lieg?" vra hy met 'n snedige glimlag.

Kassie hou twee foto's na hom uit. "Dié foto's."

Daniels leun oor sy lessenaar om ook die foto's te sien. Dis fo-to's van die agterdeur wat geneem is van binne én buite die huis.

Nolte frons. "Wat aan daai foto's hinder jou?"

"Die glasstukke wat aan die buitekant op die trappies voor die deur lê," sê Kassie.

Nolte sug. "Die kolonel het jou mos gesê die inbreker het die glaspaneel van die agterdeur stukkend geslaan."

"Ek besef dit . . . maar die meeste glasstukke lê aan die buite-kant. Mens kan die moontlikheid nie uitsluit dat iemand dit van binne stukkend geslaan het nie . . . om die indruk te skep daar was 'n inbreker."

Vir 'n oomblik hang daar 'n stilte in die kantoor.

"Ek het dit ook gesien, maar dit hang seker af van hoe die slaan-werk gedoen is," sê Nolte vinnig. "Die ander omstandighede het ons oortuig die glasstukke is nie belangrik nie."

Daniels frons terwyl hy die foto's by Kassie neem. "Nee, boys, julle sal dié storie beter moet uittjek. Dalk het Kassie iets beet."

• • •

Gedurende middagete sit die man skuins oorkant Victor. Hy vreet soos iemand wat dae laas kos gekry het, druk hompe pap in 'n bal, doop dit in die afgewaterde vleissousie en wurg dit vin-nig af. Die sous kronkel soos twee kwylstrepe uit sy mondhoeke langs sy ken af.

Victor verag die bliksem. Die fluitjieblaser. Die man wat hulle onmiddellik sal inlig as hy weet Victor kom vroeër uit. Hy moet die drang onderdruk om nie sy plastiekvurk in die man se gesonde oog te druk nie, of sy harsings met die blikbord uit te hamer nie.

Hier in die tronk verteenwoordig die eenoogman alles wat Vic-tor verag. Tog weet hy maar te goed die man is 'n klein ratjie in die groot enjin wat die skip aandryf. Vir Victor is hy egter die eerste struikelblok op sy pad na algehele vryheid. Wanneer hý eers uit die pad is, kan Victor op die enjinkamer fokus.

Dié gedagte laat die vurk in sy hand liggies bewe.

3

Dis donkermaan, hulle het die tyd vooraf sorgvuldig uitgewerk. Die pikswart nag help wanneer hulle vinnig moet gat skoonmaak.

Nie dat TJ hom daaroor bekommer nie. Vanaand is dit soft targets, oues van dae. Tjop-tjop. In en uit. 'n Halfuur-joppie, dan terug Sasolburg toe, 'n dag of twee se laag lê, dan Nelspruit toe. Oor 'n week in die Kaap.

Hy glimlag. V is maar nervous vir hulle om so naby die hoofkwartier sake te doen, maar daar is 'n paar rykes in die Skiereiland wat vrot is van die juwele. V en sy trawante het ingesien dit skreeu om gesteel te word, al is dit in die Kaap. Die navorsing is al gedoen, die mense se name opgeskryf. Die veldkornette het reeds die huise dopgehou, elke beweging aangeteken, die securityvinke se patrone uitgefigure.

"Hel, ek's nou l-l-lus vir 'n s-s-sigaret," mompel Snake langs hom.

TJ kyk na sy makker, die buitelyne van sy skraal gesig net-net sigbaar onder die wilgerboom.

"Jy kan in die kar oplight. Hou nog net vir veertig minute uit." TJ kyk op sy horlosie. "Oor tien minute klim ons oor. Dis stil genoeg."

"The silence is k-k-killing me," sê Snake, gee sy irriterende runniklaggie.

"Sjarrap!" sis TJ.

Snake is al weer besig om sy gat te krap. Die hele week wat hulle hier is, vryf die man hom verkeerd op. Dit was bleddie sieldodend om bedags in die hotelkamer vasgevang te wees saam met Snake. Die aande was beter. Hulle moes self die job van die veldkornette hier doen, die twee suurstofdiewe dophou, kyk hoe laat hulle die huisligte afsit. Daisy het eers gister gekom, maar sy bly in 'n ander hotel as hulle – V se instruksies. Hulle drie moenie saam gesien word nie, daarvoor is Bloemfontein te klein.

TJ hoop die navorsing oor die ou mense is reg. Dis gerusstellend dat daar nie 'n alarmstelsel is nie – E se contacts by die securityvinke sê so. Net 'n elektriese heining op die hoë muur. Dit moes die oubal-lie 'n fortuin gekos het, die erwe in Waverley is so groot soos plase.

TJ skud sy kop. Wat help die moerse duur heining as dit nie ook oor die motorhek loop nie? En dan het die oues nie eers honde nie, net 'n helse lot katte. Easy as apple pie, dié joppie.

TJ kom orent. Hy haal sy selfoon uit en bel vir Daisy.

"Is jy reg, Tierkat?"

"In posisie," sê sy.

Hy beduie vir Snake hulle moet oor die hek klim. Die hek is nie besonder hoog nie, en daar is genoeg vastrapplek om maklik en geluidloos oor te glip, soos hulle die vorige aand uitgevind het.

Hulle stap gebukkend langs die laning bome met die sement-paadjie langs sodat hulle nie voetspore los nie. Die huis is 'n klip-kasarm, oorgroei met rankplante. Moet honderd jaar terug al hier gestaan het.

Hulle hou die huis vir 'n paar minute dop, trek dan die balakla-was oor hul koppe en beweeg versigtig graslangs na die patio langs die huis. TJ wys vir Snake hy kan maar begin.

Hy tuur oor die donker tuin uit terwyl Snake sy ding doen. Hy luister hoe girrrts die snyer oor die glas, op die enigste plek waar daar nie diefwering is nie.

"Raait," sê Snake ná 'n rukkie.

TJ draai om. Snake lig die glaspaneel versigtig met die suier uit, sit dit op 'n kliptafeltjie neer.

"Sal jy deur die gat kom?" fluister TJ.

"M-m-maklik."

Snake trek eers sy skoene uit. TJ hou sy makker dop terwyl hy hom soos 'n Houdini knoop om deur te wurm, sy een been met gepunte tone uitgestrek om stewige vastrapplek te kry aan die ander kant. Snake kan deur 'n ogie van ogiesdraad klim as hy wil, dink TJ. Trek homself dun soos 'n slang.

Binne oomblikke is Snake in die huis. Hy verdwyn agter die gordyne. Is dan vinnig terug, beduie met 'n duim in die lug vir TJ daar's 'n sleutel in die patiodeur. TJ stap nader met Snake se skoene. Die deur gaan oop en hy glip in.

Die huis ruik na geld: boeke, hout, wolmatte. In die skynsel van TJ se penflits kry hulle die trappe maklik. Hy swets onderlangs. Die goed kraak. Hulle moet voetjie vir voetjie klim. Op elke trap staan hulle eers stil om te luister of hulle nie 'n roering uit die boonste verdieping hoor nie.

'n Staanhorlosie naby hulle dong twee keer hard. Albei ruk van die skrik.

Ná wat vir TJ soos 'n ewigheid voel, is hulle uiteindelik bo. Hulle sluip stadig in die lang gang af na die hoekkamer, waar hulle die vorige nag vanuit hul skuilplek langs die tennisbaan die laaste ligte sien uitdoof het.

Die dik mat verdof hul voetstappe.

• • •

Victor skat dit moet om en by tweeuur wees. Hy luister met gespitste ore na die snorkgeluide van sy selmaats. Klink of almal rustig slaap.

Hy kom baie stadig orent uit die bed, sit vir 'n rukkie so om seker te maak als is veilig. Nie 'n roering van die ander nie. Die bewaarders het pas ook hulle rondtes voltooi. Hy het minstens 'n halfuur om sy taak af te handel.

Dis nou of nooit.

Hy vat die kussing wat hy maande gelede met omkoopgeld by een van die bewaarders gekry het. Dis 'n verekussing, nie so plank-

19

dun soos die skuimrubberkussings van die ander nie. Hy het dit spesifiek vir vanaand se taak gekoop.

Hy staan op, sluip voetjie vir voetjie nader aan die bed in die verste hoek.

Die skraal man lê op sy rug. Sy asemhaling is rustig en egalig. In die skynsel van die ganglig kan Victor die geringe deining van sy bors sien.

Hy staan 'n rukkie lank gebukkend oor sy prooi. Die man se glasoog staar na hom.

Dan druk hy die kussing met die volle impak van sy honderd-en-dertig kilogram oor die man se gesig. Sy groot hande smoor die kreet van onder die kussing. Die man gryp na hom en krap sy voorarms, maar hy voel dit nie regtig nie. Sy volle konsentrasie is op sy taak. Hy druk net harder af op die man se gesig. Dié se arms fladder hulpeloos rond, sy rukkende voete skop die kombers van die bed af.

Victor druk nog harder. Dit gaan makliker as wat hy gedink het. Die man weeg seker skaars sewentig kilogram. Hy's hoegenaamd nie opgewasse teen Victor se spierkrag nie.

Ná 'n tydjie gee die man se liggaam 'n laaste stuiptrekking. Dan verslap hy skielik, sy arms val soos afgekapte bome langs sy sye.

Victor hou die kussing nog 'n rukkie oor die man se gesig, sy aandag nou by die ander. Hy hoor niks wat hom laat dink iemand het wakker geword nie.

Hy lig die kussing uiteindelik, druk met sy duim op die man se nek. Geen polsslag nie.

Hy maak seker die man se gesonde oog is toe, draai hom op sy sy, gesig weg van die ander, en gooi hom toe met die kombers sodat net 'n stukkie van sy agterkop sigbaar is.

Dan stap hy geruisloos terug na sy eie bed.

4

Die slaapkamerdeur staan oop. Reëlmatige snorkgeluide klink soos 'n lokomotief wat stoom afblaas. TJ sit die ligskakelaar aan. Veilig om dit te doen, niemand kan die huis van die straat af sien nie.

Die ou tannie ruk wakker, kom oombliklik orent. Sy het 'n slaapmussie van 'n aard op haar kop, haar oë wyd geskrik. Die oom blaas nog rustig stoom af.

"Oukei, my antie, maak jou man wakker. En gedra jou. Dan gaan nie een van julle seerkry nie."

Toe sy haar benerige hand na haar man wil uitsteek, word hy vanself wakker.

"Wat gaan hier aan, Pop? Hoekom sit jy die lig aan?" vra hy, sy oë op skrefies. Hy het lewervlekke op sy voorkop, erg gekreukelde gesig, moet eighty plus wees.

Hy kom vinnig orent toe hy TJ-hulle sien. Steek sy hand uit na die bedkassie, haal sy valstande uit 'n glas water en glip dit in sy mond.

"Wat wil julle hê?" vra hy aggressief. "Ek hou nie geld in my huis aan nie."

Die paar hare op sy kop staan wild orent soos ystervarkpenne, sy witgrys borshare bondel uit bo die kraag van 'n blou pajama-hemp.

TJ wys vir Snake om die omie se selfoon op die bedkassie te vat.

"Ja, ja, vat dit," sê die ou man kwaai. "Julle kan die TV-stel onder ook kry."

TJ lag. "My omie, ons is nie hier om jou TV set te vat nie. Ons is hier vir die juwele."

"Die juwele?" vra hy, sy onderlip bewe liggies.

"Julle kan dit nie vat nie," sê die vrou beslis. Haar stem is skril en vol bravade. Sy druk haar mussie reg en 'n blos van ergernis versprei oor haar ingesonke wange.

"Dis in die kluis, en ek gaan nie die kombinasie vir julle gee nie," sê die man en druk sy skerp kennetjie uitdagend vorentoe. "Vat enigiets anders wat julle wil hê."

TJ het genoeg gehad van die twee hardegatte. Hy haal die pistool agter sy rug uit, swaai dit in die rigting van die ou vrou.

"My oompie, nou luister jy fokken mooi na my. Verander jou bleddie houding baie vinnig of die antie is op haar pad hemel toe. Dié ding het 'n silencer. Niemand gaan die skoot hoor nie." Hy stap om die bed en druk die pistool teen die verskrikte vrou se wang, haar bravade daarmee heen.

"Ons tel net tot t-t-tien," sê Snake.

"Julle sal nie skiet nie," sê die ou man smalend. "Ek kan hoor julle is wit. Julle weet julle sal nie met moord wegkom nie. Julle is net agter die juwele aan."

"Pappa, dalk moet ons maar die kombinasie gee . . ."

TJ hoor hoe bewe die tannie se stemmetjie. Sy's after all die een in die firing line.

"Nee!" skreeu die ou man. Die are lê soos drade oor sy bleek kopvel gespan.

TJ druk die loop dieper in die vrou se wang. "Een," sê hy, sy vinger gekrul om die sneller. Hy hoop sy bluf werk. Die outoppie is kliphard van die kak. Hy het dít nie verwag nie.

Die ou man beweeg skielik, duik met 'n boog na sy vrou, sy hande grypend na die pistool. Snake is vinnig op hom soos 'n mamba wat pik. Hy kry die ou man om die nek beet, pluk hom weg van sy vrou en sleep hom van die bed af. Die man skop en stoei tevergeefs.

"Ek sal die kombinasie vir julle gee!" skree die vrou histeries. "Moet hom net nie seermaak nie!"

"Só moet 'n bek praat." TJ trek haar aan die arm uit die bed op. "Kom, antie, wys my waar's die kluis."

"Pop, Pop, moenie . . ." skree die ou man, maar Snake se arm trek stywer om sy strot. Hy hoes en proes, swaai sy arms wild rond, 'n spartelende naaldekoker wat deur 'n spinnekop gevang is.

By die deur kyk TJ terug na Snake. "Hou hom kalm tot ons terug is."

Hy en die tannie loop af met die trappe, sy voor. Haar knobbelrige skouers ruk kort-kort van skok. Dis haar ou hardegat man se skuld, dink TJ. Hulle kon die ding sonder trauma gedoen het.

In die studeerkamer sit sy die lig aan, stap na 'n houtpaneel teen die muur wat sy maklik met haar handpalm wegskuif. Haar vingers bewe terwyl sy die kombinasieslot van die ingeboude kluis draai. Sy maak die swaar deur steunend oop.

TJ fluit saggies deur sy tande. Die binnekant van die kluis skitter. V se navorsing was reg. Stinkrykgatte wat so graag die antie se juwele afgeshow het by grand paarties. Hy het die koerantfoto's gesien, die antie wat altyd geblink het van die klippies.

Hy haal die plastieksakke uit sy broeksak. Wonderlike goed wat so klein opvou soos koeverte, maar wanneer jy dit oopvou, kan jy 'n maand se groceries inlaai. Hy beveel haar om die een sak oop te hou en werk vinnig. Toe die eerste een halfvol is, gee hy die tweede sak vir haar aan. Dié maak hy ook amper halfvol.

"Wat's dié?" Hy wys na die klomp plat kartonhouers onder in die kluis.

"My man se seëlversameling," sê sy met 'n snik in haar stem.

"Ons los dit maar vir die oom," sê hy, maar hy maak eers seker die tannie lieg nie. Hy maak een houer oop. Wel seëls.

Hy skrik toe hy voetstappe agter hom hoor. Dis Snake.

"Waar's die outop?" vra TJ.

"Bo in die k-k-kamer, v-v-veilig vasgemaak."

TJ wonder vlugtig hoe Snake dit reggekry het om die spartelende man op sy eie vas te maak. "Nou kom, laat ons die antie ook daar gaan vasmaak."

"Ons doen dit s-s-sommer hier."

Snake het 'n klomp dasse saamgebring. Hulle werk vinnig, maak seker sy is stewig vas aan die stoel. Snake druk 'n sakdoek in haar mond en gebruik 'n das om haar mond toe te bind.

"Sorry vir die inconvenience, antie," sê TJ, "maar ons groet nou."

'n Grys kat kom agter die lessenaar uit en spring op haar skoot. "Darem bietjie geselskap vir antie," sê TJ toe hulle uitloop.

"Ek het die telefoondraad k-k-klaar geknip," sê Snake. "Kom ons fo-fokof."

TJ kyk vinnig na hom. Daar's 'n dringendheid in Snake se stem wat hy nie ken nie. Die ou is normaalweg die cool cat van hulle twee.

Buite op die patio bel hy vir Daisy op sy selfoon. "Jy kan maar kom. Ons kry jou by die hek."

Snake slinger die oom se selfoon tot in 'n bedding krismisrose. Hulle hardloop hek toe, elkeen met 'n sak in die hand. Daisy wag reeds in die luierende BMW.

Toe hulle in is, haal hulle die balaklawas af en trek hul hand-skoene uit. Daisy trek rustig weg. Nie vannag nodig vir skreeuen-de tyres nie.

"Hoe lyk die juwele?" vra sy dadelik.

TJ lag. "Die jackpot homself."

"Shit!" sê Snake skielik agter in die kar. "Shit, shit, shit!"

"Wat krap aan jou gat?" wil TJ weet. "Jou sigrets verloor?"

"Die oukêrel is d-d-dood . . . morsfokken-d-d-dood."

"Jissis, Snake! Wat meen jy?" TJ kyk om, sien Snake is dood-ernstig. Sy hande bewe terwyl hy 'n sigaret aansteek.

"Ek't sy n-n-nek gebreek. Ek't nie bedoel nie, m-m-maar . . ."

"Sy nek gebreek!" skree TJ. V gaan 'n gasket blaas!

"Hy't my beetgekry aan die b-b-balls. Sy hande was s-s-soos nut-crackers. Toe pluk ek te h-h-hard aan sy ken. Ek't net 'n s-s-snapge-luid gehoor. Nek moer toe. Af."

"Bliksem . . ." sug TJ.

Daisy ry uit op die ou Brandfortpad. Hou altyd op die agter-
paaie – een van V se nuwe gebooie vandat hulle amper hul gatte
in Sandton gesien het.

Eers toe hulle 'n hele ent weg is, bel TJ. Hy sit die foon se luid-
spreker aan sodat die ander ook kan hoor. Sy hart klop in sy keel.
Hoe gaan V reageer?

"Ja?" sê die manstem aan die ander kant.

"Ons is op pad. Die spoils is veilig in die kar."

"En? Hoe lyk dit?"

"Jackpot. Het net vinnig gekyk toe ek gepak het. Drie necklaces
met 'n shitload diamante, 'n moerse lot diamantringe, diamant-
oorbelle, gerookte topaasringe, robynringe, borsspelde, bracelets,
granaatstene wat in silwer geset is, tieroë . . . name it, dis daar. Tot
'n dosyn of wat Krugerrande."

"Dit klink nie of jy juis opgewonde is nie?"

"Klein fokkoppie gehad. Die man is dood. Snake het sy nek per
ongeluk gebreek. Die oom het hom aan sy knaters gegryp. Hy't
nie aspris . . ."

"Wat? Die man dood!"

"Ja."

"Fokkit! Ons wil juis nie nou 'n gefladder in die cops se duiwe-
hok hê nie. Nie so kort voor die Kaapse jobs nie. Niemand julle
gesien ry nie?"

"Nee."

Toe TJ aflui, ry hulle in stilte voort.

"Toemaar, V het julle nodig," troos Daisy. "Op die heel ergste
sal Snake beboet word."

Haar hand gly oor TJ se been, stop tussen sy bene. Sy vroetel
aan sy gulp se knoop. Hy glimlag. Sy weet ook net hoe om hom
te laat ontspan.

5

Die oggendsonnetjie bak warm op Kassie se blaaie. Hy sit en lees koerant in Nuweland-polisiestasie se sementgeplaveide vierkantjie. Hy leun terug op die houtbank en steek sy eerste Lucky Strike van die oggend aan, trek behaaglik aan die soet rook. Vandat hy net vyftien op 'n dag rook, hou hy soggens uit tot sy longe nie meer kan nie.

Hy sug. Sal die verdomde goed een of ander tyd moet los. Vyftig is nie 'n goeie ouderdom om nog te wil rook nie.

Sy oë gly oor die berigte: korrupsie . . . stakings . . . hofsake . . . moord. Hy wil 'n berig op die binneblad oorslaan van 'n Bloemfonteinse moord, maar sy oog vang 'n naam.

Alwyn Calitz.

Hy skiet orent. Nee bliksem, dit kan nie wees nie!

Alwyn Calitz (83), bekende Bloemfonteinse sakeman en eiendomsontwikkelaar, is in sy woonhuis vermoor nadat twee inbrekers miljoene rande se juwele uit sy kluis gesteel het. Sy vrou moes vir skokbehandeling in die hospitaal opgeneem word . . .

Kassie se oë flits oor die res van die berig. Alwyn se nek is gebreek, sy arme vrou was in die studeerkamer vasgebind aan 'n stoel, onbewus daarvan dat hy dood lê in hul slaapkamer. Miljoene rande se juwele . . . Een spesifieke halssnoer met agt-en-dertig ingevoerde pienk diamante is meer as een en 'n half miljoen rand werd . . . Die polisie het nog niemand in hegtenis geneem nie.

Alwyn. Kassie skud sy kop stadig. Hy het nog in sy vakansietyd met Alwyn oor die foon gepraat. Die ou man het op sy ouderdom steeds voldag gewerk; Kassie moes hom in die aand bel om hom in die hande te kry.

Alwyn Calitz was een van die grootste seëlversamelaars in die land en hy en Kassie het gereeld inligting uitgeruil. By die laaste filateliekongres in Johannesburg het Alwyn nog aangebied om Kassie se verblyf te betaal in die vyfsterhotel waar hy tuisgegaan het. Hy was geskok dat Kassie in 'n eenster bly in die vrot deel van die middestad. 'n Goeie man gewees. Kassie glimlag. As multimiljoenêr het Alwyn natuurlik nie 'n benul gehad watse afskeepsalaris 'n kapteintjie in die SAPD verdien nie. Hy was net so geskok dat Kassie met 'n Greyhound-bus Johannesburg toe gekom het.

Kassie vou die koerant toe, nie meer lus om verder te lees nie. Die bleddie sigaret smaak bitter in sy mond. Hy staan op. Hy sal Alwyn se vrou moet bel wanneer sy uit die hospitaal ontslaan word. Hy ken haar nie goed nie, maar hy't haar jare gelede een aand in Bloemfontein ontmoet toe hy saam met 'n groep seëlversamelaars by hulle aan huis geëet het. Hy onthou nou nog die lekker souskluitjies vir nagereg.

Terug in die kantoor roep Felicity hom. "Die kolonel wil jou sien. Jy't nou lank genoeg gerus, tyd vir 'n nuwe saak."

Kassie stap na Daniels se kantoor. Hy dink nie Felicity het 'n benul van hoeveel dossiere by hom en Rooi Els lê nie ... Klein sakies waarvan die los drade nog nie vasgeknoop is nie.

• • •

Die stof lê dik op die vensterraam. Die plek is vrek vuil, besef Victor. Hy plof sugtend op die kateltjie neer. Stryk met sy hand oor die donkerblou kombers. Die woonstel staan leeg sedert sy ma se dood, en dis nou al amper twee jaar. Hy sal moet inspring en skoonmaak.

Hy glimlag wrang. Hy het tien jaar gelede presies hier gesit toe hulle by die woonstel ingebars en hom in boeie geslaan het. Vir bykans 'n derde van sy lewe is hy uit die samelewing verwyder, toegesluit om kwansuis onskuldige kindertjies teen hom te beskerm.

Vanoggend het hy nog wakker geword in die vuil, grys sel. Die bewaarder het hom vroeg wakker gemaak en na die uitpasseerkwartiere begelei. Die helfte van sy selmaats was nog nie eers wakker nie. Victor het nie in die rigting van die eenoogman gekyk nie. Gelukkig het die bliksem glo 'n lekhart gehad. Soos hy die tronkowerhede ken, sal hulle nie regtig die moeite doen om sy dood ordentlik te ondersoek nie.

Victor het sy klere van tien jaar gelede ontvang. Hy kon uiteindelik ontslae raak van die growwe oorpak en die sieklike, soet geur van tronkwaspoeier vir ewig uit sy neusvleuels verban.

Toe die laaste traliehek agter hom toeslaan en hy 'n taxi op die sypaadjie nader wink om hom hierheen te bring, kon hy nie ophou glimlag nie. Hoe lank het hy nie gedroom van hierdie dag nie?

Sy oë het die veranderde omgewing nuuskierig ingeneem: motors wat meer vaartbelyn lyk, nuwe winkelsentrums en geboue met vreemde handelsname. Die rassesamestelling van die area is opvallend anders, met talle stalletjies op straathoeke soos in die res van Afrika. Hy was geskok oor die vervalle toestand van die woonstelblok.

Tog kon niks sy vreugde demp nie. Toe hy die woonsteldeur oopsluit, het die muwwe reuk van 'n plek wat lank toegestaan het hom net vir 'n oomblik laat terugdeins. Hy het hardop gelag. Die hel is verby. Hy wil nooit weer terugdink daaraan nie. Hy wil nou net vorentoe kyk.

Die afgelope tien jaar het hy baie tyd gehad om te dink – dis immers al handeling wat nie met tralies begrens was nie. Hy't veral oor sy toekoms probeer dink. Maar hy het hom elke keer vasgeloop in sy korttermyndoelwitte. Hy kon nie daarby verbykom nie.

Hy weet hy sal eers sy toekomsplanne kan maak wanneer hy sy selfopgelegde take uitgevoer het. Nie net ter wille van sy eie sielevrede nie, maar ook ter herinnering aan sy oupa en sy pa. En noudat hy daaraan dink: ook vir sy brose ma se onthalwe. Haar verdriet was destyds hartverskeurend.

Ondanks dié slegte herinneringe glimlag hy tevrede. Hy het gisteraand die eerste hekkie suksesvol oorgesteek.

Die fluitjieblaser is stil.

6

Daniels se lessenaar lyk soos altyd . . . asof 'n kategorie 1-orkaan in sy kantoor gewoed het. Kassie weet nie hoe die man weet wáár wat is nie. Die stapel boeke op die een hoek van sy lessenaar, half versteek onder 'n hoop papiere, lê al die afgelope drie jaar presies in dieselfde volgorde: *Byleveld: Dossier van 'n baasspeurder, Criminal Masterminds, Killers in Cold Blood* en *Al Capone* heel bo.

Daniels leun terug in sy stoel toe Kassie oorkant hom gaan sit. 'n Groot glimlag sit breed op sy hoekige gesig.

"Geluk, Kassie! Jy't toe vir die breakthrough gesorg."

"Hoe bedoel kolonel nou?"

"My móérketel, het Daan Nolte jou nog nie gesê nie?"

Daniels se woorde knetter soos masjiengeweervuur as hy opgewonde raak.

"Wat gesê?"

"Dat ons gisteraand besluit het om die Barlow-vrou en die Johannesburgse vriend aan te kla van moord. Ons het gistermiddag genoeg bewyse gekry."

"Ek's bly om dit te hoor," sê Kassie. Ou Daan verdien 'n break, dink hy. Nie 'n slegte ou nie.

"Ja, 'n houtbeeld in die sitkamer was die finale nail in hulle doodskis. 'n Stukkie van die liggroen glas van die agterdeur se venster het in die beeld vasgesit. Dit nadat die jongste dogtertjie, ek dink sy's vyf, met oorgawe vir Daan vertel het haar ma en dié vriend hou baie van mekaar. 'They kissed the other night behind the bathroom door,' seg sy toe so ewe vir Daan."

Daniels lag. "Die media gaan nie hulle luck kan glo met dié juicy storie nie."

Hy leun onverwags vooroor en steek sy hand na Kassie uit. "Jy verdien 'n handshake. Daai vrou het soveel kak in Daan-hulle se koppe gepraat dat hy en Robbie volgende jaar nog na die skim Maria se sogenaamde handlanger sou gesoek het. Moet sê, die vrou is so bleddie mooi, ek sou haar ook geglo het."

Kassie trek verleë sy hand terug. "Ek's bly ek kon help."

"Brigadier Filander sal ook nog kom hand gee. Ek het gisteraand by die Barlow-huis vir hom gesê jy't Daan-hulle op die regte spoor gesit. Daan en Robbie het bygestaan . . . omtrent op hulle batteries gepis."

Daniels kyk af na die chaos op sy lessenaar, begin vaardig deur die papiere vroetel, bring dan soos 'n kulkunstenaar 'n groot bruin koevert te voorskyn.

"Hoe besig is jy en Rooi?"

"Gewone," sê Kassie. "Klomp klein sakies, maar darem nie heeltemal oorlaai nie."

"Right, ek't vir julle nog enetjie om julle mee besig te hou."

Daniels haal die inhoud van die bruin koevert uit en sprei dit oop op die enigste kaal kol op die lessenaar. Hy trek 'n dossier nader. "Boontjie se saak gewees. Maar dié arme siel is mos nou afgeboek vir 'n onbepaalde tyd. Die kanker het versprei, sê sy vrou."

Kassie sug. "Ai, ou Boontjie." Dit ontstel hom as sy tydgenote sulke goed oorkom.

Daniels kyk vlugtig na die inhoud van die dossier. "Vier maande gelede het twee sakkrappers by die local stortingsterrein hier by die stasie aangekom. Hulle het op 'n sak bene afgekom – 'n mens s'n. Boontjie het gaan kyk en toe die bene vir die lab in Somerset-Wes gestuur."

Hy tel 'n vel papier op. "Die lab-verslag het gister hier aangekom. Moet sê, die ouens het moeite gedoen. Daai kolonel White daar is 'n wakker bliksem. Hy sê in die verslag dit was 'n wit man, ongeveer sewe jaar gelede dood. Die gat in sy kopbeen 'n duidelike teken dat hy uit die lewe gehelp is met 'n skerp, harde voor-

31

werp. Die man was oud – hulle skat tussen sewentig en negentig. Hulle het X-strale geneem van sy tande. Volgens White was dit nie 'n armgat nie; hy kon bekostig om tandarts toe te gaan én daar's uitsonderlik baie gewerk aan sy tande. Dit sal dalk goed wees as jy Rooi op die job sit om by elke tandarts in die suidelike voorstede aan te gaan en te kyk of ons nie 'n match kan kry nie. Mens weet nooit."

Daniels trek 'n skets tussen die velle papier uit. "Hulle het die hulp van 'n proffie by Ikeys ook ingekry. Dié het volgens die skedel en die spierhegtings 'n rekonstruksie gemaak van hoe die ou heel moontlik sou lyk. Hier's 'n klomp ingewikkelde gebrabbel oor hoe die proses werk, maar dis nie nou ter sake nie."

Hy draai die skets na Kassie. Dis van 'n man met 'n smal gesig en 'n buitengewone groot neus. "Dis min of meer hoe hy gelyk het. Moes 'n moerse snawel aan hom gehad het." Hy sit die skets en die velle papier terug in die koevert en oorhandig dit aan Kassie. "Alles joune."

Kassie knik. "Sewe jaar gelede dood, sê hulle?"

"Jip," bevestig Daniels.

"Wel, ek sal begin deur na ons onafgehandelde sake te kyk. Dalk is ons gelukkig."

"Ek het ook so gedink – jy weet self hoeveel onafgehandelde dossiere daar in een jaar kan opgaar. Vra vir Magrieta om jou te help. En bly op Rooi se case, sê hy moet vir jou terugvoer gee oor al die tandartse wat hy besoek het. Dis nou wel 'n sieldodende job, maar dis waarvoor jy 'n sidekick het. As ons daar nie enige joy kry nie, moet jy maar oorweeg om die skets aan die koerante te stuur."

"Ek maak so," sê Kassie en kom orent uit sy stoel.

"By the way, ek sien jy't vir jou 'n nuwe windbreaker aangeskaf. Jy bly maar lief vir rooi, nè?"

Kassie lag verleë. "Ja, Da Silva het dit eintlik in die vakansie vir

my woonstel toe gebring. Gesê hy't nooit vanjaar vir my 'n ver-
jaardaggeskenk gegee nie." Hy skud sy kop. "Nie dat hy al voor-
heen iets vir my gegee het nie."

Daniels glimlag breed. "Fok, dis 'n skelm Porra daai!"

"Hoekom sê kolonel so?"

Daniels beduie Kassie kan maar gaan. "Nee, sommer hardop
gedink."

TJ sit met opgetrekte bene op die sitkamerbank, die grootskerm-TV se afstandbeheer in sy hand. Hy kyk nie regtig na die rugby nie, sy gedagtes by Snake se fokkop met die oom in Bloemfontein. Dit het hulle albei geld gekos, tien donnerse duisend rand! Toe Daisy vanoggend die maand se salarisse in die bruin koeverte aan hulle gee, het hy en Snake elkeen net dertigduisend gekry.

Toe hy by Daisy kla hoekom hy ook vir Snake se fout moet hoes, het sy net haar skouers opgetrek. "Moenie by my tjank nie, ek het net die koeverte by die poskantoor gaan haal. Bel vir V as jy ingedoen voel."

Dit gaan nie help nie, weet TJ. 'n Jaar gelede het Snake hom ook geld gekos. Toe darem net vyfduisend rand.

"Jy's die leier van operasies, TJ," het V destyds gesê toe hy kla. "As een van julle se stupid optrede die hele land se nuusmedia aan die skreeu kry, word julle beboet as span. Sulke goed maak die cops net hiperaktief – dit weet julle bleddie goed."

En dit oor 'n stoepkakkertjie! Hulle het by 'n paleis van 'n huis in Pretoria ingebreek, Waterkloof. Die huismense was by vriende vir 'n paartie; hy en Snake moes vinnig werk. Die mense se keffertjie het aanhou blaf en hap na hul hakskene. Terwyl Snake met die kluis besig was, het TJ in die hoofslaapkamer gaan kyk of daar nie ook juwele is nie. Toe hy terugkom, was die hondjie stil . . . en weg. Hy't nie vir Snake gevra waar die brakkie is nie.

Toe hy die volgende dag *Beeld* oopslaan, was daar niks oor die inbraak nie. Hy was happy; zero publicity hou V-hulle aan die smile.

Toe, twee dae later, op *Beeld* se voorblad: die gevreet van die stoepkakkertjie lewensgroot op 'n foto saam met sy huismense "in gelukkiger dae". Die opskrif: *Hondjie dood in vrieskas gekry ná juweeldiefstal.* Dit het 'n helse medialawaai afgegee. Tot die nuus op SABC en e.tv gehaal.

Dat Snake die brakkie lewendig in die freezer kon prop, vertel baie van die man. Hulle woon en werk nou al drie jaar saam, maar wat in daai aap se kop aangaan, sal TJ seker nooit kan uitfigure nie. Snake weet van kluise oopmaak en om deur klein openinge te klouter, maar sy upper storey bly 'n mystery.

Nou moet hy wéér die punch vat vir Snake se fout. Die man gaan hulle nog eendag in diep kak kry. Hulle kan nie bekostig om die volgende job op te neuk nie.

Dis al 'n bietjie meer as drie jaar gelede wat die Orde TJ ge-kontak het. Hulle het alles van hom geweet: staandemaglid in die army, toe in charge van 'n sekuriteitsfirma se patrollie-eenheid in Joburg, toe hoof van sekuriteit by 'n Randse juweelieskettinggroep. Hulle het ook goed geweet hy het omtrent fokkol verdien, fancy title ofte not.

Hy was reg vir 'n verandering. Lankal geskei van sy vrou, ver-vreem van sy kids, dik vir sy armgatbestaan – die Orde se timing was perfek. Op 37 was hy nog jonk genoeg vir 'n nuwe uitdaging, al is die risiko's hoog. Hy moes aanmeld by 'n huis in Auckland-park, en daar het hy Snake ontmoet, toe ook pas gewerf deur die Orde. Snake se claim to fame is dat hy by drie verskillende firmas gewerk het wat kluise vervaardig en installeer.

V en E het hulle ingewag by die huis. Gemasker. Tot vandag toe het TJ nog nooit hulle gesigte gesien nie, maar die twee gemasker-des het bleddie intimiderend gelyk.

· · ·

Die hoop dossiere op Kassie se lessenaar kantel vir die soveelste keer om. Hy vat 'n klomp van die lêers en sit dit langs sy stoel op

35

die vloer neer. Hy's nie so gelukkig soos Daniels om 'n vliegdek-skip vir 'n lessenaar te hê nie.

Sy oë kyk al oorkruis vandat hy twee dae gelede inligting begin soek het oor die Snawelman, soos Daniels die slagoffer nou amp-telik gedoop het. Tussen Kassie en Magrieta het hulle elkeen seker al deur 'n vyftigstuks dossiere geswoeg.

Die probleem is hulle weet nie regtig waarna hulle soek nie. 'n Vermiste, is Kassie se beste raaiskoot. Maar dis nie vanselfspre-kend nie. Wat dinge verder bemoeilik, is dat die Snawelman on-geveer sewe jaar gelede dood is, wat beteken hulle moet deur alle onafgehandelde dossiere van tussen vyf en nege jaar gelede werk. Dis 'n móérse lot en nog 'n bietjie.

Kassie stoot sy stoel steunend terug. Tyd om 'n dampie te gaan slaan. Net toe hy wil opstaan, kom sersant Rooi Els met lang treë aangestap.

Rooi is uitasem, breë glimlag op sy blinkgeswete sproetgesig. "Bingo, Kassie, bingo!" sê hy en oorhandig twee groot koeverte.

"Wat's dit?" vra Kassie.

"Ek't 'n match vir Snawelman se tanne gekry!" sê Rooi eksta-ties. Hy beduie na die venster bo Da Silva se lessenaar. "Net hier skuins agter die mall, by 'n klein praktyk. Van Tonder is die tand-arts. Hy't sewe en 'n half jaar terug nog 'n kroon vir Snawelman ingesit. Hy't daai skets van Snawelman en die X-rays van sy tande net een kyk gegee, toe sê hy daai groot neus en bek vol stopsels herinner hom aan 'n man wat járre terug by hom was. En wrag-tig, daar strike ons goud." Hy beduie na die twee koeverte. "Tjek maar self."

Kassie bekyk die eerste koevert se dokumente. 'n Afskrif van die man se ellelange geskiedenis by die tandarts wys sy naam is Daniel Knobel, geboortedatum 3 Junie 1924, Rondebosch-adres. In 'n kort verklaring skryf dokter Van Tonder die X-strale stem honderd persent ooreen met die stel wat hy het en die tande behoort sonder twyfel aan Knobel. Die X-strale van die lab en die tandarts is in die ander koevert.

Kassie sit die twee stelle langs mekaar en bestudeer dit aandagtig. Dan kyk hy op na Rooi, wat angstig wag op sy reaksie. "Nice werk, Rooi, baie nice. Dis ons man. Gaan vertel vir die kolonel van jou deurbraak."

Rooi se sproetgesig blom. "Thanks, Kassie. Ek gaan hom sommer nóú sê."

Kassie kyk die jong sersant agterna terwyl hy na Daniels se kantoor drafstap. Die ouens hier spot agteraf met Rooi oor sy kort, dik lyfie, maar daai mannetjie gaan nog 'n verdomde goeie speurder word, dink hy. Rooi se geesdrif vir die job ken geen perke nie, en dis al wat 'n mens van 'n partner kan vra.

8

V en E het destyds in Aucklandpark lank met TJ en Snake ge-
praat. Amper te goed om waar te wees: 'n tax-free forty K 'n
maand, gratis blyplek, motors, geen overheads behalwe eie kos
nie. Petrol, wapens, tools wat hulle nodig het om die job te doen,
word deur die Orde betaal of verskaf. In ruil daarvoor moet hul-
le nou en dan 'n job doen. Min of meer een keer 'n maand, soms
twee keer. En hulle hoef nie voor die tyd te worry oor die fyner
detail nie, die Orde doen die navorsing en die veldkornette die
voetwerk.

Hulle het opleiding in die Kaap gekry, Melkbosstrand. Die Orde
het buite seisoen 'n vakansiehuis vir twee maande gehuur, V en E
het hulle deur die dril gevat. Dié twee Skimme, soos Snake hulle
noem, ken hulle storie: opleiding in die fyner kunsies van inbreek,
hoe om teenoor die slagoffers op te tree, hoe om nie leidrade te
los nie en hoe die polisie en securityvinke se koppe werk. Die tien
gebooie van die Orde is breedvoerig aan hulle verduidelik, 'n bled-
die intensiewe kursus.

TJ was verras toe hy hoor hulle moet op Sasolburg bly, maar V
wou hulle nie in 'n groot stad hê nie, die cops is te skerp daar. Hul
drieslaapkamerhuis op Sasolburg is afgesonder, teenaan 'n park
en omring met 'n hoë muur. TJ huur die plek in sy naam en die
Orde vergoed hom maandeliks in kontant vir die huurgeld, water
en elektrisiteit.

Die Orde maak seker niks kan na hulle getrace word nie. Al
vang die cops hom en Snake, is die Orde veilig. Hulle weet nie
wat hul werkgewers se regte name is nie, hoe hulle lyk of waar
hulle presies in die Kaap woon nie. Shrewd bliksems. Maar solank
hulle betaal, is TJ happy . . . hoewel hy soms onrustig raak oor sy

toekoms by die Orde. Dit kan hy nie ontken nie, en dit begin ál meer aan hom vreet.

Iets wat oor en oor by hulle ingedril is, is die Orde se eerste gebod: Jy mag nie steel nie. Dit kom daarop neer dat hulle dit vir geen oomblik moet oorweeg om van die gesteelde juwele te wil pocket nie.

"Vind ons ooit uit een van julle het van die buit vir julleself gevat, hoe klein of gering in waarde ook al, sal dit nie net die einde van julle loopbane by die Orde wees nie, maar ook die einde van julle lewens. En dis 'n belofte," het V tydens hul opleidingsessie gesê. En hoewel die versoeking soms groot is, weet hy en Snake al twee dit gaan nie die moeite werd wees om dié gebod te oortree nie.

Twee weke nadat TJ en Snake in die huis op Sasolburg ingetrek het, het Daisy haar aangemeld as derde spanlid. Sy bestuur die getaway-kar gedurende operasies. Sy't van kleintyd af rondgejaag op motorfietse, glo maar altyd 'n wilde kat gewees.

Wat presies Daisy se verhouding met die Orde is, is steeds vir TJ onduidelik. Al deel hulle die afgelope twee maande 'n bed, praat sy nie daaroor nie. Hy vermoed sy doen al jare lank jobs vir die Orde.

Dat sy weet hoe om 'n kar te bestuur, het hy en Snake gou uitgevind. Hulle het amper hulle holle in Kimberley gesien. Hulle het 'n caterpillar gebruik om 'n gat in die buitemuur van 'n diamantstoor te stoot en toe 'n swaar kluis vol diamante op 'n vragmotor gelaai. In 'n afgeleë veld het Snake sy magic op die kluis gewerk, die ding oopgekry ná drie ure se sweet. Hulle was nog besig om die diamante oor te laai toe die cops in hulle hordes aangejaag kom met loeiende sirenes en blou ligte.

Daisy het gewag vir die cops om nader te kom. Dié het hulle in 'n formasie van vier voertuie probeer wegkeer van die grootpad. Sy het met 'n moerse spoed weggetrek, die BMW 'n paar keer in die rondte laat tol om soveel stof as moontlik op te skop en toe deur die nouste van gaps tussen twee bakkies geskiet. Toe hulle al op die grootpad was, het die cops eers besef die BMW het tussen die stofwolke verdwyn.

Gelukkig doen hulle nie meer sulke gevaarlike jobs nie. V het besluit dit maak te veel mediageraas, hulle sal vorentoe net op huise konsentreer.

TJ kyk op toe Snake se seningrige lyf in die deur verskyn. Sy wit hare hang in slierte langs sy gesig af, sy dun lippe getrek in 'n sieklike smile.

"En as jy h-h-hier so alleen l-lê?" Snake wys na die TV. "Nie geweet jy kyk rugby nie. Gedink jy en Daisy is in die k-k-kooi besig. Fokkit, julle k-k-kan darem lawaai in die nagte!"

Sy irriterende runniklaggie weergalm soos 'n sirene in TJ se kop en bloed stoot in sy gesig op. Hy sit regop.

"Sê nog een keer iets daaroor en ek bliksem jou!"

"Jy en w-w-wie?" vra Snake uitdagend. Runniklaggie, nikotiengevlekte tande.

TJ sak terug op die bank. Hy sal Snake maklik gelyk met die grond kan maak, maar hy moet hom inhou. Nie die moeite werd om hom te vervies vir dié aap nie. 'n Bakleiery kan net V se ore bereik en dan het hulle van voor af stront.

"Waar's Daisy?" vra Snake.

"Die juwele gaan aflewer."

TJ weet sy vat dit na iemand in Johannesburg. Van daar af gaan dit Doebai toe, het sy eenkeer in 'n unguarded oomblik laat val.

"Wat sê jy v-v-van die Nelspruit job wat a-a-afgestel is?" vra Snake. Hy trek sy vingers stadig deur sy slierte en leun teen die muur.

"V is nervous ná jou fokkop met die omie. Ons moet nou eers vir 'n ruk laag lê voor ons Kaap toe gaan."

40

Snake snork. "V is glad te n-n-nervous. Maar ek m-m-maaind nie. Minder werk vir ons. Ek gaan g-g-gou secondhand bookshop toe."

TJ knik net. Gaan natuurlik weer hier aankom met 'n hele lot Louis L'Amours. Al waarmee Snake hom in sy stuffy kamertjie besig hou, is om te rook, cowboy-boekies te lees en te poep. Hulle hoor hom gereeld. Regte vark.

TJ weet nie hoekom nie, maar hy voel onrustig oor die Kaapse trip. Só naby aan die hoofkwartier sal hulle wragtig nie kan op-neuk nie. Die Orde is 'n klomp bliksems. Sou die cops maar net 'n sniff van die Orde kry as gevolg van hom en Snake, sal hulle twee vinnig na hulle grafte gestuur word.

Hy moet meer uitvind oor die Orde, besluit hy. 'n Bietjie assu-ransie vir homself inbou vir as die pawpaw die fan strike.

● ● ●

Terwyl Kassie na Magrieta se kantoortjie loop, werk hy uit Daniel Knobel sou negentig jaar oud gewees het as hy nog geleef het. Sewe jaar terug was hy twee-en-tagtig, wat ooreenstem met White se skatting. Hy's beïndruk met die lab-mense.

Magrieta is verlig hulle het nou 'n naam. Kassie het 'n vermoe-de sy word oorlaai met werk as navorser/argivaris/administratie-we klerk. Die Snawelman is 'n bykomende las vir haar.

"Ek's toevallig nou net besig met die K's," sê sy opgewonde. Sy krap rond tussen die dossiere op haar lessenaar, maar skud dan haar krulkop moedeloos.

Sy steun toe sy opstaan. "Kom ons kyk net gou by die afgehan-deldes. Soms raak die goed deurmekaar."

Sy kyk beskuldigend in Kassie se rigting. Hy weet sy glo vas die speurders is die skuldiges. Sy krap rond in 'n staalkabinet, haal fronsend 'n dossier uit.

41

"Daniel Knobel. Saak afgehandel," lees sy voor op die dossier voor sy dit vir Kassie gee.

Sy loer oor sy skouer toe hy die dossier oopmaak. Daar is net 'n enkele inskrywing, plus 'n fotostaat van 'n foto van die oorledene. Dit stem verbasend ooreen met die gesig wat die prof saamgestel het, groot neus en al. Die saak is by Nuweland-stasie deur Basil Lourens hanteer. Kassie skud sy kop; Basil is twee jaar gelede dood in 'n motorongeluk tydens 'n jaagtog agter huisrowers aan.

Die inskrywing is kort en saaklik: Knobel is as vermis aangemeld deur sy vrou; volgens die datum was dit ses jaar en nege maande gelede. Hy het laatmiddag in 'n park naby sy huis gaan stap en nooit opgedaag vir aandete nie. Die saak is binne vier-en-twintig uur oorgegee aan die Skiereiland se spesiale aksie-eenheid teen georganiseerde misdaad – daar is geglo Knobel se verdwyning hou verband met die Broeksma-reeksmoordenaarsaak wat die eenheid aan die ondersoek was. Broeksma is die volgende oggend naby Knobel se huis in Rondebosch gevang.

Die enigste ander inligting in die dossier is die name van die Broeksma-ondersoekspan. Kassie herken net een naam: Snoek Kruger, wat amper drie dekades gelede saam met hom in Bellville-polisie se derde pluimbalspan gespeel het. Kassie weet Snoek is by die polisie weg en het nou 'n viswinkel in die Paarl. Hy het op 'n keer aandete gekoop by Snoek se Viswinkel – 'n bleddie pap snoek.

Hy sal Snoek moet bel en hoor wat destyds gebeur het.

Kassie is eintlik verlig. Broeksma het Knobel vermoor en nou is Knobel se geraamte opgespoor. Nie veel wat hy en Rooi verder aan die sakie hoef te doen nie. Case closed.

9

Victor kan hom nog nie sover kry om iets te doen nie. Die vuil woonstel rus op sy gewete. Sy ma sou die piep gekry het as sy haar woonplek in so 'n toestand moes sien.

Maar sy gedagtes hou hom weg van enige aksie. Hy lê net op sy enkelbed en staar na die plafon.

Wat hy van plan is om te doen, kan skeefloop, weet hy. Lelik skeefloop. Hy kan met sy lewe boet, want hulle sal hom soek, hom jaag met alles tot hul beskikking. Hy ken hulle werkswyse maar te goed.

Andersins kan die polisie hulle voorspring en hom vang. Dié keer sal hy nie tien jaar kry nie, maar lewenslank sit.

Daarvoor sien hy nie kans nie. Dan eerder die dood.

Hy skud meteens sy kop. Sulke negatiewe gedagtes het nooit in die tronk sy gemoed besoedel nie.

Hy staan op, gaan lê op die vloer en begin opstote doen. "Een, twee, drie . . ." Hy dink aan sy oupa, sy pa en sy ma.

Ná 'n rukkie voel hy beter. Die klein insinking van netnou is seker natuurlik. Niks sal hom keer om sy planne deur te voer nie.

• • •

Kassie onthou die Broeksma-reeksmoordsaak vaagweg. Dit was destyds groot nuus. Broeksma het mense oor die Skiereiland heen met 'n rewolwer afgemaai en hulle dan in die veld begrawe. Hy verbeel hom Broeksma het ná sy inhegtenisname van sy slagoffers se grafte uitgewys, maar hy is nie doodseker nie.

Terug by sy lessenaar soek hy Snoek se nommer in die telefoonboek op. Hy wink vir Rooi nader. "Ek sit dit op speakerphone sodat jy ook kan hoor."

Hy skakel die nommer. Snoek antwoord ná net twee luie.

"My magtig, Kassie, net 'n wonderwerk jy hou nog daar uit! Al ons ou manne moes mos maar pakkette vat en skoert," groet Snoek. "Die Broeksma-reeksmoordenaar? Ja, ek onthou die saak goed, was myselwers in die ondersoekspan."

Kassie vertel kortliks die storie van hoe Knobel se beendere gekry is en hoe hulle hom geïdentifiseer het. "Ons wil die dossier nou net behoorlik afsluit."

Snoek fluit. "Jong, Kassie, ek't geweet daai Knobel-ou se geval gaan nog eendag boemerang. En nou het dit gebeur!"

"Hoe bedoel jy?" vra Kassie verbaas.

"Kyk, Broeksma het mos ouens links en regs vrekgeskiet en begrawe. Na bewering agt van hulle. Die bliksem was heeltemal bosbefok. Maar agterna het hy kwansuis berou gehad en ons tot gehelp om die grafte van die vermoordes te kry. Almal behalwe Knobel s'n."

"Hoe so?"

"Broeksma het gesweer hy't nie vir Knobel afgestamp nie."

"Nou hoekom is hy dan verbind met Knobel se verdwyning?"

"Daai doos van 'n hoofondersoekbeampte . . . Sybrand Vos. Hy't besluit Broeksma het Knobel vermoor en basta met Broeksma se verklaring. Ons het Broeksma in Rondebosch gevang, nie ver van Knobel se huis af nie. Dit was vir Vos genoeg bewys. Hy's 'n opregte windgat wat soveel glory as moontlik vir homself wou inoes."

"Het dit nie in die hofsaak uitgekom dat Broeksma sê hy't nie vir Knobel vermoor nie?"

"Nee, Broeksma het homself mos net voor die hofsaak in sy sel opgehang."

"O ja, nou kom die storie terug na my. Het die bewaarders nie nog deurgeloop omdat Broeksma 'n klomp toue . . . of was dit nou skoenveters? . . . in sy besit gehad het nie?"

"Einste, skoenveters."

"Kan jy onthou hoe Broeksma sy slagoffers vermoor het? Net geskiet?"

"Jip, net geskiet. In die hart gepot. Al sewe wat ons opgegrawe het."

"Knobel is met 'n skerp voorwerp oor die kop geslaan."

"Kassie, laat ek nou vir jou sê: Broeksma het nog by my gespog oor hoe 'n goeie skut hy was. Hy kon 'n hartskoot op twintig meter met toe oë doen, het hy gesê. Hy't sy kick daaruit gekry om ouens te pot. As Knobel aan 'n kopwond dood is, was dit beslis nie Broeksma nie."

Snoek bly 'n rukkie stil asof hy nadink. "En Broeksma het sy slagoffers diep onder die grond begrawe. As jy sê Knobel se beendere, oorgroei met mos, was op 'n stortingsterrein in 'n vullissak, kan ek jou waarborg Broeksma was nie die skuldige nie. Nog iets wat my destyds gepla het, was dat Broeksma uitgepass was toe ons hom vasgetrap het in sy agterkamer."

"Uitgepass?"

"Ja, asof hy onder verdowing was. Hy't eers heelwat later bygekom. Hy't beweer hy weet nie hoe hy daar gekom het nie, maar al die bewyse was daar: sy klere in 'n tassie, sy rewolwer onder die kopkussing – dit maar net terloops."

"Eienaardig . . . Wat het Vos daarvan gesê?"

"Dat Broeksma maar net sy babelaas afgeslaap het . . . hoewel daar geen teken van drank in die kamer was nie."

"En Knobel se vrou? Het sy enige leidrade verskaf of vermoedens gehad?"

"Nee, ek weet nie. Vos het met haar gaan praat. Maar dié donner was so oortuig hy's reg dat niks wat sy gesê het 'n indruk op hom sou gemaak het nie. Dalk kan jy weer met haar gaan praat.

Ek was destyds vinnig by haar aan om 'n foto van haar man te gaan haal. Sy kan heel moontlik nog lewe, was seker tien of meer jaar jonger as Knobel."

"Wonder of sy nog in Rondebosch bly?"

"Dié weet ek nie."

"En Vos?"

"Hy't dieselfde tyd as ek padgegee by die polisie. Weet nie wat hy nou doen nie, maar ek dink hy bly iewers in die noordelike voorstede. Maar jy gaan net jou tyd mors. Soos ek daai poephol ken, sal hy nooit erken hy was verkeerd nie."

"Thanks vir die hulp, Snoek. As ek weer in die Paarl is, kom maak ek 'n draai by jou."

"Nee, maar dis reg. Ek hou vir jou 'n lekker vars snoek op die ys."

Toe Kassie die selfoon dooddruk, is Rooi op sy voete.

"Bliksis, dis vir jou 'n ding!"

Kassie knik. "En ons het gedink ons kan die dossier finaal sluit." Hy staar voor hom uit. "Die saak ruik die ene bleddie muishond."

10

TJ lê uitgestrek op sy bed. Hy kyk hoe die eerste sonstrale patrone op die gordyne maak. Die dae gaan te stadig verby. Hy's gatvol vir hierdie vier mure én vir die bleddie fabrieksdorp. Hoe lank aaneen kan jy computer games speel of TV kyk?

En hy en Daisy kan nooit iewers heen gaan nie. Negende gebod: "Julle mag nooit saam gesien word buite die huis nie." Hy wil net soms saam met haar gaan uiteet of movies toe gaan, selfs net iewers gaan stap langs 'n dam en piekniek hou. Nie dat hy eintlik 'n ou is vir sulke romantiese shit nie, maar die hel alleen weet, hy wil net weer kan lewe sonder die Orde se gebooie.

Hy hoor hoe Daisy die krane in die stort toedraai. Sy verskyn in die deur, waterdruppels wat blink op haar wit vel. Haar nat hare hang in slierte tot op haar skouers. Die tepels van haar klein borsies staan punt in die wind, heupbene uitdagend vorentoe gedruk, bene wyd uitmekaar. Dit lyk kompleet of sy pose vir 'n *Playboy*-fotosessie. Die drang vir haar begin in hom opwel.

Dan is sy laggend bo-op hom. Sy stroop sy slaapbroek af. Hy wil haar nader trek sodat sy langs hom kan lê, maar sy ontwyk sy grypende hande. Sy is nou in volle beheer – soos sy daarvan hou. Die waterdruppels in haar hare maak 'n ligte sproei oor sy bolyf toe haar pas versnel. Sy oë gaan toe, sy liggaam ruk. Dan weergalm haar gille deur die kamer.

Sy val langs hom neer, 'n rooi blos op haar wange. Hy wil sy arm om haar sit, maar sy druk dit weg en staan op.

"Nou moet ek wéér gaan stort," sê sy amper beskuldigend en stap vinnig badkamer toe.

Hy weet daar's geen sprake van verliefdheid aan haar kant nie. "Kom ons geniet net mekaar se lywe," het sy gesê toe hy die onderwerp aanroer. Dis vir hom vreemd; hy's nie gewoond aan sulke vroue nie.

Maar Daisy is . . . wel, Daisy is anders. Geheimsinnig. Onvoorspelbaar.

Hulle bedsports is maar net twee maande oud. Voorheen het sy haar nie veel aan hom gesteur nie. Hy't vermoed dat sy 'n ander man sien, want sy het min by die huis geslaap.

Hy't in elk geval gedink hy's te oud vir haar. Hy twyfel of sy al dertig is.

Toe eendag terwyl hy besig was om in sy kamer met sy weights te oefen, het sy onverwags by die deur ingeloer, hom half verbaas aangekyk. "Nie 'n slegte lyf vir 'n outoppie nie, TJ."

"Ek's ver van 'n outoppie af, my skat. Forty is die new thirty," het hy gesê.

Sy't nader gestap en met haar vingers oor sy kaal bolyf gestreel. "Lekker stywe spiere . . ." Toe staan sy op haar tone en soen hom vol op die lippe, draai om en loop uit met 'n giggellaggie.

Die paar weke daarna het haar roetine dieselfde gebly en sy het nooit weer na hulle oomblik in sy kamer verwys nie. Een aand het sy – tot sy en Snake se verbasing – aangebied om vir hulle kos te maak. Sy't selfs saam met hulle 'n movie op TV gekyk.

Kort ná middernag, hy het al geslaap, was sy in sy kamer. Hy't gedink hy droom toe haar hande sy lyf begin betas. "Daisy!" het hy effe verskrik gesê, maar sy het net gelag, die bedlampie aangesit en hom bespring. Van toe af is sy elke aand in sy bed. Gedurende die dag, wanneer sy wel hier is, is sy afsydig, amper asof hy nie bestaan nie.

Hy wil dit nie graag aan homself erken nie, maar sy gevoel vir haar begin groei. Hy's fokken jaloers as sy bedags in die BMW klim en ry. Gaan sien sy nou die ander man? wonder hy altyd. Maar gewoonlik kom sy terug met vragte nuwe klere, dan voel hy beter.

Toe sy weer uit die badkamer kom, kyk sy nie na hom nie. Sy trek 'n wit T-hemp en swart jeans aan, haar rug na hom.

"Enige planne vir die dag?" waag hy om te vra.

"Ek gaan in Joburg shop."

"Take me with you, Tierkat."

"Jy ken die gebooie," sê sy oor haar skouer.

"Ek sal op die agterseat lê. Niemand sal my sien nie. Of ek sal met my kar ry en jou daar kry. Dan gaan eet ons by 'n stil restaurant."

Sy swaai skielik om, 'n harde uitdrukking in haar oë, heeltemal anders as die speelsheid van vroeër. "Jy moenie onnodig vir moeilikheid soek nie, TJ. Moenie die Orde wil uitdaag nie. Só gaan jy jou gat sien."

Sy loop uit die kamer en klap die deur met 'n slag agter haar toe.

Hy bly net op die bed lê en staar na die plafon. Die Orde beheer Daisy soos 'n puppet. Hy skud sy kop. Nee, niemand kan haar beheer nie. Kan sy dalk deel wees van die Orde se topstruktuur?

• • •

Victor skrop die laaste deel van die gangvloer skoon. In sy ma se slaapkamer maak hy die vensters wyd oop. Die mop gly oor die blokkiesvloer terwyl hy na die strelende klanke van 'n klassieke musiekstasie op die radio luister. Hy vee die ingeboude kaste met 'n lap skoon, olie die deure en die groot houtkopstuk van sy ma se bed.

Hy kyk op sy horlosie. Dit het hom 'n uur geneem om die kamer weer leefbaar te kry.

Hy gaan sit op sy ma se bed, neem die Bybeltjie op die bedkassie en blaai dit oop. Vergeelde foto's – van hom, sy ma en pa, sy oupa en ouma en hul groot huis in Constantia – is geliasseer tussen die

49

blaaie. Hy kyk na die foto's en baai in die warm gloed van gelukkige herinneringe. Dan sit hy almal sorgvuldig terug in die Bybel.

Hy loop deur die woonstel, beskou elke vertrek krities. Hy't 'n goeie job gedoen.

In sy kamer val hy op die bed neer. Nóú kan hy begin fokus. Dis tyd om die oefeningboek uit te haal.

Maar hy's nog bang vir sy reaksie as hy die storie klaar gelees het. Dit gaan ou emosies wakker maak, en hy kan nie bekostig om kop te verloor nie.

11

Hemingway's Bookshop is in die hart van Hermanus se midde-
dorp. Kassie onthou goed hoe professor Kotze, ook 'n groot seël-
versamelaar, liries geraak het oor die plek.

"Kassie, as jy ooit op Hermanus kom, móét jy daar 'n draai
maak. Dis 'n tweedehandse boekwinkel wat 'n blywende indruk
maak op enige boekliefhebber. Dis nie 'n opgaarplek vir slapband-
boekies met verflenterde buiteblaaie en weggooi-vrouetydskrifte
nie. Dis die hawe van 'n onweerstaanbare versameling boeke," het
die professor op sy hoogdrawende manier gesê.

Kassie kyk op sy horlosie. Hy't spesiaal vroeg gery om 'n uur of
wat hier te verwyl. Rooi was effe dikbek om so vroeg te moet ry.
Hy't gesê hy gaan maar in die dorp rondloop, kyk of hy iets moois
vir sy girlfriend kry. Kassie glimlag. Die man is smoorverlief. Hy
hoop nie die muisneste beïnvloed Rooi se werk nie.

Hemingway's het 'n warm, gesellige atmosfeer. Tussen die Per-
siese tapyte, antieke stoele en tafeltjies deur snuif Kassie behaaglik
aan die weergalose reuk van ou boeke. Sy oë flits oor die swaarge-
laaide rakke en wye verskeidenheid afdelings: Africana, Antikwaries,
Anglo-Boereoorlog, Stamme van Afrika, Skeepswrakke, Jagverhale,
Kuns, Reismemoirs. Elke hoekie en draaitjie lewer nuwe verrassings
op: Chinese filosofie, Argitektuur, Reptiele, Insekte, Lokomotiewe,
Britse adel, Rhodesiana, Cecil Rhodes, Hitler . . . Posseëls.

Hy sak op sy hurke af terwyl sy vingers behaaglik oor die ry
seëlboeke gly. Dit voel komplek asof hy op 'n ander planeet is.
Boeke waarvan hy nog net gehoor het, staan hier reg voor hom.
Hy weet nie waar om te begin nie. Hy gaan sit plat op die vloer en
begin die boeke een vir een uithaal en deurblaai.

Meer as 'n uur later loop hy met stapels boeke onder elke arm na die betaalpunt. Hy sluk hard toe hy sien die dertien boeke gaan hom oor die drieduisend rand uit die sak jaag. Hy sal volgende maand maar moet sny op kruideniersware en sigarette, dink hy terwyl hy met sy kredietkaart betaal.

Hy pak die boeke in die kattebak van die polisiemotor. Hy kan beswaarlik wag om te begin lees. Dis nog 'n halfuur voor sy afspraak. Hy stap oor die klipgeplaveide pad in die rigting van die see en gaan staan by die muur waar hy op die Ou Hawe kan afkyk, steek 'n Lucky Strike aan. Hy het met Rooi ooreengekom om hom hier te kry.

Die ou hawegebou lyk nog dieselfde as destyds. Hy en Marietjie was kort getroud, toe kry sy 'n klein bonus by die werk waarmee hulle 'n naweek in die Windsor-hotel kom bly het. Dit was sy laaste keer op Hermanus . . . amper sewe-en-twintig jaar gelede. Hy en Marietjie het ure lank hier op die rotse liefdeswoordjies in mekaar se ore gefluister. Hy skud sy kop. Dinge het daarna vinnig skeefgeloop. Wat sou van haar geword het? Sedert hulle vier-en-twintig jaar gelede geskei is, het hulle heeltemal kontak verloor.

Rooi se stem onderbreek sy gedagtes.

"Tjek hierdie nice sonbril wat ek vir Torretjie gekoop het!" Hy wys trots sy vonds. "Hel, sy gaan dit laaik. Ray-Ban. Sy's mál oor sonbrille."

Kassie glimlag. Hy wonder waar Torretjie aan haar bynaam gekom het. Dalk is dit Rooi se troetelnaam vir haar? Torretjie!

Hy beduie na sy horlosie. "Ons sal moet aanstaltes maak."

Hulle stap sommer na mevrou Knobel se woonstel in Kusweg, toevallig in dieselfde straat as die Windsor-hotel. Toe hy en Rooi verlede week en Vrydag na Knobel se Rondebosch-adres is, het die mense daar gesê hulle het dié huis drie jaar gelede by mevrou Knobel gekoop. Hulle het vertel sy het na Hermanus verhuis.

Toe hy haar gebel het, het sy nie lus geklink om met hom te praat nie.

"Dit sal net weer ou herinneringe aan my man oopkrap," het sy gesê. "Dis tog gedane sake. Niks kan Daniel terugbring nie."

Kassie het haar ingelig dat hulle haar man se beendere gekry het en dat hulle rede het om te glo Broeksma was nie die moordenaar nie. Sy het lank stilgebly . . . só lank dat Kassie gedink het sy het afgelui. Toe het sy onverwags ingestem hulle kan haar kom sien.

Sy het gesê daar was destyds iets wat haar gehinder het, maar sy wou nie oor die telefoon daarop uitbrei nie.

• • •

TJ is gatvol toe hy van die bed opstaan en sy slaapbroek aantrek. Presies dieselfde storie as gisteroggend – Daisy wat hom bespring en daarna die pad vat om te gaan shop. Sy behandel hom soos 'n vloerlap.

Hy stap kombuis toe om koffie te maak. Snake staan by die ketel, koffiebeker in die hand. Hy kyk gesteurd op toe TJ inkom.

"Jissis, julle het my v-v-vanoggend weer w-w-wakker gemaak. Is dit nodig om soos k-k-kraaie te skreeu wanneer julle k-k-kom?"

TJ kan homself nie keer nie. Hy slaan instinktief na Snake se smalende gevreet. Maar hy slaan net lug raak – Snake het sy kop blitsvinnig weggeruk. Dié gluur hom spottend aan terwyl hy sy koffiebeker op die tafel neersit. Hy beduie met sy hand na sy ken dat TJ weer moet probeer.

TJ storm vorentoe en swaai wild met 'n regter na Snake se neus. Snake buk onder die hou in, beweeg vinnig eenkant toe, steek sy been voor TJ in en gee hom 'n ligte stampie. TJ se kop tref die kombuistafel op pad vloer toe. Hy val uitgestrek op sy maag.

Snake is onmiddellik op hom. Hy gryp TJ aan die hare en ruk sy kop agteroor. Sy knieë boor in TJ se rug en die koue lem van 'n mes druk teen sy nekvel.

"Lê stil, ou g-g-grote, of my hand g-g-gly net. En ons wil nie

53

g-g-graag 'n plas bloed op die kombuisvloer hê nie. Nie so tussen die k-k-kos nie."

Sy warm asem blaas teen TJ se wang toe hy oorleun en fluister: "Moenie dink ek s-s-skrik vir jou omdat jy 'n p-p-paar spiere het nie. Ek het al baie groter ouens as j-j-jy op hul moer gegee. In die f-f-future hou jy jou humeurtjie in t-t-toom. Verstaan ons m-m-mekaar, Superman?"

Hy los TJ se hare en kom orent. TJ hou hom van die vloer af dop. Snake gooi doodluiters kookwater in sy koffiebeker, die flick knife nog in sy ander hand. Hy stap uit die kombuis. Sy runniklaggie eggo agter hom aan.

TJ bly nog 'n oomblik lê, druk hom dan op sy arms orent. Sy asem jaag van die inspanning. Hy swets onderlangs. Sy slaap klop waar hy die tafel getref het. Hy maak met bewende hande vir hom koffie.

Op pad kamer toe voel hy 'n warm straaltjie teen sy bors af kronkel. Hy kyk af. Bloed. In die badkamerspieël beskou hy die dun lemstreep oor sy keel. Hy spoel die bloed af en dep sy nek droog met 'n handdoek. Die wond brand soos die hel.

Hy gaan sit op die bed en vat 'n sluk koffie. Haal diep asem om hom te kalmeer en bepeins sy situasie. Hy werk vir 'n spul mense wat hy nie ken nie, voer opdragte uit wat lewensgevaarlik is. Hy speel heeltyd op die voorstoep van die tronk. Hy's verlief op 'n vrou wat duidelik fokkol vir hom voel. En hy het 'n mal partner wat 'n flick knife in sy sak dra, hondjies in freezers prop en ou mans se nekke breek.

Skielik voel hy die drang om sy goed te pak, die pad te vat en te vergeet van die hele spul.

Nee. Nie 'n oplossing nie. Hy sal moet beplan voor hy dit kan oorweeg om 'n skuif te maak. By dié donners bedank of dros jy nie net nie.

12

Ná net drie kloppe aan die deur maak mevrou Knobel vir Kassie en Rooi oop.

Sy is 'n kort, gesette vroutjie met silwergrys hare en groot donkerbruin oë. Kassie skat sy moet naby aan tagtig wees, maar sy lyk nog op en wakker. Sy loop regop, met vinnige, kort treetjies voor hulle uit sitkamer toe.

Haar woonstel op die derde verdieping van 'n luukse blok het 'n asemrowende uitsig op die see. Die plek is ruim en sonnig, die meubels antiek, die tapyte duursaam. Teen die een muur in die sitkamer hang 'n klomp geraamde foto's in twee reguit rye. Swart-en-wit troufoto's, talle portrette van haar man, die groot neus prominent, en foto's van hulle twee saam. Hy troon bo haar uit. 'n Lang man gewees, soos die lab-verslag sê. Die afwesigheid van foto's van kinders of kleinkinders val Kassie op.

Hy en Rooi gaan sit op die groot leerbank oorkant mevrou Knobel. Sy gaan sit op die punt van 'n klein houtstoel.

"Ek is bly julle het my man se beendere gekry, nè?" Sy kug. "Nou kan ek hom darem behoorlik begrawe en . . ." Sy vee vinnig met haar hand oor haar oë. "Dit was maar moeilik destyds . . . om so sonder sy stoflike oorskot van hom afskeid te neem."

"Ek kan dit glo, ek kan dit glo," sê Kassie.

Rooi knik ook simpatiek.

"Hoe het julle ná al die jare uitgevind Broeksma was nie my man se moordenaar nie?" vra sy met 'n frons.

Kassie struikel oor sy woorde om te verduidelik. Hy moet konsentreer om die gegewens so sensitief as moontlik oor te dra.

Sy luister aandagtig, skud dan haar kop. "En die poeliesman wat die saak destyds hanteer het, was só seker Broeksma was die skuldige! Hy wou nie regtig luister na wat ek te sê gehad het nie."

"Wel, dis waarom ons vandag hier is . . . om te luister na wat mevrou se vermoedens was," slaan Kassie die gaping.

"Kyk, dis ook maar net vermoedens, nè? Maar dit het my tog gepla dat hulle dit nooit ondersoek het nie . . . Eintlik kon ek die polisie seker nie kwalik neem nie. Dit was so vaag, en ek kon nie enige name verskaf nie."

"Name?" vra Kassie.

"Ja, dis eintlik 'n lang storie."

Hy glimlag. "Ons het tyd. Vertel asseblief."

Sy leun effens terug in haar stoel. "My man het 'n konstruksie-maatskappy besit. Hy het nooit personeel gehad nie, net elke keer 'n klomp mense gekontrakteer wanneer hy 'n projek gekry het. Hy't baie keer groot staatskontrakte gekry. My man het goed gedoen vir homself, nè?" Sy kyk af na haar hande. "Maar hy het ook 'n ander bron van inkomste gehad waarvan ek min geweet het. Destyds het ek vermoed sy verdwyning kon daarmee verband hou."

Kassie knik. "Ons luister graag."

"Daniel was altyd so geheimsinnig daaroor. Hy het aan 'n orga-nisasie behoort, nè? Amper iets soos die Broederbond, maar klein, het hy eenkeer gesê. Die organisasie het soms saam projekte aan-gepak. Wat dit was, weet ek nie. Hulle het elke maand twee, drie keer vergader by 'n plek onbekend aan my."

Sy skuif rond op haar stoel. "Al wat ek van die hele affère weet, is hoe die organisasie ontstaan het. Dit was tydens die Tweede Wêreldoorlog. My man was lid van die Ossewabrandwag, nè?" Sy lag verleë. "Vir julle jonger mense is dit seker Grieks. Maar die Ossewabrandwag was destyds 'n beweging wat simpatie met Hitler gehad het en wat gekant was teen Jan Smuts se beleid dat Suid-Afrika saam met die Engelse teen die Duitsers moet baklei."

"Ek weet so 'n ietsie van hulle," sê Kassie, "ek het altyd gehou van geskiedenis."

56

Rooi skud sy kop – duidelik Grieks vir hom.

"Ja, die Ossewabrandwag was maar 'n rowwe spul, nè? Hulle het allerlei terreurdade gepleeg. My man en 'n klomp van sy makkers het een aand 'n spoorlyn iewers in die Karoo opgeblaas. Hulle is gevang en in 'n interneringskamp gegooi op Koffiefontein in die Vrystaat. Ek dink hulle is langer as 'n jaar daar aangehou. Om en by 1942 of 1943." Sy lag verleë. "Hy was toe natuurlik nog nie my man nie, nè? Ek was daardie tyd maar sewe jaar oud."

Sy lyk meer ontspanne, leun gemaklik terug in haar stoel.

"Nietemin, my man het vertel die organisasie . . . of broederskap, soos hy soms na hulle verwys het . . . het sy ontstaan gehad in die interneringskamp. Hulle het besluit om dit geheim te hou, nè? Die doel was om in die toekoms vir mekaar te sorg."

Kassie frons. "Te sorg?"

"Ja, dit was sy woorde. Wanneer ons oorsee gaan vakansie hou het, het hy altyd gesê dis danksy die organisasie dat ons dit kan bekostig. Nou en dan het hy my verras met 'n geskenk . . . 'n mooi rok of juwele, dan het hy gesê dis met komplimente van die organisasie."

"En hy het in al die jare niks meer oor die organisasie vertel nie, soos hoe hulle hul geld verdien? Hy het geen naam genoem van sy kollegas nie, al was dit net 'n voornaam?" vra Kassie.

Sy skud haar kop. "Daniel was soos 'n geslote boek daaroor, nè? En as jy hom geken het soos ek, het jy geweet jy mors jou asem om te probeer uitvis. Dit het my baie gepla . . . die geld van die organisasie af. Ek was altyd so bang Daniel hou hom met onwettighede op."

Kassie vryf nadenkend oor sy ken. "Waarom het u gedink die organisasie het iets te doen gehad met sy verdwyning?"

"Wat ek wel geweet het, was dat Daniel die jongste van die groep gevangenes was. In die laaste vyf jaar van sy lewe was hy die enigste oorlewende van die oorspronklike groep. Die ander se kinders het glo deur die jare hul pa's se plekke in die organisasie ingeneem." Sy bly 'n oomblik stil. "Ek en Daniel het nooit kinders gehad nie, nè?"

Sy stryk met 'n benerige hand oor haar hare. "Maar om terug te kom na jou vraag: veral die laaste paar jaar van sy lewe het hy altyd baie ontsteld teruggekeer van die vergaderings. Hy't natuurlik niks gesê nie, maar ek kon sien iets krap aan hom. Twee dae voor sy verdwyning het hy 'n hewige argument oor die telefoon met iemand gehad. Ek kon nie hoor wat hy sê nie, die studeerkamer se deur was toe, maar hy was by tye baie driftig. Ek het nog nooit so iets by hom gehoor nie. Daniel het nooit sy stem verhef nie, maar daardie aand was hy briesend, buite homself van woede. Hy het selfs geskree op die ander persoon. Ek het maar aangeneem hy het met iemand van die organisasie geredekawel, want hy het agterna niks oor die oproep gesê nie."

"En dit het u laat dink die organisasie kon dalk betrokke wees by sy verdwyning?"

Sy knik. "Wel, dis al waaraan ek kon dink. Daar was beslis nie ander vyande in sy lewe nie." Dan verwytend: "Maar die polisieman het my storie afgemaak as onbelangrik. Hy was doodseker Broeksma was my man se moordenaar, nè?"

• • •

Victor staan met 'n sug van die bed op en stap na die lessenaar in die hoek. Hy trek die boonste laai oop, soos hy al 'n paar keer gedoen het, en tel weer die geld wat sy ma vir hom gelos het. Vyftienduisend rand. Tien jaar gelede sou dit soos 'n klein fortuin gevoel het. Nou kan jy blykbaar skaars 'n maand daarmee oorleef. Hy sal die rande moet rek totdat hy sy take uitgevoer het.

Die woonstel was sy ma se eiendom, hy die enigste erfgenaam, dus kos verblyf hom niks. Hy het nie nou al elektrisiteit en warm water nodig nie. Hy hoor dis deesdae buitensporig duur. Daar is 'n paraffienstofie in die kombuis. Koue water skrik hom nie af nie, hy's dit gewoond ná die tronk. Hy sal vanmiddag kerse, paraffien, koffie en blikkieskos gaan koop. Twee dae gelede toe hy vrygelaat is, het hy net batterye vir die radio en 'n brood gekoop. Hy't sedertdien nog niks anders geëet nie.

Hy trek die onderste laai oop. Die boek lê presies waar sy ma vir hom gesê het hy dit sal kry. Hy blaas die stof van die harde buiteblad van die A4-oefeningboek af. Ses-en-negentig bladsye. Hy sal oor die volgende paar dae rustig daaraan lees voordat hy sy eerste taak afhandel.

Die boek sal hom in die regte stemming bring.

13

Op pad terug na die motor oordink Kassie mevrou Knobel se storie.

"Ek kan Vos nie eintlik kwalik neem dat hy destyds nie haar vermoedens ondersoek het nie. Daar's nie veel om op te gaan nie," sê hy.

Rooi knik. "Maar dit klink tog of iets nie lekker was nie. Die organisasie en Knobel het beslis kak met mekaar opgetel. Miskien wou hulle juis daaroor van hom ontslae raak?"

"Ek sal nie sommer nou al sulke wilde afleidings maak nie. Maar as ek destyds die ondersoekbeampte was, sou ek darem die moeite gedoen het om die nommer op die telefoonrekords te kry van die mens met wie Knobel geargumenteer het."

"Wonder of mens nog daai telefoonrekords kan opspoor?"

"Dis seker heeltemal te lank terug."

Toe Kassie agter die stuurwiel inskuif, skakel hy nie dadelik die motor aan nie. Sy vermoede is onwaarskynlik, maar nie onmoontlik nie.

"Rooi, wag hier vir my. Ek gaan net gou iets uittjek. Ek's oor minder as 'n kwartier terug."

Die eienaar van Hemingway's is verbaas om Kassie weer te sien. "Jy't al my seëlboeke opgekoop! Watter afdeling gaan jy nóú stroop?" spot hy goedig.

Kassie lag verleë. "Het jy enige boeke oor die Ossewabrandwag?"

"Nie veel nie, maar daar is dalk een of twee."

Kassie volg hom in 'n smal gangetjie af tot by 'n boekrak gemerk *SA Geskiedenis*.

Die eienaar haal twee boeke uit en gee dit vir Kassie. "Ek's bevrees dis al."

Die eerste boek is 'n taamlik lywige een oor Robey Leibbrandt, een van die Ossewabrandwag se legendariese figure. Kassie kyk agter in die boek, maar kry nie waarna hy soek nie. Die tweede boek, *Die Ossewabrandwag – Stormjare*, is dun en in 'n swak toestand, die buiteblad hang aan 'n paar garings en baie van die vergeelde binneblaaie is los. Die boekie is in 1953 gedruk en uitgegee deur Boerenasie-uitgewers. Tot sy verbasing is daar wel agterin 'n naamregister. Sy hart klop vinniger toe hy sien daar is op bladsy 48 oor Daniel Knobel geskryf. Die paar paragrawe bevestig mevrou Knobel se storie oor die spoorlyn en die interneringskamp.

Kassie kyk vlugtig na die prys van die boek, besluit dan dis hopeloos te duur vir sy doeleindes. Sy kredietkaart gaan kreun as hy nóg tweehonderd-en-vyftig rand daarop moet laai, en Daniels sal 'n koronêr skiet as hy dit probeer terugeis van die polisie. Hy was juis dikbek oor die rit Hermanus toe. "Ons begroting is in sy moer in," het hy gemor, maar darem toestemming gegee.

Kassie haal 'n notaboekie uit en skryf die name neer van die vyf mans wat saam met Knobel op 17 Junie 1942 die spoorlyn naby Laingsburg opgeblaas het.

· · ·

Victor glimlag toe hy die boek oopslaan en sy ouma se netjiese drukskrif sien. Sy het kortverhale vir tydskrifte geskryf, en sy het een liefdesroman gepubliseer gekry. Dit moet nog hier iewers in 'n boekrak staan.

Sy ma het gesê die eerste twee inskrywings is in die vorm van 'n roman. Sy ouma het nie direk na sy oupa verwys nie, maar die gebeure net beskryf asof dit 'n storie is.

Hy gaan lê op sy bed en strek hom behaaglik uit voor hy begin lees.

17 Junie 1942

Die ses mans se gejaagde asems maak wit pluime in die swart Karoo-
nag toe hulle vervaard wegskarrel, wetende die lont is kort na die vyf
dinamietkerse onder die spoorstawe. Hulle duik in agter die sement-
damwal, hulle hande styf oor hulle ore geklem en hulle gesigte teen-
aan die grond gedruk. Met oopgesperde neusvleuels en ingehoue
asems wag hulle op die groot knal.

'n Onheilspellende stilte volg. Die tyd tik moeisaam verby en hulle
wonder of iets verkeerd geloop het. Eksteen kom stadig orent om
oor die damwal te loer. Dan word die nag verlig, die ontploffing is
oorverdowend. Die geweld van die slag ruk Eksteen van sy voete af
en hy val hard op die naat van sy rug. Klein klippertjies reën op hulle,
maar hulle lag uitbundig . . . van verligting én oor die wete dat hul
sending suksesvol was. Almal kom met breë glimlagte orent. Hulle
ore suis terwyl hulle hand skud en mekaar uitgelate op die blaaie
klop.

Louw se bariton-stem weergalm in die oopte van die Karoo-veld.
"As ek omdraai, skiet my. As ek val, wreek my. As ek storm, volg my!"

Die ander herhaal: "As ek storm, volg my!"

Moller se regterarm skiet met 'n gebalde vuis voor hom uit. "Sieg
Heil!"

Die ander koor agterna: "Sieg!"

Hulle hardloop in 'n groep terug na die spoorlyn. Met hulle flitse
verlig hulle die toneel van verwoesting. 'n Donker gat in die grond
begroet hulle waar die spoorlyn eens was, die spoorstawe rondom
gestrooi asof dit deur 'n groot hand opgetel en in bondeltjies ver-
frommel is. Almal praat en lag gelyktydig.

"Ons sal nóú moet wegkom. Hulle sou die slag op Laingsburg kon
hoor," maan Moller skielik.

"Wel, hulle het 'n paar myl om af te lê voor hulle hier gaan uit-
kom," sê Eksteen. "Teen daardie tyd is ons al lankal op die grootpad
Kaap toe."

"Onthou, hulle patrolleer die spoorlyn. Dalk is hulle nader as wat ons dink," sê Wagner.

Sy woorde spoor die ander aan om hulself weg te skeur van hul handewerk. Hulle besluit om die volgende dag hul triomf met oorgawe te gaan vier in 'n Kaapse hotel. Te midde van onderlinge kwinkslae hardloop hulle in 'n oostelike rigting van die spoorlyn weg, verby die dam na 'n plaat bome.

Die lenige 18-jarige Knobel is die jongste en vinnigste van die groep. Hy is eerste by die Ford en hy sien dit ook eerste raak. Sy gesig is in afgryse vertrek toe hy die ander met 'n skril stem inlig: "Ons het groot probleme, kêrels! Die bliksemse voorwiel is pap!"

Die mans bondel uitasem saam om die Ford.

"Ons het dit waaragtig nie nou nodig nie," brom Wagner.

"Dit help nie om paniekerig te raak nie, manne, kom ons ruil dit net so vinnig as moontlik om," sê Moller dringend.

Carelse sluit die kattebak oop en lig die spaarwiel uit. Eksteen neem die domkrag en moersleutel en gaan sit plat op die grond langs die Ford. Hy swets toe hy sukkel om die domkrag op die klipperige terrein staan te maak. Carelse en Eksteen werk in stilte, hul vingers koud en dom in die bytende Karoo-winternag.

"Ligte! Ek sien ligte aankom!" sê Eksteen en wys met 'n vinger in 'n noordelike rigting.

"Sit af die flitse," beveel Moller kalm. "Ons sal nou maar net moet hoop en bid hulle sien ons nie. Hulle sal hopelik afbeweeg langs die spoorlyn."

Hulle bondel in die motor in en tuur met ingehoue asems na die ligte wat meteens ontstellend naby aan hulle is. "Dit is meer as een voertuig," sê Louw.

Toe die ligte in hulle rigting skyn, duik hulle af. Hulle wag gespanne terwyl die gedreun van voertuie onheilspellend nader kom.

"Hulle het dieselfde paadjie as ons geneem," fluister Eksteen. "Hulle gaan ons hier kry. Moet ons nie uitspring en hardloop nie?"

"Waarheen?" vra Wagner. "Hulle gaan ons net soos springhase jag."

"Dis te laat," sê Moller toe die kajuit van die Ford verlig word.

Hulle kom soos verskrikte meerkatte in gelid orent, sien hoe twee polisievoertuie weerskante van die Ford stilhou. Vyf polisiemanne, rewolwers en flitse in hul hande, kom dreigend aangestap.

"Klim uit!" bulder 'n stem. "En hou jul hande omhoog, anders skiet ons."

Een vir een klim hulle uit: die breedgeskouerde Moller, die skraal Eksteen, die gesette Wagner, die gespierde Louw, die breë Carelse en die lang Knobel. Geen teken van die behaaglikheid van vroeër is meer op hul verslae gesigte te bespeur nie. Hulle hou hul hande gedweë omhoog, hulle oomblik van glorie nou net 'n nare droom.

'n Sersant met 'n welige snor en boepens beduie in die rigting van die spoorlyn. Hy praat dringend.

"Konstabel Wessels, gaan kyk jy watse skade die donners aangerig het en kom rapporteer terug. Jy en Nel sal dan Laingsburg toe moet ry om die stasiemeester te gaan waarsku. Daar is 'n Johannesburgse goederetrein op pad Kaapse hawe toe met voorraad vir ons soldate in die Noorde." Hy kyk op sy sakhorlosie. "En die tyd is nie aan ons kant nie . . . oor bietjie minder as 'n uur kom die trein hier verby."

Terwyl die konstabel haastig na die spoorlyn ry, stap 'n polisieman om die Ford en skyn met sy flits in die kattebak wat steeds oopstaan. Hy buk en haal iets uit, bestudeer dit in die lig van sy flits.

"Sersant, kyk hier," sê hy, "net soos ons vermoed het. Dis 'n klomp Stormjaers van die Ossewabrandwag." Hy oorhandig die pamflet aan die sersant. "Daar lê hordes van die goed in die bak."

Carelse wil iets sê, maar Moller beduie hy moet stilbly.

Die sersant kyk vlugtig na die pamflet. "Gmf," snork hy, "bleddie Nazi-propaganda."

Hy kyk onder ruie wenkbroue deur na die groepie mans, sê dan in 'n emosiebelaaide stem met 'n snor wat liggies bewe: "Suid-Afrika is saam met die Geallieerdes in 'n oorlog teen Duitsland gewikkel. Julle

64

is saboteurs, landsverraaiers." Hy spoeg op die grond. "Julle is niks anders as 'n spul Iskariotte nie!"

Victor maak die boek versigtig toe. Hy staan op en sit dit terug in die onderste laai van die lessenaar. Dit klink soos 'n regte roman. Hy wil nie te vinnig daaraan lees nie.

Hy het tyd nodig om sy gedagtes te orden en hom te staal vir dit wat nog gaan kom.

14

Encrypted message (Hushmail service)
From: iskariot12@hmail.com
To: katrina12@hmail.com
Date: Thu, Feb 13, 2014 at 5.45 PM
Subject: Bloem-operasie

Hallo Katrina

Die grou lug en ysreëntjie hier in Amsterdam duur steeds onverpoos voort. Die koue het in my beendere gaan sit. Selfs die kaggelvuur in die personeelsitkamer van die universiteit kry dit nie nou verdryf nie. Hoe smag ek nie vandag na 'n bietjie hitte van my geboorteland nie!

Het 'n vermoeiende dag gehad. Die studente was ook kliphard gevries, traag om te dink – wat klasgee soms maar uitputtend maak. En ek het vanaand nog twee aandklasse wat wag!

Maar my nuus is darem nie net somber nie. Die besending Bloem-goedere het veilig geland in Doebai. Stef is nou besig om die produkte te verwerk. Ons het reeds 'n bestelling vir die 38 pienkes gekry teen 'n baie goeie prys. Die ander goedere behoort ook goed te vaar. Die totale opbrengs van die Bloem-operasie behoort die R3,5 miljoen-kerf maklik te oorskry, volgens Stef, wat maar altyd konserwatief is in sy skattings.

Enige rimpelinge oor die ongelukkige voorval met die ou man in Bloem? Ek hou die SA koerante daagliks op die internet dop, maar sien nie werklik groot branders daaroor nie. Maar dis seker veilig om eers laag te lê.

Ons een bedryfsman bekommer my soms. Dis die tweede keer dat hy fladderinge veroorsaak met onbehoorlike optredes. Hoe het die Spaanse *skaakmeester De Segura gesê: "God duld selfs die swakste speler. Maar nie vir lank nie."*

Wat my by 'n ernstiger saak uitbring: Ek neem kennis van jou besware oor my besluit om ons huidige operasies in dié spesifieke bedryf ná die Kaapse ekskursie te los. Maar jy weet goed dit was nog altyd Orde-beleid om nie langer as drie jaar betrokke te wees in 'n bedryf nie. Die risiko's neem jaarliks net toe. En kom ons wees eerlik met mekaar: Ons het die afgelope paar jaar noue ontkomings beleef.

Vertrou my oordeel. Ek het ook nie regtig nodig om my besluit te motiveer nie!

Tog net dit: My belangrikste oorweging vir die besluit is Vera. Die kind is hopeloos te nou betrokke by die operasionele sy van sake. Ek het my die afgelope drie jaar dood bekommer daaroor. Ek wil haar vorentoe nie weer daaraan blootstel nie.

By die twee opsies wat ek tans ondersoek om in die toekoms by be-trokke te raak, gaan ons haar talente beslis op 'n minder riskante manier inspan.

Laat weet my hoe julle vorder met die beplanning van die Kaapse operasies.

Iskariot

From: katrina12@hmail.com
To: iskariot12@hmail.com
Date: Thu, Feb 13, 2014, 6.31 PM
Subject: Re: Bloem-operasie

Hallo Iskariot

Ek sal jou ruil vir 'n bietjie Hollandse ysreën. Hier sweet ons emmers vol!

Ek neem kennis van jou besluit om die huidige bedryf te groet en dit is goed so. Soos gewoonlik is jy reg. Jammer dat ek jou bevraagteken het.

Swys stem ook saam met jou. Trouens, hy het lankal gedink die risiko's neem toe.

En ja, ek bekommer my ook oor Vera. Maar ai, om haar in toom te hou bly 'n helse uitdaging.

Met die beplanning van die Kaapse operasies gaan dit goed. Een risiko is minstens uitgeskakel: die sekuriteitsmense gaan ons nie pla nie, wat 'n groot bonus is. Joep is nogal senuweeagtig daaroor, maar hy stem saam dis die veiligste manier. Al gaan dit weer 'n paar kruisies agter sy firma se naam beteken! Maar ter wille van die groter saak sal hy daarmee kan saamleef.

Ons beplan drie operasies: een in Rondebosch, een in Bellville en een op Stellenbosch. Al drie het vragte produkte. My vermoede is die opbrengs gaan nog groter wees as die Bloem-operasie s'n.

Ons het nog nie spesifieke datums nie – soos jy weet, speel baie dinge 'n rol om die regte dae te kies. Maar ons sal die bedryfsmanne binnekort laat kom om hulle voor te berei.

Wat my by die groot vraag uitbring: Wat doen ons met dié twee ná die laaste Kaapse operasie? Gaan daar plek wees vir hulle in die toekomstige aktiwiteite?

Laat weet, asseblief – dit gaan my beplanning ook beïnvloed.

Groete

Katrina

From: iskariot12@hmail.com
To: katrina12@hmail.com
Subject: Re: Bloem-operasie
Date: Thu, Feb 13, 2014, 11.16 PM

Hallo Katrina

Ek het nie tyd gehad om vroeër na jou terug te kom nie. 'n Lastige kollega het hom ongenooid by my aangesluit terwyl ek op my skootrekenaar besig was in die gemeenskaplike sitkamer.

Daarna moes ek eers deur twee klasse swoeg. "De pers en de Amerikaanse vrijheidsoorlog" was nie vir my of die studente noodwendig 'n opwindende onderwerp nie, maar ek kon hulle aandag darem behou.

My antwoord op jou vraag oor die bedryfsmanne is kort en kragtig: Neem op 'n geskikte manier afskeid van hulle. Hulle sal beslis nie vorentoe gehuisves kan word nie. Ons gaan mense met ander vaardighede nodig hê.

En soos ons destyds met hulle keuringsproses al bepaal het: niemand gaan sommer weer navraag doen oor hulle nie.

Iskariot

15

"Alwyn het talle kere genoem hy gaan eendag sy versameling na-
laat aan jou. Hy't altyd gesê jy's die enigste een wat dit regtig sal
waardeer. Wat gaan ek tog daarmee doen? Nie my dogter en haar
man óf hulle twee kinders stel in seëls belang nie. So, moenie sleg
voel daaroor nie. Dit staan tog baie duidelik so geskryf in Alwyn
se testament: jy kry dit. En ek aanvaar dit so."

"Wel, mevrou, ek . . . ek is nog stomgeslaan daaroor. Ek weet
. . . weet regtig nie hoe om my dankbaarheid . . ." stamel Kassie.

"Basta met die baie gedankiesê," knip Bettie Calitz hom kort.
"Ek reël dat my skoonseun dit vir jou aanstuur. Ons sal die ver-
sekering ook van dié kant af reël."

Toe Kassie aflui, sak hy op sy bed neer. Sy bene is die ene jellie.
Dít het hy nooit verwag nie. Alwyn Calitz was een van die groot-
ste versamelaars van veral internasionale seëls in Suid-Afrika. Sy
uitgebreide Amerikaanse seëlversameling is al by geleentheid in
Washington uitgestal.

Kassie skud sy kop. Hy sou eerder wou hê Alwyn moet nog
lewe. Hy voel skuldig om so in ekstase te wees oor dié groot ge-
skenk.

Hy het Bettie Calitz vroegoggend gebel om sy simpatie oor te
dra met haar verlies. Sy het eers die aaklige gebeure van daardie
nag in die fynste besonderhede vertel. Hy het skoon ongemaklik
gevoel – dit het geklink of sy 'n verklaring aflê aan die polisie. Hy
was nie seker of sy onder die indruk verkeer dat hy uit die Kaap iets
aan die saak kan doen nie. Volgens haar het die polisie in Bloem-
fontein nog met geen verdagtes of leidrade vorendag gekom nie.

En toe vertel sy hom van die seëls. Hy sluk. Hy gaan vandag
moeilik op sy werk konsentreer.

Hy kom orent. Tyd om te stort en aan te trek. Voordat hy bad-kamer toe loop, beskou hy homself eers in die staanspieël in die slaapkamer. Hy sug. Sy maag kan 'n mens seker nie 'n bierpens noem nie, dalk 'n boepmagie. Maar dié is nog groter as toe hy 'n jaar gelede met sy maagspieroefeninge begin het. Hy sal moontlik meer as net tien opstote per dag moet oorweeg. Waar's die dae toe hy van hamburgers en pizzas geleef het sonder om 'n enkele kilo-gram op te tel? Noudat hy merendeels gesond probeer eet, groei sy maag soos 'n swanger vrou s'n.

Hy stel die klank van die hoëtroustel in die kombuis hard voor-dat hy die stortkrane oopdraai in die aangrensende badkamer. Hy hou daarvan om hom in te seep op maat van die "Soepvleespolka".

Ná hy gestort en geskeer het, trek hy vinnig aan, room en kam sy hare. Hy haal 'n vars pakkie sigarette uit die koskas.

Net toe hy die voordeur wil oopmaak, vang sy oog die stapel seëlboeke wat hy op Hermanus gekoop het. Dit lê nog op die rusbank waar hy dit gisteraand neergesit het. Waarom kon al die seëlverwikkelinge nie vóór sy vakansie gebeur het nie? Wan-neer gaan hy tyd maak om deur al die boeke te lees en dan nog Alwyn se seëlversameling ook te bestudeer en te integreer met sy eie?

Op pad kantoor toe is sy gedagtes net by Alwyn se versame-ling. Die meeste van Alwyn se Suid-Afrikaanse seëls sal hy ook hê. Maar hy kan die duplikate weer vir ander seëls ruil onder sy uit-gebreide netwerk filatelievriende. Hy sal nie die waardevolles op veilings verkoop nie, hy wil nie geld maak uit Alwyn se gebaar nie.

Kassie parkeer agter Da Silva se kar, die personeelstaanplekke vroeg reeds vol. Hy sien Rooi is nog nie hier nie. Lê moontlik nog lepel agter Torretjie se rug. Hoewel hy nie regtig glo die konser-watiewe Rooi smul nou al aan die verbode vrugte nie. Volgens Rooi "vat hulle dinge stadig". Maar aangesien Rooi onlangs by sy ma-hulle uitgetrek het en nou op sy eie in 'n woonstel naby Kassie

71

in Goodwood woon, kan dit dalk net die einde wees van daardie edele voornemens.

Dis eers toe hy agter sy lessenaar inskuif dat Kassie die notaboekie raaksien waarin hy die name van Daniel Knobel se makkers neergeskryf het.

Hy maak die boekie oop en bekyk die name: Markus Moller, Willem Eksteen, Bernoldus Wagner, Pieter Louw en Jakobus Carelse. Gewone boerename. Almal al in hul grafte.

Mevrou Knobel het genoem Daniel was in die laaste vyf jaar van sy lewe die enigste oorlewende stigterslid van die organisasie, en hy is al amper sewe jaar gelede dood. Dus is die laaste van sy makkers al ongeveer twaalf jaar gelede begrawe.

Om meer besonderhede oor hulle of hul kinders te kry, gaan 'n byna onmoontlike taak wees. Kassie en Rooi kan die Kaapse telefoongids vat en mense met dié vanne begin bel, maar dit sal letterlik duisende oproepe behels. Hulle het al voorheen deur 'n soortgelyke oefening gegaan en moes dae lank tot laatnag op kantoor sit. Die meeste mense werk bedags en is eers na-ure beskikbaar. Dis ook nie te sê dat die mans se nageslagte nog in die Wes-Kaap woon nie.

Hulle gaan net 'n helse lot geld en tyd mors, en daaroor is Daniels deesdae 'n pyn in die gat. Die speurders moet daagliks hoor hoe brigadier Filander hom hel gee oor die stasie se begroting, wat skynbaar jaarliks oorskry word.

Kassie wend hom tot Google, maar sien gou hy gaan ook nie só regkom nie. Daar is vier-en-twintig inskrywings van verskillende Pieter Louws en almal lewe nog. Met die ander name gaan dit nie veel beter nie. Die inskrywings is vaag en in nege-en-negentig persent van die gevalle is daar nie kontakbesonderhede nie.

• • •

Daar kom onverwags 'n geleentheid vir TJ om meer oor die Orde uit te vind. Dis min dat Daisy in so 'n goeie bui is, maar ná vanoggend se gebruiklike vurige seks het sy in die waai van sy arm kom lê. Sy het met haar vingers deur sy borshare gestreel en hulle het só gelê totdat sy aan die slaap geraak het.

Hy het genuine connected met haar gevoel. Dit was asof dit so hoort. Elke minuut was magic.

Skuins ná elf het sy wakker geword, gesê sy is lus vir 'n braai. "Lekker skaaptjops, boerewors en koue wyn," het sy haar bestelling geplaas.

Hy was uitgelate. Haar goeie bui het nie soos die vorige kere koers gekies nie.

Toe hy met die braaigoed by die huis terugkom, het hy die hout gepak en aangesteek. Snake het na sy motor geloop en weggery.

Daisy sluit by TJ aan en hy skink vir hulle wyn.

"Snake sê hy gaan vanmiddag in Vanderbijl fliek. Ek's bly ons is vir die dag van hom ontslae."

Hy knik net. Sedert hul fight het hy nog nie weer met Snake gepraat nie.

"Sien jy uit na die Kaapse trip?" vra hy terwyl hy die kole oopkrap. "Jy's mos eintlik 'n Kaapse chick."

"Jy kan seker so sê. Born en bred in die Kaap, maar ek sal myself eerder as 'n chick van die wêreld wil beskryf. Ek wil nog baie reis, dalk eendag oorsee settle."

"Ja, dit sal nice wees. Ek ook . . . as die Orde my gaan toelaat om eendag te settle."

Sy glimlag net. "Moenie worry nie, ek sal toutjies trek."

"Klink of jy connections in die Orde het."

"Familie."

"Familie?" vra hy verbaas.

Sy knik.

"En hulle laat jou toe om só 'n gevaarlike job te doen?"

73

Sy lag. "Ek het daarop aangedring. Ek's verslaaf aan adrenalien."

"Wie's familie van jou? V? E?"

"Moenie jou hand oorspeel nie. Ek praat nie daaroor nie." Sy huiwer 'n oomblik. "Dis beter so . . . vir jou ook."

"Wat's beter vir my?"

"Dat jy nie te veel weet nie. Die Orde hou buitestanders maar altyd op 'n afstand."

Hy pak die tjops en wors op die rooster. "O, is dít hoe die Orde my sien? Ek waag my lewe met elke job. Ek help die Orde om miljoene rande se juwele te kry. Ek moet Snake heeltyd bestuur om uit die shit te bly. En nou . . . nou is ek skielik 'n outsider?"

Die glimlag verdwyn van haar gesig. "Moenie jouself bejammer nie, TJ. Elke werk onder die son het sy risiko's. En jy het die werkaanbod met oop oë aanvaar. Die Orde betaal jou goed."

Sy hou haar glas na hom uit sodat hy dit kan hervul. "Maar jy bly net 'n klein ratjie in die Orde-masjien. Jy's vervangbaar. Onthou dit."

"Is ek vir jou ook vervangbaar?"

Haar wenkbroue lig. "Wat bedoel jy?"

"Gaan jy my ook intrade op iemand anders wanneer jy die kans kry? Is ek ook net 'n klein ratjie in die Daisy-masjien?"

Sy staan op, kyk met koue, gevoellose oë na hom. "Ek gaan die slaai haal."

16

Kassie besluit om eers te gaan rook voordat hy sy brein knak oor hoe om by die nasate van die organisasie se stigters uit te kom. Sy longe roep met 'n luidspreker na nikotien.

Hy kry Cliffie Arendse in die vierkant. Dié het al meer ophou rook en weer begin as wat Kassie kan onthou. Cliffie verklaar gereeld so vol oortuiging dat hy nóú sy laaste sigaret gerook het dat dit elke keer 'n skok is om hom weer met 'n sigaret te sien.

Kassie weet Da Silva is heeltyd besig met kantoorweddenskappe oor wanneer Cliffie weer gaan begin rook. Hy het eenkeer gesien hoe Da Silva skelm 'n sigaret in Cliffie se boonste lessenaarlaai sit.

"Besig?" vra hy ná die eerste paar trekke.

"Ja, redelik," sê Cliffie. "Maar ek staan nou eintlik en dink aan arme ou Boontjie. Het sy vrou vanoggend gebel. Sy sê dis nou nie meer lank nie, die kanker het versprei."

"Ek hoor so."

"Die wêreld is darem bleddie klein. Die afgelope tien jaar al speel ek mos snoeker by die klub hier anderkant in Rondebosch. Een van my gereelde partners, ou Klippies Kritzinger, noem toe mos Vrydagaand sy swaer is so siek aan kanker. En jou wragtig-waar, daar kom ek agter Boontjie is sy swaer! Ná al die jare wat ons saamspeel, ontdek ek dit nou eers."

Kassie knik, maar hy luister nie meer nie. Hy druk sy sigaret halfpad dood en druk dit versigtig terug in die pakkie. Met 'n "Cheers, Cliffie" haas hy hom kantoor toe.

By sy lessenaar bel hy mevrou Knobel. Sy is verras om so vinnig van hom te hoor.

Hy vertel haar dat hy die name van haar man se makkers gekry het. "Ek weet mevrou het gesê u ken nie die name van die ander lede van die organisasie nie, maar dalk het u wel van hulle geken sonder om te weet hulle is deel van die organisasie."

"Ja, dis moontlik. Hoewel ek en Daniel maar 'n klein vriende-kring gehad het, en ek kan nie dink dat een van daardie mans by die organisasie betrokke sou wees nie. Hulle vrouens sou tog iets laat val het, nè?"

Hy lees vir haar die vyf name.

"Ek het vir Markus Moller geken! Nie goed nie, maar hy was lank Daniel se prokureur. Hy's al in die 1980's oorlede." Sy bly 'n oomblik stil. "Markus se vrou en hul enigste seun is 'n klompie jare later saam in 'n motorongeluk dood. Siestog, ek het destyds nog op Daniel se aandrang Markus se skoondogter gaan besoek om te simpatiseer."

"Het mevrou sy seun geken?"

"Nee, glad nie. Maar hoekom gaan praat jy nie met die skoon-dogter nie? Karen Moller. Sy weet dalk meer van die organisasie se doen en late as ek. Haar oorlede man sou tog sy pa in die organi-sasie opgevolg het, nè?"

"Weet mevrou waar ek haar in die hande kan kry?"

"Ja, ek het haar 'n tydjie gelede toevallig hier op Hermanus raakgeloop. Toe het sy gesê sy bly steeds in hulle huis in Groen-punt. Ek kan die straatnaam nie meer onthou nie, maar jy behoort haar in die telefoonboek te kry."

Kassie bedank haar en groet.

Mevrou Knobel is reg: die gelyste Karen Moller bly in Groenpunt.

Hy is gelukkig, sy antwoord die foon ná net 'n paar luie.

"Het u vir Daniel Knobel geken?" vra hy nadat hy homself voorgestel het.

"Ja . . . nie eintlik goed nie, maar my skoonpa en hy het bande gehad. Hy's mos destyds deur daai reeksmoordenaar doodge-maak."

Kassie vertel haar van die nuwe inligting oor Knobel se dood. "Dit laat die polisie glo die geheime organisasie waaraan u skoonpa en heel moontlik u man ook behoort het, het belangrike inligting wat ons kan help in die ondersoek."

Sy weet onmiddellik van die organisasie. "Ja, my man het daaraan behoort, maar hy's lank voor oom Daniel al in 'n motorongeluk oorlede."

"Ek besef dit, maar kan ek nogtans met u kom gesels? Ek sal graag wil hoor wat u van die organisasie se bedrywighede weet."

"Kaptein Kasselman, dit sal nie nodig wees nie. Ek weet regtig nie veel daarvan nie," sê sy beslis. "My man was maar altyd geheimsinnig daaroor. Maar dit wat ek wel van hulle weet, is dat hulle net goeie dinge gedoen het. Ek kan my nie indink hulle sou iets van oom Daniel se dood weet en dit nie aan die polisie oorgedra het nie."

"U sê hulle het goeie dinge gedoen?"

"Wel, ja . . . vir hul mede-Afrikaners. Ek weet hulle het onder meer geld geleen vir voornemende entrepreneurs. Volgens my man het hulle ook beskerming gebied aan sulke entrepreneurs."

"Watse soort beskerming?"

Sy lag. "Niks sinisters nie. Hulle het net gesorg die opposisie in dié sakemanne se omgewing kry opdraande."

"Ek verstaan nou nie?"

"Jammer, dis al wat my man gesê het. Hulle het baklei vir die Afrikanersaak – wat 'n mens nie kan sê van vandag se spul ruggraatlose Afrikaners nie."

"Weet u of hulle nog bestaan . . . die organisasie?"

"Ek . . . ek twyfel. Nee, ek weet regtig nie," sê sy dan vinnig. Té vinnig na Kassie se sin.

Hy lees vir haar die name van die ander mans, maar sy sê sy ken niemand.

Toe Kassie aflui, peins hy lank oor die gesprek.

Karen Moller se man is lank voor Daniel Knobel oorlede, dus klink die Moller-roete na 'n doodloopstraat. Behalwe vir die "beskerming" waarvan sy gepraat het. Die organisasie klink vir hom soos 'n soort Boeremafia. En enige Mafia-agtige organisasie is bekend daarvoor dat hulle mense laat verdwyn.

Sy het ook nie baie oortuigend geklink toe hy gevra het of die organisasie nog bestaan nie. Sou sy dalk nog met hulle kontak hê?

17

TJ weet hy't die dag opgedonner. Hulle eet in stilte, toe sê Daisy sy gaan kamer toe – háár kamer.

Maar hy móés meer probeer uitvind. En Daisy het vandag meer oor die Orde gesê as die afgelope drie jaar. Hy het altyd geweet sy is nie so laag op die Orde se voedselketting soos hy en Snake nie. Dis waarom sy vertrou word om die juwele in Johannesburg te gaan aflewer.

En sy het bevestig wat hy altyd vermoed het: hy en Snake is vervangbaar. Die Orde verdra hulle net omdat hulle nog nie 'n groot gemors aangevang het nie. Vir al wat hy weet, is hulle plaasvervangers al klaar opgelei . . . gereed om hulle plekke in te neem.

Die miljoendollarvraag is: Wat gaan dan met hom en Snake gebeur? Hy kan nie dink die Orde sal hulle net laat gaan met 'n handshake en 'n paar afskeidswoorde nie. Hy ril. Die onsekerheid maak hom mal.

Die bleddie onsekerheid. Dis die storie van sy lewe. Al vroeg begin, toe hy nog 'n laaitie was. Hy't altyd in vrees geleef vir wanneer Dad huis toe kom. Gaan hy weer gesuip wees? Watter rede gaan hy dié keer uitdink om TJ te bliksem? Gaan Dad sy vuiste gebruik of gaan die leerband oor sy rug klap? Gaan hy Ma ook slaan?

Hy't soms in die hangkas weggekruip wanneer Dad se Zephyr voor die huis stilgehou het. Tot Dad hom eendag daar uitgepluk en sy neus met 'n vuishou gebreek het – omdat hy die "vermetelheid" gehad het om vir sy pa weg te kruip.

TJ buk vooroor om die laaste bietjie hitte uit die kole te krap. Die middag het verbygevlieg, sy gedagtes heeltyd op plekke in sy verre verlede. Hy tuur voor hom uit. Die son het gesak en 'n koue windjie het opgesteek.

Die wind het daardie aand ook gewaai. Jissis, hoekom kan hy dit nie uit sy kop kry nie? Dit kom elke keer terug wanneer die onsekerheid in sy lyf kom sit.

Sy ma het geskreeu, gegil, haar snikke rou. Toe het sy gesoebat. Hy het gehoor hoe die houe val. Hy het in sy kamer gesit, 'n bang, bleekgeskrikte laaitie van vyftien. Die houe het bly val, dit was erger as ooit tevore. Sy ma het bly soebat en smeek. Skielik kon hy dit nie meer hanteer nie. Hy't opgespring en kombuis toe gehardloop. Dad se rug was na hom toe, hy was besig om Ma te bliksem. Haar gesig was rooi van die bloed. Hy het die bottel brandewyn op die tafel gegryp en Dad teen die agterkop geslaan so hard as wat hy kan. Die bottel het nie gebreek nie, maar Dad het op die vloer neergeslaan. Hy het bly lê, sy oë wyd oop en leweloos.

Hy en Ma het Dad in die agterjaart begrawe. Terwyl die wind geruk en gepluk het aan sy lyf, het hy die graf toegegooi, die grond gelyk gemaak. Sy ma het toegekyk met 'n strak gesig vol bloed. Sy het niks gesê nie.

Nadat sy die bloed afgewas het, het sy hom aangesê om in die bed te gaan klim. Hy het gehoor hoe sy wegry met Dad se Zephyr. Sy het eers vroeg die volgende oggend teruggekom. Hy het deur die gordyne geloer, gesien 'n taxi laai haar af.

Toe hy laatmiddag ná die rugbyoefening by die huis kom, het sy hom buitentoe geroep. Sy't sement, 'n rol draad, 'n paar houtpale en sinkplate gekoop.

"Nou kan jy die duiwehok bou wat jy nog altyd wou hê," het sy gesê. "Dáár." Sy het gewys na die plek waar die grond nog vars omgespit was.

Sy het nooit weer iets gesê oor daardie aand nie. Hy het net gehoor hoe sy 'n paar dae later die cops bel en sê haar man is missing. 'n Week later het 'n cop kom sê hulle het die Zephyr in Springs gekry, maar hulle soek nog na Dad.

Die huis is kort daarna verkoop. Ma se salaris by die dry-cleaners en sy paar sente uit koerantaflewering kon nie die huis se uitgawes dek nie. Hulle moes in 'n low-cost bachelor flat gaan bly.

En toe, presies 'n maand later, klop 'n speurder aan hulle deur. Die nuwe huiseienaar het Dad se lyk gekry toe hy fondasies gegrawe het vir 'n aanbouing.

Sy gedagtes word onderbreek toe Snake se motorligte die braaiplek verlig. Hy kyk nie in Snake se rigting toe die motordeur toeklap nie, hoor net sy voetstappe nader kom oor die gruis.

"En as jy so sit a-a-asof iemand jou k-k-kos afgevat het?" Runnik-laggie. "Waar's Daisy?"

TJ beduie met sy kop in die rigting van die huis. "Kom sit, ons moet praat. Kry vir jou wyn."

Hy kan sien Snake is verbaas. Maak hy 'n fout om oor die Orde te praat?

TJ besluit om deur te druk. Snake is in dieselfde posisie as hy. Al verskil is: Snake weet dit nog nie. Hy sal die mal bliksem moet vertrou, anders kan dinge lelik skeefloop.

18

'n Loomheid oorval Kassie waar hy agter sy lessenaar sit. Sy oë wil toeval en hy gaap dat dit voel asof sy kake uithaak. Hy skud sy kop met mening om suurstof na sy topverdieping te stuur, maar dit help niks.

Dis als die gevolg van 'n oordeelsfout – hy het *The Story of Russian Stamps in the Twentieth Century* gisteraand kamer toe gevat. Die boek lees soos 'n riller en hy het eers vanoggend drieuur die bedliggie teensinnig afgesit. Hy kan nie wag om ná werk die laaste twee hoofstukke te verslind nie.

Hy leun vooroor en laat sak sy kop in sy hande. Kan hy nie 'n vinnige uiltjie gaan knip in die agterste stoorkamer nie? Magrieta sal nie omgee om kywie te hou nie.

Die skril gelui van die telefoon vlak by sy regteroor sweepslag sy tam brein tot helderheid.

Dis Karen Moller.

"Kaptein Kasselman, ek was gister nie honderd persent eerlik met jou nie," sê sy dadelik. En dan half verleë: "My gewete ry my daaroor. Ek is nie die soort mens wat goed wil wegsteek vir die gereg nie."

Kassie is nou helder wakker. "Wel, ek luister graag."

"Ek het nie meer kontak met die organisasie nie. Glad nie," benadruk sy. "Maar ek ontvang nog elke maand geld van hulle."

"Hoe so?"

"Elke einde van die maand word kontant in 'n bruin koevert per geregistreerde pos aan my gestuur, na die poskantoor hier in Groenpunt."

"Van waar af word dit gestuur?"

"Verskillende poskantore in die Skiereiland: Bellville, Durbanville, Constantia, Tokai . . . byna nooit van dieselfde plek nie."

"En wie is die sender?"

"Altyd 'n ander naam: Terblanche, Wiese, Ferreira, Brink, Wessels, Lotter . . . onbekende name vir my."

"Hoe weet u dit kom van die organisasie?"

"Dit móét hulle wees. My man het altyd gesê die organisasie sal vir my sorg as hy moet wegval. En sedert sy dood ontvang ek die geld."

"As ek mag vra . . . hoeveel geld is dit?"

"Die laaste jaar is dit R25 000. Die bedrag het deur die jare nogal tred gehou met inflasie."

"Is dit die totaal vir die jaar?"

"Nee, dis per maand."

"Per máánd? Twaalf maande van die jaar?"

Sy lag verleë. "Ja, dis wat hulle vir my stuur. En eerlikwaar, ek het die geld nie regtig nodig nie. Dit wat my man vir my nagelaat het en my eie pensioengeld wat ek opgebou het, is meer as genoeg om van te leef. Ek gee die helfte van die kontant elke maand vir die kerk. Die ander helfte verdeel ek tussen welsynsorganisasies."

Sy bly 'n oomblik stil. "Om my gewete te sus, omdat dit geld is waarvan die ontvanger uiteraard nie weet nie."

"Wel, dit dui daarop die organisasie is nog bedrywig."

"Moontlik nie," sê sy. "Dit kan geld wees wat belê is, die maandelikse rente op die beleggings. Dis eintlik my vermoede."

"Kan wees," sê Kassie, maar hy's nie oortuig nie.

"Daar's nog iets waaraan ek gisteraand gedink het wat jou dalk kan help . . ."

"My ore is gespits."

"Ek en my man het eendag kort voor sy dood in Woodstock rondgery op soek na spesifieke gordynmateriaal. Daar was 'n reuse-materiaalwinkel wat my oog gevang het: Kastelyn Materiaal. My man wou nie saam ingaan nie, hy't daarop aangedring om in die kar te wag. Ek het dit nogal vreemd gevind, want hy was altyd so meelewend wanneer ek iets vir die huis gekoop het. Ná die tyd kom dit uit Kastelyn Materiaal was een van die Afrikaner-ondernemings wat die organisasie vroeër gehelp het. Maar daar het konflik tussen hulle ontstaan, waaroor my man natuurlik nie wou uitbrei nie."

Sy skep asem. "Wel, Kastelyn Materiaal is nog steeds in Woodstock, ek het in die telefoonboek gekyk. Dalk is daar nog iemand van daardie tyd wat kontak gehad het met die organisasie."

"Ek sal dit beslis opvolg, baie dankie daarvoor," sê Kassie. "Is daar dalk nog iets wat u intussen bygeval het?"

Sy lag. "Nee, kaptein, my gewete is nou silwerskoon. Ek het alles vertel. Jammer dat ek gister nie heeltemal eerlik met jou was nie."

Toe sy aflui, bel Kassie vir mevrou Knobel.

Sy is ontstoke toe hy vra of sy ook maandeliks kontant ontvang.

"Ek sou dit mos vir jou gesê het as dit die geval was! Nee, kaptein, ek ontvang nie geld nie. Dis duidelik die Knobels is nie so bevoorreg soos die Mollers nie, nè?"

Toe hy die foon op die mikkie terugsit, roep hy Rooi nader en vertel hom van die oproepe.

"Duidelik is die organisasie nog doenig. Die feit dat hulle van verskillende poskantore en onder verskillende name kontant aan Karen Moller stuur, wys net een ding: hulle wil nie 'n spoor los nie. Dit sou tog baie makliker wees om tjeks te stuur of die geld elektronies oor te betaal."

Rooi knik. "En dit klink of die sendername fake is, want nie een stem ooreen met die oorspronklike ouens s'n nie. As dit bloot rente op 'n belegging is, sou dit seker nie nodig gewees het nie?"

"Ja, " sê Kassie. "Die hele ding skreeu skelmstreke. En R25 000 per maand aan net één van die tweede geslag se weduwees is nie kleingeld nie."

"Hoekom kry mevrou Knobel dan nie geld nie?"

Kassie staar peinsend voor hom uit. "Dalk is haar vermoede reg dat haar man se fight met iemand van die organisasie iets met sy verdwyning te doen gehad het. En daarom is sy nie deel van hul kontantskema nie."

Kolonel Daniels stap die kantoor binne.

"En as julle soos twee omies op die stoep van die ouetehuis sit en filosofeer? Enige vordering met die Snawelman-saak?"

"Dis juis waaroor ons praat," sê Kassie.

Hy vertel die kolonel wat hulle tot nou uitgevind het en wat hulle vermoedens is.

"Klink na 'n korrupte spul!" sê Daniels. "Maar julle gaan tyd nodig hê om dit te ontrafel. As jy wil, kan ek van jou onafgehandelde dossiere vir Daan en Cliffie gee. Hulle is nou rustiger."

Kassie merk hoe Rooi se gesig ophelder.

"Dit sal help, kolonel," sê hy.

Hy weet hy gaan nie noodwendig gewild wees by Daan en Cliffie nie, maar dis nou maar hoe die cookie crumble. Werk word eweredig versprei tussen die span speurders volgens die hoeveelheid en ingewikkeldheid daarvan.

Daniels knik. "Ek reël so."

Toe hy wegstap, hoor Kassie hoe hy vir Da Silva vra hoeveel Kassie se nuwe windjekker hom gekos het.

"Driehonderd-en-vyftig," sê Da Silva.

Daniels skud sy kop. "'n Wins van amper vyfhonderd rand."

Kassie glimlag. Nou weet hy hoekom Daniels Da Silva 'n skelm Porra genoem het. Natuurlik weer 'n kantoorweddenskap gewees. Wel, hy't só 'n nuwe windjekker gescore.

• • •

Daisy trek tydsaam aan, eers haar deurtrekker wat sy stadig oor haar bene boontoe wikkel, dan punt sy haar tone om haar voete by die noupypjeans in te kry. Sy doen alles in slow motion, beklemtoon elke beweging van haar sexy lyf. Gaan staan dan kaalbolyf voor die spieël en begin met egalige hale haar nat hare kam.

TJ weet sy weet hy tjek haar uit. Sy draai na hom, trek speels aan 'n tepel.

"Daar's hy," sê sy terwyl sy 'n ligblou bloesie van die stoel se leuning opraap. "Ek hoop jy't goed gekyk, want jy gaan my nie gou weer só sien nie."

Hy knik net. Sy tart hom heeltyd. Speel games met sy gevoel vir haar. Geniet dit om sy jaloesie te melk.

V het gisteroggend gebel: die Kaapse trip begin. Daisy word later vandag deur een van die veldkornette lughawe toe gevat. TJ en Snake moet die lang pad met die BMW tackle. Hulle twee gaan in 'n flat in Durbanville bly. Daisy bly op haar eie, maar sy sal voor die operasies by wees vir die briefing sessions. V sê daar gaan drie operasies oor drie weke wees, maar hulle sal ongeveer 'n maand in die Kaap bly.

TJ het gisteraand in die bed vir Daisy gevra of sy darem nou en dan in Durbanville gaan kom oorslaap. "'n Maand is 'n lang tyd."

Sy het gelag. "Nie 'n kans nie. Ek mag die Orde se seiljag gebruik en ek het baie boyfriends in die Kaap. Ek weet nie of ek jou ook nog kan inpas nie."

Sy ligte het amper getrip. "Is jy ernstig? Oor die boyfriends?"

"Ons is nie getroud nie, TJ."

Dis al wat sy gesê het. Hy kon nie slaap nie.

19

Encrypted message (Hushmail service)
From: katrina12@hmail.com
To: iskariot12@hmail.com
Date: Sun, Feb 16, 2014, 2.31 PM
Subject: Bedryfsmanne

Hallo Iskariot

Ek voel skuldig om jou tyd te mors met dié boodskap. Soms wens ek jy was hier om ook leiding te neem in party van die operasionele sake. Dit sou dinge makliker gemaak het!

Ek het gister saam met die ander priesters bymekaar gekom om die lot van die bedryfsmanne te bespreek. Joep het skielik besware gehad. Ondanks die feit dat dit jou besluit was (ek het selfs jou e-pos vir hulle gelees), het Joep by sy standpunt gebly, wat beslis ook strydig is met ons eerste gebod.

Hy wou nie inval by ons plan nie. Hy't voorgestel die bedryfsmanne word bloot "afbetaal". Volgens hom sou dit geen risiko's vir die Orde inhou nie. Hy't gesê die bedryfsmanne is nog net so onkundig oor die Orde as die dag toe hulle aangestel is.

Dis beslis nie die geval nie! Die bedryfsmanne ken Vera, wel as Daisy, maar die feit dat hulle weet hoe sy lyk, kan die Orde in die toekoms onnodig in gevaar stel. Daarom kan sy voorstel nie eens oorweeg word nie.

Hy moes uiteindelik jou besluit teensinnig aanvaar nadat Swys ook met jou besluit saamgestem het. Merwin het soos gewoonlik geen mening gehad nie.

Wat die vergadering nog moeiliker gemaak het, was dat nie een van ons kon ooreenstem oor die plek waar ons van die bedryfsmanne gaan *afskeid neem nie. Swys meen dit moet iewers in Gauteng gebeur, 'n ruk ná die Kaapse operasies afgehandel is. Volgens hom is daar baie veldkornette wat vir die job gehuur kan word. Joep het voorgestel dit moet in 'n buurstaat gebeur, maar dit skep natuurlik paspoortprobleme. My gevoel is dit moet iewers in die Skiereiland gebeur, net ná die laaste operasie. Ons priesters sal seker self van hulle moet afskeid neem?*

Hoop nie bogenoemde geskille ontstel jou nie. Weer eens jammer dat ek jou met operasionele sake moet opsaal!

Groete

Katrina

From: iskariot12@hmail.com
To: katrina12@hmail.com
Date: Sun, Feb 16, 2014, 4.25 PM
Subject: Re: Bedryfsmanne

Hallo Katrina

'n Beswaardheid het my gemoed oorval ná jou onrusbarende e-pos! Ek verwag nie van my priesters om oor sulke onbenullighede swaarde te kruis nie. Ook nie om so rond te ploeter met 'n eenvoudige takie nie. En nog minder dat een van my priesters my besluite bevraagteken.

Wat Joep betref, kan ek my maar net wend na die Franse skrywer François-René de Chateaubriand: "Dit is goed om jou in die stof te werp as jy 'n fout begaan het, maar dit is nie goed om daar te bly lê nie." Die feit dat Joep hom in die stof gewerp het om my besluit "uiteindelik teensinnig" te aanvaar, sou moontlik (in ander omstandighede) aanvaarbaar gewees het. Maar om dan vanuit die stof met 'n voorstel oor 'n afskeidseremonie in een van die buurlande te kom, is onvergeeflik! Dis 'n onbekookte plan.

Dit is ook nie die eerste keer dat Joep my besluite bevraagteken nie. Dalk moet jy hom herinner aan ons voorgeslagte se wekroep: "As ek om-

draai, skiet my!" Hy draai dalk in die toekoms net een keer te veel na my sin om. Lig hom dienooreenkomstig in.

Voorts is ek teleurgesteld in my priesters (en dit sluit jou in) se onvermoë om met 'n weldeurdagte plan vorendag te kom vir 'n eenvoudige operasionele aangeleentheid. My studente sou meer vindingrykheid aan die dag gelê het! Hoewel ek werklik nie lus het daarvoor nie (ek het nog talle vraestelle om vanaand te merk), het ek skynbaar geen keuse as om dit vir julle woord vir woord uit te spel nie.

Nommer Een: Sodra die bedryfsmanne in die Kaap is, reël julle met die veldkornette dat die huis op Sasolburg in sy geheel ontruim word. Daar moet geen teken van hul besittings oorbly nie. Julle kan Vera se goed later vir haar aanstuur – sy mag onder geen omstandighede al haar besittings Kaap toe neem nie, dit sal die bedryfsmanne agterdogtig maak. Vernietig die bedryfsmanne se besittings en ALLE ander moontlike leidrade. Reël dat die huurkontrak gekanselleer word en die eienaar sy regmatige huurgeld in kontant ontvang (verbeur die deposito om hom gelukkig te hou).

Nommer Twee: Nooi die bedryfsmanne ná afloop van die Kaapse operasies saam op die Orde se seiljag om hulle "sukses te vier" (of iets in dier voege – julle sal darem seker sonder my hulp aan 'n oorspronklike rede kan dink?). Die oseaan is wyd en diep. Neem daar op 'n gepaste wyse afskeid van hulle. Let Wel: Julle kan niemand anders kry om hierdie taak uit te voer nie.

Ek hou jou persoonlik aanspreeklik vir die suksesvolle afhandeling van die taak. Ek sal geen afwykings, al is dit hoe gering, duld nie.

Iskariot

NS: Ek het suksesvolle onderhandelinge gevoer met 'n Duitse kontak om die grootste deel van die Bloem-produkte oor te neem. Dit lyk of ons R4 miljoen gaan oorskry.

From: katrina12@hmail.com
To: iskariot12@hmail.com

Date: Sun, Feb 16, 2014, 4.58 PM
Subject: Re: Bedryfsmanne

Hallo Iskariot

Ek kan nie genoeg verskoning maak vir die lomp manier waarop ek hier-
die saak hanteer het nie!

Ek gee jou my woord dat die taak presies volgens jou riglyne sal ge-
skied. En nogmaals dankie vir jou besielende leierskap!

Die bedryfsmanne sal binnekort in die Kaap wees. Ek sal jou volledig
inlig oor ons beplanning vir die operasies.

Groete

Katrina

20

Kassie se gedagtes bly by Karen Moller se verrassende oproep. Toe hy Kastelyn Materiaal skakel, het hulle gesê die eienaar is gou uit, hy moet later weer bel.

Nou bel hy weer. Dié keer skakel die ontvangsdame hom direk deur na Hendrik Kastelyn, die eienaar.

"Sjoe, dis lank terug se stories!" sê Kastelyn toe Kassie hom inlig waaroor die oproep gaan. "Ja, dis inderdaad so dat 'n ander party gehelp het om die winkel op die been te bring, maar ek is nie die regte Kastelyn om mee te praat nie. My pa het die winkel in 1976 begin, jy moet met hom praat. Hy's afgetree, maar nog op en wakker."

"Dit klink of u ook die storie ken?"

"Jong, kaptein, ek ken dit bolangs, maar my pa het dit destyds eerstehands beleef. Ek was toe nog op skool. Dis beter as jy met hom daaroor gesels. Hy sal maar te bly wees om die polisie inligting te gee oor daardie spul. Hy kan die storie altyd met soveel smaak vertel, en daar het destyds nogal vreemde dinge gebeur. Ek sal hom bel en 'n afspraak reël. Dit sal dalk beter wees as jy hom in die oggend gaan sien voordat hy sy eerste dop in het." Kastelyn lag. "Hy glo vas sy drie whiskeys vóór middagete hou hom gesond."

Net toe Kassie aflui, raas die selfoon in sy binnesak. Dis Bettie Calitz wat sê die seëls is op pad.

Hy staan op en loop buitentoe, sy laaste bietjie tamheid weg. Hy haal 'n Lucky uit op pad na die vierkant. Hy sukkel om dit aangesteek te kry, die vlammetjie spring rond soos sy hand van opgewondenheid bewe.

. . .

TJ hoor hoe woel en werskaf Daisy in haar kamer, besig om in te pak. Hy wonder wie haar 'n tydjie terug gebel het. Hulle het gestry, en hy kon sweer sy't een keer "ma" gesê . . . maar hy kon hom verbeel het.

Daisy laat hom op 'n manier aan sy ma dink. Sy was ook 'n vrou wat nie haar emosies gewys het nie.

Ná die verskriklike aand met Dad wou hy bevestiging kry dat hy reg opgetree het. As hy nie ingegryp het nie, was sý moontlik die een wat begrawe sou word. Maar sy het nooit daaroor gepraat nie, dit nie eers een keer genoem nie.

Dit het hom gek gemaak; hy wou net die versekering hê als gaan vorentoe oukei wees. Soos hy nou ook probeer om by Daisy die versekering te kry als gaan uitwerk tussen hulle.

Die eerste paar weke ná Dad se dood was hel. Hy het nagmerries gekry, skreeuend wakker geskrik, hygend na asem, meestal in 'n poel sweet. Hy was 'n opgefokte klein senuwrak.

Toe kom die nuus hulle het Dad se lyk in die agterjaart gekry. Hy het hom beskyt van die banggeit. Wat gaan van hom word? Gaan hy in die tronk gegooi word? Die res van sy lewe tussen 'n klomp kriminele leef op stampmielies, ou brood en water?

Ma het vir die polisie gesê sy het Dad doodgeslaan; hy het haar aangerand en sy het haarself verdedig. TJ het ook in die hofsaak getuig, vertel hoe Dad haar geslaan het.

Maar sy is tronk toe. Daar was versagtende omstandighede, maar dit het nie genoeg getel nie. Sy het nooit een van die aanrandings aangemeld nie, het die regter in sy uitspraak gesê, en sy toon ook geen berou nie. Sy het vyftien jaar gekry.

TJ moes weeshuis toe. Soms het hy gewonder of die tronk nie 'n beter opsie sou wees nie. Hy is heeltyd geboelie, gespot oor sy maer lyf.

"Jy gaan nog eendag deur jou eie poephol val as jy nie pasop nie," het een van die groter seuns gesê, en die bynaam "Poephol" het vasgesteek.

Op sewentien het hy by die weeshuis weggeloop. Hy't Joburg toe gehike, in parke geslaap en los joppies gedoen om aan die lewe te bly. Op agttien is hy army toe, by die staandemag aangesluit. In daardie tyd was hy behep met sy lyf. Hy het geboer in die army se gym, geswoeg om sy maergeit te verander, die Poephol van die weeshuis uit sy lewe te oefen.

Maar ondanks die harde spiere wat hy gebou het, was sy gees breekbaar. Sy ma was nooit uit sy gedagtes nie. Skuldgevoelens het hom mal gemaak – sy ma het vir sý daad in die tronk gesit. Ná sy weeshuisdae het hy haar nooit weer besoek nie.

Sy neef het hom 'n jaar later laat weet sy is in die tronk dood. By die begrafnis het die neef vir hom 'n brief gegee wat sy vir hom nagelaat het. Net een sinnetjie: *Wees eendag goed vir jou vrou en kinders.*

Dinge het nooit so uitgewerk nie. Hy het op twee-en-twintig met Gerda getrou. Sy was nog maar 'n kind . . . agttien. Wat 'n gemors was hulle huwelik nie! En twee kids in minder as twee jaar het nie gehelp nie. Hy wou nog saam met sy pelle rondjol by klubs, ander chicks uittjek. Maar toe moes hy skielik Pampers omruil en na fokken TV soaps saam met sy vrou kyk. Dit was 'n blessing in disguise toe sy vier jaar later uitgetrek het en by haar outop-hulle gaan bly het.

Dit was 'n belangrike les: hy is nie troumateriaal nie.

"Sal jy my help met die tasse?" onderbreek Daisy sy gedagtes.

Hy staan op en trek 'n sweetpakbroek aan. In haar kamer staan vier groot tasse langs die bed.

"Vat jy al jou klere saam?" vra hy verbaas. "Ons is net 'n maand weg!"

Sy lag. "Moenie worry nie, hier's nog baie goed in die kaste."

Hy dra die twee grootste boepens-tasse uit, sy sukkel agterna met die ander twee.

Die veldkornet wag vir haar in die oprit. Hulle kan net twee tasse in die bak van die Corolla kry. Die ander twee word met moeite op die agtersitplek ingedruk.

Sy draai na hom en soen hom liggies op die lippe. "Ons het 'n goeie tyd gehad," fluister sy in sy oor.

Toe hulle wegry, wonder hy oor haar woorde. *Ons hét 'n goeie tyd gehad* . . . So asof als nou verby is.

Hy stap in huis toe, na haar kamer toe, maak die groot ingeboude kas se deur oop. Daar hang net 'n kamerjas – syne. In die laaikas lê 'n enkele groen toppie. Hy het dit vir haar gekoop toe hy eenkeer in Vanderbijl was. Sy het nie daarvan gehou nie. Hy't maar so gedink, want sy het dit nooit gedra nie.

Hy gaan sit op haar bed. Die sirenes skreeu hard en aanhoudend in sy kop.

· · ·

Victor staan op van die vloer waar hy opstote gedoen het. Hy vee die sweet van sy voorkop af, stap kombuis toe, tap vir hom 'n blikbeker water by die wasbak. Hy sluk dit met een teug af.

In die weerkaatsing van die kombuisvenster lyk sy gesig nog breër as wat dit is, sy nek dikker, sy gespierde torso nog meer indrukwekkend. Hy grynslag vir sy verwronge spieëlbeeld.

Dan kyk hy met genoegdoening na die skoongeskropte wasbak en die glimmende kombuiskaste. Die woonstel is nou uiteindelik silwerskoon.

Hy voel goed. Hy het lanklaas so lekker geslaap soos die afgelope paar nagte. In sy eie bed. Dit roep soveel aangename herinneringe op. Vanoggend toe hy opstaan, was hy soos elke vorige dag weer verras dat daar nie tralies voor die venster is nie. Hy het hardop gelag, die venster groot oopgemaak en uitgekyk oor Voortrekkerweg. Vir bykans 'n uur het hy gestaan en staar na die omgewing wat hy tien jaar laas sy huis genoem het. Toe het hy rustig in koue water gebad, geskeer en aangetrek.

Hy talm nog 'n oomblik in die kombuis, trek die boonste laai van die kombuiskas oop. Hy haal sy ma se reuse-broodmes uit, streel met sy vingers oor die lem se tandjies.

Hy trek die lem liggies oor sy keel voordat hy die mes weer bêre.

21

Sarel Kastelyn loer met skrefiesoë na Kassie en Rooi. Sy oorgroot bril, van dié wat iewers in die tagtigs gewild was, bedek byna die helfte van sy smal gesiggie. Hy kou aan 'n vuurhoutjie en beduie hulle na die plastiekstoele onder 'n geel Santam-sambreel.

"Ons sit sommer hier in die tuin," sê hy met 'n skril bandsaagstem en beduie met sy kop na die rooibaksteenhuis agter hom. "Ou Dora is besig om te stofsuig en dan kan g'n mens homself hoor dink nie."

Hy lig sy lyf effe uit die stoel om sy kakiekortbroek hoër op te trek en strek dan sy dun bene voor hom uit. Die oranje Crocs lyk soos klompe aan sy voete. Sy gholfhemp se moue ontbloot twee bruingebrande spriete.

'n Regte ou seningbiltong, dink Kassie, seker in sy laat sewentigs.

"Ja, oor daardie gebroedsel kan ek julle 'n bek vol vertel," sê die ou man nadenkend terwyl die vuurhoutjie op en af wip in die hoek van sy mond. "Is dit reg as ek by die begin beginne?"

Kassie knik. "Ons is nie haastig nie."

"Man, ja, ek het desjare nie eintlik geld gehad om 'n materiaalwinkel te wil bedrywe nie." Sarel druk met 'n benerige wysvinger teen sy bors. "Maar hierdie man was gatvol vir die staatsdiens. Ek wou my eie baas wees. My pensioengeldjies was maar skraps, net genoeg om die gebou in Woodstock vir een jaar te huur."

Hy leun vooroor in sy stoel. "Maar wat maak jy met 'n gebou sonder materiaal as jy 'n materiaalwinkel wil begin? Sweet blou boggherol! Ek moes maar hoed in die hand bankbestuurder toe. Net om te hoor hy's net bereid om my die helfte te leen van wat ek nodig het. En daarby moes ek nog my huis én die lappie plaasgrond wat ek van my oorle ma geërf het, opgee as sekuriteit."

Sy skril stem klim 'n toon. "No deal! Ek moes ander planne maak. Toe ek my net aan die depressie en whiskey wil beginne oorgee, toe hoor ek by 'n pel van my van hierdie ouens wat glo Afrikaners help om hulle eie besighede te begin."

"Het hulle 'n naam gehad . . . die ouens?" vra Kassie.

"Hulle het as die Groep bekend gestaan. Wel, dis die naam wat my pel hulle gegee het. Hy was ook nie heeltemal seker nie, maar hy het navraag gedoen en 'n paar oproepe gemaak en toe kom sien die Groep my. Twee van hulle, ene Willem Eksteen en 'n Pieter Louw. Albei in hul vyftigs, in blink suits, met groot smaails. Ek moes my sakeplan aan hulle voorlê. Hel, hulle het my gepeper met vrae! Ná twee weke eers van hulle gehoor. 'Ja, ou boet,' sê hulle toe vir my, 'ons leen die volle bedrag vir jou. Ons rente op die leengeld is net so 'n rapsie hoër as die bank s'n. En vir 'n ekstra bedraggie per maand sorg ons dat jy die enigste materiaalwinkel in die kontrei bly. So beskerm ons jou én ons belange.'"

"Het hulle gesê hóé hulle oom se belange gaan beskerm?" vra Kassie.

Sarel lag, haal die vuurhoutjie uit sy mond. "Het ek maar gevra! Maar nee, Sarel Kastelyn was met sy rug teen die muur. Ek moes bladskud en die ooreenkoms teken. Hulle was nogals tegemoetkomend ook, ek moes eers vier maande later die eerste rentebetaling doen."

Hy tuur voor hom uit. "Ek het 'n goeie afskop gehad. Ek en my oorle vrou kon beswaarlik voorbly met die bestellings en verkope. Maar die Groep was elke maand daar om hul beskermgeld te kom eis. En dit was nie sommer 'n ou bedraggie nie. Hulle het daarop aangedring om my boeke te sien en het partykeer tot tién persent van my wins gevat."

Rooi fluit deur sy tande. "Dit was seker nogal 'n lot geld?"

Sarel knik. "Wat kon ek doen? Hulle het my stewig aan die balls beetgehad. Buitendien, hulle het hulle kant van die bargain nagekom, daar was nie regtig ernstige opposisie in my omgewing nie. Ek was baas van die Woodstock-plaas."

Hy trek sy vingers deur sy silwer hare. "Só het ek maar aangekarring. Het net-net kop bo water gehou, maar ek kon darem mettertyd 'n paar winkelassistente aanstel."

Sy voorkop plooi. "Toe kom daar mos ná 'n jaar 'n Joodjie, ene Abrahamson, hier skuins agter my plek 'n materiaalwinkel oopmaak. Man, het ek nou my gat afgeskrik toe hy sommer wegspring met 'n moerse bargain sale! My klandisie het soos miere toegesak op sy winkel.

"Toe bel ek die Groep en sê vir hulle: 'Boys, nou het ek julle nodig. Daai Joodjie gaan my voor Krismis bankrot maak.' En net daar teken ek die arme kêreltjie se doodsvonnis."

Kassie frons. "Dit kan tog nie wees nie! Vermoor?"

"Ja. Dit staan nie amptelik so in die boeke geskrywe nie, maar ek weet van beter. Die arme man is een aand reg voor sy winkel doodgery . . . tref-en-trap. Twee weke later toe brand sy winkel tot op die grond af. Volgens die koerante was dit moontlik 'n elektriese kortsluiting."

Hy haal sy skouers op. "In daai stadium wou ek nog nie glo die Groep was regtig betrokke by dié ongelukkige storie nie. Maar toe kom Eksteen na my toe met 'n groot smaail op sy gevreet en hy sê: 'Moet nooit weer vra hoekom jy geld vir beskerming moet betaal nie. Jy't nou self gesien hoe jy waarde vir jou geld kry.' "

Sarel klap hard met sy hande op sy knieë dat Kassie en Rooi albei wip van die skrik.

"Net daar besluit ek om uit dié storie uit te klim. Blerrie vinnig ook. Sarel Kastelyn wou nie nóg 'n moord op sy gewete hê nie, dis nie hoe ek sake wou bedrywe nie. Jirretjie, ou maat, my vrou was omtrent die moer in vir my toe ek ons huis onder haar gat uit verkoop en van my oorle ma se erfgrond ook ontslae raak. Ons moes in 'n klein woonstelletjie naby die winkel gaan bly, Hendrik was toe so opgeskote. Maar ek het die Groep elke sent van die lening terugbetaal en gesê ek's klaar met hulle. Klaar . . . finish."

Rooi frons. "En hulle het dit so aanvaar?"

"Ja, hulle moes, ek't hulle boggherol meer geskuld. Moet sê, ek het daarna elke keer mooi gekyk voor ek oor 'n straat loop. Ek was bang die donners ry my ook om."

"Het oom weer daarna kontak met hulle gehad?" vra Kassie.

Sarel skud sy kop, snork. "Nooit weer van hulle gehoor nie. Nie 'n enkelte woord nie."

"En kan oom my meer oor Eksteen en Louw vertel?"

"Nie veel nie. Eksteen was eintlik maar die man wat maandeliks hier by my aangekom het. Soms het Louw saamgekom, maar hy was die stil een. Eksteen het nooit iets oor die Groep gerep nie. Nooit ander mense of besighede genoem wat hulle help nie. Altyd net sulke algemene geselsies gemaak. Die wetter het eintlik net belanggestel in hoeveel geld ek verdien sodat hy die Groep se cut kon vat."

"Oom weet nie dalk of hy kinders gehad het nie?" vra Rooi.

Sarel dink 'n rukkie. "Ja, noudat jy dit noem, hy't altyd gepraat oor sy laaitie wat net so oud soos myne was."

"En hoe oud is oom se seun nou?" vra Kassie.

"Hy word vanjaar vier-en-vyftig. Ek't eendag 'n foto van 'n Eksteen in die koerant gesien. Toe dag ek nog so by myself: as jy nie Willem Eksteen se seun is nie, eet ek my blerrie hoed op. Dieselfde skraal gevreet en groot smaail as Willem."

"Kan oom onthou wat sy voornaam was?"

Sarel skud sy kop. "Nee, dié kan ek glad nie onthou nie."

"Waarom was hy in die koerant?" vra Rooi.

"Jong, nou kan ek dit ook nie onthou nie. Ek verbeel my sy foto was op die sakeblad, maar my verstand werk deesdae soos 'n blerrie flikkerlig . . . dan onthou ek, dan onthou ek nie."

"Sal oom my bel as dit oom byval?" vra Kassie.

"Ek maak so."

"Dink oom die Groep is deesdae nog bedrywig?"

"Nee, nooit! Vandag se jong sakemanne sal hulle nie so aan die neus laat lei nie. Ek is seker daai kroekspul doen al lankal nie meer besigheid nie."

Kassie bedank die ou man en hulle groet.

"Pure Mafia," sê hy toe hulle in die motor klim. "Mense vermoor, geboue afgebrand. Andersins het ons maar bleddie min wys geword."

Rooi knik. "Ja, en die oukêrel is reg. Hulle kan beslis nie vandag meer hul pitte op dié manier maak nie."

"Wat 'n mens laat wonder of Karen Moller nie tog reg is nie, dat sy net rente op 'n belegging kry . . ." Kassie skud dadelik sy kop. "Nee, kontant van verskillende poskantore gepos, fiktiewe sendername. Maak nie sin as dit iets so onskuldig soos rente is nie."

Terug by die kantoor bel hy vir Rita, sy buurvrou.

"Ja, Kassie, hulle het al die goed in jou sitkamer gepak. Nogal 'n hele paar groot bokse, dit moet baie seëls wees."

Hy moet die drang onderdruk om summier woonstel toe te ry. Maar hy weet dit sal die fout van sy lewe wees as hy nou daai bokse oopmaak. Soos hy homself ken, sal hy nooit snags slaap nie. Hy sal dit oor 'n naweek moet doen, en selfs dít gaan hopeloos te min tyd wees.

Die Diens skuld hom vanjaar nog een week se verlof . . . Wat is die kans dat hy dit by Daniels kan bedel?

22

Victor haal die oefeningboek uit die lessenaar se laai. Hy kan net-sowel weer 'n inskrywing lees om sy batterye te laai.

Hy gaan lê op sy bed en slaan die boek oop.

21 Julie 1942

Die ses mans sit oorkant mekaar saamgebondel op twee beddens. Hulle liggame rittel van die koue. Die meeste het komberse oor hul skouers getrek.

"Dit is nou stank vir dank," sê Louw grimmig, "ons sit al vir 'n maand hier en krepeer van ellende en dr. Hans van Rensburg het nog nie eers probeer kontak maak nie. Wat sê dit van ons sogenaamde leier?"

"Dit is seker vir hom maar moeilik. Hy het nie toegang tot die inter-neringskamp nie," sê Eksteen.

"Wel, hy het die moeite gedoen om boodskappe by Vorster en Van den Berg van slaapsaal 10 uit te kry!" sê Louw driftig.

"Ek hoor juis van Vorster die Smuts-regering gaan die Ossewa-brandwag verban. Ons sal dan moet ondergronds gaan," sê Knobel.

"Dit gaan ons ses nie veel help nie," sê Louw met 'n skewe glimlag. "Ons is kláár ondergronds, afgesny van die samelewing. Die Ossewa-brandwag gee nie om vir hul Kaapse lede nie." Hy skud sy kop. "Ons tel nie by dr. Hans nie. Die verdomde Rooilussies gaan die sleutel van hierdie kamp weggooi en almal gaan net vergeet van ons!"

"Hulle sal dit nie waag nie," sê Carelse. "Die helfte van die volk deel ons sentimente. Die Rooilussies gaan nog maak dat hier 'n burgeroor-log uitbreek in die land."

"Jy droom!" snou Louw hom toe. "Malan en sy ondersteuners het ook nou hulle rûe op ons gedraai. Wie dink jy gaan baklei vir ons saak?" Hy beduie na die witgekalkte mure van slaapsaal 12. "Ons moet maar begin gewoond raak aan hierdie plek. Koffiefontein gaan nog baie lank ons slaapplek wees."

Wagner vryf sy hande teen mekaar. "As dit net warmer wil word. Ek het nie geweet die bleddie Vrystaat is só koud in die winter nie."

Daar hang 'n stilte oor die groep, elkeen besig met sy eie gedagtes. Sedert hulle 'n maand gelede geïnterneer is, het hulle nog nie kontak gemaak met hul geliefdes nie. Almal buiten Eksteen en Knobel is getroud. Die 34-jarige Moller het 'n seun van ses, die ander het nog nie kinders nie.

"Alles gebeur met 'n doel," verbreek Moller die stilte. "Álles," beklemtoon hy. Hy trek die grys kombers stywer om sy skouers. "Ons is saam in hierdie ding met 'n dóél."

Die ander kyk vraend na hul leier.

Moller kug voor hy voortgaan. " 'n Groter doel as om Hitler se kant te kies in die oorlog. 'n Groter doel as om dade van sabotasie te pleeg in die naam van 'n politieke beweging," sê hy met 'n strak gesig. "Hitler gaan ons nie eendag vereer vir ons dade nie. Hy weet nie eers van ons bestaan nie. Die meerderheid van ons mede-Afrikaners veg vir ander doelwitte as ons. Hulle smag na politieke mag. Die Broederbond het dit duidelik gestel – hulle wil die land beheer. Die Herenigde Nasionale Party en die Afrikaanse kerke is hulle voertuie om dit reg te kry. Wanneer hierdie oorlog eindig, sal die Afrikaners opstaan teen die Engelse geldmagte en die bewind in die land oorneem. Die rykdom sal herverdeel word. Die ondersteuners van die Ossewabrandwag sal dit nooit regkry dat nasionaal-sosialisme aanvaar word nie. Maar ons mede-Afrikaners gaan vir ons 'n veilige laer skep waarbinne ons ons toekoms kan uitkerf en verseker."

Hy swaai 'n voorvinger in die lug. "En met ons bedoel ek óns ses, nie die Ossewabrandwag of die Stormjaers nie. Vergeet van politieke ideologieë. Hier gaan dit net oor ons en die voorspoed van ons nageslagte."

Moller kom orent. Sy gesig is ongeskeer en sy hare buitengewoon lank. Die grys kombers oor sy breedgeskouerde gestalte laat hom soos 'n Bybelse figuur lyk. Toe hy weer begin praat, luister die mans aandagtig. Nou en dan onderbreek hulle hom met vrae. Ná twee ure knik hulle hul koppe instemmend. Vir die eerste keer heers daar nou 'n gemoedeliker stemming in slaapsaal 12.

"Wat gaan ons die groep noem?" vra Knobel geesdriftig.

"As ons eendag uit hierdie verdomde plek kom, bedoel jy," brom Louw.

Knobel knik. "Ek's seker ons sal nie so lank sit nie." Hy kyk weer na Moller. "Dit sal immers 'n geheime organisasie wees, maar ons sal 'n naam moet hê."

Moller glimlag oor die optimisme van die jongste onder hulle. "Ek dink daai vet sersant op Laingsburg het dit reeds vir ons gegee."

Hy sê wat hy in gedagte het. Hoewel hy met 'n hees fluisterstem praat, hoor die ander hom duidelik. 'n Lang stilte volg soos hulle herkou aan die voorgestelde naam. Wrang glimlagte kan op die meeste se gesigte gesien word.

Victor maak die boek toe. Hoekom was sy ouma so geheimsinnig oor wat Moller daardie dag gesê het? Moontlik wou sy oupa haar nie vertel nie. Dis buitendien haar laaste inskrywing. Dit sou 'n goeie roman kon wees as sy in daardie trant aangehou skryf het.

Hy glimlag. Sy opstelle op skool was nooit te sleg nie. Hy sal self die slothoofstuk van dié verhaal skryf.

23

Groot winkelsentrums is plekke wat Kassie gewoonlik vermy. Veral op Saterdagoggende. Dan is die samedromming van mense en die geluidtrillings van voete, stemme en musiek te veel vir hom.

En soos nou verloor hy gewoonlik sy rigting as gevolg daarvan. Wat nie die eerste keer in sy lewe sal wees nie. As agtjarige het hy dié gewoonte al ingelui toe hy op 'n keer vir 'n halwe dag tussen die malende massa by die Kaapse Skou na sy ma-hulle gesoek het: kilometers gedrafstap, sy gedagtes verward en die paniek kloppend in sy kop oor die labirint van paadjies tussen die stalletjies, die trane vlak in sy oë by die vooruitsig dat hy sy ma-hulle moontlik nooit weer gaan sien nie. Tot hy sy naam oor die luidspreker-stelsel gehoor het: "Sal Johannes Kasselman na die Total-toring kom . . . sy pappie en mammie wag daar vir hom." Hy't nog 'n halfuur lank na die Total-toring gesoek.

Hier is nie 'n Total-toring nie. Hy sal moet bel. Rooi antwoord sy selfoon ná 'n ewigheid.

"Waar's daai verdomde koffiewinkel?"

"Waar's jy nou?" vra Rooi.

"Ek weet nie . . . die CNA is aan my regterkant."

Rooi lag. "Reg, loop nou net aan. In Edgars se rigting. Jy's op die boonste verdieping, die koffiewinkel is op dieselfde vlak, dink ek . . ."

Kassie luister nie verder nie. Rooi se aanwysings gaan hom nie help nie, maar hy sê: "Raait, sien jou nou-nou. Is hy al daar?"

"Nee, nog nie."

Kassie verken die menigtes om hom. Hy stap na 'n opgeskote seun wat voor Clicks staan en vingergimnastiek op sy selfoon doen. Hy vra of die kind twintig rand wil verdien. "Gaan wys my net waar Mugg & Bean is."

Die seun knik, 'n groot glimlag op sy gesig.

Kassie stap agter hom aan en vervloek Sybrand Vos. Waarom hulle hom net op 'n Saterdagoggend in die Tygervalleisentrum kan sien, sal net hy weet. Toe Kassie hom drie dae gelede gebel het nadat hy met moeite sy sel- en huisnommer in die hande gekry het, het Vos glad nie lus geklink om hulle te sien nie.

"Hoekom wil julle met my praat?"

"Wel, as hoofondersoekbeampte in die Broeksma-reeksmoord-saak het jy destyds die vermiste Daniel Knobel geïdentifiseer as een van Broeksma se slagoffers. Ons kan nou die teendeel bewys."

Toe Kassie hom van die lab-uitslae vertel, het Vos net gelag.

"Die lab-verslag bewys tog nie Broeksma was nié die moorde-naar nie!"

Kassie het niks gesê oor Snoek se siening van die saak nie. "Ons sal nogtans met jou wil praat."

"Julle mors die polisie se tyd en geld," het Vos beskuldigend gesê. "Maar as julle daarop aandring, kan ons in Tygervallei gesels. Ek's Saterdagoggend daar. Anders moet jy maar op 'n ander keer 'n afspraak maak. Ek's baie besig deur die week."

Rooi het met Kassie afgespreek om hom by die sentrum te kry.

"Dan kan Torretjie 'n bietjie shop terwyl ons met Vos praat. Sy's maar dikbek omdat ek op my af-Saterdag moet werk," het hy verleë verduidelik.

Dit maak twee van ons, wou Kassie sê. Sy plan was om vanog-gend die eerste boks van Alwyn se besending seëls oop te maak. Dalk net vinnig daarin te loer sonder om iets uit te pak . . .

Rooi wag hom voor Mugg & Bean in. Hy lyk geamuseerd toe Kassie die seun betaal, maar vra nie uit nie.

"Hier kom hy." Rooi beduie na die ingang die naaste aan Mugg & Bean.

Vos het gesê hulle sal hom uitken aan sy blou blokkieshemp en kakiekortbroek. Hy lyk effe ouer as Kassie, 'n lang kêrel met breë skouers en bultende kuite. Sy ystergreep sny die bloedsirkulasie in Kassie se vingers af. Hy kan op Rooi se gesig sien dis vir hom ook 'n pynlike handskud.

Toe hulle by 'n tafeltjie gaan sit, praat Vos dadelik.

"Soos ek vir julle gesê het, julle mors eintlik julle tyd. Knobel is deur Broeksma vermoor, al het hy dit ontken. Ons het Broeksma in 'n agterkamer in dieselfde straat as Knobel se huis gekry. Die ou man was toe net mooi dertig uur vermis. Daar het dennenaalde aan Broeksma se broekspype geklou, wat daarop gedui het dat hy ook in die park was waar Knobel gaan stap het."

"Wel, Knobel is nie geskiet soos die ander slagoffers nie. Sy lyk is ook nooit begrawe nie," sê Kassie.

Vos knik, sy glimlag effe meewarig. "Dit mag so wees. Die park is naby aan huise, hy kon nie bekostig om Knobel te skiet nie. Maar waar hy die lyk weggesteek het, is nou nog 'n raaisel. Ons het die park en die aangrensende erwe gefynkam."

"Hoe verklaar jy dat Broeksma al die slagoffers se grafte aan julle uitgewys het behalwe Knobel s'n?"

Vos lag. "Jong, kaptein Kasselman, Broeksma was 'n trotse reeksmoordenaar. Hy het hom geroem op sy skerpskuttervermoë en sy goeie beplanning. Ek dink hy was skaam oor die slordige manier waarop hy Knobel vermoor het. As die lab-verslag sê Knobel is aan 'n kopwond dood, bevestig dit maar net my teorie: Broeksma wou hom nie assosieer met Knobel se dood nie. Dit het op 'n swak plek in sy metodiese werkswyse gedui en hy was te trots om dit te erken."

"Snoek Kruger verskil van jou," sê Kassie. "Ek het 'n tydjie gelede met hom oor die saak gesels."

Vos se wenkbroue lig. "Snoek Kruger moes vroeër in sy lewe 'n vissmous geword het, want 'n goeie speurder was hy nooit. Ek sou nie veel notisie van hom neem as ek julle was nie."

"Het jy mevrou Knobel se vermoede van destyds ondersoek? Van die geheime organisasie waaraan Knobel behoort het en die uitval wat hy twee dae voor sy dood met iemand oor die telefoon gehad het?" vra Rooi uit die bloute.

Kassie kan die verbasing in Vos se oë sien.

"Waar kom julle daaraan?"

"Ons het met mevrou Knobel op Hermanus gaan gesels."

Vos is effens van stryk. "Ja, ek . . . ek kan nie meer mooi onthou wat sy als gesê het nie, maar dit was bloot bespiegeling."

"Het jy kontak gemaak met die persoon met wie Knobel die uitval gehad het?" vra Kassie.

Vos knik. "Ja, dit was . . . sommer 'n onderonsie oor iets kleins . . . 'n mechanic wat drooggemaak het toe hy Knobel se kar gediens het. Ek kan ook nie mooi al die . . . besonderhede onthou nie, dis amper sewe jaar gelede."

Dit het stotterend uitgekom. Hy lieg, dink Kassie.

Vos staan skielik op, beduie na 'n vrou wat 'n entjie weg staan. "Ek moet ongelukkig nou gaan, my vrou wag. Maar julle kan ten minste nou die Knobel-dossier sluit. Soos ek gesê het, daar was by my weinig twyfel dat Broeksma die moordenaar was."

Kassie en Rooi is albei te verbaas om iets te sê. Hul gesprek het skaars begin en nou vat Vos die pad.

Die vrou knik glimlaggend in hul rigting. Dis 'n buitengewone mooi vrou vir haar jare, dink Kassie. Dáár het Vos nie sleg vir homself gedoen nie.

'n Kelner kom vra of hulle iets wil drink. Rooi bestel koffie en Kassie 'n Coke omdat hulle nie Creme Soda het nie.

"Snoek was reg, dis 'n simpel vent," sê Kassie. "Hy't ons tyd gemors."

Rooi knik. "Dis bleddie waar. En ek dink hy lieg dat hy skyt oor die mechanic. Hy't nooit die moeite gedoen om die oproep op te volg nie."

"Ek het ook so gedink," sê Kassie. "Kom ons vind sommer nou uit."

Hy skakel mevrou Knobel en vertel vir haar Vos se weergawe.

"Dis bog!" sê sy dadelik. "Ons buurman het altyd Daniel se kar gediens. En hy was nie eers 'n werktuigkundige nie, nè, hy was 'n meganiese ingenieur. Daniel sou in elk geval nooit so op hom geskreeu het nie, hulle was goeie vriende."

"Daar het jy dit nou," sê Kassie toe hy aflui. "Vos praat stront."

Rooi skud sy kop. "Dis goed hy's weg by die Diens. Ons het nie sulke dose nodig nie."

"Maar ons is ongelukkig presies waar ons was met die verdomde saak: nêrens."

24

Dis vir TJ 'n stryd om saans te slaap. Hy word geteister deur nag-
merries. Sy senuwees is moer toe. Boonop is hy vasgekeer in 'n
klein, stuffy flatjie saam met die stokende en winderige Snake.
Hulle moet die slaapkamer hier in Durbanville deel, wat sy lewe
hel maak. Wanneer Snake nie onbeskaamd en luid ontslae raak van
die winde in sy pens nie, snork hy soos 'n stotterende dieseltrekker.

Gelukkig is hy en Snake nou op dieselfde golflengte. Van die
aand af wat hy sy worries oor hulle toekoms by die Orde met
Snake gedeel het, het dié opgehou met sy siniese opmerkings en
simpel jokes. Asof hy ook skielik besef alles is nie maanskyn en
rose nie, en om te oorleef het hy TJ as partner nodig.

Die tekens is daar, het hulle gisteraand saamgestem op die bal-
konnetjie van die flat. Daisy het sak en pak uitgetrek op Sasolburg.
Hulle was voorheen al drie weke weg vir operasies in KwaZulu-
Natal en toe het sy net een tas saamgepiekel.

"Maar met Daisy kan jy ook nooit weet nie. Sy't dalk net 'n
fancy gekry om al haar goed saam te vat."

"Maar sy't vir jou g-g-gelieg . . . gesê daar's nog baie goed oor
in haar k-k-kaste."

TJ weet Snake is reg. Hy's soos 'n volstruis met sy kop in die
sand oor Daisy. Die ander ding wat die gevaarligte helder laat flik-
ker, is dat hulle nie weet wat ná die Kaapse jobs gaan gebeur nie.
Die afgelope drie jaar is hulle altyd vooraf ingelig oor die opera-
sies vir die volgende drie maande.

Nou skielik weet hulle net van die drie Kaapse jobs in die vol-
gende maand, g'n woord oor wat daarna gebeur nie. Snake het
voorgestel TJ bel V en vra hom, maar TJ meen dit kan die Orde
dalk net agterdogtig maak.

Hulle stem saam dat hulle nog redelik veilig is tot die derde inbraak afgehandel is. Daarna sal hulle dinge mooi moet uittjek.

"Maar moet ons wag tot dan? Moet ons nie ons move vroeër maak nie?"

"Dalk ná die t-t-tweede inbraak? Maar dan moet ons eers ons m-m-move beplan."

En dis waar hulle nou is. Hulle move. Hoe move jy as jy nie weet hoe jou agtervolgers lyk nie? Hulle kan ook nie met die BMW wegry of teruggaan Sasolburg toe nie. Hulle sal eenvoudig 'n disappearance trick moet doen. En hulle sal hulle move van dié flat af moet maak. In die nag, en dan so ver as moontlik van die Kaap af wegkom.

Hulle het vanoggend die landkaart bestudeer. "Dalk iewers op 'n lonely K-K-Karoo-plaas gaan wegkruip?"

"Waar kry ons 'n lonely Karoo-plaas? Daar's nie sulke goed nie."

"Johannesburg is groot genoeg om in weg te r-r-raak."

"Die Orde het te veel veldkornette daar. Ons sal heeltyd oor ons skouers moet kyk."

Hulle het elke ander groot stad oorweeg, maar kon nie ooreenstem nie.

"Ons moet na 'n plek verdwyn waar hulle nie verwag ons sal wees nie," het TJ oplaas besluit.

Hulle bespreking het nie verder gevorder nie, want 'n veldkornet het aan die deur geklop. "Ek kom haal die BMW, Daisy gaan dit op julle eerste job gebruik. V wil die kar laat diens."

"Maar dan is ons sonder wiele hier," het TJ geprotesteer.

"Julle sal vir die eerste briefing session opgetel word. V sê julle het in elk geval nie wiele nodig nie. Julle is hier teenaan Durbanville se dorpsentrum, julle kan stap om kos te koop."

. . .

110

Kassie is verras met Telkom. Hy was oortuig hulle sou nie daar regkom nie, want mevrou Knobel se Rondebosch-telefoonnommer is lankal nie meer in haar naam nie. En toe hy eenkeer as jong speurder inligting probeer kry het oor 'n telefoonoproep van elf jaar gelede, kon die poskantoor hom nie help nie.

"Dit was darem seker lank voor die tyd van rekenaars," het Rooi hom reggehelp.

En sowaar, ná hul afspraak met Vos het 'n enkele oproep na Telkom se hoofkantoor bevestig dat sulke inligting deesdae wel beskikbaar is.

Kassie het die polisie op Hermanus gevra om 'n toestemmingsbrief by mevrou Knobel te kry vir toegang tot haar ou telefoonrekords. Gewapen met 'n gefakste afskrif en die datum van die oproep het hulle na die Telkom-kantoor in Rondebosch gepiekel. Wat gehelp het, was dat mevrou Knobel hulle 'n goeie aanduiding van die tyd kon gee.

"Ek onthou dit soos gister, dit was kort voor aandete. Moes so halfsewe se koers gewees het."

Nou, terwyl Kassie en Rooi oorkant 'n Telkom-vrou se lessenaar sit, is albei verstom oor die spoed van die hele proses. Binne drie minute kyk sy van haar rekenaarskerm op.

"Die oproep het plaasgevind op 24 Junie 2007 om 18:21 en dit het 29 minute geduur." Sy skryf die nommer op 'n velletjie papier neer en verduidelik waarvandaan die oproep gemaak is.

Kassie frons. "Is jy doodseker?"

"Doodseker. Dit was die enigste oproep ná 14:30 op die 24ste na hierdie nommer."

Toe hulle by die gebou uitstap, bel Kassie vir mevrou Knobel.

"Nee, jinne, kaptein, nou't jy my sprakeloos! Daniel het niemand in Amsterdam geken nie, daarvan is ek feitlik honderd persent seker."

25

Toe die veldkornet vort is met die BMW, besluit TJ en Snake hulle sal 'n motor moet kry om mee weg te kom.

"Ek gaan uit, ek k-k-kort sigarette. Ek sal sommer by die car dealers ook tjek of daar iewers 'n b-b-bargain is. Ons wil seker nie te veel h-h-hoes vir 'n getaway kar nie."

TJ loop op en af in die klein sitkamertjie, hy kan eenvoudig nie ontspan nie. Hy loer kort-kort deur die gordyne om te sien of Snake al terug is. Hy erken dit moeilik aan homself, maar dees-dae voel hy veiliger met Snake aan sy sy. Sedert hulle fight op Sasolburg weet hy hoe goed Snake homself kan verdedig. Daar's baie krag in daai seningspiere van hom en hy's so rats soos 'n roof-dier.

TJ gaan sit op die bank, sy bene opgetrek teen sy borskas . . . presies soos hy as laaitie vir Dad gesit en wag het om huis toe te kom. Skytbang en onseker.

Meteens frons hy. Dis nog iets wat hom hinder, iets wat heeltyd soos 'n muskiet om sy kop zoem. Op pad Kaap toe het hy onthou hy het nog nie die huis se huur betaal nie. Dit was drie dae voor die einde van die maand en hy het bloot vergeet.

Hy het V gebel om hom te laat weet. Normaalweg sou V hom-self beskyt het. Maar hy't net gesê: "Moenie worry nie, ek sal reël dat 'n veldkornet dit betaal."

V was net te ontspanne daaroor, besef TJ nou. Hy swets toe hy van die bank opstaan en slaapkamer toe loop. Hy moes lankal daaraan gedink het. Hy tel sy selfoon van die bedkassie op en bel Bok Badenhorst op Sasolburg.

"Het jy Maart se huur gekry, Bok? Ek is nou eers in die Kaap, maar ek sal betyds terug wees vir die volgende betaling."

Daar is 'n langerige stilte.

"Nou verstaan ek nie," sê Bok. "Jou vriend het dan alles namens jou afgehandel?"

"Wat afgehandel? Watter vriend?"

"Jou vriend Robert. Hy't die huurkontrak namens jou gekanselleer en my klaar vir 'n kennismaand ook betaal én die deposito verbeur, wat ek nogal waardeer het. Ek't verstaan hy het dit in opdrag van jou gedoen. Ek het juis gister gesien 'n groot treklorrie laai julle goed op. Het jy nou van plan verander? Jy moet sê, dan doen ek nie moeite om 'n ander huurder . . ."

TJ druk die foon dood.

· · ·

Die springbokvel is sag onder Victor se vingers. Hy gebruik sy ma se groot materiaalskêr om twee repe uit die vel te sny. Dan doen hy sy finale afmetings en knip eenderse vorms uit die twee repe.

Aanvanklik sukkel hy om met die dik naald en vislyn die twee vorms te heg, maar algaande kom hy reg. Hy werk tydsaam en deeglik. Toe hy klaar is, werk hy 'n lussie van springbokvel aan die bopunt vas, groot genoeg om aan sy gordel te pas. Hy beskou sy handewerk selfvoldaan. Tel die broodmes langs hom op en druk dit in die velskede. Dit pas perfek.

Hy maak sy gordel los en laat gly dit deur die lussie. Die mes hang gemaklik langs sy regterheup. Hy stap na sy ma se kamer en bekyk homself in die lang spieël, pluk die mes uit die skede en sit dit weer terug. Hy herhaal die aksie 'n paar keer. Hy bekyk die mes weer. Vroeër het hy die stomp punt gevyl totdat dit nou vlymskerp is.

Terug in sy kamer trek hy die knielengte-reënjas aan. Dit verberg die mes heeltemal. Hy haal die skede van sy gordel af en sit dit in die kosmandjie tussen die dosynstuks blikkieskos, blikoop-

113

snyer, lepel, flits en kerse. Hy vou die reënjas netjies op en sit dit ook in die mandjie.

Toe vat hy die mandjie en die bos sleutels, sluit die woonstel-deur agter hom en stap na die uitgang in Voortrekkerweg. Hy stop by 'n stalletjie en koop ses boksies vuurhoutjies.

Twee blokke van die woonstel af gaan hy staan. Hy kyk eers goed rond voordat hy links inswenk by 'n steeg. By die derde deur gaan hy staan en sluit dit oop. Die stoorkamertjie is donker, sodat hy die flits moet uithaal. Hy sit die mandjie langs die opgerolde slaapsak op die kampbedjie neer, skyn met die flits oor die paar ou meubels en bokse wat in die oorkantste hoek opgestapel is. Hy knik sy kop goedkeurend. Dit sal dien as sy hoofkwartier terwyl hy sy take uitvoer. Hulle weet van die woonstel, maar nie van die stoorkamertjie nie.

Hy stap terug woonstel toe. Daar is nog tyd. Goeie beplanning is nou die belangrikste.

26

Encrypted message (Hushmail service)
From: iskariot12@hmail.com
To: katrina12@hmail.com
Date: Thu, Feb 27, 2014, 3.41 PM
Subject: Re: Beendere

Hallo Katrina

Dit was met 'n groot versombering in my gemoed dat ek jou e-pos van vroeër vandag gelees het. Dit is ontstellend dat gebeure wat amper sewe jaar gelede plaasgevind het, nou skielik weer in die kollig kom. Nog meer sorgwekkend is dat die beendere op 'n munisipale stortingsterrein opge-duik het. Hoe het dit gebeur??

Dit is baie duidelik: My opdrag van destyds is slordig uitgevoer. Hoe-wel ek nie riglyne verskaf het om van sy oorskot ontslae te raak nie, het ek dit tog duidelik gestel dat alle stappe geneem moet word om te verseker niemand kry weer 'n spoor van hom nie. Dit is uiteraard nie gedoen nie. En daarvoor moet Swys en Joep verkwalik word.

Die verskonings oor waarom daar nie in die oseaan van hom afskeid geneem is nie, is onaanvaarbaar. Ek verstaan maar te goed dat sy ver-dwyning destyds groot uitdagings aan Swys en Joep gestel het (gegewe die ander omstandighede en logistieke probleme), maar hul halfhartige poging maak 'n bespotting van die vierde gebod. Dit is ook onrusbarend dat jy nie hierdie situasie na behore gemonitor het nie.

Maar hoe lui die Sotho-spreekwoord? "Daar is nie koring sonder kaf nie – almal het swakhede." Daarom gaan ek nie langer stilstaan by julle swakhede nie. Wat wel belangrik is, is wat Langenhoven per geleentheid kwytgeraak het: "Die verlede het geen ander waarde nie as om jou wys-

heid te leer vir die toekoms." Mag my priesters hierdie woorde tog asseblief ter harte neem!

Die belangrikste is om nou te keer dat die ondersoek verder uitkring en ons posisie bedreig. Soos ek aflei, is die eerste navrae suksesvol afgeweer. Dit sal egter naïef wees om aan te neem geen verdere navrae sal volg nie. Ons sal ons ore op die grond moet hou.

Sorg dat jy iemand aanstel om die situasie dag en nag dop te hou. Jou gevoel dat die ondersoekbeampte nie werklik 'n bedreiging inhou nie, is net 'n vae troos. Dit is 'n ongetoetste aanname. Moet dit nie ter harte neem nie!

Hoe gaan dit met die beplanning van die Kaapse operasies?

Om jou vroeëre navraag te beantwoord: Stef sal môre in Suid-Afrika aankom. Ek het hom gevra om julle met die laaste drie operasies by te staan. Ook met die afskeidseremonie van die bedryfsmanne. Hy sal daarna terugkeer na Doebai.

En nee, dit is nie 'n mosie van wantroue in jou leierskap nie. Dit is bloot 'n maatreël om julle hande te versterk.

Iskariot

From: katrina12@hmail.com
To: iskariot12@hmail.com
Date: Thu, Feb 27, 2014, 5.12 PM
Subject: Re: Beendere

Hallo Iskariot

Dankie dat jy ons vergewe! Ons sal Langenhoven se woorde beslis ter harte neem!!

Moet jou nie bekommer oor ons gevoelens oor Stef se koms nie, ek verwelkom dit. Sy jeug en geesdrif gaan tot almal se voordeel wees.

Die beplanning vir die eerste operasie is reeds volledig gedoen. Die bedryfsmanne moet nog net gebrief word. Dit gaan 'n laerisiko-job wees.

Die eienaar van die produkte sal op daardie aand vir 'n paar uur uit die huis wees.

Laastens: ons is klaar besig om meer oor die beamptes uit te vind. Weet al genoeg van hulle om hulle nie te onderskat nie. Ons fokus sal op die senior een wees, die ander een is net 'n handlanger.

Ons het pas ook gepraat oor hoe ons 'n oor op die grond gaan kry. Daar is geringe risiko's, maar ek sal jou later daaroor inlig.

Groete

Katrina

NS: Vera het natuurlik met vier groot tasse klere van Sasolburg af hier aangekom. Maar moet jou nie bekommer nie, sy verseker my dis nie al haar klere nie. Weet nie waar kom sy aan haar buitengewone spandabelrigheid nie!

117

27

Die vyf bokse in die sitkamer, netjies opmekaar gestapel, toets Kassie se selfbeheersing tot die uiterste. Hy kan nie waag om toe te gee aan die groot versoeking nie. Maak hy net één boks oop, gaan hy kontak met die werklikheid verloor. Hy gaan homself toespin in sy seëlkokon en elke beskikbare minuut daarin vertoef. Hy gaan nie eet nie, nie slaap nie, en by die werk gaan sy gedagtes net by Alwyn se versameling wees.

Bettie Calitz het genoem Alwyn het sy seëls in kartonhouers gekategoriseer. Kassie wonder hoeveel houers in een boks sou pas. Net die gedagte aan soveel seëls maak hom lighoofdig.

Toe hy vanmiddag terloops vir Daniels vra wat die kans is dat hy binnekort nog 'n week se verlof kan neem, het Daniels hom net daai vuil kyk gegee, iets gemompel en met Nolte oor 'n saak begin gesels asof hy Kassie nooit gehoor het nie. Dit staan by die stasie bekend as "Die Daniels-ignore". Of soos Da Silva dit stel: "Hy kap jou nie net met 'n ignore nie, maar kyk jou mos aan asof jy 'n hondedrol op 'n Persiese tapyt is."

Kassie weet hy sal daarmee moet vrede maak. Hy sug, stap kamer toe en skop sy werkskoene uit, trek sy skaapvelpantoffels aan. Op pad kombuis toe knaag die hongerpyne aan sy ingewande. Hy't vanoggend laas 'n klein bakkie graanvlokkies geëet. Sal hy nie maar 'n pizza bestel nie?

Nee, besluit hy, hy het reeds verlede week sy dieetvoorskrifte oortree met twee hamburgers en 'n kerrievetkoek. Hy's net besig om homself te bullshit. Hy haal die houertjie met cholesterolpille uit die kombuiskas en sluk een af met 'n halwe glas Creme Soda.

Die volgraanbrood lyk nog redelik vars, hoewel hy nie kan onthou wanneer hy dit gekoop het nie. Hy Flora vier snye, bedek dit met blaarslaai en die res van gister se blikkie tuna, sprinkel 'n bietjie sout en peper oor en maak 'n koppie rooibostee.

Terwyl hy in die sitkamer eet, kyk hy na 'n heruitsending van *Frasier* op die TV. Hy gee nie om dat dit uit die negentigs kom nie, hy hou van die skerp humor.

Ná ete spoel hy sy bord in die kombuis uit, gooi die laaste helfte van die rooibostee in die wasbak af, spoel die beker ook uit en pak dit saam met die bord in die droograkkie.

Hy vroetel deur die CD's op die kombuistoonbank en druk een in die hoëtroustel. Ollie Viljoen lig altyd sy gemoedstoestand. Hy stel die klank hard en slof studeerkamer toe, waar hy agter sy rekenaar inskuif. Twee seëlversamelaarvriende op sy Facebook-blad het navrae. Hy beantwoord dit breedvoerig en verwys hulle na verskeie bronne indien hulle meer inligting verlang.

Dan staan hy op en steek 'n Lucky aan. Hy loop peinsend heen en weer in die kamer. Rooi het vanmiddag die Amsterdamse nommer geskakel wat hulle van Telkom gekry het. "Ons is gescrew op dié een, Kassie," het hy kom rapporteer.

Hy is deurgeskakel na 'n skakelbordoperateur van die Universiteit van Amsterdam. Die operateur het verduidelik dis die nommer van die personeelsitkamer van die universiteit. Tot vyf jaar gelede is dié spesifieke nommer misbruik vir langafstandoproepe deur personeellede, sommige besoekers en selfs studente. Sedertdien is die foon streng gereserveer vir dosente. Hulle kan net plaaslike oproepe maak, hoewel hulle nog langafstandoproepe kan ontvang.

"Wat beteken dit kan enigeen van honderde mense wees," het Rooi afgesluit.

Kassie druk die stompie dood en gaan sit weer agter sy lessenaar.

• • •

119

Terug in die woonstel maak Victor eers water warm op die paraf-fienstofie. Hy wag geduldig tot dit kook en maak 'n koppie koffie – bitter en swart.

Hy gaan haal die oefeningboek uit die onderste laai. Hy weet die inskrywings gaan hom van nou af ontstel, maar hy is geestelik reg daarvoor. Terwyl hy die eerste slukkie koffie neem, slaan hy die boek oop.

Die inskrywings is in sy oupa se vloeiende handskrif. Saaklik, soos 'n mens dagboek sou hou.

19 Augustus 1945: Amptelike stigtersvergadering – Nelson-gebou in Loopstraat.

Stigterslede: Moller, Eksteen, Louw, Carelse, Wagner en Knobel. Die leier sal bekend staan as Iskariot en sal só aangespreek word. Bybel-name word ook voorgestel vir die ander lede, maar uiteindelik word volstaan met Iskariot vir Moller, onbestrede verkies tot die eerste hoëpriester van die Orde van Iskariot. Die naam Iskariot sal behoue bly vir die daaropvolgende geslagte se hoëpriesters. Reëls sal bekend staan as "gebooie".

Vurige besprekings toe die interne gebooie vasgelê word, maar Iskariot neem die leiding en laat gemoedere bedaar. Beginselbesluit word geneem dat eggenotes van priesters nooit ingelig word oor Or-de-bedrywighede nie. Sakestrategie bespreek. Gemeenskaplike bank-rekening.

Die volgende klomp blaaie oor die eerste jare van die Orde maak nie vir Victor veel sin nie, dis hoofsaaklik sleutelwoorde by da-tums. Eers by 'n inskrywing op 15 November 1959, by 'n vergade-ring in die tempel, kry hy weer nuttige inligting.

Iskariot spreek sy tevredenheid uit oor die opgang wat priesters ge-maak het in die onderskeie teikenareas: hyself is 'n prokureur met verskeie vooraanstaande Afrikaners as kliënte; Wagner het sy posisie as politikus verstewig en is met die algemene verkiesing van 1958 tot lid van die Volksraad verkies, hy beklee 'n belangrike leiersposisie in die Broederbond; Carelse is 'n kaptein in die polisie; Louw het hom ingegrawe in die bankwese en aanduidings is dat hy binnekort die bestuurder van die grootste Volkskas-tak in die Kaap sal word; Knobel (konstruksiebedryf) se sakeonderneming is gevestig en gaan voortaan dien as belangrike finansierder van Orde-bedrywighede. Belangrike notule-inskrywing: Van groot belang dat Wagner sy politieke invloed gebruik om meer staatskontrakte na Knobel te kanaliseer.

Die behoefte word bespreek om randwerkers te werf om priesters in sommige van hul take by te staan. Daar word op die benaming "veldkornette" besluit. Hulle sal nooit insae in die werkinge van die Orde hê nie en sal bloot ingespan word om hulp te verleen by sekere operasionele take.

Victor se oë knipper. Hy is moeg nadat hy vanoggend drieuur al wakker geskrik het. Het toe rondgerol en gepeins oor sy eerste taak. Nogtans blaai hy verder. Die meeste van die kort inskrywings is vir hom betekenisloos. Hy lees die Orde se kliënte het in die 1970's vervierdubbel teenoor die 1960's. Sy oë flits oor die name.

Barendse Elektriese Werke, KB Tegniese Dienste, Nel-Houtvloere, Van der Merwe-Heinings, W & W Meubileerders, Falkenier-Bande, Kastelyn-Materiaal, Coetzee-Lugdrukmasjiene en Toebehore . . .

Dit interesseer hom nie. Hy ken nie die ondernemings nie; dit was lank voor sy tyd. Sy pa was toe al betrokke, weet hy. Hy was 'n gerespekteerde priester, soos sy oupa. Die tweespalt sou eers veel later ontstaan, sy oupa al in sy graf.

Sy oupa verwys na die eerste groot geskil onder die priesters in die laat 1970's.

121

Vurige debatte gevoer oor die beskerming van kliënte. Carelse teken kapsie aan oor twee voorvalle waar mense vermoor is om belange van kliënte te beskerm. Dit maak sy posisie in die polisie ondraaglik, want hy moet deurentyd vure doodslaan en leidrade manipuleer. Iskariot neem uiteindelik die finale besluit: Kliënte se belange moet altyd eerste gestel word. Moord is wel die laaste opsie om hul belange te beskerm, maar word nie uitgesluit in uitsonderlike gevalle nie.

Die 1970's word gekenmerk deur kort inskrywings oor die tweede geslag wat die Orde betree. Victor se pa het ook in dié tyd priester geword, maar selfs sy oupa het sy kwellinge daaroor.

Die tweede geslag van Orde-lede het ander idees en waardes, hulle begin om die oorspronklike Orde-doelstellings te ondermyn. Geld word die allesoorheersende dryfkrag, druk word toegepas om gebooie aan te pas sodat ander (dwase) bedrywighede geakkommodeer en geregverdig kan word.

'n Klomp enkelwoord-inskrywings kenmerk die volgende paar jaar. Dis Grieks vir Victor. Dan die laaste inskrywing deur sy oupa, net drie woorde, en die eerste keer wat hy direk na homself verwys.

Ek word ondersoek.

Victor se mond vertrek, die weersin vlak in sy gemoed. Dit was kort nadat sy ouma oorlede is; sy ma het hom vertel wat gebeur het. Hy was maar ses jaar oud toe die polisie sy oupa se sake in 1985 begin ondersoek het. Die groot vraag in polisiekringe was hoe 'n brigadier in die Mag 'n swierige drieverdiepinghuis in Constantia kan bekostig, hoe hy met 'n ingevoerde Oldsmobile kan rondry én nog geld het om sy seun, skoondogter en kleinseun gereeld oorsee te neem. Wagner het glo sy invloed in die parlement gebruik om die ondersoek te probeer kelder, maar sonder sukses. Louw moes skarrel om die bankrekenings by Volkskas te manipuleer sodat sy oupa se betalings nie na die Orde teruggespoor kon word nie.

Maar die Orde het nie hard genoeg probeer nie, het sy ma vertel. Hulle het sy oupa uitverkoop. Die spanning en stres wat sy oupa moes verduur, was fataal en het gelei tot sy noodlottige hartaanval. Die Orde was verlig daaroor, het sy ma gesê. Die gevaar was afgeweer dat hulle bedrywighede ontbloot sou word. Die feit dat hul gesin die huis in Constantia moes verlaat en in 'n woonstelletjie hier in Goodwood moes kom "skuil", het die Orde nie in die minste gehinder nie. Dit sou "tydelik" wees, het hulle beloof, maar dit het permanent gebly.

Woede wel op in Victor se gemoed. Soos 'n reusebrander golf dit deur sy lyf sodat sy bewende hande die boek beswaarlik kan vashou. Eers sy oupa, toe sy pa en toe hy. Uitverkoop, vernietig en uitgelewer.

Hy slaan die boek toe. Hy sal die laaste inskrywings later in die week lees – sy pa het ook vlugtige aantekeninge in die boek gemaak. Maar hy is te ontsteld om nou verder te lees.

Hy moet kalm bly, maan hy homself terwyl hy kop onderstebo slaapkamer toe stap.

28

Kassie tik *Universiteit van Amsterdam* op Google in.

Hoe het een van sy vorige bevelvoerders altyd gesê? "Al is dit 'n naald in 'n hooimied, sóék daarna. Want jy gaan waaragtig nie 'n kat se kans staan om die naald te kry as jy nie minstens in die strooi rondgrawe nie."

Hy begin by *Aardwetenschappen*, lees vlugtig deur die name van dosente en assistente, beweeg dan na *Algemene cultuurwetenschappen*... *Arabisch* ... *Archeologie* ... *Bedrijfskunde* ... Toe hy met die H's klaar is, is dit byna 'n uur later.

Hy loop kombuis toe en drink 'n paar slukke Creme Soda uit die bottel in die yskas. Dan skuif hy weer agter die rekenaar in en steek 'n Lucky aan. Sy vyftiende en laaste een van die dag, besef hy met 'n mate van irritasie oor sy eie rigiede voorskrifte vir die Kassie-gesondheidsplan.

Die loomheid oorval hom by die L'e, maar hy besluit om nog die M'e en N'e ook te doen. Sal dan maar môre by die kantoor verder saam met Rooi soek. Toe hy die bladsy vir *Mediastudies* oopmaak, sien hy die naam: *Prof. Hans Wagner*.

Hy's skielik helder wakker. Daar's hy! Of is dit blote toeval dat die professor se van ooreenstem met een van die oorspronklike Knobel-makkers? Daar is geen CV van Hans Wagner op die universiteit se webblad beskikbaar nie, net dat hy spesialiseer in koerantjoernalistiek.

Kassie tik die naam op Google in. Die bekendste Hans Wagner was 'n gedekoreerde Duitse generaal in die Tweede Wêreldoorlog; inskrywings oor hom oorheers die eerste twee soekblaaie. Op die derde bladsy is daar 'n inskrywing oor 'n dr. Hans Wagner in *Die Burger* van 2 Oktober 2004.

Kassie klik daarop.

Dr. Hans Wagner, redakteur van die meningstydskrif South African Frontier, *is aangestel as senior lektor in mediastudies by die Universiteit van Amsterdam in Nederland. Dr. Wagner (46), voorheen 'n redaksielid by* Die Burger *en die* Cape Argus *in Kaapstad, het twee jaar gelede sy doktorale proefskrif met lof verwerf aan Unisa met sy verhandeling in Kommunikasiekunde: "Die etiek van die pers in Wes-Europa gedurende die negentiende eeu". Hy sal in Januarie 2005 inval by die universiteit. Hy is ongetroud. Dr. Wagner se pa, Bernoldus, was vir dertig jaar 'n NP-Volksraadslid (1958 – 1988). Hy is in 1992 oorlede.*

Kassie slaan 'n triomfantelike hou in die lug. Bernoldus Wagner! Die naam stem ooreen met Knobel se makker in 1942. Maar die man was 'n Volksraadslid . . . Kan dit wees dat 'n vooraanstaande politikus betrokke sou wees by die organisasie? Nie onmoontlik nie – Karen Moller se skoonpa was 'n prokureur. Van die organisasielede kon seker gesiene posisies in die samelewing beklee het.

Was of is die seun, Hans, betrokke by die organisasie? Die toeval is darem groot dat die oproep na Knobel van dié universiteit se personeelsitkamer gemaak is, in die tyd toe Hans al daar gewerk het. Maar hoekom sal hy Knobel uit Nederland bel? En hoekom die rusie oor die foon?

Kassie se gedagtes bokspring soos 'n rodeoperd, maar dis spronge in die duister. Hy kry nog inskrywings oor Hans Wagner op Google, maar dis bloot joernaalartikels oor die koerantwese.

Hy skakel die rekenaar af. Hy sal Wagner môre van die stasie af bel.

Hy loop kombuis toe, haal 'n vars pakkie sigarette uit die koskas en steek een aan. Hy sal môre opmaak daarvoor deur net veertien te rook. Hierdie deurbraak verdien nóú 'n beloning.

125

29

Die spanning trek 'n knoop in TJ se maag. Daar is 'n derde ge-maskerde by die briefing session. Asof hulle skielik versterkings ingekry het. Die vreemdeling word as L aan hulle voorgestel. "V, E en L spel VEL," het V 'n grappie probeer maak.

Die vreemdeling is amper so lank soos V, maar sy lyf is jonk en soepel, in skerp kontras met die ouballie-buitelyne van V en E. Sweet blink op sy gespierde boarms wat onder die swart T-hemp uitsteek.

En Daisy is omtrent ingenome met die vreemdeling. Sy tjek hom heeltyd uit met 'n skewe smile. Daai selfde smile wat TJ altyd gekry het wanneer hy met sy weights in sy kamer op Sasolburg ge-oefen het. Net voor sy hom gewoonlik bespring het. Sedert hy en Snake tien minute gelede hier deur 'n veldkornet afgelaai is by 'n huisie iewers aan die gatkant van Wynberg, het Daisy oogkontak met hom vermy. Sy't hom net met 'n kopknik gegroet. Dis duide-lik L is die flavour van die oomblik.

TJ onderdruk 'n vlaag van jaloesie. Hy moet fokus. Vandat hy die oproep na Bok Badenhorst op Sasolburg gemaak het, weet hy en Snake hier's groot stront aan die broei. Waarom anders is die huurkontrak beëindig? Hulle besittings weggevat met 'n trek-lorrie?

Dit het vuur in hulle gatte gestook om vinniger hulle planne oor hulle move te maak. Snake het klaar 'n kar gekoop, 'n twee-dehandse Golf met 150 000 kilometer op die klok. Bietjie van 'n rammelkas, maar hulle wou nie meer bestee nie. Hy en Snake het nog nie ooreengekom oor wanneer hulle die move gaan maak nie. Dit sal ná die eerste of die tweede inbraak wees, maar hulle gaan beslis nie bly vir die derde inbraak nie.

Tog bly TJ gespanne oor vandag se sessie. Sy donker gedagtes verdwyn eers toe V 'n groot kaart ooprol en op die tafel uitsprei. Almal staan nader, Daisy ewe cosy langs L. Haar hand raak liggies aan sy voorarm . . . 'n voorarm met 'n tatoe van 'n slang op, die slang se gesplete tong kronkel af tot by sy pols.

V druk 'n vinger op 'n swart kruisie op die kaart. "Right," sê hy, "hier's ons teikenhuis, groot dubbelverdieping in 'n boomryke deel van Rondebosch. Die erf is omhein met 'n hoë muur en rolle lemmetjiesdraad, wat dit moeilik gaan maak om oor te klim. Maar aan die agterkant van die erf is daar 'n houtdeur in die muur. Ons het reeds 'n sleutel daarvoor laat maak, 'n veldkornet het dit getoets en dit werk."

Hy tik met sy voorvinger op die kaart. "Die erf se ligging is ideaal, die agterkant is langs 'n park. Nie een van die buurhuise kyk af op die houtdeur nie. Die huis het nie diefwering nie – 'n groot kombuisvenster is dalk die beste opsie vir toegang."

E oorhandig 'n velletjie papier aan hom. Hy bestudeer dit vinnig. "Die huis behoort aan Priscilla Booyens, 'n skatryk weduwee. Sy's al in haar sewentigs. Haar man was 'n grootkop by Anglo en sy het self ryk geërf. Volgens ons inligting is diamante haar ding, veral halssnoere en armbande. Haar prized possession is 'n platinum-halssnoer met vyftig wit diamante. Sy hou haar juwele in 'n muurkluis in haar kamer op die tweede verdieping. Die kluis is weggesteek regs van haar bed agter 'n groot skildery. Dit behoort poeding-en-pie te wees vir Snake – standaard Liberty-kluis met 'n gewone kombinasieslot."

Snake knik net. TJ kan sien hy is ook gespanne.

"Alarm?" vra TJ.

"'n Silent alarm," sê E, "lui net by die securityvinke. Maar moenie daaroor worry nie, ons het dinge daar onder beheer."

V knik. "Dis 'n eenvoudige job. Die vrou word halfagt die aand opgelaai deur 'n chauffeur, wat haar Kunstekaap toe vat vir 'n show. Die show duur twee uur, so rytyd soontoe en terug ingesluit het julle amper drie uur vir die job. Maar ons sal veldkornette in posisie hê vir as iets gebeur en sy dalk vroeër terugkom."

"Honde?" vra TJ.

"Nee, gelukkig nie. Net 'n papegaai." V kyk na Snake. "En moet in hemelsnaam nie die fokken voël in die vrieskas bêre nie, al lawaai hy hóé."

Snake reageer nie, staar net uitdrukkingloos na die kaart.

V begin om Daisy te brief oor die straatroetes, maar TJ luister nie meer na hom nie. L staan met sy hand op Daisy se skouer, haar heup styf teen hom aangedruk, die skewe smile breed op haar gesig.

Toe V klaar is, kyk hy op. "Enige vrae?"

"Klink easy genoeg," sê TJ.

"Jy, Snake?"

Snake skud sy kop.

L fluister iets in Daisy se oor en sy giggel. TJ wens hy kan die man klap.

"Right, julle twee kan dan maar gaan," sê V. "Die veldkornet sal julle terugvat Durbanville toe. Daisy sal julle op die dag kort ná vieruur kom oplaai. Maak seker julle vat al julle tools saam."

Toe TJ en Snake uitstap, vra Daisy vir L: "Waar gaan ons vanmiddag eet? Of gaan ons eerder op die seiljag tan?"

TJ weet sy wou seker maak hy hoor dit. Fokken klein bitch!

30

Encrypted message (Hushmail service)
From: iskariot12@hmail.com
To: katrina12@hmail.com
Date: Wed, March 5, 2014, 5.17 PM
Subject: Ontstellende navraag

Hallo Katrina

In my lewe word ek selde onkant betrap. Maar ek het pas 'n oproep ont-vang wat my erg ontstel het.

Die beampte, dieselfde een waaroor jy my ingelig het, het my gebel! Ja, jy het reg gelees! Ek het 'n oproep uit Suid-Afrika van hom ontvang, hier in my kantoor!

Sy navraag: Of ek op 24 Junie 2007 met die ou man in 'n telefoonge-sprek betrokke was!! Hy't ook 'n verband getrek tussen my pa en die Orde!

WAAR het hy sy inligting gekry? En WAT weet hy nog? Dié twee vrae laat my sidder.

Alles dui daarop dat Swys en Joep destyds nie net slordig was met 'n eenvoudige taak nie, maar dat hulle ook 'n spoor leidrade gelaat het. Lei-drade wat nie net my posisie in gevaar stel nie, maar wat die Orde se be-drywighede kan ondermyn en in die mees ekstreme geval selfs kan blootlê. Ek het destyds tog uitdruklik opdrag gegee dat alle telefoniese rekords van die ou man vernietig moet word. Dit is uiteraard nie gedoen nie.

Hierdie is 'n ernstige krisis, en ek wil hê dit moet as volg hanteer word. My eerste instink was om jou opdrag te gee om van die beampte ontslae te raak. Maar teen dié tyd is die moontlikheid te groot dat van sy ander kollegas en hoofde ten volle ingelig is oor sy navrae en ondersoek. Dit kan my onder die vergrootglas plaas.

Daarom moet jou plan om 'n oor op die grond te kry dringend in werking gestel word. (Ek weet dit hou geringe risiko's in, maar dit kan ongelukkig nou nie anders nie). En ek wil DAAGLIKS ingelig word oor die vordering daarmee.

Wag om van jou te hoor.

Iskariot

From: katrina12@hmail.com
To: iskariot12@hmail.com
Date: Wed, March 5, 2014, 5.49 PM
Subject: Re: Ontstellende navraag

Hallo Iskariot

Ek is nou so geskok oor jou nuus dat ek amper nie helder kan dink nie! Swys sê die veldkornet by Telkom is destyds goed betaal om die ou man se telefoonrekords te laat verdwyn. Hy het dit duidelik nie gedoen nie, maar het Swys wel destyds verseker hy het dit suksesvol uitgevoer. Hy is intussen weg by Telkom en het ook by die Orde se veldkornetkorps gedros. Ons het nie 'n idee waar hy nou is nie, maar Swys sal probeer om hom op te spoor – hoewel dit nou seker nie veel sal help nie!

Ek stel ons plan vir die oor op die grond onmiddellik in werking. Gelukkig het ek reeds baie navorsing gedoen. Die vraag is net: Gaan ons voort met ons eerste operasie? Die beplanning is reeds gefinaliseer. Die produkeienaar, wat meestal huisgebonde is, gaan op die betrokke aand nie tuis wees nie, daarom is dit die ideale geleentheid om toe te slaan.

Wat het jy alles vir die beampte gesê?

Ek wag op jou instruksies.

Groete

Katrina

From: iskariot12@hmail.com

To: katrina12@hmail.com
Date: Wed, March 5, 2014, 6.28 PM
Subject: Re: Ontstellende navraag

Hallo Katrina

Natuurlik gaan ons voort met die operasie!! Die plan om 'n oor op die grond te kry kan tog só geplooi word dat dit hoegenaamd geen invloed op die operasie het nie! En onthou: die huidige navrae van die beampte handel oor die ou man. Daar is geen rede om ons program daardeur te laat ontwrig nie.

Swys moet intussen kyk of hy die Telkom-veldkornet kan opspoor. Van wanneer af word veldkornette net toegelaat om te dros? Dit word tog duidelik in die sewende gebod verbied. Laat weet my wanneer julle hom opgespoor het. Sy straf moet gepaard gaan met ernstige pyn en lyding!

Het in my ontstemde toestand vergeet om jou in te lig oor my gesprek met die beampte. Ek het vir hom gesê ek het nie van die ou man se bestaan geweet nie, en ek kan werklik nie verklaar waarom 'n oproep gemaak is van die personeelsitkamer van die universiteit twee dae voor sy verdwyning nie. Talle Suid-Afrikaners besoek die universiteit jaarliks en dit kon enigeen van hulle gewees het. Ek het ontken dat ek enige kennis dra van my pa se bande met "die organisasie" (soos hy daarna verwys het). Ek het gesê ek en my pa was nooit na aan mekaar nie en ons het selde kontak gehad. Ek het my destyds op my joernalistieke en akademiese loopbaan toegespits en ek dra geen kennis van my pa se beweerde bedrywighede nie.

Ek glo ek het dit oortuigend genoeg gedoen.

Iskariot

31

"Jy dink hy't gelieg?" vra Rooi van oorkant Kassie se lessenaar.

Kassie knik. "Hy't aanvanklik taamlik together geklink toe hy ontken het dat hy enigiets van Daniel Knobel af weet. Ook toe hy verduidelik het dat enigeen destyds 'n oproep van daardie foon af kon maak. Maar toe ek hom uitvra oor sy pa en sy pa se verbintenis met die organisasie, het hy effens vinniger begin praat, met 'n hoër stemtoon. Ook hier en daar gestruikel oor sy woorde."

"Bliksis, Kassie," sê Rooi bewonderend. "Ek sou nooit so iets kon optel nie."

"Deur die jare leer jy om te luister vir sulke dinge. Wat is die kans hy weet niks van sy pa se bedrywighede nie? Dit klink net nie reg nie."

Kassie sug. "Maar dit help ons nie veel nie. Die man sit in Amsterdam."

Rooi lag skielik. "Kan jy dink hoe sal Daniels hom bekak as ons hom vra om Holland toe te gaan?"

Kassie glimlag. "Ja, ons sal net gekap word met Die Daniels-ignore."

"Ons is nou half in 'n doodloopstraat."

"Ja, ons weet net te min om enigiets betekenisvol op te volg." Kassie tel op sy vingers af. "Ons weet al hoe Knobel se pad geloop het, ook dat die Mollers geen verdere leidrade gaan oplewer nie – pa en seun albei in die graf. Nou weet ons ook van Hans Wagner, maar daaraan kan ons nie veel doen nie. Sarel Kastelyn het ons vertel van Willem Eksteen en Pieter Louw, ook al albei in die graf."

"As die oukêrel net kan onthou wie die Eksteen in die koerant was wat soos Willem Eksteen gelyk het."

132

Kassie vee oor sy gesig. Hy's moeg, sy dag was te lank. Hy moes in die hof gaan getuig oor 'n bedrogsaak wat hy meer as 'n jaar gelede ondersoek het. Het sy agterent eelte gesit op die harde houtbankie buite hofsaal 11, net om ingelig te word sy beurt gaan eers môre kom. Toe kantoor toe gejaag om 'n klomp admin af te handel, en toe is hy saam met die ander na die vergaderlokaal waar brigadier Filander hulle tot die dood verveel het met 'n uur lange sedepreek oor korrupsie in die Diens.

Hy staan op. "Rooi, kom ons worry môre verder oor hierdie saak. Die ratte in my brein wil nie meer draai nie. Vanaand gaan ek vroeg in die bed klim."

"Ja, dit was 'n ou shit dag. En Torretjie wil my nog na 'n balletgedoente toe sleep! Hierdie kultuurgoeters wat deesdae so op haar brein is, gee my die horries."

. . .

Aanvanklik lees Victor moeilik aan sy pa se inskrywings, maar ná 'n ruk verloor die skuinsgedrukte krabbels hul vreemdheid vir sy oë. Meestal kort sinne, soms net woorde en datums.

In die laat tagtigs is die eerste Iskariot skielik dood. Beroerte. Sy pa skryf 'n paragrafie oor hom.

Markus Moller was 'n goeie man. Sterk leier. Almal het respek vir hom gehad. Groot verlies vir die Orde.

Bernoldus Wagner neem die leisels oor as die nuwe Iskariot, lees Victor. Sy pa lewer geen kommentaar oor dié verwikkeling nie. Noem net Wagner het uit die Volksraad getree om sy aandag voltyds toe te spits op die hoëpriesteramp. Sy pa noem ook dat die eerste lede van die derde geslag hulle aansluit by die Orde.

Dan die volgende inskrywing van belang: die tweespalt.

4 Maart 1992

Hans Wagner, slimgat koerantman, vat die ou manne aan oor sake-strategieë. Sê dit is nie meer volhoubaar in Suid-Afrika nie. Die politieke landskap gaan dramaties verander, wat die Orde se posisie gaan beïnvloed. Daarom moet daar nuwe terreine ontgin word. Groot ongelukkigheid onder die ouer garde oor sy voorstelle. Ek ook daarteen gekant, maar die ander jonger lede steun hom. Stemming vind plaas. Iskariot gebruik sy vetostem om sy seun se voorstelle te stuit. Harde woorde tussen pa en seun. Ek vat Hans Wagner ook aan. Ons raak handgemeen.

Dáár het sy pa al sy eie graf gegrawe, dink Victor. Hans Wagner vergeet of vergewe nie. Ander sou ook met hulle lewens daarvoor boet.

Dan kom die volgende Orde-skok: die tweede Iskariot sterf ná 'n kort siekbed. Die een dag met breinkanker gediagnoseer, die volgende week in die graf.

23 Oktober 1992

Hans Wagner word met 'n meerderheid van een stem oor Knobel verkies as nuwe hoëpriester. Seun volg pa op. Die jong Turke se getalle deurslaggewend, Joep Eksteen en Katrina Louw sy groot aanhangers. Hans het vroeër al die gebod oor lidmaatskap met slinkse redenasies verander gekry dat dogters van Orde-lede "met die regte eienskappe" ook priesters kan word. Só het hy Katrina Louw se onvoorwaardelike steun gewen.

Dis die laaste volledige sinne in die boek. Daarna net enkelwoorde, soms twee. Victor se oë flits oor die volgende paar bladsye se inskrywings.

Mandrax . . . Wapens . . . Onmin . . . Besware . . . Geldwassery

134

. . . Renosterhoring . . . Swys (eerste lid van buite toegelaat) . . .

Victor kyk lank na die naam en die laaste woorde. Sy hande bewe liggies. Dan kyk hy na sy pa se heel laaste inskrywing.

Victor.

Hy onthou hoe trots hy destyds was toe hy die eed van die Orde geneem het. Die swaard liggies op sy skouer, die ander priesters met kerse in 'n kring om hom.

Sy pa langs hom, fronsend. Hy het toe nie verstaan waarom sy pa so bekommerd lyk nie.

Dit was 1999, hy was maar negentien – die jongste in die geskiedenis van die Orde om toelating te kry. Ondanks goeie matriekpunte wou hy nie verder gaan studeer nie. Erg rebels, het hom nooit aan sy pa se vermanings en bangmaakstories gesteur nie. Hy was betower deur Iskariot . . . die denker, die strateeg, die waaghalsige. In daardie stadium sou hy sy lewe opoffer vir Iskariot. Hy het die hoëpriester aanbid.

Toe het hy nog nie besef dat Iskariot sy jeugdige heldeverering uitbuit en hom misbruik nie. Hy was die een wat Matthys, Joep Eksteen se ouer broer, vermoor het. Iskariot het hom oortuig daar is geen ander uitweg nie: Matthys het onuitstaanbaar geword, Orde-vergaderings ontwrig, heeltyd beswâre gehad.

Die moord moes soos 'n huisinbraak lyk wat skeefgeloop het. Iskariot het voorgestel dat hy Matthys en sy vrou se nekke met 'n broodmes afsny, eintlik afsaag. 'n Huisrower wat vervaard na die eerste die beste wapen gryp.

Nie een van die ander het eers die geringste vermoede gehad dat Victor die "inbreker" was nie. Almal was geskok; die nuwe Suid-Afrika is 'n wrede plek, het hulle geprewel. Hulle het die sensasionele koerantstories van die broodmesmoordenaar heelhuids gesluk. Daar was weke lank paniek in die suidelike voorstede; die buurtwag, sekerheidsmaatskappye en die polisie het die strate 24 uur van die dag gepatrolleer.

Hy het nog baie ander take vir Iskariot verrig en binne die Orde die naam die Groot Uitwisser gekry.

Toe gebeur die vragmotorongeluk, sy pa se Opel wat soos 'n opgefrommelde bierblikkie lyk. Sy pa is op slag dood; die vragmotorbestuurder het weggehardloop van die toneel. Die polisie het bevind dit was 'n gesteelde vragmotor en sy ma was oortuig die Orde het 'n hand daarin. Victor het die Orde verdedig, gesê hulle sal nie so laag daal om sy pa om die lewe te bring nie. Hy het dit regtig geglo. Hoekom sou Iskariot van sy vertroueling en regterhand se pa ontslae wou raak?

Hy was toe amper vier-en-twintig, en vir bykans vyf jaar het hy nooit weggeskram van Iskariot se wrede opdragte nie. Hy was oortuig Iskariot maak hom groot om eendag by hom oor te neem as hoëpriester. Hy het geglo sy lojaliteit aan die Orde word getoets met dié opdragte. Daar was by hom geen twyfel dat sy pa se dood nie Orde-verwant was nie.

Maar hy het hom misgis met Iskariot; hy het toe nog nie besef die hoëpriester verdra geen teenkanting nie. Sy pa het Iskariot net te dikwels bevraagteken, die eerste gebod net te veel oortree, selfs jare gelede die vermetelheid gehad om handgemeen te raak met die Orde-leier.

Hulle het nie geweet Victor was in die tempel se badkamer nie; die toiletdeur kon nie sluit nie en het halfpad oopgestaan. Joep en Swys was by die krippe, en Joep het vertel dat Iskariot hom opdrag gegee het om ontslae te raak van die veldkornet wat die vragmotor bestuur het. Die Orde kon nie bekostig dat die polisie die man vang nie.

Victor was buite homself van woede en hy het die oordeelsfout van sy lewe gemaak. Hy het Iskariot in die tempel bestorm, hom

136

aan die kraag rondgepluk, op hom geskreeu, hom vervloek, gedreig hy gaan die Orde eiehandig vernietig.

Iskariot het hom gekalmeer, gesê dit was nie hý wat die veldkornet opdrag gegee het nie, iemand anders in die Orde wou van sy pa ontslae raak. Dit was vir hom net so 'n groot skok, sy pa was immers 'n gewaardeerde priester.

Hy wou nie vir Victor sê wie die skuldige was nie, maar het hom verseker hy sal hom vertel wanneer hy eers kalm is. En hy het Victor belowe hy sal hom die geleentheid gee om met die skuldige af te reken.

Soos 'n idioot het Victor hom geglo.

32

In die hyser op pad na sy woonstel op die derde verdieping doem die spook van Alwyn Calitz se seëlversameling weer by Kassie op.

Dit gebeur elke aand soos klokslag wanneer hy in die hyser klim. 'n Spookstem wat in sy oor fluister: "Kassie, daar staan een van die grootste seëlversamelings in die land in die hoek van jou sitkamer. Is jy nie vrek lus om net één boks oop te maak nie? Net enetjie. Jy hoef nie die seëls uit te haal nie, loer net vlugtig in die boks. Komaan, Kassie!"

Toe hy in die gang af stap na sy woonstel, wyk die spook. Hy sien haar onmiddellik. Sy staan met haar rug na hom toe, twee woonstelle weg van syne, by die deur van die hoekwoonstel wat al drie maande lank leeg staan. En sy swets.

Sy moes sy voetstappe gehoor het, want sy kyk dadelik skuldig oor haar skouer. "Jammer, ek praat nie gewoonlik so lelik nie," sê sy verleë.

Sy draai om, steek haar hand na hom uit. "Anna Uys."

Haar hand is warm in syne. Sy laat Kassie aan 'n bibliotekaresse dink. Haar hare is in 'n netjiese bolla, donker oë wat van agter 'n swart dikraambril vir hom loer. Sy's jonk, laat twintigs, skat hy.

"Kassie Kasselman," groet hy. "Kan ek dalk help? Lyk of jy probleme het."

Sy lag en daar verskyn diep kuiltjies in haar wange. "Darem nie onoorkombare probleme nie. Ek het net my verdomde woonstel-sleutel by die kantoor vergeet, en ek werk in die stad. Ek's net nie lus om nou dadelik weer terug te ry in dié verkeer nie."

"Ons kan by die opsigter 'n sleutel gaan kry," stel hy voor.

Weer lag sy. "Dit gaan nie help nie. Ek moet in elk geval terugry, my selfoon lê ook op my lessenaar."

"Ek het nie eers geweet hier bly weer iemand in die hoekwoonstel nie. Dit het lank leeg gestaan."

Sy knik. "Ek het vanoggend hier ingetrek. Dit lyk nog vreeslik deurmekaar, want ek moes vanmiddag kantoor toe gaan. Waar bly jy?"

Kassie beduie na sy woonstel se deur. "Ons is amper bure."

Sy huiwer 'n oomblik, glimlag die ene kuiltjies. "Amper-buurman, jy't nie dalk 'n koue koeldrank of vrugtesappie in jou yskas nie? Ek gaan dood van die dors. Dit sal my darem lawe voor ek weer die pad kantoor toe moet vat."

"Seker . . . seker. As jy van Creme Soda hou, kan ek voldoen aan jou versoek."

"Ek's mal oor Creme Soda!"

Hy sluit sy voordeur oop en staan opsy dat sy voor hom kan instap.

"Ai, mens kry nie meer sulke galante here nie. Deesdae stap mans mos sommer eerste in 'n vertrek in," sê sy met 'n laggie in haar stem.

"Dis maar . . . dis maar hoe my ma my geleer het," stamel Kassie verleë. Hy beduie na die bokse in die hoek. "Verskoon hoe my sitkamer lyk, maar maak jou solank tuis."

Sy gaan sit op die bank, skop albei haar swart hoëhakskoene uit en wikkel haar tone. "Die goed druk my verskriklik," verduidelik sy toe sy sien hy kyk.

In die kombuis haal hy die onoopgemaakte tweeliter-Creme Soda uit die yskas. Die ander een is halfvol, maar hy het sommer al uit die bottel gedrink. Hy hoop nie die meisietjie mors te veel van sy tyd nie. Hy wil nou eet en met 'n seëlboek in die bed gaan klim.

Toe sy die glas by hom neem, merk hy op sy het nie ringe aan haar vingers nie. Sy sitlê skuins op die bank, haar swart romp het opgeskuif tot bo haar knieë. Sy het mooi bene, merk hy op.

139

Sy vat 'n sluk van die Creme Soda terwyl sy vir hom kyk. "Ag, divine!" Dan wys sy na die bokse. "Wat's daai?"

"Seëls. Ek moet dit nog uitpak, maar ek kom net nie daarby uit nie."

"Seëls?"

Hy lag. "Ja, posseëls. Die goed wat jy op koeverte plak as jy 'n brief wil pos."

"Niemand skrywe meer briewe nie."

"Dis waar, dis 'n gewoonte wat vinnig aan die uitsterf is."

"Is jy 'n seëlversamelaar?"

Hy knik. "Dis my passie in die lewe."

"'n Groot versamelaar?"

"Redelik groot."

"Wow," sê sy, duidelik beïndruk. "Sal jy jou versameling een of ander tyd vir my wys?'

"Ja, graag."

Sy tuur na die plafon. "Môreaand het ek 'n ding aan. Wat van oormôreaand? Pas dit jou?"

"Ek's maar gewoonlik hier." Hy is uit die veld geslaan, het nie verwag so 'n poppie sal in sy versameling belangstel nie.

"Right, dan's dit 'n date."

Sy leun terug op die bank, haal haar bril af en sit dit langs haar neer, sluk behaaglik aan die koeldrank.

Kassie besef nou eers sy is mooi. Haar klein lyfie wys ook nie 'n ons vet nie. As hy twintig jaar jonger was, sou hy beslis meer uitgesien het na hulle "date". Sy herinner hom aan iemand wat hy onlangs gesien het . . . moontlik op TV. Nie dat hy eintlik na iets anders as *Binnelanders* kyk nie.

"Watse werk doen jy?" vra sy.

"Ek's 'n polisieman."

"Nou waar's jou uniform?"

"Wel, ek's eintlik 'n speurder. Ons dra nie uniforms nie."

"Wat? 'n Speurder!" sê sy met duidelike bewondering.

Hy lag. "Dit klink indrukwekkender as wat dit is."

"Het jy al moordenaars gevang?" vra sy met groot oë.

"So 'n paar."

"Wow! Het jy al iemand geskiet?"

Hy knik net. Dié soort vrae maak hom ongemaklik.

"Julle hardloop seker rond, of hoe? As mens na die koerante kyk, is Cape Town deesdae eerder Crime Town. Agter watter skelm is jy nou aan?"

Dis 'n welkome uitkoms. Hy vertel haar vlugtig van Daniel Knobel se beendere. "Maar ons is nog in 'n doodloopstraat met dié saak."

"Wow, dit klink só interessant," sug sy. "Ek werk met administratiewe goed. Baie boring.

"Ek sal moet waai." Sy sit haar glas op die mat langs die bank neer en staan op. "Wil jy nie net hier kom staan dat ek aan jou arm vashou nie? Ek sukkel my vrek om hierdie skoene aan te kry, veral op 'n warm dag."

Hy maak so. Hy voel ongemaklik, nie meer gewoond daaraan dat 'n vroumens aan hom vat nie. Die vingers van haar linkerhand rus op sy voorarm terwyl sy op een been sukkel om die skoen aan te kry. Hy kyk weg toe haar lae hals te veel van haar borste wys. Sy herhaal die proses met die ander skoen.

"Thanks, jy's 'n regte steunpilaar."

Hy sien net haar mooi kuiltjies raak toe sy glimlag.

"Tot oormôreaand dan," sê sy op pad deur toe, maar steek skielik vas en beskou hom intens.

"Jy moet dat ek iets aan jou hare doen, daai styl laat jou stokoud lyk. Ek wou as tiener 'n haarkapper word, so ek het altyd op die ouens se koppe geoefen. Ek sal jou tien jaar jonger laat lyk."

Sy strek haar hand uit en raak liggies aan die kant van sy kop. "Is dit Brylcreem wat jy so oordadig aanplak?"

Fok, die meisietjie deins nie terug vir reguit vrae nie! dink hy. Is al die jongetjies deesdae so voor op die wa?

"Amper iets . . . soortgelyk," stamel hy.

"Mens kry deesdae nice soorte jel. Dit sal jou baie funky laat lyk."

Hy het geen begeerte om funky te lyk nie, maar hy knik uit blote ordentlikheid. "Ek sal dit nog eendag probeer."

"Nou toe, tjirrie-baai," groet sy en maak die deur in sy gesig toe.

Hy hoor haar skoenhakke oor die gang se sementvloer klap. Die geur van haar parfuum hang nog swaar in die lug.

33

Victor sit in sy leunstoel in die donker sitkamer en wag vir middernag. Die gebeure van destyds maal deur sy kop.

Iskariot het alles haarfyn beplan ná hul onderonsie in die tempel. Hy het Victor vir 'n week Johannesburg toe gestuur om die veldkornette met 'n paar sake by te staan.

"Gaan koel behoorlik af. En as jy terugkom, praat ons oor jou pa se moordenaar. Ons moet met 'n deurdagte plan van hom ontslae raak. Dit help nie om in woede op te tree nie, dan maak jy net foute."

'n Week later het Victor die aand laat by die woonstel aangekom. Hy was alleen; sy ma het by haar suster op De Aar gekuier. Hy het doodmoeg op die bed neergeval.

Skaars tien minute later was daar 'n helse lawaai by die voordeur. Voordat hy kon gaan kyk, het iemand die deur oopgeskop. Dit was die polisie. Hulle het hom gearresteer, toe die woonstel begin deursoek.

Die video's was oral: onder sy bed, in die klerekaste, boekrakke en lessenaarlaaie. Vier-en-dertig in totaal. Kinderpornografie.

Hy het gepleit, gesweer hulle maak 'n groot fout, gesê hy het die video's nog nooit in sy lewe gesien nie. Maar hulle was ongenaakbaar en het hom summier in die vangwa gegooi.

Eers op pad na die polisiestasie het hy besef Iskariot het die video's geplant. Hy het homself nie eers probeer verdedig in die hof nie. Dit was 'n georkestreerde plan, die bewyse was oorweldigend. En as hy sou loskom, sou hulle hom in elk geval vermoor het. Hy't geen keuse gehad nie, hy het alles beken. Ook regsverteenwoordiging geweier.

Hy het geweet hy kon nie bekostig om 'n woord te rep oor die

Orde nie. Hulle het klaar 'n fluitjieblaser in die tronk gehad, 'n lid van die 28's. Victor sou nie oorleef het as hy gepraat het nie, dit het hy goed geweet. Hy het immers self eenkeer vir die fluitjieblaser opdrag gee om ontslae te raak van 'n veldkornet in die tronk wat praterig begin raak het oor die Orde se dwelmbedrywighede.

Nie dat Victor dit ooit oorweeg het om enigiets oor die Orde te verklap nie. Hy sou lewenslank gekry het as die polisie moes uitvind van al die moorde wat hy vir die Orde gepleeg het.

Hy het baie keer gewonder waarom die Orde hom nie net doodgemaak het nie. Hoekom hom in die tronk laat beland? Dalk het Iskariot dit beskou as 'n gepaste straf. Dit was amper erger as die dood: die vernedering om gebrandmerk te word as 'n pedofiel en die hel wat hy daaroor moes deurmaak in die tronk.

Hy glimlag wrang. Die Orde moes teleurgesteld gewees het toe hy net twaalf jaar gekry het. Hulle het seker gehoop op minstens twintig.

Hy wag tot 'n kwartier ná twaalf voor hy opstaan uit die leunstoel. Hy trek die gordyne in die woonstel toe, kyk in elke vertrek of hy nie dalk iets vergeet het nie. Dan sluit hy die woonstel agter hom en stap vinnig tot in Voortrekkerweg.

In die stoorkamertjie gaan sit hy op die kampbed. Hy't 'n hoofpyn. Die laaste inskrywings in die oefeningboek het hom ontstel, dit voel kompleet of hy nie nugter kan dink nie.

Hy weet hy kan nie langer wag nie. Vannag nog moet hy sy eerste taak afhandel. En dan hoop die res kruip almal uit hulle gate.

Hy sak op sy maag af en begin met sy opstote.

Sy gedagtes draai terug na die aand toe hy gearresteer is. Hy moet uitvind wat van Meerkat geword het, of hy nog by die polisie werk.

Maar dis nie nou sy eerste prioriteit nie. Hy kan later met Meerkat afreken.

144

34

Hulle is in die huis. TJ is verlig alles het tot nou toe seepglad ver-loop. En dat hulle uiteindelik die job kan doen en klaarkry. Die afgelope twee dae se gewag in die flat in Durbanville was pure hel.

Hy en Snake was soos gevange diere. Hulle kon nie waag om met die Golf rond te ry nie, te bang 'n veldkornet hou hulle dalk dop.

Dié gaan hulle laaste job vir die Orde wees, het hulle ooreen-gekom. Hulle sal ná vanaand se inbraak nog in die woonstel slaap en môreaand waai. As hulle lucky is, gaan niemand vermoed hulle is weg nie. Die briefing session vir die volgende oesdag is eers oor vier of vyf dae.

Hulle het lank gestry oor waar hulle gaan skuil. Uiteindelik het TJ sy sin gekry.

"Die Orde sal dink ons gaan iewers in die noorde wegkruip. As hulle om een of ander rede gou gaan uitvind ons is weg, is die N1 'n no-go. Hulle sal ons iewers voorlê, die bliksems het oral con-tacts. Buitendien trust ek nie daai Golf om so ver te ry nie."

"Maar Hermanus? Waar de f-f-fok is dit nou weer?"

"'n Dorp langs die see, sowat 'n uur se ry van hier af. Die plek is groot genoeg om in weg te raak vir 'n paar maande."

"Hel, TJ, net 'n uur se r-r-ry van hier af? Dis in die Orde se a-a-agterplaas."

"Net so. Hulle sal nooit dink ons kruip so naby aan hulle weg nie. Dis wat my plan so flawless maak."

Uiteindelik het Snake ingestem, selfs toegegee dis 'n uitsteken-de plan.

Nou hou hy Snake dop terwyl dié sy koplamp aansit en sy rugsak uitpak: power drill, twee ystervyle, 'n ystersaag, stetoskoop en 'n lang lead. Dokter Snake.

Snake druk die stetoskoop se oorstukke in sy ore, hou die gehoorstuk langs die kluis se kombinasieslot en begin die slot stadig draai, millimeter vir millimeter. Nou en dan knik hy sy kop asof hy die hartklop van 'n pasiënt uittjek en tevrede is met die slae per minuut.

TJ kyk op sy horlosie. Kwart oor agt. Hulle kan voor tien terug in Durbanville wees.

Terwyl Snake nog dokter-dokter speel, kan hy netsowel in die ander kamers rondkyk. Hy vind sy pad voel-voel in die donker gang af na die vertrek langsaan, sit eers die flits aan nadat hy die deur toegetrek het. Hy merk dadelik die flikkerende rooi ogie van die alarmstelsel. Gelukkig hoef hulle nie daaroor te worry nie, iemand by die securityvinke sou gesorg het dat hulle die alarm deactivate.

Dit lyk soos 'n soort werkkamer, met 'n naaimasjien wat op 'n groot lessenaar staan. In die twee boonste laaie is net tolletjies gare en bolle wol. Heel onder in die een diep laai staan 'n bliktrommel. Hy probeer dit oopmaak, maar die deksel sit vas en sy handskoen gly oor die gladde metaal. Hy trek sy regterhandskoen uit, kry sy vingerpunte onder die deksel in en lig dit op.

Die inhoud slaan sy asem weg. Die pakkies note is styf langs mekaar ingepak. Hy haal 'n pakkie uit. Alles tweehonderdrandnote. Moet 'n paar duisend rand wees. Hy druk eers sy hemp deeglik by sy broek in, prop dan die pakkies voor by sy hemp in en trek die ritssluiter van sy oorbaadjie hoog op. Die baadjie sit los aan hom, Snake sal nie die bulte onder sy hemp gewaar nie. Snake hoef nie hiervan te weet nie, besluit hy, dis sy cut vir die Golf se geld.

Hy skrik toe Snake in die gang na hom roep. "TJ, jy k-k-kan maar kom. Die kluis is so oop soos 'n gewillige g-g-girl se bene." Runniklag.

"Ek kom!"

TJ vee die trommel vinnig skoon met sy handskoen, maak die laai toe en loop haastig uit, bang Snake kom kyk waar hy is. Hy trek sy handskoen in die loop aan.

In die slaapkamer staan die kluis se deur oop. TJ skyn met die flits in die kluis. Die juwele skitter. Snake hou die sak oop en hy begin inlaai. Hy probeer onthou wat hy uithaal, V wil altyd 'n verslag oor die telefoon hê. Volop diamante. Maar toe hy die laaste armband uit die kluis haal, weet hy hulle het probleme.

"Die fokken necklace met die vyftig wit diamante is nie hier nie, V gaan hom beskyt! Ek sal hom moet bel en sê, anders gaan hy dink óns het dit gesteel."

Snake se smile verdwyn. "Shit, shit, shit!"

TJ bel. V antwoord dadelik. "Het julle probleme?"

"Alles is ingelaai, maar haar prized possession is nie hier nie."

"Die een met die vyftig blinkes?"

"Exactly daai een."

V praat in 'n gedempte stem met iemand. Soos gewoonlik klink dit vir TJ of dit 'n vrou is wat antwoord.

"Julle sal die huis moet deursoek," sê V. "Dalk steek sy dit op 'n ander plek weg. Anders dra sy die verdomde ding vanaand om haar nek."

"En dan?"

"Dan sal julle vir haar moet wag tot sy terugkom huis toe. Ek sal intussen die veldkornet bel wat by die Kunstekaap se parkeergarage rondhang. Hy sal nou in die foyer moet wag en kyk of sy dit dra wanneer sy uit die teater kom. Ek sal jou onmiddellik bel as ek van hom gehoor het. Bel my as julle die produk in die huis kry. En laat weet vir Daisy julle gaan laat wees."

TJ bel vir Daisy.

"No problem, ek luister musiek op die karradio. Laat weet wanneer julle reg is om opgelaai te word."

Hy wil nog vir haar sê hy verlang na haar, maar sy het klaar die verbinding verbreek. Sy was vanmiddag ook afsydig toe sy hulle in Durbanville opgetel het. Skaars gechat op pad Rondebosch toe, en nooit met hom oogkontak gemaak nie.

Dit wat tussen hulle was, is vir altyd verby, besef hy.

Time to move on.

• • •

Die taxibestuurder frons toe die groot man in Voortrekkerweg vir hom wys hy moet stilhou. Hy's nie gewoond om dié tyd van die aand wit mense rond te karwei nie. En hoekom het die ou 'n reënjas aan? Daar's geen teken van reën in die lug nie.

Toe hy stop, klim die man steunend in en gaan sit skuins agter hom.

"Durbanville," sê hy en lees die straatadres van 'n papiertjie in sy hand af.

In die truspieëltjie hou die taxibestuurder die man dop. Op sy breë, kaal kop blink sweetdruppels. Daar's 'n grynslag op sy gesig, die tande effe ontbloot.

Die taxibestuurder ril. Iets aan die ou is nie lekker nie.

• • •

Om drie minute voor tien bel V.

"TJ, sy dra die necklace. Sy en die chauffeur is op pad huis toe, hulle sal oor omtrent twintig minute daar wees. Volgens ons inligting laai hy haar gewoonlik net by die voordeur af en wag in die kar tot sy veilig in die huis is. Maak seker hy't gery voordat julle haar konfronteer. En tree in hemelsnaam verantwoordelik op. Dis 'n ou vrou. Ons wil nie nog 'n lyk hê nie."

TJ en Snake trek hul balaklawas oor hul koppe en gaan sit agter 'n bank in die sitkamer, naby genoeg aan die voordeur om te hoor

148

wanneer die vrou inkom. In die kombuis praat die papegaai: "Hallo, Mamma, lékker koffie drink."

"Dis al wat die d-d-donnerse ding kan sê," fluister Snake.

Toe hulle vroeër by die waskamer se venster ingeklim het, het hulle amper in hulle broeke geskyt toe hulle deur die kombuis loop en die verdomde voël begin praat onder sy kombersie in die hok.

Die minute tik stadig verby. Dan sien hulle die skynsel van motorligte in die sitkamervenster. Hulle hoor stemme buite die voordeur en oomblikke later die sleutel wat in die slot draai.

Die vrou sluit die deur agter haar en die motor trek weg. Dit klink of sy kombuis toe stap; 'n lig gaan aan.

"Hallo, Mamma, lékker koffie drink," sê sy.

"Hallo, Mamma, lékker koffie drink," sê die papegaai.

Sy staan by die papegaai se hok, haar rug na die deur. "Het Mamma se dogter die huis mooi opgepas?"

"Nie goed genoeg nie, antie," sê TJ toe hulle instap.

Sy kyk verskrik om. Haar mond trek skeef toe sy hulle gewaar.

Sy is lank, silwergrys hare, rooi lippe, 'n raamlose brilletjie op die punt van haar neus. Die necklace is half versteek onder 'n gehekelde tjalie.

"Wat soek julle hier?" vra sy met 'n skril stem.

"Ons kom in vrede, antie. Ons wil jou nie seermaak nie, ons soek net daai mooi necklace van jou."

Sy staan soos 'n soutpilaar, bied geen teenstand toe Snake die necklace losmaak en afhaal nie.

TJ wys na een van die kombuisstoele. "As antie nou net daar sit, kan ons antie vasmaak. Dan is ons gone en vir altyd uit antie se lewe."

Sy gehoorsaam woordeloos.

"Net 'n p-p-plesier om sulke customers te h-h-hê," sê Snake terwyl hy haar vasmaak met die tou wat hy saamgebring het.

Toe hulle loop, sê TJ: "Hallo, Mamma, lékker koffie drink."

Snake gee sy runniklaggie toe die papegaai TJ met 'n diep stem naboots.

35

"Kom ons konsentreer eers op die Eksteens," sê Kassie.

Die vooruitsig om 121 Eksteens in die Kaapse telefoongids te bel, rus swaar op sy skouers. Al gaan Rooi help, weet hy uit ondervinding dit kan etlike dae duur.

Hulle het ooreengekom om mekaar saans af te los met die belwerk. Vanaand is Rooi se beurt, want Kassie het 'n "date" met Anna Uys, sy nuwe amper-buurvrou.

"Hoe lyk sy?" wou Rooi nuuskierig weet.

"Sy's nogal verdomp mooi. Maar sy's heeltemal te jonk vir my, ek kon haar pa gewees het. Buitendien wil sy net my seëlversameling sien. My dae van vroue jag is in elk geval lankal verby."

"Famous last words," het Rooi gespot.

Kassie wil dit nie graag aan homself erken nie, maar die vroumens interesseer hom nogal. Daar's iets aan haar wat die bloed so effe vinniger deur sy verkalkte are (wat die liefde betref) laat bruis. Dalk is dit haar reguit manier van praat . . . of haar oulike kuiltjies. Maar hy's realisties genoeg om te weet dit sal op niks uitloop nie. Sulke mooi jong blare word gewoonlik deur handsome hunks gepluk, nie deur Kassie Kasselman nie. Dis die storie van sy skooldae af.

"Sal ons nou begin bel?" vra Rooi.

Kassie knik sonder geesdrif. "Ek sal bo begin en ondertoe werk, dan begin jy onder en werk boontoe."

Die kans is goed dat hul werk pure verniet gaan wees en dat niemand weet van wyle Willem Eksteen nie. Die Knobelsaak gaan nie oornag opgelos word nie, dit weet hy. Geduld gaan maar weer the name of the game wees.

Hy is voortydig moeg as hy net aan die proses dink. Die afgelope paar dae was sieldodend genoeg, met die hof wat gister die grootste deel van sy dag ingesluk het. Daai gladdebek advokaatjie se kruisverhoor het die hele middag geneem.

Hy tel die gehoorbuis op om A.A. Eksteen te bel, maar kom nie sover nie. Daniels storm op hulle af. Hy's uitasem, wat beteken daar's iewers drama.

"Boys, ek't 'n job vir julle. Klink in elk geval of julle in 'n dood-loop is met Snawelman."

Hy trek 'n stoel nader en gaan sit tussen Kassie en Rooi se les-senaars. "Inbraak gisteraand in Rondebosch. Twee gemaskerde mans het 'n ou tannie se juwele gesteel, skynbaar miljoene werd. Die uniforms is reeds daar, julle sal dadelik moet ry. En vat vir Da Silva saam."

Hy kyk op die vel papier in sy hande. "Haar naam is Priscilla Booyens, nooiensvan Moolman. Haar pa was die bekende wyn-baron Constant Moolman. Haar oorlede man was 'n belangrike ou by Anglo, wat beteken sy swem in die geld."

· · ·

Kassie verkyk hom aan die statige ou herehuis. Dis geleë op 'n uit-gestrekte, boomryke erf en die hele plek straal ouwêreldse weelde uit. 'n Paar uniforms staan in 'n kringetjie op die grasperk voor die huis.

Kaptein Paulse stap haastig nader toe hy Kassie-hulle sien aan-kom.

"Pollie, wat kan jy my vertel?" vra Kassie.

"Jong, Kassie, jy moet maar self met die vrou gaan gesels. In dié stadium ly sy nog effe aan skok. Haar huishulp het haar vroeg-oggend vasgebind op 'n stoel in die kombuis gekry. Sy't eers ge-dink die rowers was net agter haar moerse duur halssnoer aan, maar sy't vanoggend ontdek hulle het al haar juwele in die kluis ook gesteel. Plus die kontant wat sy in haar werkkamer gehou het."

Hy beduie na die huis. "Sy's nou in die sitkamer."

Mevrou Booyens sit op 'n rusbank, koppie tee in die hand. Sy beduie hulle moet sit. Kassie, Rooi en Da Silva gaan sit op stoele oorkant haar. Sy is bleek en haar hande bewe liggies, maar sy verseker Kassie met 'n toonlose stem sy kan sy vrae beantwoord.

Albei was wit mans, begin sy, dit kon sy aan hul aksente aflei. Die een 'n rapsie oor die ses voet, die ander een korter en skraler. Sy beskryf vlugtig wat in die kluis was, bevestig dat dit gesluit was en dat sy nie die vaagste benul het hoe hulle die slot se kombinasie kon uitpluis nie, want net sy weet wat dit is. Kontantgeld wat sy vir kruideniersware in 'n bliktrommel hou, is ook gesteel. Nie veel nie, seker twaalf-, dertienduisend rand.

Da Silva en Rooi kyk betekenisvol na Kassie. Nie veel nie!

Kassie vra haar uit oor presies wat die mans gesê het. Terwyl sy hom vertel, wonder hy skielik of daar 'n verband kan wees met die inbraak by die Calitze. Hy besef die kans is skraal, maar hy sal mevrou Calitz moet bel om seker te maak hy onthou reg.

"Hoe lank werk die huishulp al vir mevrou?" vra Rooi. "Is sy betroubaar?"

Priscilla Booyens snork. "Ag nee, sersant, jy moet nou nie belaglik wil raak nie. Meraaitjie werk al dertig jaar vir my, ons is soos susters. Sy sal nie 'n sent steel nie."

"Gebruik mevrou die dienste van 'n sekerheidsmaatskappy?" vra Kassie.

"Daai is nou vir jou 'n hopelose spul! Ek het 'n sogenaamde stil alarm wat by hulle lui as iemand inbreek, maar hulle was tot op hede nog nie eers hier nie. Hulle het destyds dié wonderlike uitvindsel so vreslik bemark dat ek daarvoor geval het. Sal kwansuis verseker dat hulle die diewe op heterdaad in jou huis betrap."

"Wie is die firma?"

"Leopard Armed Response. Die meeste mense hier rond het geval vir hulle slimstories."

Kassie is vir eers tevrede dat hy genoeg inligting gekry het. Hy bedank mevrou Booyens en praat met Rooi en Da Silva.

"Gaan kyk julle solank bo in die kamers, ek wil net 'n oproep maak."

Hy stap op die voorste grasperk uit en bel vir Bettie Calitz.

"Ag nee, Kassie, jy gaan seker nie wéér dankie sê vir die seëls nie?" spot sy.

Hy lag verleë, vra haar dan om weer presies vir hom te vertel wat die inbrekers gesê het.

Ná die gesprek loop hy peinsend met die trappe op. In die hoof-slaapkamer is Da Silva besig om vingerafdrukke op die kluis te neem.

"Ek dink nie jy gaan daar iets kry nie," sê Kassie. "Ek vermoed dis die werk van 'n nasionale sindikaat. Hulle is pro's, hulle sal nie vingerafdrukke los nie."

Rooi kom orent waar hy agter die bed besig was. "Hoe bedoel jy?"

"Hulle het 'n tyd terug in Bloemfontein ook juwele gesteel."

Hy vertel hulle vlugtig van sy verbintenis met Alwyn Calitz. "Dit was ook twee wit mans, een van oor die ses voet en 'n skrale."

"Fok, Kassie, nou maak jy darem vinnige afleidings," sê Da Silva. "Dit kan mos blote toeval wees. Bloem is darem bleddie ver van die Kaap af."

"Ek dink nie dis toeval nie. Die lange het mevrou Calitz ook heeltyd 'antie' genoem en die ander een het gehakkel."

Da Silva se mond val oop. "Hoe vind jy altyd sulke goed uit?"

Kassie glimlag. "In hierdie geval wás dit net geluk."

Rooi fluit deur sy tande. "Bliksis, Kassie, ek dink jy't dalk iets groots beet. Dalk operate hulle al lankal landwyd."

"Dis presies wat ek dink. Ek sal by die stasie die mense van

Georganiseerde Misdaad bel om vir my al die onopgeloste juweel-diefstalle te lys. Dan kan 'n mens kontak maak met die stasies wat die verskillende sake ondersoek."

Kassie se selfoon lui. Hy ken nie die nommer op die skermpie nie.

"Kaptein Kasselman, dis Sarel Kastelyn wat praat. Het jy vanoggend *Die Burger* gesien?"

"Nee, ons moes vinnig spring vir 'n diefstalsaak."

"Wel, die ou wat ek vermoed Willem Eksteen se seun is, is lewensgroot op die voorblad. Joep Eksteen. Hy's laat gisteraand in sy huis in Durbanville vermoor. Hy was die besturende direkteur en eienaar van Leopard Armed Response. Dis beslis Willem se seun, hy's die ewebeeld van sy pa."

Hy skep asem. "Grusame bleddie moord. Die polisie sê sy nek is afgesny met iets soos 'n saag met fyn tandjies of 'n broodmes."

36

Netty van Hoorn is al die afgelope sewe jaar die departement mediastudies se sekretaresse by die Universiteit van Amsterdam. Sy ken die nukke van die dosente soos haar handpalm. Maar só het sy professor Hans Wagner nog nooit beleef nie.

Dit moet 'n groot krisis wees, en dit het begin by 'n selfoongesprek. Sy kon nie hoor wat hy sê nie, maar hy het lank gepraat. Die prof het sy stem nou en dan verhef. Ná 'n ruk uitgestorm, sy kierie wat op die houtvloer klap en sy swak been se voet wat behoorlik agternasleep om by te hou. Sy het hom nog selde met soveel vaart sien beweeg, sy gebruiklike skuifelstappie nou in vinnige aksie soos 'n karakter in 'n Charlie Chaplin-fliek.

Hy was bykans 'n uur by professor De Voort. En toe hy daar uitkom, moes sy dit ontgeld. Hy het kortasem voor haar kom staan, sy breë skouers kromgetrek, en opdragte uitgeblaf met speeksel wat wit bol in sy mondhoeke. 'n Krisis in sy tuisland – hy neem drie weke verlof en professor De Voort sal vir sy klasse instaan. Sy moet dringend 'n vlug na Johannesburg of Kaapstad bespreek.

Terwyl hy nou voor haar lessenaar staan en wag dat sy die vlugreëlings finaliseer, beskou sy hom. Die diep keep tussen sy ruie wenkbroue dui op die omvang van die krisis. Hy vryf met sy een hand oor sy yl grys hare en die verpotte poniestertjie wat agter sy kop hang. Sy bleek wange vertoon 'n blou baardskynsel, sy mondhoeke onvergenoeg afgerem. Die dik brillense vergroot sy oë altyd, maar sy kan sweer dis nou groter. En hy tik-tik met sy kierie op die vloer, 'n seker teken dat hy geïrriteerd is omdat hy moet wag.

• • •

Kassie bel majoor Lucky Linnert van Georganiseerde Misdaad se Kaapstad-tak om hom in te lig oor sy vermoede dat 'n juweeldief-stal-sindikaat in die land bedrywig is.

"Jy's in die kol met daai afleiding, kaptein," sê Linnert. "Ons is die afgelope jaar saam met ons eenheid in Johannesburg besig om 'n string landwye juweeldiefstalle te ondersoek. Waar kom jy aan jou vermoede?"

Kassie vertel hom van die diefstal in Rondebosch en die skyn-bare verband met die een in Bloemfontein.

"Hel, kaptein, dit was netjiese werk! As daai twee ouens wel vir die ander juweeldiefstalle verantwoordelik was, sal dit die eerste keer wees dat hulle in die Kaap toeslaan. Tot dusver is ons nog maar in die duister – daar is 'n magdom onopgeloste sake in Gau-teng. Daar was ook verskeie soortgelyke inbrake in Durban, Port Elizabeth en Oos-Londen, en dan natuurlik die een in Bloemfon-tein. Die modus operandi was oral dieselfde, maar wat jy uitgevind het, bevestig dis beslis 'n nasionale sindikaat. Wat is die waarde van die gesteelde juwele in Rondebosch?"

"Die vrou skat dit op vier, vyf miljoen rand."

Linnert fluit. "Dit klop met hulle ander diefstalle, altyd 'n hele paar miljoen betrokke. Hulle steel nie peanuts nie en is uiters pro-fessioneel, laat geen spore agter nie."

"Dalk het hulle hierdie keer 'n belangrike leidraad gelos."

"Praat, laat ek hoor," sê Linnert opgewonde.

"Ons het 'n vreemde vingerafdruk gekry aan die deksel van 'n bliktrommel waarin die vrou geld gehou het. Net een, wat my fo-rensiese man laat vermoed die inbreker het die trommel probeer skoonvee, maar dit nie deeglik gedoen nie. Dalk is ons gelukkig om 'n naam aan die afdruk te kan koppel," sê Kassie.

• • •

157

Victor lê uitgestrek op die kampbed in die stoorkamertjie. Sy liggaam pas nie behoorlik op die bed nie. Hy het 'n paar kartonbokse opmekaar gepak en teen die voetenent geskuif sodat sy voete daarop kan rus.

Hy het pas sy eerste inskrywing in die oefeningboek gemaak.

Joep Eksteen sal nooit weer iemand bedrieg of opdragte gee om iemand te vermoor nie. Die bloed het by sy nek uitgespuit en oor sy borskas afgestroom terwyl hy na my gestaar het met doodsangs in sy oë. Hy het net een keer geroggel voordat sy oë omgedop het.

Victor eet suikermielies uit 'n blikkie, kou lank terwyl sy gedagtes besig is met sy volgende skuif. Hy besef dinge sal voortaan moeiliker gaan.

Hulle móét nou weet hy is uit die tronk. Maar hy sal geduldig wees. Niks jaag hom nie, hy't baie tyd. Hy weet hulle skarrel nou rond soos 'n klomp besetenes. Vir eers gee dit hom genoeg bevrediging.

• • •

Die huiswerker het vir Kassie die nommer van Joep Eksteen se eksvrou gegee. "Die marram bly al lankal nie meer hier nie. Sy bly nou in die Partoria, maar hier's haar number by die yskas opgeplak."

Die Durbanville-polisie het Sonja Eksteen reeds laat weet van haar gewese man se grusame dood en sy klink nie ontsteld toe Kassie haar skakel nie.

"Ek het dit verwag, kaptein. Hy't hom besig gehou met gevaarlike dinge."

Kassie weet onmiddellik hy is op die regte spoor. "Wat was Joep se pa se naam?"

"Willem . . . Willem Eksteen. Hy was jare lank bankbestuuder by die ou Volkskas in Kaapstad."

Kassie vertel haar van hul ondersoek na die organisasie en sy vermoede dat hulle steeds bedrywig is.

"Wel, julle krap op die regte plek. Dis juis as gevolg van daardie spul dat ek van my man geskei het. En ja, ek glo beslis hulle is nog altyd bedrywig. Trouens, ek dink Joep se moord hou juis verband met daardie verdomde organisasie."

"Wat weet u van hulle?"

"Te veel vir my eie veiligheid."

"Kan u 'n bietjie daarop uitbrei?"

"Kaptein, ek sê jou wat: ek vlieg oormôre Kaap toe vir die begrafnis. Waarom maak ons nie 'n afspraak vir dan nie? Ek het tyd nodig om oor al die dinge te gesels en dit gaan nou 'n bietjie dol by my. Ek het 'n klereboetiek en ek moet reëlings tref dat alles glad verloop terwyl ek weg is."

"Klink vir my reg so," sê Kassie.

"Terloops, die organisasie se amptelike naam is die Orde van Iskariot."

Toe Kassie die telefoon neersit, stap Rooi in, terug van Rondebosch.

Dié skud sy kop. "Geen luck nie. Nie een van mevrou Booyens se bure het 'n vreemde motor in die straat gesien nie. Ek het ook met haar chauffeur gaan praat en hy sê die straat was verlate toe hy haar afgelaai het. Hulle kar kon in die straat agter die park gestaan het, so ek het daar ook navraag gedoen, but no luck."

Kassie vertel Rooi van sy gesprek met Sonja Eksteen.

"Bliksis, die Orde van Iskariot! Klink soos 'n klomp freaks van een of ander sekte."

Kassie knik. "Vreemde naam, ja. Dalk is hierdie ons deurbraak. Dit klink of die Eksteen-vrou baie weet."

. . .

Merwin Louw se hande bewe liggies terwyl hy 'n tweede whiskey in die kristalglas skink. Hy gooi twee blokkies ys in voordat hy 'n sluk neem. Die nuus dat Victor op vrye voet is, het kort ná die skokkende nuus oor Joep se dood gekom.

"Is julle doodseker dis hy?" het hy sy seun oor die telefoon gevra.

"Ja, honderd persent. Hy't 'n paar dae gelede uit die tronk gekom, maar ons kontakman kon ons nie betyds waarsku nie. Dié is skynbaar aan 'n hartaanval dood – Swys het pas bevestiging gekry by 'n vriend in korrektiewe dienste. En . . . wel, die manier waarop Joep doodgemaak is . . . dit kon net 'n broodmes gewees het."

"Dis soos die moord op Matthys en sy vrou – Victor maak seker ons weet dis hy. Iskariot het destyds gesê die broodmes is 'n Orde-geheim wat nooit mag uitkom nie."

"Ek en Swys was vanmiddag by Victor se ma se woonstel in Goodwood, ons het die slot oopgebreek. Daar was geen teken van hom nie, maar 'n mens kon sien hy was daar. Die plek is spotless. Pa onthou mos sy obsessie met netheid?"

"Ek onthou. Julle moet versigtig wees."

"Ons sal. Pa moet ook maar op die uitkyk wees. Hy ken nie Pa se nuwe adres nie, maar hy kan maklik uitvind."

"Hoekom sal hy iets aan my wil doen? Ek was nooit betrokke by sy pa se storie nie, ek was nog altyd net die Orde se boekhouer. Niemand koester 'n wrok teen my nie."

"Pa, ons praat hier van Victor! Hy's mal, hy's tot enigiets in staat."

"Hoe het Katrina op die nuus gereageer?"

"Vreesbevange. En . . . Iskariot kom Suid-Afrika toe."

Merwin het sy seun gegroet en sy eerste whiskey geskink. Nou sluk hy die tweede glas met een teug af. Hy weet nie wat hom die meeste ontstel nie: die nuus dat Victor op vrye voet is of die feit dat Iskariot op pad is.

37

"Hou jy nie eers 'n ou wyntjie in jou woonstel aan nie?"

Kassie glimlag, skud sy kop.

"Het jy geloofsbesware teen drank?" vra Anna Uys waar sy oor sy rusbank gedrapeer lê, informeel geklee in noupassende jeans en 'n T-hemp.

"Nee, sterk drank akkordeer net nie met my nie. En ek kry nie veel besoekers nie."

"Lyk my jy's 'n regte ou kluisenaar."

Hy knik. "My ma sê ek is een. Maar ek leef gelukkig lekker saam met net myself. Ek hou nie van 'n klomp mense om my nie."

Haar wenkbroue lig fyntjies. "So ek pla jou eintlik vanaand?"

Hy lag. "Glad nie, ek geniet jou geselskap. Ek het eintlik bedoel 'n klomp mense op een slag."

Sy sug in vervoering. "Jou seëlversameling is ongelooflik."

"Dankie."

Hy was verras oor haar opregte belangstelling in sy seëls. Sy het hom deurentyd uitgevra en aandagtig geluister na wat hy vertel het. Hulle was amper twee uur besig.

Sy beduie na Alwyn se bokse. "Wanneer gaan jy daai lot uitpak?"

"Later, wanneer ek meer tyd het."

"Jy moet my sê wanneer jy dit gaan doen. Ek sal jou kom help."

Kassie hou ál meer van haar. "Nog 'n koeldrank?" vra hy.

"Nee, dankie. Dra jy altyd daai rooi windbreaker? Jy't hom eergister ook aangehad."

Hy lag verleë. "Dis my uniform, ek hou van die groot sakke. En dis koel in die somer en warm genoeg in die winter."

"Dis 'n horrible windbreaker! 'n Speurder behoort 'n fancy baadjie te dra."

"Ek's net 'n poeliesman. Ek kan nie fancy baadjies bekostig nie."

"Dis 'n skande, hulle behoort julle eintlik baie te betaal. Julle hou ons land veilig."

"Dis nog maar al die jare 'n onderbetaalde beroep. Ons doen dit nie vir die geld nie, maar vir die saak."

Sy sit regopper. "Daarvan gepraat, hoe gaan dit met jou saak? Die een van die beendere?"

"Dit lyk of ons dalk 'n deurbraak kan maak."

"Wow! Mag jy my vertel of is dit 'n geheim?" Sy gee 'n mooi kuiltjieglimlag. "Ek belowe ek sal niks vir my kollegas by die werk sê nie."

Hy hou van haar kinderlike naïwiteit. "Ag, dis seker nie regtig 'n geheim nie. Het jy in die koerante gesien van die sakeman wat keelaf gesny is in Durbanville?"

Haar oë rek groot. "Ja, dis horrible, nè? Almal by ons kantoor praat daaroor."

"Wel, die vermoorde kan verbind word met die ou man wie se beendere ons gekry het. Hulle het vir 'n geheime organisasie ge-werk waarvan ons in dié stadium nog maar min weet."

"Wat gaan julle doen om meer uit te vind?"

Hy weifel 'n oomblik, nie gewoond daaraan om met buitestan-ders oor sy sake te praat nie. Maar hy geniet haar belangstelling in sy werk.

"Ek het vandag die slagoffer se eksvrou in Pretoria gebel. Sy weet blykbaar baie van hulle af. Ons het 'n afspraak wanneer sy afkom vir die begrafnis. Dalk kan sy ons op die regte spoor sit."

"Ek beny jou, alles klink so opwindend!"

"Glo my, dis net in speurverhale en flieks opwindend. Soms kan dit sieldodende werk wees. Jy moet baie geduld hê."

Sy gaap, staan op en strek haar arms uit. "Daar's beslis nou sand in my oë. Ek het 'n harde dag op kantoor gehad."

"Waar werk jy?"

"Kaapse munisipaliteit."

"Wat doen jy daar?"

"Ag, niks interessants nie . . . eiendomswaardasies en sulke goeters. Jy sal binne vyf minute slaap as ek jou moet vertel. Boring beyond belief."

Sy tree skielik nader en soen hom liggies op die wang. "Dankie, Kassie, dit was 'n heerlike aand. Ons moet sommer gou weer saamkuier."

"Dit . . . dit was . . . vir my ook lekker, Anna," stamel hy.

• • •

Hans Wagner beur teen die yskoue wind. Sy liggaam is krom getrek in die groot winterjas. Die donkergroen serp om sy nek wapper agter hom aan. Die koue het in sy beendere ingetrek, dit moet weer ver onder vriespunt wees.

Uit Prinsengracht draai hy af in Oude Looiersstraat en stap in 'n oostelike rigting langs rye vaalgrys geboue verby. Hy vind die tog teen die siedende yswind uitputtend. Hy moet kort-kort gaan staan en op sy kierie leun. By 'n blommewinkel op die grondverdieping van 'n klein winkelsentrum stap hy in.

Die vrou agter die toonbank beduie hy moet deurstap na die agterkant van die winkel. 'n Lang swart man kom steunend orent toe hy Wagner in sy kantoordeur gewaar. Die klossies wit hare op sy donker vel lyk soos pluisies staalwol. Hy glimlag toe hy sy hand uitsteek en 'n silwer voortand blink onder die helder neonlig.

"Hans! Ons het jare laas besigheid gedoen."

"Jou Hollands is deesdae goed."

Die man lag. "Ná soveel jare hier het ek dit darem nou onder die knie. Jy's amper so grys soos ek, my vriend."

164

Wagner wuif dit weg. "Ek is haastig," sê hy. "Op pad Suid-Afrika toe."

Die man skud sy kop. "Die jare het jou nie verander nie. Jy was altyd haastig."

Hy staan op, trek die deur van sy kantoortjie toe en stap na 'n staalkabinet teen die een muur. Hy sluit die boonste laai oop, haal 'n ronde plastiekhouertjie uit en gee dit vir Wagner.

Toe Wagner hom 'n rol note in die hand stop, tel hy die geld tydsaam. Wagner maak die houertjie oop en bestudeer die inhoud met 'n frons.

"Daar is tien tablette in, soos jy versoek het. Dis heeltemal oplosbaar in enige vloeistof. Kleurloos. Smaak ook na niks."

Wagner knik. "Hoe vinnig werk dit?"

"Enkele sekondes . . . dis baie doeltreffend."

"Wat kan jy my nog daarvan vertel?"

"Die pil is uniek, kom van my kontakte in Suid-Amerika. Aldicarb is die hoofbestanddeel, natuurlik hoogs gekonsentreerd. Dis 'n landbougif wat boere gewoonlik teen rotte inspan . . . ook teen aalwurms in aartappels. In Colombia is dit Two Step gedoop, nou ken die hele wêreld dit so. Iemand wat Aldicarb ingekry het, kan skaars twee treë gee voordat hy dood neerslaan. Dié spesifieke pille is deur die dwelmbendes in Suid-Amerika ontwikkel om hul teenstanders uit te skakel. Werk beter as enige ander gif in tabletvorm."

Wagner bedank die man en bêre die houertjie diep in 'n jassak.

• • •

TJ en Snake dra hulle tasse teen die woonsteltrappe af. Dis steeds drukkend warm, al is dit tweeuur in die oggend. Hulle loop oor die agterste parkeerterrein na die systraatjie waar die Golf geparkeer staan, skuil eers agter 'n boom en bekyk die omgewing.

Hopelik is daar nie 'n veldkornet wat hulle hierdie tyd van die nag dophou nie, dink TJ. Maar met die Orde kan jy nooit té versigtig wees nie. Ná omtrent tien minute is hulle tevrede. Die straatjie is doodstil; Durbanville slaap.

Hulle laai vinnig die bagasie in, klim dan in die Golf. Snake draai die aansitter, skakel die ligte aan en trap die petrolpedaal in om weg te trek, maar die kar ruk net. Dan staan dit doodstil op een plek en dreun.

"Wat de fok gaan nou aan?" vra TJ.

"Shit, shit, shit!"

Snake se voete trap die pedale woes en hy stoei met die rathefboom. Die Golf brul soos 'n leeu wat se stert vasgetrap word.

"Die fokken c-c-clutch het gekak! In sy m-m-móér in."

"Kan jy die ding regmaak?" vra TJ desperaat.

"Jissis, TJ, ek's 'n kluis-mechanic, nie 'n f-f-fokken kar-mechanic nie."

38

Die hoofkantoor van Leopard Armed Response in Voortrekker-
weg, Parow, is 'n onindrukwekkende vaalgrys gebou, ingedruk
tussen 'n pandjieswinkel en 'n haarsalon. Kassie en Rooi is vroeg-
oggend daar vir hul afspraak.

Gawie Koortz is 'n kort, stewige man met breë skouers en dik,
harige voorarms. Hy dra 'n ligblou kortmouhemp met die kop
van 'n luiperd op die sak geborduur. Beslis die plek se korporatie-
we somersdrag, dink Kassie terwyl hy om hom kyk. Almal het dit
aan, selfs die paar vroue.

"Jy's nou in bevel hier?" vra hy toe hulle oorkant Koortz in sy
deurmekaar kantoortjie gaan sit. Dié plek laat selfs Daniels se kan-
toor ordelik lyk. 'n Menigte kartonlêers is in skewe hope op die
lessenaar gepak. Agter Koortz se stoel is bokse opgestapel tot teen
die plafon. Oral op die vloer lê hopies lêers tussen plakkate, pam-
flette en koerante.

"Ja, met die baas in sy graf is ek seker nou hier in die Kaap in
bevel. Ek weet nie vir hoe lank nie, ons weet nie wat van die plek
gaan word nie. Meneer Eksteen het die maatskappy ten volle be-
sit."

"Wat kan jy ons vertel van Eksteen? Hoe 'n baas was hy?"

Koortz frons. "Ek wil nou nie snaaks wees nie, kaptein, maar
die polisie van Durbanville het my gister reeds met sulke vrae ge-
peper. Kan jy nie maar by hulle daai inligting kry nie?" Hy beduie
om hom. "Ek is vrek besig, ons het rekenaarprobleme."

"Ons ondersoek gaan nie net oor die moord op meneer Eksteen
nie, dit handel ook oor die juweeldiewe wat in Rondebosch toege-
slaan het op een van julle kliënte se huis."

Koortz slaan sy oë op na die plafon. "Goeie bliksem, asof ek nie al genoeg verduidelikings aan mevrou Booyens gegee het nie, én verskonings!"

"Beantwoord net ons vrae, meneer Koortz. Jou ongevraagde kommentaar mors net ons tyd én joune," sê Rooi skielik.

Kassie onderdruk 'n glimlag. Rooi raak deesdae 'n lekker hardegat cop.

"Hoe 'n baas was hy?" vra Kassie weer.

"Streng, sou ek sê. Baie streng. Soms dalk ook te hands on," sê Koortz nors. "Ons het hom net so twee keer 'n week hier gesien. Hy was nooit voltyds op kantoor nie."

"Enige vyande gehad van wie jy weet? Dalk iemand hier by die werk wat rede gehad het om nie baie van hom te hou nie?" vra Rooi.

"Ek het hom nie goed genoeg geken om te weet wie sy vyande was nie. Ons het bloot 'n werksverhouding gehad. Niemand hier was 'n vyand van hom nie. Hy't ons salarisse betaal en besluit oor ons verhogings, almal het by hom gatgekruip."

"Hoekom sê jy hy was soms te hands on as hy skaars in die week hier was?" vra Kassie.

"Want dis as gevolg van hom dat ons nie in die beheerkamer kon optel hulle breek in by mevrou Booyens nie."

"Hoe so?"

"Op die dag van die inbraak het hy laatmiddag die knaap in die beheerkamer opdrag gegee om Rondebosch se alarms te deaktiveer. Vir die hele nag."

"En sy rede?"

Koortz haal sy skouers op. "Volgens Avril, die ou in die beheerkamer, het meneer Eksteen gesê dit was Eskom se versoek, want hulle doen onderhoudswerk aan die kragpale."

"En was dit?"

"Nee, Eskom ontken ten sterkste dat hulle met meneer Eksteen gepraat het. Hulle het ook g'n werk aan die kragpale gedoen nie."

Hy huiwer 'n oomblik asof hy nog iets wil sê, maar bly dan stil.

"Enigiets anders?" vra Rooi.

"Wel, ek dink nie ek . . . kan regtig daaroor praat nie. Dis . . . dis vertroulik vir my gesê. Ek . . ."

"Wanneer dit by 'n moordsaak en 'n diefstal van miljoene rande se juwele kom, is niks vertroulik nie," sê Kassie.

"Jy kan groot probleme kry as jy inligting weerhou," dreig Rooi.

Koortz kyk weg. "Wel, dis nie die eerste keer dat meneer Eksteen ingemeng het nie. Ons kantoorhoofde in Johannesburg en Pretoria het gister vir my oor die foon gesê meneer Eksteen het verskeie kere ook by hulle beheerkamers ingemeng omdat daar kwansuis iewers onderhoudswerk gedoen moes word. Dan het hulle die volgende dag moerse ka. . . probleme wanneer daar ingebreek is by iemand se huis."

"Het hulle meneer Eksteen nie daaroor gekonfronteer nie?" vra Kassie. "Dit was tog tot nadeel van sy eie onderneming."

"Nee, kaptein, by Leopard Armed Response het almal net hulle bekke gehou en hul werk gedoen. Niemand sou die guts hê om hom te konfronteer nie. Anders is jy gone."

"Waar het julle nog takke buiten hier, Johannesburg en Pretoria?"

"Durban, PE, Oos-Londen, Nelspruit, Bloemfontein en Kimberley."

• • •

"Die koerant sê daar is ook dertienduisend rand by mevrou Booyens gesteel," sê V afgemete.

TJ se maag trek saam. Hy moet net kalm bly.

Hy kyk na Snake. "Jy kan vir Snake vra, daar was geen geld nie. Ek sweer, V."

Snake knik. "Daar was nie 'n s-s-sent in die kluis nie, als net juwele."

Die oë staar lank na TJ, die gesig onleesbaar agter die masker.

"Raait, ek gee julle die benefit of the doubt," sê V oplaas. "Dalk is dit net 'n skelm manier van die ou vrou om te eis van die versekering."

"Ons het die Orde nog nooit v-v-voorheen ingedoen nie. Waarom sal ons n-n-nou?" vra Snake, duidelik ontsteld oor die aantyging.

V hou sy hand omhoog. "Oukei, Snake, jy't jou punt gemaak. Ek aanvaar dit so. Dis nie nodig om te bly kerm daaroor nie."

TJ is verlig en die knoop in sy maag gee effe skiet. Ná laas nag se fokkop met die Golf het dinge vinnig gebeur. Hy en Snake is terug flat toe om te slaap en sou vandag 'n nuwe plan maak, maar 'n veldkornet het hulle seweuur al opgeklop.

"Julle moet kom, die planne vir die volgende job is vervroeg."

V, L en Daisy het hulle by die huis in Wynberg ingewag. E was nie daar nie.

Daisy het weer nie oogkontak met TJ gemaak nie, maar dit het hom nie meer ontstel nie. Sy senuwees was te op die edge oor hul kanse om te ontsnap.

"Ons volgende job is môreaand," het V dadelik gesê. "Die eienaars sal by hul maandelikse wynklubbyeenkoms wees en dié is skielik met 'n week vervroeg. Ons sal die kans moet benut, dit gaan nie gou weer op ons pad kom nie. So ons sal moet deurdruk, al het ons nie veel tyd aan ons kant nie."

39

Kassie en Rooi werk deur die inligting wat hulle het.

"Volgens die speurder by Durbanville-stasie is die patoloog oortuig Eksteen se keel is met 'n broodmes afgesny," sê Kassie. "Hy sien dit aan die oneweredige sigsagpatroon in die nekvel."

Cliffie Arendse, wat belangstellend geluister het, staan nader. "Daar was jare terug ook 'n ou wat mense se kele met 'n broodmes afgesny het, nogal hier in Rondebosch. Die sogenaamde broodmesmoordenaar. Dit was destyds groot nuus in die suidelike voorstede, maar hy's nooit gevang nie."

Kassie frons. "Wanneer was dit?"

"Ek dink 'n jaar of wat voor jy oorgeplaas is hiernatoe. Seker elf, twaalf jaar gelede."

"Maak sin. Ek kan nie so iets onthou nie."

"Moet ek in die ou dossiere gaan krap?" vra Rooi.

Kassie haal sy skouers op. "Jy kan as jy wil, maar dis onwaarskynlik dat ons te doen het met dieselfde ou wat Eksteen afgestamp het. Dis darem bleddie lank terug. Ek dink ons moet nou eers op Eksteen konsentreer."

Hy tik met sy vinger op die dossier voor hom. "Ek wil die inligting wat ons by Koortz gekry het vir majoor Linnert van Georganiseerde Misdaad gee. Hulle kan oral waar die juweeldiewe toegeslaan het, kyk of daar 'n verband is met Leopard Armed Response. As dit die geval is, kan ons bo alle twyfel aanvaar die Orde van Iskariot was betrokke daarby. Dis 'n helse toeval, maar dis my raaiskoot."

Rooi knik. "Ek's met jou. En dit verklaar sommer hoe hulle elke maand soveel geld vir 'n weduwee soos Karen Moller kan stuur."

"Al wat my hinder, is hoekom hulle een van hul eie mense

doodgemaak het, soos Susan Eksteen vermoed. As baas van Leo-
pard Armed Response was Eksteen sekerlik 'n moerse belangrike
rolspeler in die inbrake."

"Dalk 'n interne fight?"

"Of 'n soortgelyke organisasie wat hom wou uitskakel?"

"Iets soos 'n Mafia-oorlog?"

"Kan wees. Hopelik het Susan Eksteen die antwoorde op 'n
paar van hierdie vrae."

Da Silva stap by die kantoor in. Hy glimlag asof hy die Lotto
gewen het.

"Kassie, ek't 'n naam gekry vir die vingerafdruk op mevrou
Booyens se trommel!"

• • •

Dennis Karools het nie verwag hulle gaan hom ooit hier opspoor
nie. Maar sy grootbekniggie moes hulle vertel het. Hy moes nooit
daai bitch in sy vertroue geneem het nie. Enigeen wat gratis drugs
voor haar rooigesnuifde neus rondswaai, sal haar soos 'n parkiet
laat sing.

Hy het destyds vinnig spore gemaak uit die Kaap. Hy het ge-
weet as hulle moet uitvind hy het opgefok met die Knobel-ou se
telefoonrekords, gaan hulle sy balls fynmaal.

Sy werk in Port Elizabeth by Sharp Web Solutions was so reg in
sy kraal. Met sy Telkom-agtergrond, software development sy for-
te, was hy die man na wie hulle gesoek het. Die amper sewe jaar
hier het hom goed behandel. Hy en Valencia, sy pragtige vroutjie
van die afgelope twee jaar, bly in 'n ruim tweeslaapkamerwoon-
stel met 'n nice view op die see. Verlede jaar het hy 'n Honda Jazz
uit die boks gekoop. Dinge kan eintlik nie beter nie.

Maar nou het die Orde oplaas uit die woodwork gekruip. En
skielik is hy bang, fókken bang.

172

"Lyk my jy doen goed vir jouself, ou Dennis," sê Ishmail terwyl hy rondkyk. "Eie office en alles, *Dennis Karools: Senior Software Developer* so ewe op die deur geprint. Fancy, baie fancy."

Dennis knik. "Thanks, Ishmail, maar soos ek gesê het: ek kan nie vir lunchtime saam met jou 'n broodjie gaan breek nie. Dit sou lekker gewees het om te gesels oor die ou dae, maar ek het net te veel werk."

Ishmail glimlag, maar daar is iets onheilspellends in sy klein swart ogies.

"Komaan, Dennis, net vir old times' sake! Buitendien, julle sexy secretary sê vir my jy vat elke middag jou lunch break. Jy kan die eetplek nominate, ek betaal."

"Nie vandag nie," sê Dennis beslis. "Ek het 'n helse lot werk."

Die glimlag op Ishmail se gesig verdwyn. Hy beduie na sy bultende baadjiesak waarin sy regterhand is.

"Skietdingetjie vir as jy aan't skreeu gaan. Maar moenie panic nie, Dennis, ek's nie hier om jou bloed te trek nie. Bloed en derms sal jou fancy office in any case net bemors."

Hy praat sagter, meer afgemete. "Die ding staan so: my opdrag is om vir 'n nasty buddie van my die green light te gee om jou sexy vroutjie nou te gaan besoek as jy nie wil saamspeel nie. Ons weet sy's vandag by julle seaview-woonstelletjie, glo afsiek geboek by die werk. So dit hang van jou af. Jy wil seker nie vir Valencia hierby insleep nie. Shame, sy's after all innocent. Die Orde wil net 'n bietjie chat met jou. Die decision is joune: stel jou vroutjie bloot aan 'n rapist of kom saam met my vir 'n nice social outing."

Toe Dennis op die sypaadjie uitstap, beduie Ishmail na waar 'n rooi Opel Corsa geparkeer is. "Ons ry sommer met my karretjie."

Daar is iemand op die agtersitplek. Dennis herken dadelik vir Cry Baby October toe hy inklim, destyds een van die Orde se high-ranking veldkornette.

"Wanneer laas het jy die Kaapse Suidooster teen jou gesiggie voel streel, Dennis?" vra Cry Baby met sy hees stem, en die scar van onder sy regteroog tot op sy wangbeen wat steeds soos 'n groot traan lyk.

• • •

Die koffie by Manny se kafee is nog net so lekker soos tien jaar ge-lede, besluit Victor. Die Portugees se plek is een van die min dinge wat dieselfde gebly het in Goodwood.

Victor voel goed, verfris ná die warm stort by Stan se Motel. Hy kon nie langer met die sweetreuk aan sy lyf saamleef nie. En hy wou nie die kans waag om woonstel toe te gaan nie.

Hy het 'n lang nag agter die blad. Gisteraand met 'n taxi na sy bestemming gery en Swys-hulle se huis van 'n veilige afstand dop-gehou. Dis duidelik hulle is skytbang, die plek het gewemel van die veldkornette. Hy't vyf in totaal getel, almal beslis gewapen.

Dit sal 'n groot waagstuk wees om te probeer toeslaan met al die wagte daar.

Hy bestel nog 'n koffie. Hoe ook al, sy geduld sal beloon word. Een of ander tyd gaan hulle 'n fout maak.

• • •

Merwin Louw het nog nooit tuis gevoel by die Orde nie, al is hy bykans dertig jaar hulle amptelike boekhouer. Hy kan hom met Adam Small se bekende versreël vereenselwig: "Die Here het gas-kommel en die dice het verkeerd geval vi' ons . . . daai's maar al."

Die dice het verkeerd geval vir hom en sy seun. Daai's maar al. Hulle het hul posisie in die Orde geërf, hulle het nie daarvoor ge-vra nie. Daaroor vervloek hy sy pa nog gereeld. Waarom moes sy pa hulle belas met die Orde? Die dag toe hy die Orde se eed afgelê het, het hy geweet hy gooi 'n normale lewe weg. Die kruis van hierdie spul sal hy altyd op sy skouers moet dra, 'n priester van die Orde van Iskariot.

En hy het geen keuse gehad as om sy eie seun met dieselfde kruis op te saal nie. Stef, sy eens liewe seun, is nou Iskariot se regterhand.

Hoe anders sou Stef se lewe nie kon uitdraai as hy 'n normale bestaan gevoer het nie? Hy't Merwin se syferbrein geërf en uitstekend gevaar op skool. Hy kon vandag 'n rekenmeester gewees het, dalk 'n aktuaris. Nou is hy niks anders as 'n misdadiger nie, wat uit Doebai met die onderwêreld heul om goeie pryse te beding vir gesteelde juwele. En noudat hier 'n gefladder in die duiwehok is, moet hy hom kom blootstel aan Iskariot se gevaarlike en onbekookte planne.

Die ergste is dat Stef dit geniet, gebreinspoel soos al die ander Iskariot-aanbidders. Merwin het nie eers die vrymoedigheid om sy seun daaroor te konfronteer nie. Want hy is bang vir hom. Vrek bang vir wat sy seun aan hom sal doen as hy die Orde-god se leerstellings openlik bevraagteken.

Merwin vryf moeg oor sy gesig. Die kol op die krop van sy maag brand van voor af toe hy aan die volgende paar weke dink. Oor twee dae begin sy hel amptelik, wanneer Iskariot hulle almal in die tempel wil sien.

Die eerste punt op die agenda: *Die terminasie van 'n verraaier.*

Merwin skud sy kop stadig. Die Here alleen weet wat hulle daar gaan aanskou, in sogenaamde Orde-geregtigheid.

40

"Sy naam is Theunis Jakobus Volbrecht, bekend as TJ onder sy gewese kollegas. Die Springs-polisie het hom twaalf jaar gelede geprint vir dronkbestuur nadat hy twee karre afgeskryf het," sê Kassie.

"Wat weet julle nog van hom?" vra Lucky Linnert.

"Hy was lank by die army 'n staandemaglid, uiteindelik 'n stafsersant daar. Toe vir 'n rukkie by ADT gewerk en daarna was hy die sekerheidshoof van die Star Jewellery-kettinggroep in Gauteng. Hy's 'n bietjie meer as drie jaar gelede daar weg, en dis waar sy spoor doodloop."

Linnert lag tevrede. "Dit klop presies met die tyd waarin die juweeldiefstalle begin het."

"Moontlik een van die meesterbreine?" vra Kassie.

"Ek twyfel sterk, die meesterbreine doen gewoonlik nie self die vuilwerk nie. My span begin vandag met die ondersoek na Leopard Armed Response. Ons het onderhoude gereël met die kantoorhoofde by al hulle takke in stede waar daar die afgelope drie jaar juweeldiefstalle was. Het julle 'n foto van Volbrecht? Ons wil dit vir die koerante gee."

"Ons soek nog na 'n geskikte foto. Ons het een by die army gekry, maar hy is daarop nog baie jonk en die gehalte van die foto is swak."

"Kaptein, los dit vir my. Ons eenheid sal dié ding verder vat," sê Linnert en groet.

Kassie frons toe hy die gehoorstuk neersit. Gaan Georganiseerde Misdaad nou die Rondebosch-diefstalsaak oorneem? Tipies. Die donners doen nooit self die vuilwerk nie, maar hulle is vinnig om 'n saak te gryp as dit amper in die sakkie is.

• • •

Dit voel vir TJ of 'n eskader stront op hom afgevlieg kom en hy nie gou genoeg kan koes nie. Hy beleef daardie selfde verlammende sensasie toe hy as kind op Dad se tuiskoms gewag het – presies só voel hy oor Snake se plan.

Hy sien die rooi ligte flikker, hy ervaar die benoudheid in sy borskas en die lamheid in sy bene, maar hy het nie 'n keuse nie. Hulle sal by Snake se plan moet hou, want hulle is met die rug teen die muur. Buitendien wil Snake nie eers onderhandel daaroor nie.

"Bliksem, Snake, dis 'n high-risk plan," het hy aanvanklik probeer keer. "Ons gee môre die Golf in sodat hulle sy clutch kan regmaak en oor twee dae is ons gone."

"Dis nie so m-m-maklik om 'n c-c-clutch reg te maak nie. Ons kan oor 'n week nog h-h-hier sit. Jy weet self hoe s-s-slapgat die mechanics in dié land is. Vergeet van die f-f-fokken Golf, ons skryf dit af as 'n k-k-kak investment."

Snake was vasbeslote. "Ons waai vanaand ná die job. Wanneer Daisy ons hier k-k-kom aflaai, oorrompel ons haar, b-b-bind haar vas en sit haar saam met die juwele in die f-f-flat. Ons vat die BMW en maak g-g-gatskoon Hermanus toe. Daar bêre ons dit in 'n lock-up garage en soek 'n b-b-blyplek. Die Orde gaan wel gou uitvind daar's k-k-kak in die land van K-K-Kanaän, veral as V vir Daisy bel en sy nie antwoord nie. Hulle sal by die f-f-flat kom kyk wat aangaan, maar daai tyd is ons al gone."

"Ons gaan op Hermanus sonder wiele sit. Ons sal nie met die BMW kan ry nie."

"Ons laat s-s-spray-paint die ding en kry vals nommerplate. Easy as t-t-that."

• • •

Tussen die mense wat afklim van die SAA-vlug 3351, direk van Amsterdam na Kaapstad, stap Hans Wagner gekrom na die bagasiepunt. 'n Medepassasier help hom om sy bagasie van die vervoerband af te haal en in 'n trollie te laai.

'n Man wag hom by die ontvangslokaal in; hy stel homself voor as Adnaan Jacobs. Hulle loop saam na die Avis-toonbank, waar Hans 'n Mercedes E200 Elegance kry. Hy maak eers 'n oproep op sy selfoon voor hulle ry. Jacobs bestuur en neem die Bellville-pad van die lughawe af, draai na Welgemoed, waar hy Jip de Jager-rylaan neem tot by die Protea-hotel tussen die wingerde.

Hans en Jacobs se kamers is langs mekaar bespreek. Hans wissel vinnig 'n paar woorde met Jacobs voordat hulle elkeen na hul kamer gaan.

In sy kamer pak Hans eers sy klere tydsaam uit en stort dan. Al is dit nog vroegmiddag, klim hy in die bed. Die reis was vermoeiend.

Net die sagte ruising van die lugversorger en die voetstappe van Jacobs voor sy deur is hoorbaar. Hy sal met Jacobs moet praat, dink Hans. Dis nie nodig om hom soos 'n baba op te pas nie. Jacobs kan in sy kamer bly en Hans sal hom bel as hy hom dringend nodig het.

Hy grynslag toe hy dink aan die paar dae wat voorlê. Dit gaan goed wees om weer die naakte vrees in sy onderdane se oë te sien. Hy mis dit in Amsterdam. Daar het sy studente nie 'n idee van hoe 'n magtige man hy is nie.

Hier weet almal dat hy net met die knik van sy kop 'n lewe dramaties kan beïnvloed of beëindig.

41

Die kamertjie waarin Dennis Karools aangehou word, het net 'n
katel, wasbak en 'n toilet in die hoek. Voor die klein venstertjie
is tralies. Hy kan die berg van hier af sien; dit beteken hy moet
iewers in die suidelike voorstede wees.

Toe hy agterkom Ishmail en Cry Baby vat hom Kaap toe, het
vrees hom oorrompel. Hy het gesmeek, mooigepraat en selfs pro-
beer om hulle om te koop: hy sal al die geld in sy bankrekening vir
hulle trek en hulle kan die Jazz ook vat.

Maar dit was asof hy met twee dowes gepraat het. Hulle het
heeltyd oor sokker gesels en van PE tot in die Kaap gemaak asof
hy nie daar was nie.

Nadat hulle hom gisternag hardhandig by hierdie kamertjie in-
gestamp het, het Cry Baby gesê die Orde sal een of ander tyd met
hom gesels. Hulle het vir hom 'n halwe brood en 'n flat Coke gelos
en die deur gesluit.

Nou, terwyl hy op die vuil matras sit, is sy gedagtes net by
Valencia. Sy was gister nie by die werk nie omdat haar morning
sickness te erg was. Hulle firstborn kom oor ses maande.

Hy weet nie wat sy gaan dink nie. Hopelik sal sy by die werk
uitvind hy is saam met 'n onbekende man by die gebou uit. Die
probleem is dat sy kollegas nie onmiddellik onraad sou vermoed
nie. Hy het gistermiddag af gevat, juis om by Valencia te wees.
Teen vanoggend sou sy al van haar trollie af gewees het van wor-
ry. Sy sou seker darem al die polisie gebel het.

Hy sug. Dis 'n bleddie nagmerrie. Hy weet nie wat die donners
met hom gaan doen nie. Hulle moes uitgevind het hy het nooit die
Knobel-telefoonrekords van die stelsel afgehaal nie. Fok, hy kón
nie. Hy't vir hulle gelieg, maar dit kan hy nooit vir hulle sê nie.

Hy sal sê hy hét dit afgehaal, maar daar's geen guarantee dat iemand anders nie dalk die stelsel herstel het nie. As dít gebeur, is dit buite sy beheer. Hulle behoort in te sien hy is nie skuldig nie. Hy sal aanbied om sy bankrekening leeg te trek om te vergoed vir enige ongerief.

Hy kyk op sy horlosie. Drieuur in die middag. Dalk moet hy 'n rukkie probeer slaap. Kon gisternag nie 'n oog toemaak nie.

Hy gaan lê met oop oë op die bed. Wanneer gaan die Orde met hom praat? Wanneer gaan hy Valencia weer sien?

Hy sluk hard aan sy trane.

· · ·

Kassie kan Anna Uys nie uit sy gedagtes kry nie. Dis haar onverwagte piksoen op sy wang wat dit gedoen het. 'n Sluimerende drang het in hom ontwaak . . . een wat die afgelope vier-en-twintig jaar op hok was sedert hy en Marietjie uitmekaar is. 'n Drang wat hy van suurstof ontneem het met sy belangstelling in seëls en boeremusiek. Vroue het hy uit sy gedagtewêreld verban, die aaklige skeisaak die laaste strooi om hom te bekeer tot lewenslange oujongkêrelskap.

Nou het hierdie verdomde vroumens alles kom omkrap, die drang asem gegee. Haar kuiltjies, blink oë, oulike gesiggie, mooi lyfie, die glimp van wit borste toe sy vooroor gebuk het om haar skoen aan te trek . . .

En die ergste is dat hy wéét so iets kan nie uitwerk nie. Hubare jong mans behoort in hul tientalle tou te staan voor haar deur. Om watter rede hoegenaamd sal sy in 'n vyftigjarige bleeksiel belangstel? Hy het dit al gesien: jong, wulpse vroue wat vir ouer mans val. Maar gewoonlik is dit mans met 'n stewige bankbalans en hoë status – filmsterre, besturende direkteurs, hartchirurge, politici.

180

Moontlik som hy haar verkeerd op, lees hy die tekens verkeerd. Dalk het sy net 'n spontane geaardheid.

En sien hy regtig kans om weer sy woonplek te deel met iemand ná sy sorgvrye bachelors-bestaan van soveel jare? Hy onthou nog Marietjie se huisreëls: slaan die toiletbak af; trek jou skoene by die voordeur uit as jy van buite af inkom; moenie jou vuil klere in 'n bondel in die hoek gooi nie; skrop die stortvloer wanneer jy klaar gestort het . . .

Sy selfoon se luitoon – die "Kamiesbergseties" – ruk hom uit sy droomwêreld.

"Kaptein Kasselman?" vra die vrouestem.

"Dis hy wat praat," sê Kassie.

"Ek bel van Sonja Eksteen se boetiek in Pretoria. Ek is 'n assistent hier."

"In verband waarmee is dit?"

Sy huiwer 'n oomblik. "Kaptein, ek is besig om deur Sonja se dagboek te werk en al die mense te bel met wie sy afsprake gemaak het vir haar tydjie in die Kaap."

"Kan sy nie meer kom nie?"

"Nee, kaptein, sy is . . . wel, Sonja is vanoggend . . . oorlede."

Daar is 'n onderdrukte snik in die vrou se stem. "Sonja het vanoggend baie vroeg boetiek toe gekom . . . om en by vyfuur. Sy wou nog 'n klomp goed afhandel voor sy Kaap toe vlieg. Wel . . . 'n kar het haar hier reg voor in die straat getref. Die bestuurder het weggejaag . . . tref-en-trap. Sy is kort daarna op die toneel dood."

• • •

Die elektroniese wekker op Hans se bedkassie wys dis 17:04. Hy kom steunend orent, vat sy kierie wat teen die kant van die bed staan en skuifel badkamer toe. Hy spoel sy gesig af en trek sy nat vingers deur sy hare en poniestert.

Terug in die kamer sit hy sy bril op en trek die gordyne oop. Daar is drie duiwe buite op die vensterbank. Hulle vlieg nie toe hy die venster oopmaak nie, beweeg net 'n entjie weg. Hy hou hulle 'n rukkie dop.

Dan draai hy om, tel sy aktetas tot op die bed en maak dit oop. Hy haal die pilhouertjie uit. Op die toonbankie in die hoek waar die ketel en koffiegoed staan, vat hy 'n piering. Hy skud een tablet uit die houer, breek 'n klein stukkie af en sit dit in die piering, gooi die res van die tablet terug in die houer. In die badkamer vul hy die piering met 'n dun straaltjie water. Die stukkie tablet los dadelik op. Hy was sy hande deeglik met seep onder die warmwaterkraan en droog dit sorgvuldig af.

In die kamer skeur hy die verpakking van 'n Ouma-beskuitjie oop en krap 'n paar krummels los sodat dit in die piering val. Hy skuifel venster toe en sit die piering op die vensterbank neer. Twee duiwe vlieg weg. Die oorblywende een retireer, maar bly op die vensterbank staan.

Hy gaan sit op die bed om die duif dop te hou. Ná 'n paar minute kom die duif nuuskierig nader, buk oor die piering en pik een van die deurweekte krummels op. Hy buk weer af vir nog 'n krummel, maar deins meteens weg. Sy nek verstyf, sy lyf ruk asof hy verstik. Dan kantel hy stadig om en tuimel van die vensterbank na benede.

Hans se liggaam skud op die bed; die lag kom diep uit sy maag. Sy lagbui bedaar eers toe nog 'n duif op die vensterbank land.

42

Die huis in Welgemoed is 'n drieverdieping, modern en onlangs gebou. TJ is verlig dat die alarmstelsel afgeskakel is. Volgens V het die eienaars twee katte wat die alarm ontydig geaktiveer het, wat TJ laat dink dat hy die mense ken.

Hulle het ook maklik toegang tot die huis gekry deur die diefwering voor 'n oop venster uit die houtraam te pluk. Die kluis is in die studeerkamer op die tweede verdieping. Terwyl Snake besig is met sy dokter-roetine, verken TJ die res van die huis – enigiets om sy gedagtes af te lei van hul voorgenome planne.

Die vooruitsig om Daisy te oorrompel en vasgebind in die flat te los, spook al die hele dag by hom. Sy gaan soos 'n tierkat baklei, dalk nog alarm maak, onnodige aandag trek. Die hele Snake-plan kan sleg backfire. Boonop is die pistool skadeloos, sonder patrone beteken die ding fokkol. Hulle vat dit altyd net saam vir die show as hulle 'n huisbraak doen waar daar mense is.

Toe TJ in een van die kinderkamers op die derde verdieping kom, roep Snake. Hy haas hom met die wenteltrap af en drafstap na die studeerkamer.

"Problems?" vra hy toe hy instap.

Snake glimlag breed, wys na die oop kluis. "Ek weet nie wat b-b-besiel mense om so 'n moderne huis te bou en dan so 'n ou k-k-kak kluis te kry nie. Die man moes die d-d-ding by sy oupagrootjie geërf het."

Hulle pak die juwele vinnig in die sakke. Nie veel om oor opgewonde te raak soos by die ander huise nie, dink TJ.

Negeuur; hulle was net 'n halfuur lank besig. Hy bel vir Daisy. Sy antwoord nie soos gewoonlik onmiddellik nie.

"Is julle al klaar?" vra sy verbaas toe sy uiteindelik antwoord.

"Ja, ons is reg om te waai. Waar's jy?"

"Ek . . . wel, ek is nog 'n entjie weg. Sal oor 'n kwartier daar wees. Ek kry julle waar ons afgespreek het."

TJ wil haar nog vra waarom sy so ver weg is, maar sy het klaar afgelui. Dis fokken vreemd! Sy was nog nooit verder as 'n minuut se ry van die inbraaktoneel nie.

Hulle draf gebukkend oor die groot grasperk na die ruie bosse in die verste hoek van die tuin teenaan die straat.

TJ is die moer in vir homself. Hy het soos sy gat gedink. As Daisy hulle oor 'n kwartier kom optel, gaan hulle halftien in Durbanville wees. Dan is almal in die flats nog wakker. Hoewel die systraatjie waarin sy hulle aflaai stil is, gaan dit moeilik wees om haar oor die parkeerterrein tot in die flat te kry. Sy gaan beslis nie soos 'n mak lammetjie saam met hulle stap nie. Hulle moes vir minstens 'n uur hier gewag het voordat hy haar gebel het.

Die minute tik traag verby. TJ se maag kramp toe die selfoon in sy hand vibreer.

"Staan gereed, ek's vyftig meter van die huis af," sê Daisy.

Die BMW se ligte verskyn oor die bult. Toe die motor stop, spring hulle agter die bosse uit en pluk die deure oop. TJ sien die donker figuur in die agtersitplek eers toe die BMW wegtrek. Dan skyn die straatligte op die gemaskerde man, die slangtatoe op sy arm duidelik sigbaar.

"Sommer bietjie geselskap saamgebring," giggel Daisy.

Hulle ry in stilte Durbanville toe terwyl L die buit met 'n flitslig bestudeer. TJ het 'n beklemming om sy hart. Wat doen dié fokker hier? Hy's sekerlik gewapen. Hulle sal dit nie kan waag om hom ook te probeer oorrompel nie.

Toe hulle in die systraatjie indraai, beduie L vir Daisy om onder die oorhangende takke van 'n boom in te trek. Hy beveel TJ en Snake om uit te klim, vat Snake se rugsak en skyn met sy flits daarin.

"Reg, dop julle sakke uit," sê hy toe hy die rugsak los.

184

"Watse k-k-kak is dit dié?" vra Snake.

"Ons wil net seker maak julle het julleself nie aan iets gehelp nie," sê Daisy. Sy giggel soos 'n opgewonde skoolmeisietjie.

Hulle dop hul sakke gedweë uit terwyl L die flitslig op hulle skyn.

Ná die inspeksie klim L en Daisy terug in die kar. "Sweet dreams, boys," sê sy by die oop voorruit voor sy wegtrek.

Hulle staar die BMW verslae agterna.

"Dis die l-l-laaste strooi," sis Snake. "Ons f-f-fokof nóú!"

"Hoe?" vra TJ.

"Met 'n f-f-fokken taxi."

• • •

Kassie kry nie geslaap nie, die nuus van Sonja Eksteen se dood spook by hom. Hy het ná die oproep dadelik teruggedink aan Sarel Kastelyn se storie oor die Jood wat destyds dood is in 'n tref-en-trap-ongeluk.

Rooi het dit klaarblyklik ook onthou.

"Bliksis, Kassie, daai was nie 'n ongeluk nie! Hulle wou haar stilmaak voor sy hier met die polisie praat."

"Maar waarom nóú? As die Orde geweet het Sonja Eksteen weet baie van hulle besigheid af, sou hulle haar mos lankal uitgehaal het?"

"Met die skok van haar man se dood het hulle seker besef sy gaan begin sing."

"Onthou, dit was haar eksman, dis nie asof sy só getraumatiseerd was oor sy dood nie. Dit lyk asof die Orde nou eers uitgevind het sy weet baie van hul sake. Haar woorde dat sy te veel weet vir haar eie veiligheid weergalm in my kop."

"Wat het sy vir Monty du Plessis van die Durbanville-stasie gesê? Dalk het hy navraag gedoen op plekke waarvan ons nie weet nie."

"Hy't nie self met haar oor die foon gepraat nie, een van die uniforms het haar laat weet van Eksteen se dood. Ek het vir Monty gesê ons vermoed 'n geheime organisasie kan by die moord betrokke wees, maar ek het nie laat val dat ek dit by Sonja gehoor het nie. Ek wou hê ons moet eers met haar gesels voordat hy op haar toesak."

"Dalk het sy ná die nuus van Eksteen se dood te veel onder haar vriende in Pretoria gepraat? Stories kan vinnig loop."

Maar Kassie weet die toeval is net te groot. Iewers moes iemand iets gesê het wat die bliksems op hul hoede gestel het. Dalk is Rooi reg, dalk het Sonja te veel in Pretoria rondgepraat. Hy sal haar assistent môre bel en vra of sy enigiets oor die Orde by Sonja gehoor het. Hy sal ook sommer uitvind wie haar beste vriende was en hulle ook kontak.

Halftwaalf. Hy staan met 'n sug op; hy gaan nie nou geslaap kry nie. Hy slof in sy skaapvelpantoffels sitkamer toe en val op die rusbank neer. Net voor hy die TV wil aanskakel, val sy blik op die seëlbokse. Hy gaan nóú een boks oopmaak. Dis nie 'n rasionele besluit nie, weet hy, maar hy moet sy gedagtes aflei.

Die boks is te deeglik toegedraai om met sy vingers oop te kry. Hy gaan kry die skêr uit die onderste laai in die kombuis, stap terug sitkamer toe. Net toe hy die skêrpunt onder die kleefband wil indruk, is daar 'n klop aan die deur.

Hy frons. Wie kan dié tyd van die aand so lastig wees?

Dis Anna Uys, groot glimlag op haar gesig, winkelsak in die hand.

Hy stryk sy hare vinnig reg, trek sy maag onder die T-hemp in. Gaan sy nie lag vir sy bleek beentjies nie?

"Slaap jy nie in die nag nie?" vra sy. "Ek't gesien jou lig brand nog, toe besluit ek om 'n draai te kom maak."

Sy stap in, bekyk hom nuuskierig van kop tot tone. "Jy lyk sexy," sê sy en beduie na sy hare. "Noudat jy daai Brylcreem afgewas het."

Hy lag verleë, sy mond skielik droog. Sy is verruklik mooi in 'n swart bloes en nousluitende wit romp. Sy dra nie haar bril nie en haar opgebinde hare ontbloot 'n melkwit nek.

Sy maak die winkelsak oop, haal 'n donkergrys baadjie uit. "Vir jou 'n geskenkie gebring. Sommer daar naby my werk in die Kaap gekoop. Ligte materiaal, dit sal koel wees in die somer. En dit sal aansiénlik beter lyk as daai horrible windbreaker van jou."

"Jy . . . jy moes nie . . ." stamel hy.

"Nonsens, ek kan koop wat ek wil. Pas aan, laat ons sien hoe dit aan jou sit."

Hy trek die baadjie aan. Dit sit heeltemal te styf.

"Perfek," sê sy, "dis 'n mooi moderne snit. Hang ook nie so sak-kerig aan jou soos jou windbreaker nie."

"Baie, baie dankie. Dis 'n gróót geskenk." Hy kan nie glo dat sy dit gedoen het nie!

"Jy mag my maar bedank." Sy maak haar oë toe en tuit haar mond.

Sy hart klop onbeheers in sy keel toe hy vooroor leun en haar op die lippe soen.

Sy lag. "Ek sal jou nog eendag ordentlik leer soen ook. Maar ek's moeg, ek moet in die bed kom."

Sy draai om en stap voordeur toe, sê oor haar skouer: "Moenie dat ek jou ooit weer in daai horrible windbreaker betrap nie."

Haar laggie klink soos klokkies in sy ore.

"Tjirrie-baai!" sê sy voor sy die deur agter haar toetrek.

Kassie staan soos 'n standbeeld in die middel van die sitkamer. Haar lippe is ongelóóflik sag.

43

Victor het ingesluimer in sy skuilplek, maar met eerste lig is hy wakker. Daar is 'n bedrywigheid in die huis. Hy kry 'n glimp van Swys en Katrina toe hulle uit die huis kom. Hulle klim vinnig agterin 'n motor met getinte ruite. Onder begeleiding van 'n paar veldkornette ry drie motors by die erf uit.

Sy blik volg hul roete. Dit lyk of hulle stad toe gaan.

Is dit moontlik? wonder hy. Sou hulle so naïef wees om in die tempel bymekaar te kom? Dit terwyl hulle weet hy is op die uitkyk vir hulle!

Dit kan net een ding beteken: Joep se dood het die gewensde resultaat gelewer. Almal het uit hul gate gekruip, selfs dié wat oorsee bly.

Hy stap na die taxi en vra die bestuurder om hulle te agtervolg.

· · ·

Die nuus versprei soos 'n wegholveldbrand. Slegs minute nadat Kassie by die stasie ingestap het, weet Daniels reeds. Felicity storm met groot oë en 'n blos op haar wange by sy kantoor in.

"Kolonel sal nie glo wat ek nou net gesien het nie!"

"Wat het jy gesien, Felicity?" Hy kan nie onthou dat sy al ooit só uit haar vel was nie.

"Dis Kassie, kolonel, hy's vandag by die werk in 'n grys baadjie! En kolonel, sy hare is nie geroom nie!"

"Nooit! Jy trek my been?"

"Genuine, kolonel, kolonel moet self kom kyk!"

Hy loop saam met haar na die speurders se kantoor. Kassie lyk soos 'n vreemdeling agter sy lessenaar. Die grys baadjie laat hom nog skraler lyk, en sy roomvrye hare gee 'n bietjie meer volume aan sy kop.

Die ander speurders hou Daniels dop om te sien wat sy reaksie gaan wees. Hy gaan staan langs Kassie se lessenaar.

"Ek hou van jou new look, Kassie."

Kassie kyk nie eers op van sy papierwerk nie, mompel net iets onhoorbaars.

Op pad terug kantoor toe fluister Felicity: "Kolonel, Da Silva sê hy vermoed Kassie het 'n girlfriend. Rooi het glo so iets laat val."

"Daai Porra is darem 'n skinderbek," sê Daniels, maar hy is heimlik bereid om 'n gawe deel van sy salaris te verwed om te weet of dit waar is. En veral om te weet hoe sy lyk.

Toe dit tyd is vir hul daaglikse terugvoersessie, kom die Nuwe Kassie en Rooi soos gewoonlik stiptelik by sy kantoor in. Daniels moet die drang onderdruk om Kassie uit te vra oor sy nuwe voorkoms.

"Ek het 'n oproep gekry van majoor Linnert van Georganiseerde Misdaad," begin hy. "Hulle neem nou amptelik die Rondebosch-juweeldiefstal by ons oor. Ongelukkig nie veel wat ons daaraan kan doen nie, hulle is oortuig die juweeldiewe fokus nou op die Kaap. Indien hulle 'n deurbraak maak, kan dit net tot ons voordeel wees om die Snawelman se saak op te los. Onthou om Linnert sommer vandag te bel om te hoor hoe hulle vorder en wat hulle beplan."

Kassie knik. "Ons sal so maak."

"En Monty du Plessis van die Durbanville-stasie het by my gemoan dat julle inmeng met die Eksteen-moordsaak. Hy sê dit voel vir hom of julle die saak wil oorneem, terwyl dit niks met julle te doen het nie."

"Hy's verkeerd," sê Kassie.

"Ek weet," sê Daniels. "Ek het hom só ingelig. Solank die Snawelman-saak ons verantwoordelikheid is, ondersoek ons enigiets

189

wat verband hou daarmee. Maar lig die bliksem tog maar net in oor alles wat julle uitvind wat hom met die Eksteen-job kan help. Julle weet hoe die politics in die Diens werk – elke fokker wil baas van sy eie plaas wees."

• • •

TJ en Snake is gelukkig: die taxibestuurder het op Hermanus grootgeword en hy weet van 'n klein flat agter 'n woonhuis wat te huur is. Mitchellstraat, Eastcliff, skynbaar 'n gevestigde rykgat-buurt – die bestuurder sê sy broer doen soms tuinwerk daar.

Die vrou van die huis lyk glad nie ingenome toe hulle haar in die middernagtelike ure opklop nie. In haar sestigs, skat TJ, dun en benerig, met 'n moerse moesie op haar ken en die rasperstem van 'n kettingroker.

Haar kak houding verander vinnig toe hulle aanbied om vir twee maande vooruit te betaal – cash.

Die flatjie is oukei, sien hy toe hulle instap: klein sitkamer, god-dank twee slaapkamers, 'n aparte badkamer en 'n kombuisie.

Hy gaan slaap dadelik, en word eers wakker toe die laatog-gendson deur die gordyne filter. Wanneer gaan die Orde uitvind hulle is nie meer in Durbanville nie? is sy eerste gedagte. En waar gaan hulle na hom en Snake begin soek?

Hy kan net dink hoe hulle tekere sal gaan. Dié gedagte is nie eintlik bevredigend nie, dit laat eerder sy maag draai.

44

Majoor Lucky Linnert klink geïrriteerd toe hy die foon antwoord.

"Ons wil net graag weet hoe vorder julle," sê Kassie.

"Dinge val nou vinnig in plek," sê Linnert kortaf.

"Kon julle toe 'n verband trek tussen die juweeldiefstalle en Leopard Armed Response?"

"Ja, hulle was in 80% van die gevalle die gekontrakteerde sekerheidsmaatskappy van die eiendom. Eksteen het by verskeie van die takke gesorg dat die stelsel in die beheerkamer gedeaktiveer was tydens die inbrake. Verstommend genoeg het nie een van die bestuurders sy optrede bevraagteken nie."

"Ek het vanoggend in die koerant gelees van gister se inbraak in Welgemoed – sou julle sê daar's 'n verband met Leopard Armed Response?"

Linnert bly 'n rukkie stil. "Jong, dis 'n moeilike een. Daar is ook 'n klomp juwele gesteel, maar ADT is die sekerheidsmaatskappy. En die eienaar het nie die alarmstelsel aangeskakel nie. Die manier waarop die kluis oopgemaak is, dui daarop dit kan ons sindikaat wees – hulle het dit oopgekry sonder om enige skade aan te rig. Hulle kluis-expert moet die inner works van kluise soos sy handpalm ken."

"Enige nuus oor TJ Volbrecht?"

"Ja, ons het iets." Linnert klink nou meer gemoedelik. "Ons het 'n ordentlike foto van hom gekry by iemand van Star Jewellery, sy gewese werkgewer. Die foto is by hulle jaareindfunksie geneem sowat vier jaar gelede. Ek het dit reeds vir al die dagkoerante gestuur, hulle sal dit hopelik môre prominent splash. Ons het 'n reward van vyftigduisend rand uitgeloof, so ons behoort gou inligting oor hom te kry."

• • •

Merwin Louw voel koud tot in sy murg ten spyte van die sonnige dag. Vandag gaan hier nie 'n stralende bruidspaar voor die kansel staan nie, dink hy. Vandag gaan Satan hier in bevel wees.

Die klein klipkerkie in Rondebosch dien al sedert 1959 as die tempel van die Orde; dis aangekoop deur die eerste Iskariot. Die kerkie is weggesteek tussen reusebome en agter die hoë muur van die inkoopsentrum langsaan, heeltemal afgesonder van die ander geboue en die paar huise in die omgewing. Dit word deur twee veldkornette in stand gehou en word soms verhuur vir troues om oorhoofse kostes te dek – die bruid en bruidegom salig onbewus van die onheilige omgewing waarin hulle ewige trou sweer.

Merwin kyk na die ander in die ouderlingsbank: Iskariot, met Katrina en Swys weerskante van hom, en Vera langs Katrina.

Vera het mooi geword sedert Merwin haar laas gesien het. Sy was nog altyd die Orde se rebel, en seker die enigste mens wat Iskariot om haar pinkie kan draai. Selfs toe Iskariot uitvind sy het teen sy opdrag in al haar klere uit Sasolburg Kaap toe gebring, het sy glo sy vermaning afgelag. Nie een van hulle ander sou dit waag nie.

'n Rilling trek deur Merwin se lyf toe sy blik op Iskariot rus. Wel gryser sedert hy hom laas gesien het, maar niks het aan sy granietharde gelaat verander nie. Die yskoue oë wat deur jou staar, onnatuurlik vergroot deur die dik brillense; die breë mond permanent sinies geplooi tussen twee prominente kakebene, asof uit klip gekap. Wanneer Iskariot praat, herinner sy skerp oogtande aan dié van 'n roofdier, sy poniestert aan die kwispelende stert van 'n maanhaar.

Hoeveel mense gaan nog met hul lewe boet terwyl Iskariot aan die hoof van die Orde staan? wonder Merwin. Joep Eksteen se eksvrou was Iskariot se jongste slagoffer, haar enigste oortreding dat sy te veel geweet het. En Merwin vermoed nóg mense gaan binnekort dieselfde pad loop.

Hy lees die handgeskrewe agenda weer.

1. *Die terminasie van 'n verraaier (Iskariot)*
2. *Laaste operasie en afskeid van die bedryfsmanne (Katrina)*
3. *Knobel se weduwee (Iskariot)*
4. *Victor (Iskariot)*
5. *Speurder (Vera)*
6. *Finansiële verslag (Merwin)*

Hy kyk op van die agenda toe sy seun ingestap kom. Stef hou 'n skraal man aan sy arm vas en lei hom teen die trappies op tot voor die kansel. Die man word op 'n stoel vasgebind dat net sy regterarm vry is. Sy oë is groot geskrik toe hy afkyk na die ouderlingsbank.

Stef gaan staan langs die stoel en haal 'n tang uit sy sak. Almal sit in stilte en wag vir Iskariot om te begin met die eerste agendapunt.

• • •

Victor hurk agter 'n bedding struike sowat vyftig meter van die tempel af. Hy grynslag. Hulle is paniekerig – vyf gewapende veldkornette patrolleer die terrein.

Sy hart het in sy borskas tamboer geslaan toe hy Iskariot uit die motor sien klim. Die groot vis het die aas gevat.

Hy kom versigtig orent en stap gebukkend terug na die taxi wat in die systraat geparkeer staan. Hy het spesifiek dié taxi-diens met ongemerkte sedanmotors gekies. Dit trek nie aandag nie.

Hy sal in die motor wag tot hulle klaar vergader het.

• • •

"Nee, kaptein Kasselman, ek's bevrees ek weet nie waarvan jy praat nie," sê Mara van Zyl. "Sonja het nooit haar eks met my bespreek nie, dis 'n onderwerp wat sy sorgvuldig vermy het. Ons het eers in Pretoria vriendinne geword, toe sy in dieselfde meenthuiskompleks as ek ingetrek het. Oor haar lewe in die Kaap het sy selde gepraat."

"Ander vriende of vriendinne wat sy gehad het van wie u weet?" vra Kassie.

"Nie regtig nie. Sonja was baie besig by haar boetiek. Sy was soggens vroeg op haar pos en het tot laataand gewerk. Naweke ook. 'n Regte werkslaaf. Sy't nie veel van 'n sosiale lewe gehad nie."

Toe Kassie aflui, skud hy sy kop vir Rooi. "Dié roete loop ook op niks uit nie."

45

Hans Wagner moet op sy kiere druk om orent te kom. Hy kyk lank na die vasgemaakte man voor die kansel, kug voor hy praat.

"Jean-Jacques Rousseau het gesê berou slaap wanneer dit voorspoedig gaan, maar ontwaak tydens teenspoed."

Hy glimlag. "En jy, Dennis Karools, het sekerlik nie berou gehad toe jy in jou blink kantoor in Port Elizabeth gesit het nie. Soos ek verstaan, het dit daar heel voorspoedig met jou gegaan."

Hy bly 'n oomblik stil. "Maar ongelukkig, Dennis, is dit nou die tyd dat jou berou moet ontwaak en dat jy om vergifnis smeek vir jou veragtelike daad van verraad. Ek luister graag na jou."

"Ek . . . ek verstaan nie." Dennis se stem is dun en bewerig.

Hans se lag weergalm deur die kerkie. "Jy verstaan nie!" Hy knik vir Stef. "Help hom asseblief om te verstaan."

Stef gryp Dennis se regterhand en knyp sy pinkie met die tang vas. Hy druk met mening.

"Ek sal verduidelik!" Dennis se gil sny deur die stilte.

Stef los sy hand.

Hans knik. "Ons luister, Dennis."

"Wel . . . ek het Knobel se telefoonrekords uitgewis, maar iemand . . . iemand moes dit . . . die stelsel herstel het. Ek het nie beheer daaroor gehad nie."

Hans skud sy kop stadig heen en weer. "Nee, Dennis, dis nie wat jy destyds vir ons vertel het nie. Jy't ons verseker daardie rekords is vir altyd verwoes. En kort daarna dros jy, verdwyn jy spoorloos, nogal sonder om te groet."

Hy knik vir Stef. "Kom ons kyk of Dennis nie eerliker wil wees nie."

Weer gryp Stef die hand vas, klem die tang om die wysvinger. Die nael kraak.

Dennis gil. "Jirre, nee! Ek sal sê wat gebeur het!" Hy snik voor hy praat, sy gesig vertrek van pyn. "Ek kon nie die rekords uitwis nie ... dit was onmoontlik ... Ek is so jammer ... so baie jammer dat ek gelieg het. Ek sal my bankrekening leeg trek en julle betaal ... ek sal ..."

"Nee, Dennis, ons wil nie jou swaarverdiende geld hê nie," onderbreek Hans hom met 'n paaiende stem. "Ek is 'n redelike man. Ek is maar net te verheug jy was nou eerlik en toon berou. Dis oorgenoeg vir my. Berou vernietig skuld. Maak hom los, Stef."

Daar is ongeloof op Dennis se gesig toe hy vry is om op te staan. "Kan ... kan ek nou gaan?"

Hans knik. "Ja, Dennis, jy's 'n vry man." Hy loop met skuifel-passies na die tafeltjie regs van die kansel waar 'n waterkraf en glase staan. "Maar ek gaan jou nie hier wegstuur met soveel pyn nie."

Hy haal 'n pilhouertjie uit sy baadjiesak, skud 'n tablet uit en gooi dit in die glas, skommel die water sodat die tablet goed oplos.

Toe hou hy die glas na Dennis uit. "Drink, dis 'n pilletjie wat die pyn onmiddellik sal verlig."

Dennis neem die glas en sluk die water gretig af.

• • •

Kassie kan nie konsentreer op die dossier voor hom nie, sy gedagtes is by Anna Uys. Hy herleef weer die soen.

Hy glimlag. Sy't gesê sy sal hom nog ordentlik leer soen. Sy moet darem onthou hy was getroud, hy wéét hoe om te soen. Sou dié stelling van haar beteken sy oorweeg 'n ernstige verhouding?

Hy het al vergeet hoe dit voel om verlief te wees. Hy het hierdie warm gevoel op sy maag laas ervaar toe hy en Marietjie net be-

196

gin uitgaan het. Dat hy nou op vyftig weer so iets moet oorkom, grens aan die absurde.

"Kassie," onderbreek Rooi sy gedagtes. Dié staan met 'n breë glimlag voor sy lessenaar. Magrieta staan langs hom en sy straal ook.

Is dit sy nuwe voorkoms wat die geluksaligheid op hulle gesigte veroorsaak? wonder Kassie. Het die mense in hierdie kantoor niks beter om te doen as om hom aan te staar asof hy 'n bleddie sirkusfrats is nie?

"Ja?" sê hy gesteurd.

Rooi sit 'n dossier voor hom neer, Magrieta sprei 'n klomp afdrukke van koerantknipsels op die lessenaar oop.

"Jy onthou Cliffie se storie van die broodmesmoordenaar wat destyds hier in Rondebosch bedrywig was?" vra Rooi.

Kassie knik.

"Wel, ek het vir Magrieta gevra om 'n bietjie rond te krap." Rooi tik met sy wysvinger op die dossier, duidelik ingenome met homself. "Twaalf jaar gelede is Matthys Eksteen en sy vrou se kele met 'n broodmes afgesny."

Kassie frons. "Ja, en . . . ?"

"Ek het vir Monty du Plessis gebel en gevra of daar dalk iets in Joep Eksteen se huis is wat daarop dui dat hy 'n broer gehad het. Monty het bevestig daar's 'n geraamde foto, taamlik oud, van twee jong mans. Agterop die foto staan 'Joep en Matthys'!"

"My fok!" sê Kassie.

46

"Shit, shit, shit!"

TJ wil opstaan om te hoor waaroor Snake so aangaan, maar dis nie nodig nie. Snake storm by sy kamer in, gooi 'n koerant op die bed neer.

"Waaroor gaan jy nou weer so tekere?"

"Kyk op bladsy f-f-fokken vyf!"

TJ blaai die koerant oop.

Eers dink hy sy oë bedrieg hom. Maar hy sien reg. 'n Foto van hom pryk onder die opskrif *Beloning van R50 000 vir inligting oor hierdie man.*

Sy oë vlieg oor die berig.

TJ Volbrecht word deur die polisie gesoek in verband met 'n reeks land-wye juweeldiefstalle van die afgelope drie jaar, sowel as 'n moord wat tydens 'n inbraak in Bloemfontein plaasgevind het. Volbrecht beskik oor inligting wat die polisie in dié ondersoeke kan help. Die polisie vermoed dat Volbrecht tans in die Kaapse Skiereiland is. Enigiemand wat weet waar hy hom bevind, kan maj. Lucky Linnert by die Georganiseerde Mis-daad-eenheid in Kaapstad bel. 'n Beloning van R50 000 word uitgeloof vir inligting wat na Volbrecht kan lei."

TJ gooi die koerant neer. "Jissis, nou't ons gróót kak!"

"Dis 'n f-f-fokken understatement!" skree Snake.

• • •

Merwin skink vir hom 'n whiskey en gaan sit swaar in sy gemak-stoel. Hy sukkel om sy gedagtes weg te skeur van gister se gebeure in die tempel. Hy kon laas nag nie 'n oog toemaak nie en loop nog die hele oggend soos 'n slaapwandelaar in die huis rond.

Die beeld van Dennis Karools bly by hom spook, hoe hy die water afgesluk het met 'n glimlag op sy gesig, asof hy sy geluk nie kon glo nie. Toe skielik het sy gesigsuitdrukking verander. Dit het gelyk of sy oë uit hul kasse gaan spring, sy mond het vertrek om sy tande te ontbloot. Hy het sy keel vasgegryp en soos 'n vis op droë grond na lug gehap.

Toe val hy met 'n kreun vooroor, sy kop onnatuurlik skuins gedraai asof hy dit wil wegskeur van sy lyf. Sy hande was in vuiste geklem terwyl sy liggaam 'n paar keer in spasmas saamgetrek het. Sekondes later het hy leweloos voor die kansel gelê, sy linkerhand nog styf saamgeklem. Sy bebloede regterhand het handpalm na bo op sy wang gerus, die vingers weerloos oopgesprei.

Die doodse stilte is verbreek deur Iskariot se dreunlag. Die lag het diep uit sy buik gekom en tussen die vier mure van die kerkie geëggo. Dit het Merwin laat sidder. Net Vera het gegiggel; die ander het geskok na Dennis se liggaam gestaar.

Stef het die lyk weggesleep en op Iskariot se instruksies vir Cry Baby ontbied. Dié moes Dennis in die kerkhoffie tussen die bestaande grafte begrawe.

Merwin het vooraf geweet Dennis Karools gaan nie oorleef nie, maar hy het gedink Iskariot sal die vuilwerk aan Cry Baby en sy trawante oorlaat. Dit was vir hom moeilik om op die res van die verrigtinge te konsentreer; hy was getraumatiseer soos selde vantevore in sy lewe. En hy het opnuut besef hoe nietig 'n lewe in Iskariot se oë is.

Wat hy spesifiek van die vergadering onthou, is dat Iskariot vir Stef opdrag gegee het om Knobel se vrou op Hermanus te gaan termineer. Volgens Iskariot voer sy die polisie met inligting, wat die Orde natuurlik nie kan bekostig nie.

"Hou haar woonstel dop," het Iskariot gesê en vir Stef een van die tablette gegee. "Wanneer sy uitgaan, kry toegang tot haar woonstel. Gooi die tablet in 'n bottel melk in haar yskas of iets wat sy gaan drink . . . gebruik jou eie oordeel. Maar bly op Hermanus tot jy seker is haar mond is vir altyd gesnoer."

Merwin skud sy kop wild. Nog 'n moord op sy seun se kerfstok. "Die dice het verkeerd geval vir ons, Stef," prewel hy.

Daar was ook 'n lang gesprek oor Victor – hy was duidelik die groot beweegrede vir Iskariot om na Suid-Afrika te kom. Iskariot het Swys opdrag gegee om veldkornette in Voortrekkerweg in die Goodwood-omgewing te ontplooi. Hy het 'n ou koerantfoto van Victor uitgehaal. "Sodat die jonger veldkornette kan weet hoe hy lyk. Hy bly dalk nie in sy ma se woonstel nie, maar hy sal daar iewers skuil; hy's vertroud met daardie omgewing. Ek ken hom soos 'n boek. Ek wil hom lewend hê, ek wil kyk watter effek twee tablette op 'n mens het."

Die telefoon in die studeerkamer lui. Merwin staan op en stap haastig soontoe. Dis Stef.

"Pa, ek wil Pa net inlig: een van die bedryfsmanne se foto is in vandag se koerant. Die cops weet hy was betrokke by die operasies. Die woonstel in Durbanville waar die bedryfsmanne gebly het is verlate, ek en Vera het gaan kyk. Iskariot is siedend. As die pote die man opspoor, kan dit Vera in gevaar stel. Ek's bekommerd oor haar. Ek en Vera is . . . na aan mekaar, Pa weet mos."

Toe Stef aflui, staar Merwin voor hom uit. Jirre, dis verkeerd, dink hy. Heeltemal verkeerd. Dit vreet soos 'n kanker aan hom vandat Stef terug is uit Doebai.

• • •

Donald Daniels maak plek vir sy elmboë op die lessenaar deur 'n klomp papiere eenkant toe te vee. "Manne, ek wil hê julle moet my nou volledig inlig oor alles wat ons oor dié spul het."

Kassie kug. "Wel, soos kolonel self weet, is Knobel beslis nie deur Broeksma vermoor nie. En ons weet nou Joep Eksteen se

broer en sy vrou is twaalf jaar gelede met 'n broodmes keelaf ge-
sny, nes Joep nou. Hulle pa het aan Kastelyn van die materiaal-
winkel erken die Orde het die Jood wat sy opposisie was met 'n
tref-en-trap uit die lewe gehelp, dieselfde wat Joep se eksvrou nou
in Pretoria oorgekom het."

"Goeie wetter, maar dis niks anders as 'n moordbende nie! Of
hulle het fokken wrede vyande. Dit klink die ene Mafia vir my.
Wat van die ander manne wat destyds saam met Snawelman die
treinspoor opgeblaas het?"

"Markus Moller is in 1988 aan beroerte dood, volgens Karen,
sy skoondogter. Dié se man en skoonma is in 'n motorongeluk
dood. Volgens Karen is geen gemene spel vermoed nie, die motor
se band het gebars teen 'n hoë spoed op die N1. My vermoede is
die Orde het niks daarmee te doen gehad nie. Karen Moller ont-
vang steeds maandeliks geld van hulle, terwyl Knobel se weduwee
nié geld ontvang nie. Daardie geld word vermoedelik gekry uit
die reeks juweeldiefstalle landwyd. Joep Eksteen was deur sy se-
kerheidsmaatskappy beslis kop in een mus met die juweeldiewe.
Waarom hy doodgemaak is, bly nog 'n raaisel. Dalk as gevolg van
'n interne struweling, of dalk het hulle vyande, soos kolonel gesê
het. Ons kan nie regtig nou al sinvolle gevolgtrekkings maak nie."

Kassie kyk vlugtig na sy aantekeninge. "Bernoldus Wagner is
aan natuurlike oorsake oorlede, volgens Magrieta se navorsing. Sy
seun, Hans, is 'n professor by die Universiteit van Amsterdam. Hy
ontken dat hy enigiets weet van die organisasie of sy pa se bedry-
wighede. Ek meen hy lieg, maar ons kan nie die teendeel bewys
nie. Volgens Telkom het Knobel kort voor sy dood 'n oproep van
dié universiteit ontvang, maar dis 'n algemene nommer en kan nie
teruggespoor word na Hans nie. En dis wat ons tot dusver het."

Kassie kyk na Rooi. "Iets wat jy wil byvoeg?"

Rooi knik. "Oor die ander twee oorspronklike Orde-lede het
ons niks. Ons weet net Pieter Louw het Kastelyn destyds gereeld

saam met Willem Eksteen besoek. Oor Jakobus Carelse het ons nog geen inligting nie."

"Dis 'n bleddie ingewikkelde storie," sê Daniels peinsend. "Wat is julle volgende stap?"

Kassie sug. "Ons sal moet uitvind of Matthys Eksteen se vrou familielede het wat iets weet. Magrieta werk voltyds daaraan en ek en Rooi sal nou ook inspring en help."

"Gebruik elke minuut goed, mens weet nooit wanneer ons weer oorlaai gaan word met sake nie," sê Daniels. En toe hulle opstaan: "Hel, Kassie, ek laaik regtig daai baadjie van jou. Waar het jy dit gekoop?"

Kassie word rooi. "Die ding sit te styf aan my," mompel hy.

47

Cry Baby October bespied die donker, verlate straat. Hy kyk op
sy horlosie. Tienuur. Hy's al bykans vyf uur lank op sy pos en het
nog niks verdags opgemerk nie. Hy het vir hom 'n sitplek ingerig
tussen 'n klomp bergies voor 'n meubelwinkel skuins oorkant die
woonstelblok waar Victor se ma gebly het. Die spul slaap nou,
vrot gesuip aan die dooswyn.

Die ander veldkornette het hy ver weg ontplooi. Hy het die
koerantknipsel van Victor vlugtig vir hulle gewys, maar nie gesê
die man is uitermate groot nie. Hy gaan self daai bonus van tien-
duisend rand score wat Swys uitgeloof het aan die man wat Victor
kry.

Hy staan stram op, strek sy arms bo sy kop uit. Dalk moet hy
'n entjie stap, sy bene kramp al van die stilsittery. Hy wag dat 'n
motor verbyry voordat hy oor die straat na die woonstel stap. Hy
steek sy hand onder sy baadjie in, die koue staal van die Smith &
Wesson is gerusstellend.

Vir die soveelste keer kyk hy op na die hoekvenster regs op die
vierde verdieping. Nog geen teken van lig nie. Hy besluit om 'n
entjie op die sypaadjie te loop om die styfheid uit sy bene te kry.
By 'n steeg tussen twee geboue is daar 'n geritsel. Hy steek vas en
kyk in, maar dis stikdonker. Seker 'n rondloperkat, dink hy.

Net toe hy aanloop, hoor hy voetstappe agter hom. Hy wil om-
swaai, maar dis te laat. 'n Groot arm vou soos 'n klamp om sy
boarms en borskas. Die staalgreep pers die lug uit sy longe.

Dan voel hy iets koud en hard teen sy nek skraap.

* * *

Die prys van parfuum laat Kassie steier; hy het gemeen jy kan wegkom met honderd rand. Uiteindelik moet hy sy kredietkaart uithaal om 'n piepklein botteltjie vir R350 te koop, en dis van die goedkoopste op die rak. Belaglik! Dis wat hy bereid sou wees om vir 'n seldsame seël te betaal.

Sy poging om vir die eerste keer in jare nuwe jeans en 'n T-hemp aan te skaf, laat hom ook amper na hartpille gryp . . . en dit by Mr Price! Het die mensdom mal geword? Die duik wat dit in sy bankrekening laat, is groter as dié van sy troupak destyds.

By die huis trek hy die jeans en swart T-hemp aan en gaan staan voor die spieël. Hy skud sy kop moedeloos. Hy lyk so ontuis in dié klere soos 'n donnerse bobbejaan in 'n aandpak. Dit is nié hoe hy aantrek nie.

Hy vee sy kuif geïrriteerd van sy voorkop weg. Sonder die haarroom fok elke haar sy eie rigting in. Hy steek 'n Lucky aan en loop sitkamer toe, kyk fronsend rond.

Bliksem, die plek lyk sleg! Die rusbank wat hy nog by sy ma gekry het, is in negentien-voertsek gekoop, stoffering peul plek-plek by die rugleuning uit. Die twee stoele het hy lank terug by 'n tweedehandse meubelwinkel in Goodwood gekoop. Die een se pote staan na buite gebuig asof dit 'n veltie wil vang en albei se bekleedsel is dof gesit. Die staanlamp se groot skerm is vol geel vlekke, lyk of 'n kat daarteen gepie het. Die bokse met Alwyn se seëls het hy in die studeerkamer gaan pak, maar nou kan jy die afgedopte verf aan die muur sien van die waterskade vyf jaar gelede toe die geiser gebars het.

Hy gaan sit op die rusbank, neem 'n lang trek aan die sigaret. Tree hy nog rasioneel op? vra hy homself af. Kan hy dit enigsins bekostig om verlief te raak? Skielik plaas hy druk op homself oor dinge waaraan hy hom in die verlede nie gesteur het nie, waarvan hy nie eers bewús was nie. Hy kyk nou met kritiese oë na sy kleredrag, hy wil kots oor die gehawende meubels in sy verwaarloosde

204

woonstel. Sulke onbenullighede oorheers meteens sy gedagtes. Vir fokken wat? Is dít wat die liefde aan jou doen?

Toe hy vanmiddag ná werk by die woonstel instap en die briefie lees wat sy onder sy deur ingeskuif het, het hy soos 'n bleddie opwenpoppie tekere gegaan. Hy het in sy haas amper twee ongelukke gemaak op pad na die sentrum. Daar het hy teen die spoed van wit lig inkope gedoen, toe nog by die drankwinkel aangery vir 'n bottel wyn en 'n pak Simba-tjips. By die woonstel het hy die spinnerakke van die stofsuier afgeklap en die rusbank, vloer en mat in die sitkamer gesuig, die seëlbokse weggepak en gaan stort om die sweet van sy lyf af te was.

En nou kyk hy al vir die afgelope twee uur elke tien minute op sy horlosie. Dis al ná tien en Anna Uys het nog nie opgedaag nie. Haar briefie het gesê sy moet laat werk, maar sy wil daarna graag 'n rukkie by hom kom kuier.

Sy verlang baie na hom, het sy geskryf.

• • •

TJ en Snake betrek 'n kamer in die Windsor-hotel in Kusweg. Ná die shocker van TJ se foto in die koerant het hulle besef hulle moet donners vinnig optree. Hulle kon nie langer in die flatjie bly nie, die taxibestuurder het presies geweet waar hulle bly en hy kon die koerantberig gesien het. Die reward van vyftigduisend rand sou hom soos 'n fokken sopraan laat sing het.

Gelukkig het die huiseienaar geen teken getoon dat sy die koerant gesien het nie. Snake het gesê hulle planne het verander en hulle moet vanaand vertrek. Sy het darem een maand se huurgeld teruggegee van wat hulle vooruit betaal het. Hulle het gewag tot donker voor hulle die pad na die hotel geslaan het, tas in die hand soos twee donnerse tramps. TJ het uit die personeel se pad gebly en eers kamer toe gegaan nadat Snake ingeboek het.

205

Môre moet Snake 'n haarknipper gaan koop sodat hy TJ se kop kaal kan skeer – saam met 'n donkerbril sal dit hom veiliger laat voel. Dan sal hulle hul volgende move beplan.

Snake gooi vir hom 'n glas kwartvol brandewyn. "Hoe de f-f-fok dink jy het die p-p-pote van jou uitgevind?"

TJ skud net sy kop. Hy het self vandag al sy kop daaroor gebreek. Tot hy onthou het van die geldtrommel in Rondebosch. Hy het die fokken ding skoongevee, maar dalk nie so deeglik nie, hy was te haastig om weg te kom uit die kamer. Hy kan sy eie gat tien keer skop omdat hy so idioties was, maar dit kan hy nie vir Snake sê nie.

"Hoe gaan ons hier wegkom?" vra hy eerder.

"Ons sal môre d-d-daaraan dink, kom ons s-s-suip eerder vanaand net."

TJ knik, neem die glas wat Snake na hom uithou en gooi die brandewyn in sy keel af.

48

Anna lyk soos 'n filmster waar sy oorkant Kassie op die rusbank sit. Sy het nie haar bibliotekaresse-bril op nie en haar hare hang los tot op haar skouers, omraam haar fyn gesiggie. Sy laat dink hom aan die Oosterse porseleinbeeld wat altyd in sy ma se vertoonkas gestaan het. As seuntjie is hy die dood voor oë gesweer as hy dit sou waag om daaraan te raak.

Anna neem met rooi lippe 'n slukkie van die wit wyn. "Lekker droog, net soos ek daarvan hou. Het jy nie musiek in jou plek nie? Dalk iets romanties?"

Kassie sluk, lag verleë. "Ongelukkig net boeremusiek."

Sy trek 'n gesig. "Jik, dis nie romanties nie, en dis boonop oupagrootjie-musiek."

Normaalweg verdedig hy boeremusiek, maar vanaand laat hy dit gaan. Die jonges het nie waardering vir die musikale genialiteit van mense soos Hendrik Susan, Silver de Lange en Manie Bodenstein nie.

"Dit dans lekker," sê hy darem.

Sy lag. "Ons twee moet een aand eerder by 'n klub gaan jam."

Hy het nie 'n idee wat "jam" beteken nie, maar hy knik. Hy hou daarvan dat sy praat asof hulle dinge saam gaan doen in die toekoms.

Hy kug. Hy móét weet. "Ek verstaan dit nie, die jongkêrels behoort tou te staan by jou deur. Jy's jonk en mooi, ek kan amper nie glo jy het nie 'n vaste mansvriend nie."

Sy glimlag. "Dankie vir die kompliment, maar ek verkies mature mans. Ouens wat al die lewe geleef het. Jong latte interesseer my nie."

Dis die regte antwoord. Dit gee hom die moed om die botteltjie parfuum van die koffietafel langs sy stoel te neem, op te staan en dit aan haar te oorhandig.

"Sommer 'n klein geskenkie om dankie te sê vir my mooi baad-jie."

Hy gaan sit weer in sy stoel terwyl hy haar dophou.

Sy sit haar wynglas neer en maak die pakkie oop, kyk dan verras op. Haar gesig verhelder. "Dankie, Kassie!"

Sy sit die parfuum langs haar op die rusbank neer en staan op. Sy stap na hom toe en vly haar op sy skoot neer. Die punte van haar hare kielie sy wang, die rondings van haar lyf druk styf teen syne. Toe sy hom soen, doen sy dit met haar lippe effe weg van mekaar, haar warm tong verkennend in sy mond.

Hy sit versteen, weet glad nie wat om met sy hande te doen nie.

Sy staan skielik op, lag en trek haar vingers deur sy hare. "Dit was aansienlik beter as die soen van nou die aand!"

Hy knik net, sprakeloos. Bliksem, hy's so onbeholpe soos 'n tie-nerseun met puisies en 'n stem wat pas gebreek het.

Sy gaan sit weer oorkant hom, haar romp trek tot hoog bo haar knieë op. Hy moet sy blik met moeite wegskeur van 'n wit dy.

"Waar staan jy met jou saak?" vra sy.

Hy is nie lus om daaroor te praat nie. "Nog niks verder opge-lewer nie," jok hy. "Die vermoorde se vrou is boonop dood."

"Dóód?"

"Ja, tref-en-trap-ongeluk. Ons is nou in 'n doodloopstraat."

"Ek's jammer om dit te hoor." Sy sluk die laaste bietjie wyn in haar glas, kyk op haar horlosie. "Dis al amper halftwaalf! Ek moet in die bed kom."

Hy is teleurgesteld, haar kuier was hopeloos te kort. "Wag, ek stap saam met jou."

"Dis nie nodig nie," sê sy, maar hy wuif haar beswaar weg.

Voor haar woonstel se deur begin sy in haar handsak vroetel. Sy skud haar kop. "My verdomde sleutel in die kar vergeet," mompel sy.

"Ek sal saam met jou stap," sê hy. "Dis donker in die parkade."

Sy lag, leun vorentoe en gee hom 'n piksoen op die mond. "Nie nodig nie, ek is al mooi groot!"

Hy hou haar dop terwyl sy heupswaaiend wegstap hyser toe. Dan draai sy om en waai vir hom. "Tjirrie-baai en sweet dreams!"

Hy loop met lam knieë terug woonstel toe. In die sitkamer sien hy sy het haar geskenk op die bank vergeet. Hy glimlag. Dit gee hom 'n verskoning om dit môreaand vir haar te vat.

• • •

Die klop aan die deur laat Hans regop sit. Die wekker op die bed-kassie wys dis 01:15. Sou dit Jacobs wees? wonder hy. Seker nie, hy't die man opdrag gegee om in sy kamer te bly en nie soos 'n bleddie hekwag die deur op te pas nie.

Hy sit die bedliggie aan voor hy sy kierie vat en deur toe skuifel. Kyk deur die loergaatjie. Hy herken die man as een van die hotel-personeel en maak oop.

Die man hou 'n groterige kartondoos vas. "Jammer om u so laat in die nag te steur, maar die man wat dit by die ontvangstoon-bank afgelewer het, het gesê dis dringend dat u dit nóú kry. Waar kan ek dit vir u neersit?"

Hans frons. "Is jy seker dis vir my?"

"Wagner, kamer 302, het die man gesê."

Hans knik, beduie hy moet dit op die skryftafel neersit.

Toe die deur agter die man toegaan, trek Hans die kleefband om die karton los. Binne is 'n ronderige voorwerp toegedraai in swart plastiek. Hy skeur die plastiek oop.

Hy los 'n kreet, ruk sy hand weg asof iets hom gebyt het. Loer weer versigtig. Ja, hy het reg gekyk. Hy vat sy kierie en loop met 'n vinnige skuifelpas tot by die deur. Moet hy Jacobs laat kom? Nee, niks wat dié aan die saak kan doen nie.

Hy maak seker die deur is gesluit, skuif ook die veiligheidsketting in die gleuf bo die slot. Dan gaan sit hy op die bed, vat sy selfoon van die bedkassie en skakel 'n nommer. Tik-tik ongeduldig met sy kierie op die vloer.

"Swys," sê hy, "Victor weet waar ek bly. Hy't vir my iets laat aflewer . . . 'n kartondoos met die kop van Cry Baby October."

49

"As die c-c-cops by daai vrou kom waar ons gebly het, gaan hulle d-d-dink ons het die pad gevat. So dis veiliger om eers hier 'n low profile te hou," sê Snake.

"Die vrou kan een van ons in die dorp sien en dan het ons kak."

TJ staar na sy nuwe voorkoms in die spieël. Hy lyk maar sleg met die poenskop. Hy sit die donkerbril op. Nou wel nie George Clooney nie, maar só gaan niemand hom sommer aan die koerant-foto uitken nie.

"Moenie oor die vrou w-w-worry nie, sy sit omtrent h-h-heel-dag voor die TV. Ek sal in elk geval vroegoggende uitgaan om k-k-kos vir die dag te kry."

TJ knik. Hy weet Snake het lankal die leiersrol oorgeneem. Hy gee nie om nie, hy verkies dit eintlik. Wanneer hy so tense is soos nou, vertrou hy nie altyd sy eie oordeel nie.

• • •

Merwin Louw pak traag sy tas. Buite wag 'n veldkornet om hom na Swys se huis te vergesel. Hy het nie 'n keuse nie, dis Iskariot se opdrag. Ná Victor se grusame boodskap glo Iskariot hulle sal veiliger wees as almal by Swys intrek. Dan hoef die veldkornette net op een plek wag te hou, pleks van versprei oor die Skiereiland.

Merwin sien nie uit na die verblyf nie. Om saam met Iskariot, Vera, Swys en Katrina tussen vier mure vasgevang te wees totdat Victor eindelik getermineer is, gaan hel op aarde wees. Boonop bekommer hy hom oor Stef. Dié is vandag saam met 'n veldkornet Hermanus toe om Knobel se vrou die ewigheid in te stuur.

Hoe het dinge só handuit geruk?

211

Dit was die motorfietsongeluk, dink hy vir die soveelste keer. Alles het verander ná die ongeluk. Toe Iskariot begin het as hoëpriester was dinge nog onder beheer. Ja, hulle het projekte aangepak wat aansienlik onbehoorliker was as dié van hul Orde-voorgeslagte, en mense het toe al met hul lewe geboet as daar geen ander uitweg was nie, maar Iskariot was 'n toeganklike leier, 'n goeie leier. Hy kon na rede luister, en geweld was nooit sy eerste opsie nie. Met sy skerp intellek het hy situasies vinnig ontleed, hy kon nuwe geleenthede identifiseer en hulle het as span groot suksesse behaal.

En toe die ongeluk met die Harley. Ooggetuies het vertel die motor het Iskariot geskep en soos 'n lappop deur die lug geslinger. Dat hy oorleef het, was net 'n wonderwerk. Sy beenbesering was só erg dat hy nooit weer behoorlik sal kan loop nie, maar op die oog af het hy eintlik lig daarvan afgekom. Volgens die dokters was die kneusing aan sy frontale breinlobbe nie ernstig nie.

Maar Merwin weet iets het drasties verander. Dis asof Iskariot se breinbesering hom gestroop het van sy moraliteit, hom 'n gevoellose monster gemaak het. Sy intellek is nog net so skerp soos vroeër; hy het sy veelvuldige rolle as joernalis, student en hoëpriester met die grootste geesdrif en bekwaamheid verrig. Danksy die briljante plan om hom in Amsterdam te vestig om die Orde 'n buitelandse been te gee, het hulle inkomste mettertyd verdubbel. Met dié skuif kon hulle 'n baie welvarender mark vir die Orde se produkte ontgin as wat in Suid-Afrika moontlik was. Nog nooit in sy geskiedenis was die Orde so kapitaalkragtig soos nou nie.

Maar as organisasie het dit ingrypend verander. Die Orde is nou 'n organisasie wat hoofsaaklik roof en moor – menselewens is minder werd as dié van 'n lastige muskiet. Hulle is niks anders as 'n bose kultusgroep nie, dink Merwin, met 'n leier sonder siel wat soos 'n god aanbid word.

Want Iskariot heers volgens twee beginsels: vrees en skuldge-voel. Sy onderdane se vrees vir hom en die leed wat hy hulle kan aandoen, en 'n oorweldigende skuldgevoel by priesters wanneer hulle nie streng optree volgens sy voorskrifte nie. Met dié twee be-ginsels beheer hy hulle soos marionette – die klassieke wenresep van alle suksesvolle kultusleiers.

Merwin sug swaarmoedig. Tot sy eie suster aanbid die Iskariot-god met soveel oorgawe dat hy seker is sy sal bereid wees om haar lewe vir die hoëpriester op te offer. Hy dink nooit meer aan haar as sy jonger suster nie, hulle gelukkige kinderdae saam in die ver-getelheid. Die onskuldige dogtertjie met die groot bruin oë, breë glimlag en wippende poniestert het verander in 'n kloon van haar monsteragtige mentor.

Vir Merwin is sy lankal nie meer Katrina nie, maar bloot 'n priesteres van boosheid.

En dit ondanks die feit dat Iskariot haar as jong meisie swan-ger gemaak en toe soos 'n vloerlap weggegooi het. Sy het gretig ingestem om sy "regterhand" in Suid-Afrika te word toe hy weg is Amsterdam toe, en nou is sy niks meer as sy gewillige slaansak nie. So geprogrammeer dat sy nie meer in staat is om vir haarself te dink nie.

Wat presies is hoe Iskariot daarvan hou. Nadat hy van al die sterk leiers in die Orde ontslae geraak het, het hy die swakste een uitgekies as sy hoofpion hier.

• • •

Toe Kassie van sy lessenaar opkyk, is dit vas in die glimlaggen-de gesig van Paal Pretorius. 'n Aangename verrassing, want hy het Paal jare laas gesien. Hulle het saam as speurders by Bellville-stasie gewerk, maar deesdae is Paal in Goodwood gestasioneer.

Kassie staan op en steek sy hand uit na die lang man. "Paal, ou

213

pel, goed om jou te sien! Wat maak jy hier in die suidelike voor-
stede?"

Paal lag en die adamsappel in sy seningrige nek wip gesellig op
en af. "Ek moes vinnig 'n draai in Kaapstad maak, toe dag ek ek
kom hier by jou aan." Hy tik op sy baadjiesak. "Ek het iets interes-
sants vir jou."

"Sit, laat ek hoor," sê Kassie terwyl hy vir Paal 'n stoel nader
trek.

"Monty du Plessis het my vroegoggend gesê jy weet ook van
die broodmesmoordenaar wat van daai sakeman ontslae geraak
het. Joep Eksteen, nè?"

Kassie knik. "Ons ondersoek die bedrywighede van 'n organisa-
sie waaraan hy behoort het."

"Wel, die broodmesmoordenaar het weer toegeslaan. Ons pa-
trolliespan het vanoggend drieuur op die lyk afgekom in 'n munisi-
pale asdrom in Voortrekkerweg. Nie ver weg van waar jy bly nie."

"Keelaf gesny?"

"Nee, sommer sy hele kop wat gone en missing is. Die pato-
loog sê dit lyk of sy kop met iets soos 'n broodmes afgesaag is, die
wonde stem ooreen met die sigsagpatroon op Eksteen se nekvel."

"Identiteit?"

"Volgens die vingerafdrukke Sherwan October, beter bekend as
Cry Baby. Hy't ook 'n gesteelde Smith & Wesson by hom gehad.
October is 'n gewoontemisdadiger, was al drie keer in die tronk.
Die afgelope dertien jaar was hy nooit in die moeilikheid nie, maar
dis nie duidelik wat hy in dié tyd vir 'n lewe gedoen het nie."

"Die organisasie wat ons ondersoek, het net wit lede. Daar-
om is my eerste gevoel dis nie dieselfde moordenaar as Eksteen
s'n nie." Kassie vertel Paal van die moorde op Matthys en Berta
Eksteen twaalf jaar gelede en hoe hulle by die organisasie inge-
skakel het. "Die broodmesmoordenaar sny kele af, nie koppe nie."

"Wel, in dié geval lyk dit ook soos 'n broodmes wat die moord-

wapen was. Maar dis nie eintlik hoekom ek hier is nie. Onthou jy
nog jou laaste saak by Bellville?"

Kassie lag. "Ja, ek het darem nog nie Alzheimers nie. Die pedo-
fiel . . . wat was sy naam nou weer? Victor . . ."

"Carelse, Victor Carelse." Paal haal 'n forensiese plastieksakkie
met 'n koerantknipsel uit sy baadjie se binnesak. Hy hou dit na
Kassie uit. "Is dit hy?"

Kassie herken die gesig dadelik. "Jip, dis die einste Victor daai."

"So gedink, maar ek wou net honderd persent seker maak."

"Wat het hy nou weer gesondig?"

"Niks waarvan ons nou weet nie, maar die knipsel was in oorle
Cry Baby se sak. Dít saam met die Smith & Wesson het my laat
dink Cry Baby was dalk agter Victor aan. Ek het in jou ou dossier
gaan kyk – sy lyk was nie ver van Victor se blyplek waar jy hom
destyds vasgetrap het nie. Dalk is Victor ons moordenaar."

"Jong, sover ek kan onthou, het Victor destyds twaalf jaar gekry.
Hy moet nog in die tronk wees."

"Nee," sê Paal, "ek het vanoggend al navraag gedoen. Victor
het afslag van twee jaar vir goeie gedrag gekry. Hy's onlangs uit
die tjoekie."

. . .

Die skuiling wat die groot bome van die natuurtuin bied, maak
dit vir Victor maklik om die huis dop te hou. Deur die verkyker
sien hy hoe 'n motor by Swys se erf uitry. Twee insittendes. Seker
weer veldkornette, dink hy. Maar toe herken hy die een. Hulle het
destyds op dieselfde tyd by die Orde begin.

Hy hardloop gebukkend agter die bome uit terug na die taxi en
klim in.

"Agtervolg daai kar," sê hy vir die bestuurder, "maar hou 'n vei-
lige afstand. Hulle moenie agterkom iemand is op hulle gatte nie."

50

Valencia Karools kom laatmiddag by die huis. Sy sluit die woonstel oop, stap in, sak met 'n sug op die rusbank neer. Van hier het 'n mens 'n pragtige uitsig op die see, maar sy sien dit die afgelope paar dae nie meer raak nie. Niks in die lewe is meer vir haar mooi nie. Dennis, die liefde van haar lewe, het spoorloos verdwyn, die pa van haar ongebore kind is skoonveld.

"Nog geen nuus nie, mevroutjie," het die polisieman vanoggend weer gesê.

Trane loop oor haar wange. Sy haal 'n sakdoekie uit, snuit haar neus, vee oor haar oë. Sy weet sy voer 'n verlore stryd – die polisie lag haar storie af. Maar sy is seker sy's reg. En sy gaan hierdie ding nie net los nie. Sy weet hoekom Dennis destyds uit die Kaap weg is.

"Dit was 'n evil klomp vir wie ek op die sideline gewerk het," het hy haar vertel, "maar hulle het goed betaal. My Telkom salary was daai tyd maar dun en ek kon doen met die ekstra geld. Toe gee hulle my 'n opdrag om 'n sekere ou se telephone records van die system af te haal. Ek't probeer, maar kon dit nie regkry nie. Ek kon dit nie vir die ouens sê nie, hulle aanvaar nie failure nie. Toe lieg ek maar. Hulle het my ten thousand betaal vir daai job, toe vat ek die pad PE toe. As hulle ooit moes uitvind ek't gelieg, sou hulle my doodgemaak het."

Die evil mense word glo die Orde genoem, maar Dennis het nooit geweet wie die main manne is nie, hy was net een van baie second strings. "Hulle het sometimes in 'n kerkie in Rondebosch bymekaar gekom, ek moes eendag daar gaan wag staan. Daai was vir jou 'n bleddie scary spul."

En nou is hy weg. En hoe meer sy vir die polisie sê sy dink hy's ontvoer, hoe minder glo hulle haar. Maar Sissy Mahlanga wat

Dennis-hulle se kantore skoonmaak, sweer sy het vir Dennis saam met 'n vreemde man in 'n kar sien klim. Sy kon nie die registration number kry nie, maar daar was 'n sticker op die agterruit: *I love Ajax Cape Town.*

"Klink maar na 'n far-fetched storietjie, mevroutjie," het daai aap van 'n sarge vir haar gesê toe sy dit vertel het. "Ajax Cape Town het hier in die Baai ook seker supporters?"

Sy sit en staar voor haar uit. Sy weet sy het nie 'n ander opsie nie: môre ry sy Kaap toe met die Jazz. As die polisie te slapgat is om iets aan die saak te doen, gaan sy self daar rondvra. Maar sy gaan haar Dennis terugkry. Come hell or high water.

• • •

Die geklop aan die deur laat Essie Knobel vies opstaan van haar sitkamerbank. Sy kry ook nie meer tyd vir haar hekelwerk nie. Daar is deesdae te veel oues in die kompleks wat niks anders te doen het as om te wil kuier nie.

Twee mans in oorpakke glimlag vir haar toe sy die deur oopmaak, die een breed geskouer, die ander korter, seningrig.

"Jammer om te steur, mevrou, maar ons is van die munisipaliteit," sê die breedgeskouerde man. "Ons het klagtes van sommige inwoners gekry dat julle elektrisiteitsprobleme het."

Essie frons. "Ek het g'n probleme nie, nè?"

"Ja, ons is bewus daarvan dat nie almal met die probleem sit nie, maar ons wil graag net vinnig na u kragboks kyk. Net om seker te maak u ondervind nie vorentoe probleme soos u bure nie."

Sy staan maar opsy. "Nou kom kyk dan maar. Moet net nie onnodig karring aan my bedrading nie."

"Nee, mevrou, dis 'n roetine-tjek. Ek sal aan niks karring nie."

Sy loop voor hulle uit kombuis toe en beduie na die hoek skuins bokant die stoof. "Daar's die boks."

217

Die breedgeskouerde man maak die boks se deksel oop, kyk oor sy skouer na haar. "Kan mevrou net vir Ishmail gaan wys waar die TV is? Die ander mense kla hulle krag skop uit wanneer hulle die TV aansit. Ons sal net moet toets of dit nie hier ook die geval is nie."

"Kan wees, nè? Ek kyk omtrent nooit TV nie."

Terug in die sitkamer sit sy die TV-stel aan. Dit werk sonder dat die krag uitskop.

"Oukei, die tiewie is nou aan!" skreeu die seningrige man.

"Als reg hierdie kant!" antwoord sy kollega uit die kombuis.

Hulle hoor sy voetstappe in die gang nader kom.

"Mevrou, alles lyk reg hier, u gaan nie kragprobleme hê nie," sê hy.

Die mans groet vriendelik. Essie knik net. Verdomp haar tyd gemors.

Sy sluit die deur agter hulle en stap kombuis toe, sit die ketel aan en haal vir haar 'n rooibosteesakkie uit die houer langs die ketel. Toe die tee genoeg getrek het, haal sy die sakkie uit, kry die botteltjie suurlemoensap in die yskas en drup 'n bietjie daarvan in die tee.

Kolletjies kom by die kombuis in en skuur teen haar bene.

"Jy's darem 'n uitgeslape kalant, nè! Jy weet net wanneer ek in die kombuis is."

Sy buk af en tel die kat se piering van die vloer op, haal die melkbottel uit die yskas en skink die piering vol.

• • •

Merwin staan voor die venster in een van die baie gastekamers en trek die gordyne versigtig weg. Hy tel vyf veldkornette in die tuin. Hulle het blou-en-groen oorpakke aan, lyk kompleet soos tuindienstewerkers. Een of twee skoffel selfs in 'n bedding om dié

indruk by verbygangers in die straat te skep. Hy weet daar is vuur-
wapens weggesteek onder hul oorpakke.

Die ander span veldkornette is in Goodwood ontplooi. Swys
het skynbaar lelik onder Iskariot se tong deurgeloop ná die Cry
Baby-fiasko. Hy moet nou daar saam met die veldkornette op die
uitkyk wees vir Victor.

Merwin skud sy kop. Swys was maar nog altyd 'n gewillige
slaansak van Iskariot. Dis omdat hy die enigste priester is wat van
buite ingekom het. Dit sal altyd teen hom tel.

Maar dit skeel Merwin min wat met Swys gebeur. Wat hom ont-
stel, is die feit dat Stef se tasse in Vera se kamer staan. Dis duidelik
dat hy by haar gaan bly wanneer hy terugkeer van Hermanus.

Merwin het Katrina vroeër vanmiddag, toe hulle alleen in die
kombuis was, daaroor gekonfronteer. Sy het net haar skouers op-
gehaal.

"Hulle is oud genoeg om hulle eie besluite te neem. Vera is in
elk geval nie van plan om kinders te kry nie."

Merwin sug toe hy op die bed gaan sit. Sy ma sou gesê het dis
niks anders as bloedskande nie. Hulle is immers bloedneef en
-niggie.

51

As Victor se van nie Carelse was nie, het Kassie hom nie veel ge-
steur aan die moord op October nie. Hy dink Paal se afleiding is
verkeerd. Victor was 'n pedofiel, nie 'n moordenaar nie. En hoe-
kom sou October van Victor ontslae wou raak?

Hy sit twee snye brood in die rooster en skink vir hom Creme
Soda in 'n glas. Terwyl hy staan en wag, gaan sy gedagtes terug
na Victor se arrestasie. Hy het 'n oproep van 'n konstabel gekry:
hy moet onmiddellik na 'n woonstel naby die stasie kom. Daar is
'n vrou wat beweer haar twee dogters, elf en twaalf jaar oud, is
seksueel gemolesteer.

By die woonstel het hy 'n histeriese vrou aangetref. Sy het gesê
toe sy vroeër van die werk af kom, het die voordeur oopgestaan
en sy het gehoor hoe skree haar een dogter. In die slaapkamer was
'n groot man besig om haar dogter se klere uit te trek. Haar ander
dogter het huilend en kaal in die hoek gesit. Die man het geskrik,
haar uit die pad gestamp en weggehardloop.

Sy het geweet sy naam is Victor Carelse, want hy het gereeld
kom koffie drink by die kafee in Voortrekkerweg waar sy kelnerin
was. Sy het ook geweet waar hy bly, sy moes eenkeer 'n hambur-
ger-en-tjips by sy blyplek gaan aflewer.

Kassie en twee uniforms is inderhaas na die adres, waar hulle
Victor aangetref het. Hulle het hom aangehou en die woonstel
deursoek. Daar was dosyne kinderpornografie-video's. Victor het
heftig geprotesteer, gesê hy is onskuldig, gepleit dat hulle hom nie
polisiestasie toe moet vat nie.

Kassie haal die brood uit die rooster, Flora en Bovril dit en gaan
sit op die rusbank in die sitkamer. Hy sluk die brood af met die
Creme Soda.

Dit was 'n maklike saak. Die twee meisietjies was geloofwaardi-ge getuies in die hof en die video's was verdoemende bewyse van 'n ernstige seksuele afwyking. Wat Kassie destyds vreemd gevind het, was Victor se gelate aanvaarding van sy lot. Waar hy met sy arrestasie sy onskuld bepleit het, het hy in die hof geen weerstand gebied nie. Hy het alle aanklagte teen hom beken, al was daar geen teken van kneusings aan die elfjarige meisietjie nie. Sy vingerafdrukke was ook nie op die video's nie. Hy het regsverteen-woordiging volstrek geweier en daarop aangedring om homself te verdedig. As Kassie nie destyds oorgeplaas is na die Nuweland-stasie nie, sou hy heel moontlik verder aan die saak gekrap het. Iets daar was nie pluis nie.

Hy glimlag toe hy onthou dat Victor hom "Meerkat" genoem het. Toe Kassie vra waarom dié naam, het Victor hom toegesnou: "Jy lyk soos 'n donnerse meerkat."

Wat maak 'n koerantfoto van Victor in die baadjiesak van 'n vermoorde wie se kop met 'n broodmes afgesny is? vra hy hom-self die soveelste keer af. Dit maak net nie sin nie. Maar soos hy vir Rooi gesê het, Victor se van is Carelse, een van die vanne van die Orde se stigterslede. Al is dit onwaarskynlik, sal hulle moet uitvind of daar 'n verband is. Hulle kry buitendien geen spoor van Berta Eksteen se familie nie, dus moet hulle maar probeer om Victor se voorgeslagte na te speur.

Die moord op October is 'n raaisel. Kassie is seker dis nie die-selfde broodmesmoordenaar wat van Eksteen ontslae geraak het nie. Dit kan 'n bendeverwante moord wees – soms eis bendebase hul vyande se koppe.

Hy sug, vee die krummels van sy mond af en sluk sy laaste koeldrank. Dis skuins voor tien. Dalk moet hy gaan kyk of Anna al by haar woonstel is.

Hy stap eers badkamer toe, borsel sy tande deeglik en druk sy weerbarstige hare reg. Hy neem die botteltjie parfuum en stap

221

in die gang uit. Aangesien sy in die hoekwoonstel bly, kan hy nie sien of daar ligte brand nie, want al die vensters front weg van die gang.

Hy druk weer vlugtig sy hare reg voordat hy aan die deur klop. Sy hart galop in sy borskas. Net die gedagte daaraan om haar weer te sien, maak hom lighoofdig. Haar soen van gisteraand het hom bykans die hele nag wakker gehou. En wanneer hy wel ingeslui-mer het, het hy van haar gedroom . . . onvanpaste katoolse drome wat hy laas in sy puberteitsjare gehad het.

Hy klop weer, dié keer dringender.

"En as jy so voor dooiemansdeur staan, Kassie?" hoor hy sy buurvrou se skril stem skuins agter hom. Hy kyk om. Die gesette Rita staan in haar voordeur, 'n frons op haar voorkop.

"Ek . . . ek bring net iets vir ons nuwe intrekker. Sy het dit gis-teraand in my woonstel vergeet," sê hy verleë en druk die bottel-tjie vinnig in sy baadjiesak.

"Nuwe intrekker?"

"Ja, die jong vrou wat so 'n tydjie gelede hier ingetrek het."

Rita lag. "Jinne, Kassie, waarvan praat jy? Hier't g'n niemand ingetrek nie! Die woonstel staan nog steeds dolleeg."

"Wel, jy het die dametjie seker nog net nie ontmoet nie. Sy kom eers laat saans by haar woonstel."

Rita skud haar kop beslis. "Nee, Kassie, jy's verkeerd. Ek was vanoggend nog in die woonstel, ek hou mos 'n spaarsleutel by my. Die opsigter het dit vir my gegee vir as daar mense na die plek wil kom kyk. Hier was juis vanoggend 'n agent saam met 'n paartjie. Ek het vir hulle oopgesluit en saam met hulle deurgestap. Ek kan jou verseker hier bly g'n siel nie."

52

Dis tienuur en Snake is nog nie terug nie. Dit maak TJ onrustig. Snake is al vanoggend voor agt uit die hotelkamer, hy't nog gevra of hy weer van die meat pies moet koop wat hulle gister geëet het. Is die donner weer besig om iewers na Louis L'Amour-boekies te soek?

TJ vervloek homself dat hulle in Durbanville van hul selfone ontslae geraak het – op sy voorstel. Hy was bang hulle word opgespoor deur die selfoonseine, jy weet nooit watse soort tegnologie die Orde dalk het nie. Nou kan hy Snake nie eers bel nie.

Hulle het gisteraand lank gestry oor wat hulle volgende move gaan wees. Hulle kan nie weer 'n taxi neem nie, het albei besef. Uiteindelik het hulle ooreengekom om nog 'n dag of twee op Hermanus te bly, dan 'n bus te vat Oos-Kaap toe. Snake het 'n verlangse familielid wat op 'n plot naby Oos-Londen bly. Hulle sal daar vir eers veilig wees, het Snake met min oortuiging gesê.

TJ staan op, trek die bed bolangs reg. Hy voel vasgevang in die hotelkamer. Hy loop badkamer toe, sit die donkerbril op en bekyk homself in die spieël. Iemand wat hom voorheen al gesien het, sal hom moontlik herken, maar geen vreemdeling sal hom net op grond van die koerantfoto herken nie. Hy besluit om uit te gaan.

Hy gebruik die Kusweg-uitgang van die hotel. 'n Stappie langs die see sal sy spirits lig. Hy kies koers weg van die middedorp af, hy's nie van plan om daar te gaan rondloop nie.

Hy smag na 'n normale lewe waar hy nie meer heeltyd oor sy skouer hoef te loer nie. Hy sal nou vinnig sy sake moet uitsorteer. Geld is minstens nie 'n worry nie, hy het meer as R300 000 in sy bankrekening. Wanneer die tyd reg is, sal hy Botswana toe gaan.

Dis deesdae maklik om oor die grens te kom en daar's volop security-werk by die wildplase.

"Waarheen is jy so vinnig op pad, TJ?" vra 'n stem agter hom. Hy swaai om.

Twee mans tjek hom uit. Die groter een lyk nie bekend nie, maar sy stem lui vaagweg 'n klokkie. Die kleiner een ken hy: Ishmail, die veldkornet wat hulle in Durbanville na die briefing sessions gevat het.

Sy eerste instink is om te hardloop, maar die groot man kom vinnig nader.

"Moet dit nie eers oorweeg nie. Ishmail het 'n skietding met 'n knaldemper in sy sak. Jy sal dood wees voordat jy die teer tref."

TJ sien die tatoe van 'n slang op die man se voorarm. L. Daisy se nuwe lover.

Hy kyk rond, besef dit sal nie help om te skree vir hulp nie, die bliksem sal skiet.

"Nou gaan jy rustig saam met my stap," sê L. "Ishmail gaan 'n entjie agter ons wees. Maak één verkeerde move en jy's dood. Verstaan ons mekaar?"

TJ knik net. Sy mond is te droog om te praat en sy lyf is lam van vrees.

Hy stap soos 'n slaapwandelaar saam met L. Die mooi oggend het pikfokkenswart geword. Hoe het hulle uitgevind hy en Snake is hier? Dit moet die taxibestuurder wees, die Orde het navraag gedoen in Durbanville.

Hulle stap verby die Windsor-hotel. By die voorhekkie van 'n vakansie-flat langs die hotel wys L hy moet instap. Hulle klim 'n paar trappe op na 'n balkonnetjie en gaan by 'n groot skuifdeur in. Ishmail trek die deur agter hulle toe.

TJ sien dadelik Snake se wit tekkies agter 'n bank uitsteek. Daar is 'n plas bloed langs sy kop, 'n koeëlgat in die middel van sy voorkop, sy glasige oë starend na die plafon.

"Kom lê hier langs jou dooie buddy sodat ons jou kan vasbind," sê L.

. . .

Die man by die munisipaliteit se skakelbord klink geïrriteerd. "Nee, hier by ons werk geen Anna Uys nie. Hier is drie mense met die van Uys: Stephan, André en Marana. Beslis nie 'n Anna nie."

"Kan sy dalk 'n kontrakwerker wees?" vra Kassie desperaat. "Sy het te doen met eiendomswaardasies en sy werk saans laat, soms tot ná tien."

"Ek het reeds deur die kontrakwerkers se lys gekyk. En hulle gebruik in elk geval nie buitemense by eiendomswaardasies nie." Die man lag. "Ek kan jou verseker niemand hier werk tot so laat nie. Hulle trap mekaar omtrent dood soos hulle om vyfuur gelyktydig uitstorm huis toe."

Toe Kassie die gehoorbuis neersit, staar hy peinsend voor hom uit. Iewers moet daar 'n groot misverstand wees, probeer hy homself oortuig. Tog weet hy dis nie die geval nie. Op sy aandrang het Rita gisteraand die hoekwoonstel vir hom oopgesluit. Daar was geen teken dat iemand daar gebly het nie. Nie 'n enkele meubelstuk nie, en die plek vuil en vol stof van lank toe staan.

Hy onthou maar te goed hoe Anna gesê het haar plek is nog te deurmekaar om hom in te nooi. En hy was twee keer saam met haar by die hoekwoonstel se deur en elke keer het sy glo haar sleutel vergeet. Sy het die woonstel nooit voor hom oopgesluit nie. En nou die harde werklikheid dat sy nie by die munisipaliteit werk nie.

Maar hoekom? pyn dit in hom. Daar was tog beslis 'n vonk tussen hulle. Waarom sou sy hóm juis wou bedrieg?

"Kassie!"

Rooi kom opgewonde nader en plak hom op die stoel oorkant Kassie se lessenaar neer. Hy hou 'n vel papier op.

"Paal Pretorius het jou verslag van destyds oor Victor Carelse vir ons gefaks. Sy volle name is Jakobus Victor – wat ooreenstem met die Jakobus Carelse wat saam met Knobel in die internerings-kamp was, moontlik sy oupa."

"Kan blote toeval wees." Kassie is nog nie bereid om opgewon-de te raak nie. "Jakobus is 'n algemene naam. Ons sal sy voorge-slagte beter moet naspoor om honderd persent seker te maak."

"Magrieta is klaar besig om met haar contacts te praat."

Kassie skud sy kop. "As Victor van daai Jakobus afstam, gaan dit 'n helse verrassing wees. Hoe de bliksem pas hy dan by die Orde in?"

Rooi trek sy skouers op. "Daai's wat ons nie weet nie."

Kassie beduie na sy telefoon. "O ja, voor ek vergeet, Lucky Linnert het gebel. Hulle het inligting by 'n taxibestuurder in Dur-banville gekry dat TJ Volbrecht en sy partner in 'n huurwoonstel op Hermanus wegkruip. Maar toe Hermanus se uniforms daar aankom, was dit klaar te laat. Volbrecht en sy maatjie moes die koerantberig gesien en gat skoongemaak het."

"Kon hulle vingerafdrukke kry om die maatjie te identifiseer?"

"Nee, dis skynbaar 'n onmoontlike taak. Die woonstel is vrot van die afdrukke, want vier vakansiegangers het die vorige week daar gebly."

"Bliksis! As hulle Volbrecht en sy partner kon vastrap, sou dit ons kon help om by die Orde se baasbreine uit te kom."

Kassie knik. "Ja, die saak hardloop nou onder ons uit." Maar sy gedagtes is eintlik by Anna Uys.

53

TJ bewe asof hy kouekoors het waar hy vasgebind op die vloer lê. Hoekom het hulle hom nie geskiet soos Snake nie? Wat beplan hulle om met hom te doen? Paniek klop in sy kop, dis asof hy nie genoeg asem kry nie, sy mond toegeplak met 'n breë stuk masking tape.

"Raait, gaan hou jy die ou vrou se plek dop. Ek moet eers bel," hoor hy L iewers agter hom sê.

Ishmail gaan by die skuifdeur uit en maak dit toe.

"Hallo!" L gee 'n laggie. "Jy sal nie in jou wildste drome kan raai wat gebeur het nie. Ek het ons vriende TJ en Snake hier by my in die woonstel . . .

"Ja, dis die heilige waarheid! Ons het vanoggend missies Knobel se plek dopgehou. Die ou bitch is nog springlewendig, sy was lekker op haar balkon doenig met die potplante. Toe sien Ishmail hoe Snake by die Windsor uitstap, ewe doodluiters. Hy is kafee toe en ons het hom ingewag op sy terugpad. Hy wou eers hardloop toe hy vir Ishmail herken, maar hy't gou van plan verander toe hy die pistool sien . . .

"Daar was ongelukkig 'n klein mishap toe ons in die woonstel kom, Ishmail was 'n bietjie trigger-happy. Snake het 'n flick knife uitgeruk en my probeer bykom, toe skiet Ishmail hom morsdood. Een koeël in die voorkop. Ons sou hom uiteraard lewend vir Iskariot wou bring . . . Ons het toe die Windsor dopgehou ingeval TJ daar uitkruip."

L beskryf hoe hulle TJ gevang het. "Moet ons hom huis toe bring?"

Hy lag. "Maak so. Ons sal net van Snake se lyk ontslae moet raak en die plek opruim, dis vol bloed. Ons sal moet wag tot dit donker is, so ons sal eers vanaand terugry. Wat nou van die Kno-bel-vrou? . . . Oukei, reg."

Wie de bliksem is Iskariot? wonder TJ. Dan gaan hulle hom vanaand terugvat Kaap toe, seker na dié Iskariot toe. Hy hoor hoe L in die gang af stap en met Ishmail oor die selfoon praat. "Hou maar nog die ou vrou se plek dop. Dalk drink sy net klein bietjies melk by haar koffie en tee; sy sal wel binnekort styfskop. Maar ons gaan in elk geval vanaand huis toe. . ." Sy stem sterf weg iewers dieper in die woonstel.

TJ probeer weer die toue loswikkel, hy trek en beur, maar dit sny net dieper in sy gewrigte in. Hy draai op sy rug en probeer om die toue om sy enkels los te kry deur sy voete te beweeg.

Hy kyk op toe die skuifdeur stadig oopgly. 'n Reus van 'n man kom ingesluip. Hy het 'n funny reënjas aan en 'n moerse groot mes in sy hand.

Die man kyk sonder belangstelling na hom, loop agter hom ver-by gang toe. Dis onheilspellend stil in die flat.

Dan skreeu iemand . . . 'n bloedstollende kreet.

TJ se lyf verstyf. For fuck's sake, wat gaan aan in die plek!? Weer 'n doodse stilte. Voetstappe iewers in die flat.

Hy skrik toe die groot man langs hom verskyn. Die man buk af en saag die toue los om sy gewrigte. "Maak dat jy wegkom," sê hy.

Die man glip vinnig by die skuifdeur uit.

TJ kom orent, trek die masking tape van sy mond af en vryf sy seer gewrigte. "Fokkit," prewel hy.

Hy maak die toue om sy enkels met bewende hande los. Hy kan dit nie waag om by die skuifdeur uit te gaan nie, Ishmail sal hom in die straat gewaar. Hy kyk versigtig rond. Die flat is doodstil.

Hy sluip gangaf op soek na 'n agterdeur of venster waar hy kan uitkom. Uit die hoek van sy oog sien hy die liggaam. Hy steek vas.

L lê op die badkamervloer in 'n plas bloed. Sy keel is afgesny.

• • •

Victor glimlag toe hy die BMW aanskakel. Dit was 'n bonus om die sleutels in Stef se sak te kry. Hy kon regtig nie meer die taxi bekostig nie, die trip hierheen het 'n fortuin gekos.

Dit het makliker gegaan as wat hy gedink het. Sy instink om die BMW uit die Kaap te agtervolg, was reg; dit laat hom selde in die steek. Hier het hy Stef en sy handlanger se bewegings heeltyd dopgehou. Hy het vroegoggend gesien hoe hulle eers die een man en toe die ander een na die woonstel vat, die ouens duidelik teensinnig en bang. Toe die handlanger weer uitgaan, was dit Victor se kans.

Hy het Stef in die badkamer gekry, met sy rug na die deur. Victor het hom vasgegryp en só gedraai dat al twee se gesigte in die spieël gereflekteer is. Stef het gegil. Victor het sy keel net daar voor die spieël afgesny. Hy grinnik. Min mense wat die voorreg het om te sien hoe hulle doodgemaak word.

Wie was die siel op die vloer? Die ander een was dood. Victor het gewik en geweeg of hy hom moet bevry, maar gelukkig vir die vasgebinde man is enige vyand van die Orde 'n vriend van hom. Stef se handlanger sou sekerlik later met hom klaargespeel het.

Hy't sy goeie daad vir die dag gedoen.

• • •

Dennis se niggie is 'n drug addict, dié weet Valencia vir 'n feit. Maar dis al familielid van hom in die Kaap wat destyds geweet het van sy skuif Port Elizabeth toe.

"Nee," sê Dorethea verontwaardig, "ek sou mos nooit vir iemand sê Dennis is PE toe nie!"

Haar oë is rooi, die pupille onnatuurlik groot. Sy vermy Valencia se blik en lyk so skuldig soos die hel.

229

"Maar hulle hét hier by jou kom navraag doen oor Dennis?"

Dorethea knik, steek 'n sigaret met bewende vingers aan, blaas die rook in 'n dun straaltjie by haar een mondhoek uit. "Ja, die rubbish was hier. Maar ek't net gesê ek't contact met Dennis verloor. Ek sal my eie bloedfamilie mos nooit staan en betray nie!"

Valencia is nie so seker daarvan nie. "Het jy die ouens geken?"

"Ja, die een was Cry Baby October. Hy's al van lank se tyd af 'n famous criminal hier innie Flats. Die ander een ken ek nie."

"Waar kan ek dié Cry Baby in die hande kry?"

Dorethea haal haar skouers op. "Nee, daai sal ekkie weetie. Ek mix nie met sy soort rubbish nie."

Valencia voel moedeloos toe sy terugstap na die Jazz. Sy ken te min mense in die Kaap om by die regtes navraag te doen oor Cry Baby. Dalk moet sy maar na die kerkie in Rondebosch gaan soek waarvan Dennis gepraat het. Dis die enigste ander leidraad wat sy het.

54

Vir Merwin is die atmosfeer in die huis ondraaglik. Hy steier nog onder die skok en hartseer van Stef se dood, maar Iskariot het reeds begin bevele uitdeel. Asof Stef se dood bloot 'n lastige spoedwal op die Orde-snelroete is.

"Jy sal jou vrou moet bel, Merwin," het Iskariot dadelik gesê, sonder enige sweem van meegevoel oor sy verlies. "Ons kan nie bekostig dat sy na vore kom nie. Ons sal geen amptelike begrafnis toelaat nie, en jy sal weet hoe om haar daarin te laat berus."

Laasgenoemde is selfs met 'n laggie gesê.

Merwin haat die gevoellose bliksem. Hy het hom altyd voorgeneem hy sal sy bande met die Orde verbreek as Stef iets moet oorkom, maar noudat dit gebeur het, weet hy hoe onrealisties sy voorneme was. Hy is vasgevang in Orde-boeie, onherroeplik bestem om die Orde te dien totdat hy sy kop eendag neerlê.

Toe hulle gisteraand die verskriklike nuus by Ishmail gekry het, het Iskariot 'n uitbarsting beleef ... iets wat ongewoon is. Iskariot wys selde sy emosies op só 'n plofbare manier. Sy leierskap is in die verlede juis gekenmerk deur sy kalmte en beheersing tydens krisissituasies.

Maar gisteraand het die hoëpriester in 'n woedeuitbarsting die paar ornamente op die rakkie bo die kaggel met sy hand afgestroop, sy oë bultend in hul kasse, wit skuim in sy mondhoeke, are wat uitstaan op sy breë voorkop.

"Mens kan op niemand staatmaak om opdragte na behore uit te voer nie! 'n Eenvoudige taak om Knobel se vrou te termineer, het in 'n katastrofe geëindig! Stef se keel is helder oordag afgesny. Wat het geword van ons veiligheidsmaatreëls? Die onverwagte bonus dat die bedryfsmanne vasgetrap is, is nou tot niet deur die een se verdwyning – die een wat deur die polisie gesoek word. Én wat Vera se beskrywing vir die polisie kan gee. Boonop is hy of Victor vort met die BMW!"

Alles in dieselfde asem, het Merwin gedink, asof Stef se dood en die verlies aan die BMW ewe veel weeg.

Iskariot het na Swys gedraai en beskuldigend gesê: "En 'n groot lomp lummel soos Victor is nog steeds op vrye voet en maai Orde-lede af asof hy betaal word!"

Nooit dra Iskariot self die blaam nie, dink Merwin. As hy besluit het om Knobel se vrou in vrede te laat, sou Stef nou nog geleef het. Dit was ook Iskariot se besluit om Victor destyds te "straf" deur hom in die tronk te laat beland. Hoewel moord nooit Merwin se goedkeuring wegdra nie, sou dit in Victor se geval die beter opsie gewees het. Dan sou hulle nie nou die grootste tragedie én krisis in hul geskiedenis beleef het nie.

Vera se reaksie het Merwin ook verstom. Sy en Stef was kwansuis "na aan mekaar", maar sy het net haar skouers opgehaal en gesê: "Die meisies in Doebai gaan hom mis. Hy was glo groot in aanvraag daar."

Selfs Katrina was sigbaar geskok oor Vera se gevoelloosheid.

Merwin vryf moeg oor sy gesig. Hy moet nou sy eks bel en haar inlig oor hulle seun se dood . . . én vir haar sê daar sal geen begrafnis wees nie. Hy weet sy gaan nie gelukkig wees daaroor nie – wat onder gewone omstandighede normaal sou wees.

Maar Orde-omstandighede is nooit normaal nie. Tog sal sy uiteindelik daarin berus, veral as hy haar inlig dat haar Orde-toelaag van R25 000 per maand in gedrang kan kom as sy nie saamwerk nie.

• • •

Kassie dra steeds sy stywe baadjie en hy het nog nie toegegee aan die drang om sy hare te room nie. Is dit 'n desperate poging van hom om aan die Anna-droom te bly vasklou? Gisteraand het hy tot twaalfuur wakker gebly . . . net ingeval sy weer haar opwagting sou maak. Hy het op 'n wonderwerk gehoop: dat sy met haar kuil- tjieglimlag sou inwals en 'n geloofwaardige verduideliking gee oor haar leuens oor die woonstel en haar werk by die munisipaliteit.

Nou, terwyl hy op kantoor agter sy lessenaar sit, weet hy dit gaan nie gebeur nie. Sy brein is nog te traag om na redes te soek vir haar skielike verskyning én verdwyning uit sy lewe. Buitendien is daar te veel ander dinge wat nou sy aandag verg.

Hy was verkeerd oor Victor Carelse. Volgens Magrieta se inlig- ting is dit hoogs waarskynlik dat Victor Orde-bande kon hê. Afge- sien daarvan dat sy oupa Jakobus Carelse dieselfde naam as een van die oorspronklike Orde-lede gehad het, was Victor se oupa destyds 'n brigadier in die polisie, wat kort voor sy dood in 1986 ondersoek is vir korrupsie. Jakobus Carelse het skynbaar in weel- de geleef in 'n paleis van 'n huis in Constantia en het met groot Amerikaanse karre rondgery. Nog voor die ondersoek afgehandel is, is hy aan 'n hartaanval dood. Die ondersoek het niks konkreets opgelewer nie, maar soos Rooi tereg opgemerk het: "Die hele bleddie storie ruik die ene Orde."

Die Orde het nie alleen 'n prokureur en Volksraadslid in hul ge- ledere gehad nie, maar skynbaar ook 'n hoë polisie-offisier. Verder het Magrieta uitgevind Victor se pa, Ben, het nooit 'n amptelike werk gehad nie. Hy is in sy laat veertigs in 'n ongeluk oorlede toe 'n vragmotor in sy kar vasgery het. Die vragmotorbestuurder het weggehardloop en is nooit opgespoor nie. Boonop was dit 'n ge- steelde vragmotor.

Kassie en Rooi het saamgestem dat dié ongeluk beslis ook 'n Orde-klankie het.

"Óf die Orde maak hul eie mense teen 'n moerse tempo vrek óf hulle het vyande waarvan ons nie weet nie," was Rooi se ge- volgtrekking.

Kassie moes erken dat Victor wel betrokke kon wees by die broodmesmoorde. Matthys en Berta Eksteen is met 'n broodmes vermoor toe Victor nog nie in die tronk was nie, en enkele dae nadat hy uit die tronk gekom het, is Eksteen op dieselfde wyse vermoor. Paal Pretorius se teorie dat die Cry Baby-karakter agter Victor se bloed aan was, kan dus reg wees.

Kassie sit agteroor en staar na die muur. Waar pas Cry Baby by die Orde in? Of was hy juis een van die Orde se vyande?

Hy skud sy kop. In sy loopbaan het hy al met ingewikkelde sake te doen gehad, maar hierdie een ken nie sy gelyke nie. Min het hulle geweet die beendere van Daniel Knobel gaan lei tot dié on-heilsnes. Hy weet nie of hy en Rooi die saak alleen kan oplos nie. Daar is nou eenvoudig te veel los drade om op te volg. Hulle het meer hande nodig . . . iets wat die stasie nie het nie.

Die telefoon op sy lessenaar lui.

"Kaptein Kasselman, dis Linnert hier. Ek het gedink dit sal goed wees om jou ook in te lig: twee mans is vanoggend op Hermanus dood aangetref in 'n vakansiewoonstel langs die Windsor-hotel. Die een se keel is afgesny, die ander een is in die kop geskiet."

Kassie sit regop. "Het jy al name?"

"Net van die man wie se keel afgesny is, sy bestuurslisensie was in sy beursie. Stephanus Louw. Die uniforms daar meen die moordwapen kan 'n broodmes of so iets wees, maar hulle het nog nie van die patoloog gehoor nie."

Toe Linnert aflui, weet Kassie hierdie saak het nou finaal hand-uit geruk. Die ou met die afgesnyde keel se van is Louw. En dit kan waarágtig nie toeval wees nie.

• • •

TJ raak wakker van 'n warm tong wat aan sy wang lek. Hy kom verskrik orent. 'n Hond staar na hom.

Hy vee die nat slymstreep vies van sy wang af. Die labrador se

234

stert swaai vriendelik. TJ leun vorentoe en vryf sy kop en die hond kom druk teen hom aan. Op 'n vreemde manier bring dit 'n bietjie comfort.

"Ounooi!" roep 'n stem iewers in die straat.

TJ koes vinnig agter die sinkplaat in en wag met opgehoue asem terwyl die hond wegdraf. Die swart gordyn sak weer oor sy hart. Hy sit in 'n fokken skaakmatsituasie. Sonder geld is hy magteloos. Hy't R300 000 in die bank én 'n hoop kontant in sy tas weggesteek, maar hy kan nie 'n sent daarvan kry nie.

Hy kon dit eenvoudig nie waag om terug te gaan na die hotel nie. Soos 'n fokken afkophoender het hy weggehardloop van daai flat en met agterstrate langs in 'n woonbuurt beland. Hy het tussen 'n klomp bosse op 'n oop erf sit en wag vir die nag. Toe het hy by 'n erf ingesluip waar die huis donker was. Moontlik 'n vakansieplek wat leeg staan, het hy gereken. Sy idee was om by die huis in te breek, maar die waarskuwings van 'n alarm en 'n sekuriteitsfirma se bord het hom daarvan laat afsien. Hy het hom toe skuins agter die huis tuisgemaak tussen 'n hoop rubbish. 'n Seil en 'n klomp sinkplate het darem taamlike skuilplek gebied.

En nou, twee dae later, is dit steeds sy wegkruipplek. Hy't dit al verskeie kere oorweeg om terug te gaan hotel toe om minstens sy beursie, ID en 'n paar stukke klere te kry, maar sy moed begeef hom elke keer. Die Orde sou versterkings laat kom het sodat hulle alle ingange na die hotel kan dophou.

Hy sug en vryf oor sy gesig vol baardstoppels. Sy situasie is hopeloos. Hy trek sy bene op tot teen sy bors en omklem dit met sy arms. Die hongerpyne vreet aan sy ingewande.

Life is a bitch.

55

Die onsekerheid oor sy onmiddellike toekoms knaag aan Merwin. Hy weet Iskariot is met 'n plan besig. En soos gewoonlik deel hy dit nie met sy onderdane nie.

Soos sy opdrag aan Merwin om nou skielik drie maande se salarisse vooruit te trek vir die weduwees en veldkornette. "Aan die einde van die maand betaal ons hulle almal drie maande vooruit," het Iskariot gesê, "sodat ons vir 'n rukkie 'n lae profiel kan handhaaf."

Wat beteken 'n "lae profiel"? Gaan hulle iewers in afsondering skuil? Beplan Iskariot dat hulle almal Holland toe verkas? Gaan hulle iewers vasgekluister wees terwyl hy sy volgende geldmaakskema aan hulle uitspel? Merwin wil nie eers dink met watter soort plan Iskariot se verwronge brein dié keer vorendag gaan kom nie.

Vanoggend moes hy inderhaas by die bank reëlings tref om die enorme bedrag geld in kontant te trek. Twee veldkornette het hom na die bank vergesel en terug by die huis het Iskariot dit eers getel en toe in Swys se kluis toegesluit. Hy het Merwin opdrag gegee om solank koeverte voor te berei met 'n bygaande nota aan elkeen dat die vooruitbetaling die gevolg is van "administratiewe oorwegings" en dat hulle ná drie maande weer soos voorheen maandeliks vergoed sal word.

Hulle Suid-Afrikaanse bankrekening is nou bykans leeg. Nie dat dit enigsins 'n krisis is nie. Daar is multimiljoene rande in die Orde se oorsese bankrekenings waarop Iskariot tekenregte het.

Merwin sug. Hulle is almal bloot skaakstukke in Iskariot se hande, hy skuif hulle rond soos hy wil. En hy dra groot sorg dat sy profiel laag bly buite die Orde se binnekring. Nie een van die veldkornette weet van sy bestaan nie. Die een wat hom by die hotel moes oppas en die paar veldkornette wat hom by die tempelvergadering uit die kar sien klim het, weet nie waar hy by die Orde inpas nie. Vir hulle is Katrina die leier.

Wanneer dinge skeefloop vir die Orde sal Iskariot die een wees wat ongeskonde kan aftree in sy Hollandse vesting. Hy sal hulle almal uitverkoop as sy eie posisie in gevaar moet kom, weet Merwin. Iskariot is net aan homself en niemand anders nie lojaal.

• • •

Dit neem Valencia die hele oggend om die kerkie op te spoor. Dennis het haar vertel daar's 'n mall agter die kerk, anders sou sy seker nou nog gesoek het. 'n Plaat bome verberg haar uitsig effens, maar sy sien daar is twee mans in die tuin aan die skoffel.

Sy ry stadig by die terrein in en stop voor die kerk. Die twee mans hou op werk, rus op hul grawe terwyl hulle haar dophou. Sy leun by die venster uit terwyl die motor nog luier.

"Dalk kan julle my help," sê sy. "Ek is op soek na Cry Baby October."

Die mans kyk betekenisvol na mekaar. Dan glimlag een en vertoon 'n mond sonder voortande.

"Nee, sussie, vir Cry Baby sal jy nie hier kry nie. As a matter of fact, jy gaan hom nêrens kry nie. Cry Baby is nie meer met ons nie." Hy trek sy vinger stadig oor sy keel. "Iemand het hom gelem. Ons was gister by sy funeral."

Dan praat die ander een, maar sy klein swart ogies, diep gesonke in sy lang gesig, vermy hare soos hy afkyk. "En as ek mag vra, sussie, hoekom soek jy vir Cry Baby hier?"

"Hy sou moontlik weet waar my man is, maar dalk kan julle my help . . . My man se naam is Dennis Karools."

Die man se kop ruk op. Die vraag het hom duidelik verras,

maar hy probeer dit vinnig verberg. "Nou hoekom sal ons iets van jou man weet?"

Sy kyk stip na hom. "Wel, hy't ook op 'n tyd vir die Orde gewerk."

Daar is ongeloof op die man se gesig, sy mond val oop. Sy is op die regte spoor, weet Valencia.

Hy veins 'n glimlag. "Sussie, ek dink jy moet uitklim sodat ons ordentlik kan chat."

Hy tree nader aan die motor, maar sy was bedag daarop. Sy trap die versneller diep in en trek weg met tollende wiele. Sy moet om 'n klein rotstuinsirkel ry om by die uitgang te kom en gelukkig dien dit as skans tussen haar en die verbaasde mans.

Toe sy by die hek uitry, sien sy in die truspieëltjie hoe die een wild beduie terwyl die ander na 'n wit bakkie hardloop wat langs die kerk staan.

. . .

"'n Skoonmaker by die hotel het onraad vermoed toe die beddens vir die tweede dag steeds netjies opgemaak was, maar met hulle klere nog in die kamer," sê Lucky Linnert vir Kassie oor die foon.

"Die hotelbestuurder het die polisie ingelig. Die ID-boekies wat hulle gekry het, behoort aan TJ Volbrecht en Petrus Vorster. Vorster se foto stem ooreen met die ou wat in die vakansiewoonstel langsaan doodgeskiet is."

"Kon julle al iets oor sy verlede uitvind?"

Linnert lag. "Dié twee is sonder enige twyfel ons juweeldiewe. Vorster was vroeër al 'n paar keer in die tronk vir huisbraak. Hy het by drie verskillende kluisverskaffers gewerk oor 'n tydperk van amper sewentien jaar. Volgens een van sy vorige werkgewers was hy 'n 'kluiskunstenaar' wat enigiets kon ooptoor."

"Dit bring julle nog nie nader aan die meesterbreine ágter die diefstalle nie."

Linnert sug. "Ja, Volbrecht hou die sleutel. As ons die donner net kan vastrap, sal dit vinnig gaan om sy base aan te keer. Ons sal weer 'n nuusverklaring uitreik met sy foto, saam met die ID-foto's van Vorster en Stephanus Louw, die ou wie se keel afgesny is. Ek glo daar moet 'n verband tussen die drie wees. Dalk kom iemand na vore wat ons op 'n vars spoor sit."

Toe Kassie die gehoorbuis neersit, verskyn 'n uniformman by sy lessenaar.

"Kaptein, hier's 'n vrou wat iets van Cry Baby October weet. Sy't glo navraag gedoen oor hom by 'n kerk in Rondebosch en toe agtervolg twee mans haar. Sy't hier in Main Road afgejaag gekom en by ons ingery. Ek en konstabel Nkulu het in die straat gaan kyk, maar ons sien nie die wit bakkie waarvan sy praat nie. Sy lyk ge-rattle oor die hele storie. Ek dink kaptein moet met haar gesels."

Kassie knik. "Ja, bring haar in." Hy wink vir Rooi nader. "Hier's iemand wat moontlik iets van Cry Baby October weet."

Die vrou wat haarself as Valencia Karools voorstel, is in haar laat twintigs, skat Kassie. Lank en skraal, goed versorg, geklee in 'n netjiese bloes en langbroek. Haar hande vertoon gemanikuurde naels en daar hang 'n string krale om haar nek wat by die duif-grys bloes pas. Sy het mooi gelaatstrekke, maar daar is streslyne op haar gesig.

Sy vertel van haar man se verdwyning. 'n Paar keer kyk Kassie en Rooi verras na mekaar. Die storie van die Orde het 'n núwe stertjie bygekry.

56

Victor was verplig om 'n onskuldige man seer te maak, laatnag by 'n afgesonderde vulstasietjie iewers in die Kraaifontein-omgewing. Hy het die man van agter gegryp en hard teen die kop geslaan, uit soos 'n kers. Die man na die vulstasie se kantoortjie gesleep, homself gehelp aan die amper agtduisend rand in die kasregister en die BMW se tenk volgemaak.

Dis 'n risiko wat hy móés neem; sy geld was gedaan. Hy voel sleg oor die arme man. Hy't hom in die tronk voorgeneem hy sal nooit weer iemand leed aandoen buiten die Orde-lede en Meerkat nie.

Met die geld in sy sak het hy 'n kamertjie by 'n losieshuis in Parow gehuur; die stoorkamer in Goodwood was nie meer 'n veilige basis nie. Hy weet hulle is op die uitkyk vir hom, en heel moontlik ook vir die BMW.

Vanoggend het hy laat geslaap. Gisteraand se brandewyn het hom behoorlik uitgeskop. Hy't immers tien jaar laas sy mond aan die goed gesit.

Nou beplan hy sy volgende skuif. Hy besef hy moet geduldig wees – die Orde sou hulle veiligheidsmaatreëls verskerp het. Daarby moet hy Iskariot nie onderskat nie.

Van die openbare foon by die losieshuis bel hy die Bellville-polisiestasie. Hy word ingelig dat die man na wie hy soek lankal nie meer daar werk nie, hy is nou by die Nuweland-stasie. Hy bel soontoe en sê vir die vrou by die skakelbord hy moet 'n geregistreerde pakkie by die man se woonplek gaan aflewer. Dié gee gewillig die adres.

Victor skud sy kop toe hy die gehoorbuis terugsit. Deesdae se polisie is ook nie meer so waaksaam soos in die ou dae nie. Die toeval is groot: Meerkat bly net twee blokke weg van sy ma se woonstel in Voortrekkerweg.

· · ·

Kassie kyk om hom rond toe hulle uit die motor klim. Die klipkerkie het 'n groen sinkdak. Die netjiese beddings en klein grasperk dui op gereelde instandhouding. Daar is geen aanduiding dat die kerk aan 'n gemeente behoort nie, maar 'n bord by die ingang sê dis te huur vir troues. Navraag kan gedoen word by die terreinopsigter.

Maar hier is geen teken van 'n terreinopsigter nie, ook nie van die wit bakkie wat Valencia Karools agtervolg het nie.

"Die deur is nie gesluit nie, kaptein," sê konstabel Colin Jafta wat saam met Kassie en Rooi gery het.

Kassie knik. "Kyk jy solank op die terrein rond."

Hy en Rooi stap na die kerkie se swaar houtdeur versier met ysterbeslag in 'n blompatroon. Dis klein binne, plek vir sowat vyftig, sestig mense, skat Kassie. Die geelhoutbanke, brandglasvensters en silwerkandelare teen die mure skep 'n warm atmosfeer. Die gekartelde kerfwerk aan die preekstoel getuig van ouwêreldse geduld.

Hulle loop soekend tussen die banke deur, maar die plek is deeglik skoongemaak. Rooi klim teen die trappe op na die preekstoel, waar hy rondkyk. "Hier's ook boggherol," sê hy.

Teen die een muur is 'n rooster opgeplak waarop die datums van troues aangedui word. "Hier was twee dae gelede 'n troue," sê Kassie met 'n sug. "Dit gaan nutteloos wees om vingerafdrukke te wil neem."

Jafta wag hulle by die deur in. "Ek dink kaptein-hulle moet hier kom kyk."

Hy beduie in die rigting van die kerkhoffie en hulle stap soontoe. Dis 'n ou begraafplek wat lankal nie meer gebruik word nie,

sien Kassie, die grafstene dateer uit die eerste helfte van die twin-
tigste eeu. Maar in die verste hoek lê 'n hoop vars grond. Volgens
die sakke sement wat langsaan opgestapel is, moet daar blykbaar
nog 'n sementblad gelê word.

Kan dit 'n vars graf wees? wonder Kassie. Maar hoekom sal
iemand nou skielik hiér begrawe word?

Hy gaan sit op sy hurke langs die hoop, krap met 'n stok in die
grond. Hy hoef nie baie diep te krap nie.

"Ons sal moet vasstel wat hier aangaan," sê hy vir Rooi toe hy
opstaan.

Hy haal sy selfoon uit sy sak en skakel 'n nommer. "Da Silva, jy
en jou kollegas sal moet kom. Ek vermoed hier wag 'n onaange-
name verrassing op ons."

· · ·

TJ het 'n vyeboom in die agterste hoek van die tuin ontdek. Hy
skil eers 'n klomp vye af en verslind dit dan. Party het wurmpies,
maar hy steur hom nie daaraan nie.

Hy was die taai vyemelk van sy hande af by die buitekraan. Die
vrugte het gehelp om sy ergste hongerpyne te stil, maar hy weet
hy kan nie vir altyd só voortfok nie.

Hy gaan sit weer in sy skuilplek, leun met sy rug teen 'n sink-
plaat. Hy kan vanaand terugsluip hotel toe en die kans waag om
sy bankkaart in die kamer te gaan kry. Die groot gevaar is dat die
Orde die hotel kan dophou. Selfs die cops kan die plek dophou –
Snake se lyk kon maklik na hul hotelkamer getrace word.

Nee, te gevaarlik. Hy sal sy enigste ander plan moet uitvoer. Sy
maag draai. Sonder Snake aan sy sy weet hy nie of hy die guts het
nie. Maar hy het nie ander opsies nie. Dis nou 'n kwessie van do
or die.

• • •

Die polisiebedrywigheid in die kerkhof het 'n paar nuuskieriges gelok, maar Rooi verjaag hulle gou. Hy en Jafta span 'n geel polisielint by die ingang om die ongenooides uit te hou.

Die forensiese span hoef nie diep te grawe nie. Die lyk word vinnig ontbloot, toegewikkel in 'n plastieksak. Hulle vee die grond versigtig weg, maak dan die sak oop. Kassie staan 'n ent weg onder 'n sipresboom, hy het nog nooit 'n maag vir lyke gehad nie.

Da Silva wink hom nader, in sy hand die foto van Dennis Karools wat Valencia vir Kassie gegee het. "Ek's bevrees jy's dalk reg. Dit lyk of dit die Karools-ou is."

Kassie leun vorentoe, bestudeer die man se gesig. Die vel om die neus, mond en oë het blou verkleur, die lippe is effe weggetrek van mekaar, die tong opgeswel en grys. Die goue oorring met die rooi steentjie stem ooreen met Valencia se beskrywing.

"Ja, dit lyk of dit hy is."

Kassie draai summier om en loop terug na sy staanplek. Die wete dat Valencia Karools in spanning sit en wag vir nuus oor haar man laat hom naar voel. Sy verwag hulle eersteling, het sy gesê. Hy skud sy kop. Die lewe kan soms fokken wreed wees.

Rooi kom staan by hom. "Bliksis, Kassie, dié saak raak nou bleddie ingewikkeld."

"Ja, ons sal moet hulp kry. Wat my bekommer, is dat verskillende eenhede verskillende aspekte ondersoek van wat blykbaar dieselfde saak is. Georganiseerde Misdaad ondersoek die juweeldiefstalle, die polisie op Hermanus die twee moorde daar, Monty-hulle van Durbanville die Joep Eksteen-moord, en Paal-hulle by Goodwood Cry Baby se moord en Victor Carelse se moontlike betrokkenheid. Só gaan ons die ding nie oplos nie."

"Jy's reg, elkeen fok sy eie rigting in. Beplan jy iets soos 'n taakspan?"

243

"Ja, ek sal daaroor moet praat met Daniels en die brigadier."

Stemme en uitroepe agter hulle laat hulle omkyk.

"Kassie, kom tjek hier!" sê Da Silva. "Ons het 'n man se kop uitgegrou. Dit lyk of dit daai tjankbalie-ou se upper storey kan wees."

57

Die spanning in die huis is aanvoelbaar, dink Merwin. Die nuus van die veldkornette dat daar 'n polisiebedrywigheid by die tempel is, laat selfs Swys en Katrina nie meer so selfversekerd lyk nie.

Maar Iskariot swyg soos die graf, en niemand waag dit om hom te vra wat sy planne is nie.

Dis net Vera wat ontspanne is. Terwyl die res van hulle in die huis vasgevang sit, is sy die enigste een wat gereeld saam met 'n veldkornet iewers heen ry. Soms bly sy die hele middag of 'n groot deel van die aand weg. Almal trek maar net hul skouers op. Jy kan Vera nie beheer nie.

Sy is ook die enigste een wat gemaklik lyk in Iskariot se geselskap. Maak selfs grappies met hom. Dis asof hulle skielik 'n spesiale band het – hy het gister gesien hoe sy Iskariot se nek en skouers masseer.

Merwin skud sy kop. Sy bly 'n meestermanipuleerder. In haar jonger dae het sy 'n tyd lank in psigiatriese inrigtings geboer. Hy kon nooit uitvind waarvoor sy opgeneem is nie, maar met haar verstand skort daar beslis niks.

Tydens hul samesyn in die sitkamer het hy gehoor hoe sy vir Iskariot sê: "Ons twee moet gesels."

Sou Katrina haar vertel het van haar verhouding destyds met Iskariot? Of word dié Orde-geheim nog bewaar?

· · ·

Kassie trek sy skaapvelpantoffels aan voordat hy kombuis toe loop. Hy haal die bottel Creme Soda uit die yskas en soek 'n skoon glas in die kombuisrak. Kry nie een nie en skink die koeldrank sommer in 'n koffiebeker. Hy slof sitkamer toe en gaan sitlê op die bank.

Hy kan Valencia Karools nie uit sy gedagtes kry nie. Die arme vrou het vas geglo sy gaan haar man lewend opspoor. Toe hulle met die nuus by die stasie kom, het sy daarop aangedring om haar man onmiddellik te gaan uitken. Hy het haar na die staatslykhuis geneem. Sy was histeries.

Die afgelope tyd het dinge só vinnig gebeur dat hy sukkel om sy gedagtes te orden. Toe hy Daniels oor die Orde-saak gaan sien het, het dié volmondig saamgestem dat dit tussen die verskillende eenhede gekoördineer moet word.

"Jou idee van 'n taakspan is nie sleg nie, Kassie. Maar jy weet hoe moeilik dit gaan wees om so iets te organiseer sonder om op tone te trap en ego's te kneus. Ek sal dadelik met die brigadier praat, en as dit moet, sal hulle die streekkommissaris van die Wes-Kaap betrek."

Kassie sluk aan sy koeldrank, staar voor hom uit. Hy glimlag wrang. Alwyn Calitz se seëls is skoon vergete. Hy weet hy kan nie bekostig om nou daaraan te begin karring nie.

Anna Uys . . .

Sy kom elke keer soos 'n skim terug na hom wanneer hy in die woonstel is. Hy sug. Dit was darem nie sleg om vir 'n rukkie weer verlief te wees nie.

Hy oordink weer hul gesprekke, soek na iets wat hy kon gesê of gedoen het wat haar van hom afgeskrik het. Hy is seker daar moet 'n goeie verduideliking wees vir haar witleuentjie oor die woonstel. Hy glimlag teer. Sy was altyd so geïnteresseerd in sy seëls. En sy werk. Altyd uitgevra waar hy met die saak staan.

Skielik verstar sy blik. Fok, hoekom het hy nog nie daaraan gedink nie! Hy sit regop, grawe die pakkie sigarette uit sy baadjiesak en steek een aan. Nóú is alles glashelder.

Anna Uys is nie wie sy voorgegee het om te wees nie. Sy is een van die Orde se handlangers; hulle moes uitgevind het hy werk aan die Knobel-saak. Anna was hul mol wat sy vordering met die saak moes monitor. Daarom dat sy gelieg het oor haar blyplek én haar werk. Anna Uys is waarskynlik nie eers haar regte naam nie!

Hy word koud toe die gevolge by hom insink. Hy het haar van Eksteen se weduwee vertel. Hy was direk die oorsaak van Sonja Eksteen se tref-en-trap-dood.

Hy trek diep aan die sigaret. Hy was só fokken verlief op Anna Uys dat hy nooit agtergekom het sy melk hom vir inligting nie. Op grond daarvan – en alleen op grond daarvan – het die Orde ontslae geraak van Sonja Eksteen. Haar dood gaan hom ry tot aan die einde van sy dae.

Fokken idioot! Hoe kón hy hom so laat mislei het? Hy't soos 'n bliksemse skoolseuntjie vir haar geval!

Hy staan op, stamp met sy elmboog die beker koeldrank van die bank se leuning af waar hy dit neergesit het. Hy raap die beker op en gooi wild. Dit trek met 'n boog en spat aan skerwe teen die oorkantste muur.

Met die kooltjie van die stompie steek hy nog 'n sigaret aan. Hy staar na die groen koeldrankstrepe teen die muur, maar sien dit nie raak nie. Al wat hy sien, is 'n vrou wat vroegoggend oor die straat stap, 'n kar wat uit die donker op haar afjaag, die dowwe slag toe haar liggaam getref word . . .

Hy gaan sit weer, stut sy kop tussen sy hande.

Anna Uys se kuiltjieglimlag was eintlik 'n verskuilde grynslag, haar sagte lippe 'n verskansing van haar donker hart.

58

Die eerste strale van die oggendson skyn by die venster in. Vera sit met gekruiste bene oorkant Hans – sy op 'n stoel, hy op die bed.

Eintlik ken sy hom sleg, besef sy. Gedurende haar grootwordjare het sy hom selde gesien. Sy het wel geweet hy het 'n sagte plekkie vir haar – die ander het al dikwels gesê sy kom met moord weg by hom. Nóú eers weet sy waarom, en verstaan sy baie dinge beter.

"Ek gaan alles vertel," sê sy. "Ek kon nog nooit met iemand hieroor praat nie."

Hy knik. "Dit sal goed wees. Raak ontslae van die dorings, dis al hoe jy sal genees."

Sy hou daarvan dat hy haar as 'n gekweste beskou.

"Ek het eers op veertien uitgevind Swys is eintlik my stiefpa. Dit was 'n groot skok, ek het bedrieg gevoel. Die eerste paar maande ná die nuus het ek my saans aan die slaap gehuil." Sy wring haar hande vir effek.

"Hoe het jy uitgevind? By jou ma?"

"Nee, hy het my vertel." Sy kyk af na haar voete.

"Hoekom het hy dit gedoen?"

Sy haal haar skouers op. "Hy wou my seker voorberei op dit wat sou kom."

"Wanneer het hy begin?"

Sy kyk stadig op. "Kort ná my vyftiende verjaarsdag. Hy het die aand laat van die werk af gekom. My lig was nog aan en hy het ingekom en gesê hy gaan sommer vanaand by my slaap, hy wil Ma nie steur nie. Dit was vir my vreemd omdat hier baie spaarkamers is, maar ek het niks vermoed nie."

Sy fluister: "Ek was 'n onskuldige skoolmeisietjie."

"Wat het toe gebeur?"

Sy huiwer 'n oomblik. "Hy het sy klere uitgetrek, net sy onder-broek aangehou, en toe by my in die bed geklim. Hy het sy hand dadelik onder my nagrok ingedruk en aan my borste gevat."

Sy vertel nie dat sy dit geniet het nie, hoe sy sy ereksie begin streel het nie. Ook nie dat seks toe al vir haar ou nuus was nie – dit was wel haar eerste keer met 'n volwasse man.

"Hy het later die nag seks met my gehad," sê sy net.

"Jou verkrag? Jou van jou maagdelikheid ontneem?"

Sy knik. "Dit was verskriklik," prewel sy.

Sy hou Hans stip dop om te sien of sy gesigsuitdrukking veran-der het, maar sy blik bly uitdrukkingloos.

"Hoekom het jy nie jou ma vertel nie?"

"Sy sou my tog nie geglo het nie. Ek en sy het geen verhouding gehad nie. Sy's gevoelloos, koud, nie die naam 'Ma' waardig nie."

Dis die waarheid, en sy besef dit moet as 'n skok vir Hans kom. Maar dis goed dat hy dit weet. Dit gaan dinge vorentoe soveel makliker maak.

"Hoe lank het hy jou geteister . . . misbruik?"

"Drie jaar lank." Sy beklemtoon elke woord.

Sy was volkome in beheer van die situasie. Haar stiefpa wou iets hê wat sy hom kon gee . . . of weier. Sy het gedreig sy sal hom by die polisie gaan aangee as hy nie vir haar alles gee wat sy wil hê nie. Sy het hom soos 'n marionet beheer. In ruil vir seks moes hy vir haar geld gee, geskenke, 'n nuwe motorfiets, later 'n kar.

As sy eerlik moet wees, is sy hom eintlik dank verskuldig. Hy het haar geleer haar lyf is die magtigste wapen waaroor sy beskik as dit by mans kom. Dit was 'n waardevolle eerste lewensles.

"Dit . . . dit was . . . hel op aarde," stamel sy.

"Hoe gereeld het dit gebeur?"

"Een keer 'n week, soms meer."

Hans haal diep asem. "Hoe kon jy toelaat dat hy daarmee voortgaan? Dis tog nie in jou geaardheid om alles so gelate te aanvaar nie!"

Sy hou van dié reaksie, Hans se driftigheid.

"Ek was nog 'n kínd! Hy is groot en sterk; ek was bang vir hom."

Haar stiefpa was later eintlik bang vir haar. Hy is nog steeds.

"Hoe het dit alles jou lewe beïnvloed?"

Sy trek haar skouers op. "Ek het my ouers gehaat. En ek kon nog nooit 'n langtermynverhouding met 'n man aanknoop nie. Of selfs net 'n betekenisvolle verhouding hê nie."

Dis die heilige waarheid, maar dis nie haar stiefpa se skuld nie. Sy is só geprogrammeer. Mans verveel haar gou, maar sy geniet die seks en die beheer wat sy oor hulle uitoefen.

Sy besef sy moet die gesprek nou in die regte rigting stuur, die grondslag is gelê. Dis tyd vir die volgende stap.

"Ek gaan maak gou vir ons koffie," sê sy en staan op.

Sy wil hê Hans moet tyd hê om te dink oor wat sy hom vertel het.

• • •

Kassie room sy hare en trek sy windjekker aan. Hulle gaan vandag by die kantoor seker weer na hom staar en agteraf skinder, maar hy gee nie om nie. Daar wag 'n helse taak en hy was selde nog só gemotiveerd om 'n saak op te los. Hy het nie tyd om hom aan kleinlike kantoorkakkies te steur nie.

Hy het Daniels gisteraand gebel, hom van Anna Uys vertel en sy vermoede dat sy 'n Orde-handlanger is. Behalwe vir die paar soene, het hy alles vertel – ook dat hy vir Sonja Eksteen se dood verantwoordelik gehou kan word.

"Hel, Kassie, is jy seker van jou afleidings?" het Daniels verstom gevra.

Later het hy gesê: "Moenie jouself oor Sonja Eksteen kruisig nie. Almal van ons het al sake met vriende of geliefdes bespreek.

250

G'n poeliesman in die Diens het nie al daardie reël oortree nie. En jy't mos nie geweet die vroumens is deur die Orde geplant nie. Moontlik was hulle in elk geval van plan om Sonja Eksteen af te stamp. Ons sal nooit met sekerheid weet nie. Feit van die saak is: 'n lewe is vir hulle nie veel werd nie. My raad is vergeet net daarvan, jy kan nie nou bekostig om jou fokus te verloor nie."

Dit waardeer Kassie van Daniels. Van sy vorige bevelvoerders sou selfs tugstappe oorweeg het. Hoewel hy sukkel om Sonja Eksteen uit sy gedagtes te kry, weet hy Daniels is reg. Dié ongelukkige storie mag hom nie nou laat ontspoor nie.

Volgens Daniels het hy en die brigadier vanoggend vroeg 'n vergadering met die streekkommissaris en Georganiseerde Misdaad se mense om die moontlikheid van 'n taakspan te bespreek.

"Ek gaan jou as hoofondersoekbeampte voorstel, Kassie. Jy en Rooi is die enigste twee wat 'n geheelprentjie van dié spul se gekonkel het. Maar dit sal moeilik gaan, ek't 'n idee Georganiseerde Misdaad gaan een van hulle manne wil voorstoot. Gelukkig stem die brigadier darem saam met my. Met hom aan my kant kan ons die ding dalk net deurtrek. Wie van ons kantoor sou jy nog in die taakspan wou hê?"

"Wel, beslis vir Rooi. En Magrieta, as kolonel kans sien om haar af te staan."

"Nie 'n probleem nie. Ek en die brigadier sal hopelik teen tienuur terug by die stasie wees. Sorg dat jy en Rooi daar is."

Terwyl Kassie nou stasie toe ry, spring sy gedagtes rond tussen die afgelope paar dae se gebeure. Sedert Joep Eksteen se dood was Sonja Eksteen, Cry Baby October, Dennis Karools, Stephanus Louw en die vermeende juweeldief Vorster ook slagoffers. Altesaam ses dooies in minder as twee weke.

"Goed om te sien die ou Kassie is terug!" begroet Da Silva hom by die kantoor.

Kassie steur hom nie daaraan nie, wink net vir Rooi om saam

met hom na die vierkantjie te kom. Hy vertel hom alles van Anna Uys.

Rooi fluit deur sy tande. "Bliksis, die donners is beter georganiseer as die Mafia. En daai girl is 'n uitgeslape klein bitch!"

59

Hans vat 'n sluk koffie en staar uitdrukkingloos na Vera. "Ek kan verstaan jy sukkel met verhoudings," sê hy. "Dit wat jy oorgekom het, moes 'n invloed op jou lewe gehad het."

"Soms dink ek daar woon 'n duiwel in my."

Sy verwens haarself toe die woorde uit is. Sy was nie van plan om haar ware gevoelens met hom te deel nie.

Hy knik asof hy met haar stelling kan identifiseer. "Jy moenie dink dis uniek nie. In almal van ons is duiwels. Baie van ons erken dit net nie," sê hy met 'n glimlag.

Dít wil sy nie hoor nie. Sy wil simpatie wek, nie betrokke raak in 'n filosofiese gesprek nie. Trane wel in haar oë op, meer uit frustrasie as enigiets anders. Hy reageer nie soos sy wil hê hy moet nie.

Sy besluit om haar aanslag te verander.

"Hoekom het jy my nou eers gesê jy's my pa? Waar was jy toe ek jou nodig gehad het?"

Hy lag, wat sy nie verwag het nie. Of dalk het sy. Deernis is nie deel van sy DNS nie, was nooit en sal nooit wees nie.

"Ek sou nie 'n goeie pa gewees het nie. En ek het jou ma eerder as 'n kollega beskou, nie as my toekomstige vrou nie. Dit wat destyds tussen ons gebeur het, was 'n ongelukkige sameloop van omstandighede."

Dis duidelik hy gaan nie meer sê nie en sy besluit om dit te los. Dit gaan nie help om die simpatiesnaar verder te tokkel nie.

"Wel, ek het alles gesê wat ek wou. Dit help nie om die verlede se seerkry heeltyd saam met jou te dra nie, dis die toekoms wat belangrik is. Wat is jóú planne vorentoe?"

Hy talm voor hy begin praat. Sy luister aandagtig. Dis duidelik dat hy alles haarfyn beplan het.

Toe hy stilbly, weet sy sy gaan tog haar sin kry. Hy beskou die ander ook nou as oortollige bagasie. Haar strategie het gewerk. Die saadjies wat sy die afgelope tyd gesaai het, het wortelgeskiet. Sy het sy plan help vorm, al was hy nie noodwendig bewus daarvan nie.

Sy knik. "Dit klink goed so vir my. Dis seker die enigste uitweg as 'n mens alles teen mekaar opweeg."

Sy staan op, buk vooroor en soen hom op die voorkop. "Lekker om te weet ek sal nou my drome kan uitleef," sê sy saggies in sy oor.

Sy kan sien dié gebaar verras hom. Sy kan nie help om te glimlag nie. "Baie dankie, Pappa."

• • •

Om kwart voor elf word Kassie en Rooi na Daniels se kantoor ontbied.

"Dinge het seepglad geloop," sê Daniels opgewonde. "Kassie, jy is hoofondersoekbeampte. Linnert was telefonies by en het eers wal gegooi. Hy wou hê hulle moet die taakspan lei omdat hulle kwansuis lankal die juweeldiefstalle ondersoek, maar ek het vinnig sy tjank afgetrap. Vir hom gesê al die deurbraakinligting wat hulle die afgelope tyd gekry het, kom van jou en Rooi."

Hy skep 'n oomblik asem, 'n diep keep van konsentrasie op sy voorkop. "Raait, jy't nou minder as vier-en-twintig uur om jou act together te kry. Ek staan Rooi en Magrieta aan jou span af. Luitenant Monty du Plessis van Durbanville en Paal Pretorius sal jou belangrikste ondersteuningspan vorm. Jy kry 'n administratiewe mens van Georganiseerde Misdaad. Bellville-stasie is bereid om twee uniforms af te staan. Saam met jou is julle agt. Julle sal forensiese dienste kan gebruik soos benodig – hulle grootbaas stel 'n bystand-spannetjie saam. Ek't gevra hulle moet Da Silva ook insluit," ryg hy die inligting staccato-styl uit.

"Waar gaan ons sit?" vra Kassie.

Daniels glimlag selfvoldaan. "Dis uitgesort. Ons was gelukkig, Bellville-stasie het vir 'n ander taakspan kantoorruimte in Bellville gehuur vir die volgende twee maande, maar die operasie het vasgeval. Die ruimte is nou beskikbaar en daar is reeds meubels, rekenaars en telefone. Julle kan môre almal daar inval."

"Begroting?"

"Ook uitgesort. Julle sal 'n aparte begroting hê. Jy, Rooi en Magrieta sal nou moet bepaal hoeveel die streekkommissaris opsy moet sit van sy begroting vir spesiale operasies." Daniels kyk op sy horlosie. "Julle moet spring. Ek het gesê ons sal teen tweeuur 'n voorlopige bedrag vir goedkeuring deurgee."

Net toe Kassie en Rooi wil opstaan, praat Daniels weer.

"O ja, amper vergeet ek. Linnert het genoem hulle wil vandag 'n nuusverklaring en foto's van die twee vermoordes op Hermanus aan die pers stuur, en weer Volbrecht se foto. Ek het gevra hulle moet dit eers terughou. Dis 'n besluit wat nou by jou sal lê, Kassie."

Kassie knik. "Reg so."

Hy weet dis 'n helse verantwoordelikheid wat op hom wag. Maar hy was lanklaas so gereed om 'n uitdaging aan te gryp. Anna Uys het daarvoor gesorg.

• • •

Haar groot borste skommel toe sy van die bed opstaan. Haar soel vel is blink van die sweet. Sy wikkel haar broekie steunend oor haar vlesige bene en breë heupe en bedek die fyn strepie skaamhare toe sy dit optrek.

Sy trek tydsaam aan, sukkel om haar borste in te gord in die noupassende bloesie met die lae hals.

Victor betaal haar. Sy wou aanvanklik vyfhonderd rand hê, maar hulle het geskik op driehonderd.

255

Sy glimlag, ontbloot oneweredige tande. "Bel my as jy my weer wil hê."

"Ek het nie 'n foon nie," mompel hy.

"Wel, jy weet waar om my te kry. Ek staan elke aand op dieselfde hoek."

Hy bly op die bed lê toe sy die deur agter haar toetrek. Sug diep. Hy het afgewyk van sy voorgenome planne, maar hy het dié seks nodig gehad. Tien jaar was 'n lang tyd. Die hoer is nie 'n skoonheidskoningin nie, maar sy het sy brandendste behoeftes bevredig.

Ná 'n rukkie kom hy orent, beskou die bottel brandewyn op die bedtafeltjie. Hy sal sy dranklus in toom moet hou. Hy het hom in die tronk voorgeneem hy gaan eers sy take afhandel voordat hy weer sy mond aan alkohol sit.

Hy strompel badkamer toe en spoel sy gesig onder die kraan af. In die spieël sien hy rooi oë en ongeskeerde wange. Daar is sakke onder sy oë. Só kan hy nie aangaan nie.

Hy móét nou fokus. Hy kyk op sy horlosie. Hopeloos te laat in die aand om nou iets te wil verrig.

Toe hy vanmiddag verby Swys se huis gery het, was die veldkornette nog in die voortuin. Maar hy weet Iskariot en die res gaan nie vir ewig daar vasgekluister sit nie. Met die nuus van Stef se dood in die koerante sal hulle uit die Wes-Kaap wil padgee.

Hy weet hoe die Orde-wiele draai. In sy tyd het hulle verskeie kere die hoofkwartier verruil vir veiliger vestings.

Hy grynslag. Hy sal daar wees as hulle besluit om spore te maak.

60

Die spanning laat TJ se lyf onbeheers ruk. Hy hou die huis nou al langer as twee uur dop, maar kry homself nie sover om voort te gaan met sy plan nie.

Vandag was pure hel. Hy het gister al die ryp vye aan die boom opgevreet en moes vanoggend wurg aan 'n klomp groenes, wat hom later maagkrampe gegee het. Hy het die hele namiddag in sy skuilplek gesit. By tye het hy ingesluimer, net om deur die aakligste droom geteister te word van Dad wat hom bliksem. Hy het op 'n keer gillend wakker geskrik. Dit het hom laat besef hy gaan van sy fokken kop af raak as hy nie vanaand met sy plan deurdruk nie.

Toe hulle die flat in Mitchellstraat gehuur het, het hy opgemerk die eienaar hang haar Jetta se sleutels aan 'n hakie teen die kombuismuur, langs die agterdeur. Die skuifdeur by haar TV-kamer kan ook nie behoorlik sluit nie. Sy het juis vir Snake gevra of hy kan kyk wat fout is met die deur, maar Snake het sy gat daaraan afgevee.

Dis nou halftwee, die huis oorkant die straat is donker. Die vrou het haar kamerlig 'n minuut of wat voor twaalf afgesit. Sy behoort te slaap.

Hy kom orent agter die bosse, kyk vlugtig op en af in die verlate straat en hardloop gebukkend oor, sy hart hamerend in sy borskas.

• • •

Vir die soveelste keer draai Kassie om in die bed. Al het hy eers skuins voor twaalf by die woonstel gekom ná 'n moerse uitputtende dag, kan hy nie slaap nie. Al halftwee.

Hy, Rooi en Magrieta het tot laat gewerk om alles gereed te kry by die taakspankantoor in Bellville. Hy was gelukkig al deel van verskeie taakspanne, daarom weet hy hoe belangrik dit is om die operasiekamer en kantore funksioneel in te rig. Alles moet reg wees wanneer die ander daar inval.

Die kantore is reeds toegewys aan die verskillende taakspanlede en 'n kleinerige kamer is geoormerk vir verdagtes en ooggetuies. Die reuse-konferensiekamer aan die straatkant sal die hartklop van die plek wees: die opskamer, wat ook as paradekamer sal dien. Daar is drie groot muurborde waarop hulle reeds die tersaaklike inligting aangebring het: foto's van die slagoffers en moordtonele en koerantberigte.

Die hoofdossier sal daar op 'n lessenaar gehou word sodat almal toegang daartoe kan kry. In dié stadium behels dit nog net Kassie en Rooi se dossierinligting, maar dit sal spoedig aangevul word met die ander se dossiere.

Kassie het Magrieta ook solank opdrag gegee om 'n regverdige rooster uit te werk wat aand- en naweekskofte insluit. "Jy hoef my nie op die rooster te sit nie; ek gaan vier-en-twintig uur van die dag hier wees."

Hy gaan by die kantoor oornag. Daar is 'n divan in die agterste stoorkamertjie, sowel as 'n badkamer met 'n stort en 'n klein kombuis met 'n yskas. "'n Hoofondersoekbeampte in 'n taakspan het nie 'n ander lewe as die betrokke saak nie," het een van sy vorige bevelvoerders altyd gesê.

Kassie is nie van plan om 'n "ander lewe" te hê nie.

* * *

TJ maak die houthek by die oprit versigtig oop. Die Jetta is onder die afdak langs die huis geparkeer. Hy sluip langs die huis verby na die TV-kamer. Tot sy verligting maak die skuifdeur geruisloos oop. Dis stikdonker in die huis. Hy staan eers stil sodat sy oë kan aanpas. Dan loop hy voetjie vir voetjie kombuis toe.

Hy voel-voel sy pad langs die kombuiskaste af na die agterdeur waar die karsleutels hang. By die yskas steek hy vas. Sy honger-pyne kry die oorhand. Hy maak die deur versigtig oop. 'n Sny sjo-koladekoek op 'n bordjie vang sy oog. Die speeksel loop vrylik in sy mond. Hy vat die koek en stop dit in sy mond. Terwyl hy nog kou, vat hy 'n stuk cheddarkaas en steek dit in sy broeksak. Hy sluk die laaste stuk koek af met 'n groot teug uit die melkbottel.

Hy stap voel-voel na die agterdeur met sy hand op die wasbak se rand. Hy vat die karsleutels met die eerste probeerslag raak. Hy wil sommer by die agterdeur uitgaan, maar dié is gesluit en daar is nie 'n verdomde sleutel in die slot nie.

Hy loop versigtig terug op die pad wat hy gekom het. By die yskas steek hy weer vas, maak die deur oop en vat die houer jogurt wat hy vroeër gewaar het. Dis te groot vir sy broeksak en hy hou dit in sy linkerhand saam met die sleutels vas terwyl hy met sy regterhand teen die muur af sy pad vind.

By die kombuisdeur verloor hy sy greep op die gladde joghurt-houer. Dit val met 'n dowwe slag op die vloer.

Fok!

Hy staan versteen.

Sy eerste reaksie is om te wil gatskoonmaak, maar hy besluit daarteen. Hy luister met gespitste ore of hy die vrou wakker ge-maak het, maar hoor net die tromslae in sy borskas. Ná omtrent vyf minute is als steeds doodstil.

In die kort gangetjie kraak 'n vloerplank, maar hy ignoreer dit. Hy moet nou vinnig hier uitkom.

Net toe hy sy eerste tree in die TV-kamer gee, gaan die ligte aan. Vir 'n oomblik is hy verblind.

"Staan stil of ek skiet jou morsdood," hoor hy die rokerstem van die vrou agter hom.

Hy kyk om. Sy staan in haar japon in die deur, pistool in die hand.

"Hou jou hande in die lug," beveel sy.

259

Hy hou sy hande omhoog. "Asseblief, ek . . . ek sal die karsleutels onmiddellik neersit en gaan . . . Ek belowe om nooit weer . . ."

"Hou jou snater! As jy dit waag om te beweeg, is jy dood. Ek is die ondervoorsitter van die Hermanus-pistoolklub, so glo my, ek weet hoe om 'n skietding te hanteer."

Hy loer oor sy skouer na haar. Met die pistool sekuur op hom gerig haal sy 'n selfoon uit haar sak. Haar gesig is strak, haar oë ongenaakbaar.

Die bitch is ernstig, besef hy. Sy sál hom blaas.

Sy praat met iemand oor die selfoon en meteens kry sy brittle frame of mind die oorhand. Warm trane begin rol oor sy wange.

"Asseblief, antie, laat my gaan," prewel hy oor en oor met sy hande in die lug, die karsleutels steeds in sy linkerhand geklem.

. . .

Victor kom vinnig orent uit die bed. Hy swets; dis al lig buite.

'n Besige dag lê voor. Hy sal die huis voltyds moet dophou. Maar hy moet nou eers by Fires uitkom. Hy't hom gistermiddag laat gebel; Fires het vir hom 'n Honda CR-V in ruil vir die BMW. Goed om op jou ou tronkvriende se nommer te kan druk. Jy hoef nie lastige vrae te beantwoord of papiere in te vul nie.

As die Orde teen môreaand nog by die huis is, sal hy 'n draai gaan maak by Meerkat se blyplek.

Hy het gisteraand lank oor Meerkat gedink. Verdien hy werklik om doodgemaak te word? Die man het destyds seker maar net sy werk gedoen. Tog, sy houding het Victor nie aangestaan nie. En Meerkat se verskyning in sy ma se woonstel het sy nagmerrie van tien jaar ingelui.

Dit alléén kan nie ongestraf bly nie.

61

Die sewe gesigte om die lang tafel in die opskamer intimideer Kassie. Hy's altyd ongemaklik in 'n situasie waar hy meer as twee mense moet toespreek. Sy openbare optredes by die Wes-Kaapse filatelievereniging is van die oomblikke in sy lewe wat hy liewer wil vergeet. Hy plaas gewoonlik te veel spanning op homself in sulke situasies, en vergeet dan sleutelwoorde en -gedagtes.

Hy vra eers die spanlede om hulleself bekend te stel. Ná Rooi en Magrieta is dit Paal Pretorius se beurt. Kassie weet hy sal op Paal se ervaring kan staatmaak. Hy kom uit die ou polisieskool waar deeglikheid by elkeen ingedril is, en hulle twee het destyds goed saamgewerk in Bellville.

Kassie het luitenant Monty du Plessis van Durbanville nog nooit ontmoet nie, net 'n paar telefoniese gesprekke met hom gevoer. Met die eerste oogopslag lyk dit of die man nogal 'n houding het – 'n laaitie van beswaarlik dertig met 'n offisiersrang. Hy lê terug in sy stoel en praat vinnig en met groot selfvertroue. 'n Donkerbril steek by sy hempsak uit en sy pikswart hare is te lank vir 'n man in die Diens.

"Ek's 'n ou vir aksie," sluit Monty vernaam af.

Die twee uniforms van Bellville en die administratiewe helper stel hulleself sonder vertoon bekend, almal junior beamptes.

Kassie maak keel skoon voor hy begin. Sewe pare starende oë is op hom gerig en hy moet hard konsentreer om nie oor sy woorde te struikel nie. "Ek is hoofondersoekbeampte, maar ons sukses gaan nie . . . nie van my afhang nie. Dié operasie is 'n spanpoging. Elke lid se insette is hier ewe belangrik. Julle is die orkes en ek bloot . . . bloot die ou . . . die een wat die stokkie swaai."

"Die dirigent," help Rooi hom reg.

Kassie knik. "Die dirigent." Hy kug weer. "Al vereiste wat ek het, is dat elke spanlid sy taak na die beste van sy of haar vermoë moet uitvoer. En onthou, die inligting waarmee ons werk is sensitief . . . en mag onder geen omstandighede buite hierdie vier mure bespreek word nie."

Hy dink skuldig aan Anna Uys en voeg by: "Nie eers met 'n vriend of gesinslid by die huis nie."

Rooi knipoog vir hom.

Kassie huiwer, maar hy weet hy moet dit sê. Dit was gereeld 'n probleem by soortgelyke operasies waarby hy al betrokke was.

"En niemand in die span gaan probeer aansien wen vir homself en sy loopbaan nie. Moet onder geen omstandighede inligting weerhou om iewers punte te probeer score nie. Elke ondersoekbeampte se inligting behoort aan die span en nie aan homself nie. Geen beampte is hier die hero nie. Ons gaan die saak aanpak en oplos as 'n span."

Almal knik hulle koppe.

"Raait, dan kan ons met die ware Jakob begin."

Dit gaan nou makliker om te praat, sy gedagtes is georden. Hy hou sy storie bondig, want almal moet nog terugvoer gee oor hul ondersoeke. Dan moet 'n mediastrategie bespreek word en daarna sal hy aan al die lede hul opvolgtake gee. Hy weet uit ondervinding dit gaan die hele eerste dag insluk. En nog mense kan hul lewe verloor omdat waardevolle ure verlore gaan.

• • •

Victor hou al heeldag Swys se huis uit sy skuilplek langs die natuurtuin dop. Hy vee die sweet van sy voorkop af. Dis al amper skemer en steeds is daar geen roering nie.

Hy weet nie wat hulle in die mou voer nie. Merwin het vanoggend op die stoep koeverte aan die veldkornette uitgedeel, waarna die veldkornette toe almal vort is in drie motors.

Voorheen het die veldkornette gereeld een-een iewers heen gery, maar hy het hom nie daaraan gesteur nie. Hy was ingestel op die Orde-lede se voertuie. Nou skielik is die huis onbewaak. Iskariot se rooi Mercedes en Merwin en Swys se 4x4's staan nog onder die groot afdak. Is dit 'n lokval? Soos hy Iskariot ken, is dit nie onmoontlik nie.

Hy gaan nie in hul strik trap nie, maar hy begin kriewelrig raak. Dis warm en bedompig, asof die Kaap 'n ongekende somerreën-bui gaan beleef. Die wolke pak dreigend saam soos in die Hoëveld.

Hy kyk weer deur die verkyker, maar die gordyne is sedert van-middag steeds dig toegetrek.

• • •

Die groepie in die opskamer luister aandagtig. Rooi is aan die woord.

"Die patoloog sê sy eksterne ondersoek van Dennis Karools het boggherol opgelewer. Hy's nie geskiet, met 'n mes gesteek, ver-wurg of met 'n voorwerp oor die kop geslaan nie. Al uitwendige wonde was aan twee vingers van sy regterhand, gekraakte naels. Hy is gemartel, maar dit het beslis nie sy tieker laat oppak nie."

Dis dag twee en die span is nog gemotiveerd, dink Kassie, gretig om 'n indruk te maak.

Rooi gaan voort: "Die interne ondersoek toon egter daar was grootskaalse orgaanversaking. Volgens die patoloog dui dit heel moontlik op vergiftiging. Hulle moet die bloed nog ontleed, maar dit kan 'n eeu vat. Julle weet self hoe 'n groot backlog daar is."

Kassie tik met 'n voorvinger op die tafel. "Wat my pla, is hoe-kom die Orde vir Karools nou eers doodgemaak het. Volgens sy vrou is hy by die Orde weg nadat hy nie Knobel se telefoonrekords van Telkom se stelsel kon afhaal nie. Sy's oortuig sy dood hou verband daarmee en ek is geneig om met haar saam te stem. Karools is letterlik uit Port Elizabeth ontvoer, hierheen gebring en nou eers gestraf vir sy misstap van jare gelede."

"Die enigste mens wat kon weet ons het toegang gekry tot Knobel se telefoonrekords was die professor in Amsterdam," sê Rooi.

Kassie knik. "Einste, hy het beslis nog bande met die Orde. Waarom anders sou hulle die rekords wou verwoes as dit nie was om die Amsterdam-oproep te verberg nie? Wagner moes die Orde ingelig het ná my oproep. Hulle het nou eers agtergekom die rekords is nie destyds uitgewis nie. Maar dit gaan nie help om hom weer te bel nie, die donner gaan dit bloot ontken. Ons het beter bewyse nodig om hom by die saak te betrek."

Paal vryf peinsend oor sy ken. "Ons weet nou immers die moord op Cry Baby was ook Orde-verwant. Sy kop wat saam met Karools se lyk gekry is, is genoeg bewys daarvan."

"Dis reg," sê Kassie, "maar die motief vir sy moord is nog nie vir my duidelik nie. Waarom hom doodmaak as hy een van hulle sogenaamde second strings was?"

Paal lag. "Dalk het hy ook 'n Orde-reël oortree. Lyk na streng ouens daai!"

"Dis moontlik," sê Kassie. "Dan moet ons aanneem Joep Eksteen en die ou op Hermanus, Stephanus Louw, het ook Orde-misstappe begaan. Soos Cry Baby is hulle ook met 'n broodmes vermoor. Maar waar pas Victor Carelse dan in?"

Paal skud sy kop. "Met daai een sukkel ek ook. Dalk is Victor die Orde se amptelike laksman. Toe hy uit die tronk kom, het hulle hom opdrag gegee om van die afvalliges in hul geledere ontslae te raak."

"Dan maak die manier waarop Dennis Karools vermoor is nie sin nie. Hoekom is sy keel nie ook afgesny nie? En wat van die Vorster-juweeldief wat geskiet is?" vra Rooi.

Monty du Plessis, wat tot dusver kop onderstebo op sy selfoon besig was, sê skielik: "Die Orde het enemies. Soos in bendes. Hulle sal tog nie hulle eie mense wil doodmaak nie." Hy leun selfvoldaan terug in sy stoel, sy sonbril op sy voorkop. "Dis vir my so duidelik soos daglig."

Daar is iets aan die manier waarop hy dit sê wat Kassie irriteer, maar hy wys dit nie. "Ja, ons het daardie moontlikheid ook al oorweeg."

"Wel, ons moet daarop begin konsentreer," sê Monty vernaam.

Kassie knik net. "Ons ondersoek alle moontlikhede."

Monty is meer op sy selfoon doenig as om aandag aan die bespreking te gee, dink hy. Hy sal met die mannetjie moet praat daaroor.

"Het jy enige nuus uit Hermanus?" vra Kassie vir Rooi.

"Nee, die arme majoor Frans van Rensburg is so toegegooi met sake, hy kom ook nie voor nie. Hy en sy hele speurspannetjie van twee was sedert gisternag agter 'n kreefsindikaat aan. Ons gaan nie veel nuwe info van hom kry nie."

"Dalk kry ons reaksie wanneer die foto's van die twee Hermanus-slagoffers en Volbrecht in die koerante verskyn. Hulle behoort dit môre te splash," sê Kassie.

Rooi frons. "Dis vir my strange dat niemand nog navraag oor Stephanus Louw gedoen het of gereageer het op die paar koerantberigte oor sy dood nie. Ek het vanoggend 'n klomp polisiestasies gebel om te hoor of Louw nie as vermis aangemeld is nie . . . boggherol."

Die opskamer se deur gaan oop. Magrieta stap in met 'n blos op haar wange.

"Jammer ek's laat, Kassie, maar daar was 'n ongeluk op die N1 duskant die Canal Walk-afdraai. Ek het twee uur in die verkeer vasgesit." Sy lyk verleë. "En my verdomde selfoon se battery is pap."

"Enige nuus?" vra Kassie. Magrieta se opdrag was om vanoggend by die Kaapse akteskantoor te gaan uitvind aan wie die kerkie in Rondebosch behoort.

Sy glimlag toe sy by die tafel inskuif. "Baie beter nuus as waarop ons kon hoop!"

62

Victor is gefrustreerd. Van gisteraand af loop dinge nie soos hy dit voorsien het nie. Hy het die huis tot kort ná middernag dopgehou, tot al die ligte uitgedoof was. Met die wete dat hulle nie in die nag die pad sal vat nie, is hy Goodwood toe.

By Meerkat se woonstelblok het hy eers die omgewing bespied en toe sonder moeite oor die veiligheidsmuur geklim. Meerkat se woonstel is op die derde verdieping. Hy het die deur maklik met sy stel lopers oopgekry. Alles was doodstil en hy het aangeneem Meerkat slaap rustig.

Met die flits het hy sy pad na die slaapkamer gekry, maar tot sy ontsteltenis was daar niemand in die bed nie. Hy het besef om te wag gaan tydmors wees. Hy sal later weer na die Nuweland-stasie bel om te hoor waar Meerkat is.

Op pad na die losieshuis het hy weer die hoer opgepik. Hy wou sy frustrasie op haar lyf uithaal, maar hy kon nie 'n ereksie kry nie en het geweier om haar te betaal. Sy het so 'n groot kabaal opgeskop dat hy haar uit die kamer moes gooi.

Vanoggend eers het hy besef hy het 'n helse fout gemaak. Netnou hardloop sy na haar pimp toe en dan het hy die plaaslike hoermafia op sy rug, wat die losieshuiseienaar dalk net laat besluit om die cops te betrek. Hy sal moet padgee. Hy't sy laaste losies betaal en sy goed opgepak.

Hy oorweeg dit om weer in die stoorkamertjie te gaan bly. Moontlik het die Orde hulle soektog in die omgewing van sy ma se woonstel gestaak.

Hy sug. Swys se huis lyk vanoggend nog presies dieselfde as gister, nie 'n teken van lewe nie, die gordyne steeds dig toegetrek.

Dan sien hy 'n beweging onder die afdak. Iskariot se Mercedes!

Hulle gaan ry! Dit lyk of daar twee mense in die motor is.

Hy hardloop na die Honda, skakel dit aan en trek stadig weg.

• • •

Magrieta is effens uitasem, haar gesig lewe van opwinding. "Die Rondebosch-eiendom is in 1953 deur Knobel Konstruksie by die Anglikaanse Kerk gekoop."

"Dit was mos Daniel Knobel se besigheid!" sê Kassie.

Magrieta knik. "Ja, maar dis nie al nie. Ek het die naam en adres van die persoon gekry wat steeds die tjeks vir die erfbelasting en munisipale dienste namens Knobel Konstruksie teken."

"Vertel!" por Rooi haar aan.

"Ene Merwin Louw."

Rooi kyk na Kassie. "Louw is 'n Orde-van."

"Hy bly in 'n veiligheidskompleks hier in die noordelike voor- stede . . . Oude Westhoff," sê Magrieta.

Kassie lag tevrede. "Hel, dis 'n groot deurbraak, Magriets!"

Rooi se selfoon vibreer op die tafel voor hom. Hy staan op en loop eenkant toe om te antwoord.

Kassie kyk na die gesigte om die tafel. "Paal, vat ons twee kon- stabels saam met jou en hou Merwin Louw besig. Ek gaan nou hof toe om 'n lasbrief te kry om sy eiendom te deursoek. Ek en Rooi kry julle daar." Hy kom orent. "Ons moet nou spring!"

"Net voor julle gaan," sê Rooi en beduie hulle moet wag, hy praat nog op sy selfoon.

Toe hy aflui, drafstap hy tafel toe. "Helse breakthrough! Hulle het TJ Volbrecht gisteraand op Hermanus in hegtenis geneem. Sy gat is vasgetrap toe hy by 'n huis ingebreek het, die vrou het hom glo met 'n pistool aangehou tot die polisie opgedaag het."

"Hoekom hoor ons nou eers daarvan?" vra Kassie.

"Met majoor Van Rensburg nie daar nie het die uniforms nie besef dis Volbrecht nie – hy het glo geweier om sy naam te gee. Maar die majoor het vanoggend oorgevat en Volbrecht het gou gepraat. Hy't ook erken hy was een van die twee juweeldiewe."

"Wanneer kry ons hom?"

"Hulle lewer hom môreoggend negeuur hier af."

. . .

'n Stiergeveg in Spanje is een van die eerste dinge wat Vera wil gaan beleef. Dit het haar van kindsbeen af gefassineer . . . die waagmoed van die matador, sy vlugvoetigheid om die stormlopies van die briesende stier te ontduik, die vlymskerp lanse wat met groot behendigheid in die stier se skof gepen word, die gekweste dier wat ál meer bloed verloor en uiteindelik kragteloos voor die voete van die matador neerslaan. Die finale bevestiging van die superioriteit van mens oor dier.

Dan wil sy ook in die Switserse Alpe gaan ski, die klereboetieks in Londen besoek, saam met die superrykes in Monaco baljaar, die Franse platteland deurkruis, die Lae Lande verken, op 'n luukse bootreis gaan, die son indrink op die goue strande van die Bahamas, 'n Broadway-vertoning in New York bywoon, in Las Vegas dobbel . . .

. . .

Kassie sien onmiddellik die teleurstelling op Paal se gesig toe hy en Rooi voor Merwin Louw se huis stilhou.

"Die bliksem is nie hier nie!" sê Paal toe hulle uitklim. "Die buurvrou sê hy't haar 'n tydjie gelede gevra om die potplante op sy stoep water te gee. Hy kon nie sê hoe lank hy weg gaan wees nie."

"Weet sy waarheen hy gegaan het?" vra Kassie.

"Nee, hy was glo bra geheimsinnig daaroor. Hy't net 'n paar

269

tasse in sy vierwiel gelaai voor hy saam met 'n jonger man vort is."

"Enige ander inligting?"

"Die buurvrou sê hy's in sy sestigs, skraal gebou, grys hare. Sy weet nie wat hy vir 'n lewe gedoen het nie, maar sy het aangeneem hy is afgetree. Was meestal maar hier by sy huis. Hy's blykbaar 'n stil, teruggetrokke ou."

"Wel, ek het die lasbrief. Ons sal die donner se plek nou met 'n vergrootglas moet deurkyk."

63

Vera is gespanne. Tydsberekening gaan nou van die opperste be-
lang wees. Die huis is ruim en afgesonder genoeg na haar sin. Sy
en Hans het vanmiddag rustig in die leefvertrek gesels, en hy het
gesê hy wil vanaand vroeg in die bed klim.

Dit sal haar genoeg tyd gee om nuwe planne uit te werk. Sy dink
nie Hans het dit agtergekom nie, maar hulle is hierheen agtervolg,
en dit het haar planne effens deurmekaar gekrap.

Sy glimlag. Maar dit kan ook 'n bonus wees. Sy kan die hele
situasie tot haar voordeel gebruik. Dit hou risiko's in, maar risiko's
het haar nog nooit afgeskrik nie.

Daar is geen rede om dinge nou te vertraag nie.

. . .

Kassie is verras om die hele span vroegaand nog by die kantoor
aan te tref toe hy, Paal, Rooi en die twee uniforms daar instap. Dit
wys die span het die regte ingesteldheid.

"Merwin Louw se huis het niks van belang opgelewer nie," sê hy.

"Absoluut niks?" vra Magrieta teleurgesteld.

Kassie knik. "Die man moet 'n rekenmeester, boekhouer of iets
wees. Oral in die studeerkamer lê papiertjies rond waarop syfers
geskrabbel is. Dis seker hoekom hy die een is wat die tjeks vir die
kerk se munisipale dienste teken."

"Nie eers 'n rekenaar nie?" hou Magrieta aan.

"Hy't dit moontlik saamgevat," sê Rooi. "Ons hoop maar TJ
Volbrecht kan môreoggend vir ons al die gate invul."

"Ja, hy kan die sleutel tot als wees," sê Paal.

Kassie sien Monty is al weer besig op sy selfoon. Hy kan die mannetjie se traak-my-nieagtige houding nie meer verdra nie.

"En wat sê jy hiervan, Monty?" vra hy.

Monty kyk gesteurd op. "Sorry, net besig om vir my girlfriend 'n SMS te stuur. Sy's vandag vir haar werk Joburg toe. Wou net weet of sy veilig daar aangekom het."

Hy skakel die selfoon af en sit dit voor hom op die tafel neer. "Wat dink ek? Ek dink steeds ons jaag die verkeerde ouens. Die moordenaars is nie in die Orde-kamp nie. Ek dink Victor is kop in een mus met die Orde se enemies."

Kassie sien hoe Rooi sy kop skud. Paal se mond trek skeef. Die ander voel dieselfde oor dié bliksem, dink hy.

Monty is 'n eienaardige skepsel. Rooi-hulle verwys agteraf na hom as "James Bond", want blykbaar dra die poephol buiten sy polisie-Beretta ook 'n Smith & Wesson Snubby in 'n holster aan sy kuit. Waar hy dié rewolwertjie gekry het – ontwerp vir vroue om in hul handsakke te dra – weet nugter.

"Te veel James Bond-moewies gekyk," was Rooi se mening. "En nou hou hy hom so fokken slim soos 007."

Kassie besef hy sal ernstig met Monty moet praat. Hy is besig om die goeie spangees te ondermyn.

• • •

Dié plek behoort nie aan die Orde nie, het Victor besef. Hulle het eers na 'n ander huis gery, waar 'n man 'n sleutel aan hulle oorhandig het en op die sypaadjie met handgebare die pad hierheen verduidelik het.

Wat op dees aarde soek hulle in Melkbosstrand? wonder hy. Waar is die ander? Doen hulle dit om sy aandag te verdeel of is dit 'n lokval? Dalk net 'n voorlopige reëling om laag te lê?

Hy beskou die huis vanuit sy skuilplek tussen die digte bosse op die oop erf langsaan. 'n Fort . . . hoë veiligheidsmure met lemmetjiedraad bo-op en swaar ysterhekke. 'n Klipmuur versper die huis se vooraansig, al die vensters onsigbaar van die straat af.

Hy sug en strek hom uit op die blarebed onder die oorhangende takke. Hy sal net geduldig moet bly. Niks jaag hom nie.

Sy gedagtes begin weer in die verlede delf, soos deesdae maar gebeur wanneer hy lang tye moet wag. Hy onthou sy oupa se huis in Constantia gedurende die koue wintermaande, die knetterende kaggelvuur, hy op sy oupa se skoot, sy pa met die koerant in die groot leunstoel, sy ma en ouma in die kombuis, kletsend om die kospotte.

Die warm gevoel van koestering wat hy toe beleef het, spoel oor hom. Hy't net liefde en deernis as kind geken. Hulle was 'n hegte familie. As jong seun het hy daarvan gedroom om eendag ook so 'n liefdevolle atmosfeer vir sy eie gesin te skep.

Toe beland hy in die Orde en alles verander. En Iskariot maak van hom die monster wat hy nou is.

Die trane in sy oë is nie van selfbejammering nie, maar van intense haat.

• • •

"Theresa Kessner," sê Vera sag, die selfoon styf teen haar oor gedruk. Sy spel dit vir die man. "Hoe vinnig sal die paspoort reg wees?"

Sy luister, knik dan. "Klink goed so."

Sy is verlig toe sy aflui. Dit was een van haar laaste struikelblokke. Hans het die naam verswyg, asof hy haar wou treiter daarmee. Maar hy het vanmiddag in 'n onbewaakte oomblik die dokumente aan haar gewys. Net terloops, sonder dat hy besef het dis al inligting wat sy nog nodig het om haar planne te finaliseer.

Sonder dié naam sou sy vir eers moes saamspeel.

Sy vat die ander selfoon op die bed en tik 'n boodskap. Sy wag nie lank voor sy 'n antwoord kry nie.

Sy glimlag net. Mans dink nie met hulle boonste koppe nie.

Dan staan sy van die bed op en druk die pistool in haar gordel voordat sy geruisloos by die kamerdeur uitgaan.

64

Die smal divan in die stoorkamertjie is nie juis bevorderlik vir 'n goeie nagrus nie. Kassie staan op en stap na die kombuisie, skink vir hom Creme Soda uit die yskas. Hy gaan sit weer op die divan, neem 'n paar groot slukke voordat hy 'n Lucky aansteek.

Net voor die taakspanlede huis toe is, het hy 'n oproep van die patoloog gekry. Die kommissaris het druk toegepas sodat Dennis Karools se bloedtoetse vinnig afgehandel is. Volgens die patoloog is daar spore van gif in Karools se bloed. Aldicarb. Kassie weet inbrekers gebruik dit om honde te vergiftig.

"Dit was seer sekerlik nie die rou produk nie," het die patoloog gesê. "Hy moes dit in pilformaat ingekry het, want daar was nie 'n oormaat spore van die gif in sy mond nie. Daar bestaan sulke pille in Suid-Amerika wat deur dwelmkartelle ontwikkel word. Dit bevat 'n hoë konsentrasie gif, gekombineer met 'n soort versneller wat die slagoffer binne sekondes laat omkap."

Kassie skud sy kop. Gewetenlose bliksems.

. . .

Vera het nie nodig om in die gang af te loop en haar oor teen die deur te druk nie. Die krete is hard genoeg sodat sy dit duidelik in haar kamer hoor.

Rou krete van angs en pyn wat verenig met krete van woede en haat. Die duo klanke swiep soos sweepslae heen en weer, saamgesnoer in 'n gruwelsimfonie.

Uiteindelik bedaar die rumoer in Hans se kamer. 'n Doodse stilte hang onheilspellend in die huis. Dan kom die oorwinningskreet in 'n hoë stemtoon vol ruwe emosie, amper demonies.

Sy stap uit haar kamer in die gang af, staan dan stil en wag.

Toe die deur oopgaan, steek die man net eers sy kop uit. Daar is bloedspatsels op sy voorkop en wange.

Sy selfvoldane grynslag vertel die volle verhaal.

. . .

Vyf-en-twintig minute oor agt lui Kassie se selfoon. Dis mevrou Knobel van Hermanus.

"Kaptein, ek het pas my oggendkoerant gekry. Die foto op bladsy 4 van die vermoorde Stephanus Louw het my verras. Hy was nou die dag nog hier in my woonstel. Gedink jy sal wil weet, nè?"

"In u woonstel?" vra Kassie verbaas.

"Ja, hy't saam met 'n ander kêrel hier aangekom, hulleself voorgedoen as munisipale werkers wat kom kyk of alles reg is met die kragboks. Ek het eers later by die bure uitgevind hulle het gelieg, nè?"

"Is u seker dit was Stephanus Louw?"

"Doodseker. Ek vergeet nie maklik 'n gesig nie."

"Hoe het die ander man gelyk?"

"'n Bruin man, skraal en heelwat korter as Louw, dun snorretjie. Louw het hom Ishmail genoem."

"Mevrou, vertel my presies wat gebeur het. Moet niks oorslaan nie."

Sy vertel hom.

"En daar het niks vreemds daarna gebeur nie?" vra hy.

"Nee . . . behalwe dat my kat kort daarna dood is. Maar dit was seker maar van ouderdom, sy was al amper vyftien."

"Wanneer is die kat dood?"

"Wel, net nadat Louw-hulle hier weg is. Ek het nog vir haar melk in 'n piering geskink . . . en toe ek weer kyk, lê arme Kolletjies pote in die lug."

Kassie se nekhare rys. "Het u van die melk gedrink?"

Sy lag. "Nee, ek sit nie my mond aan melk nie. Kon nog nooit die smaak daarvan uitstaan nie. Drink dit nie eers in my rooibos nie, nè?"

"Het u moontlik nog daardie bottel melk in die yskas?"

"Nee, ek het dit lankal weggegooi. Ek het dit eintlik maar net vir Kolletjies se onthalwe aangehou."

"En die kat . . . Kolletjies, waar is sy begrawe?"

"Die veearts het haar begrawe of veras . . . ek weet nie."

"Wat was die veearts se bevinding?"

"Hy't gesê dit lyk of sy vergiftig is, maar dis onmoontlik. Kolletjies het nie rondgeloop nie." Sy huiwer 'n oomblik. "Hoekom vra jy al dié goed vir my?"

Kassie wil haar nie ontstel nie. "Maar 'n ou polisiegewoonte," sê hy vinnig. "In die toekoms maak mevrou vir niemand onbekend die deur oop nie. Ek sal ook reël dat die polisie 'n ogie oor mevrou se woonstel hou. Net om seker te maak sulke karakters soos Louw sluip nie weer daar rond nie."

Hy groet en lui af, stap haastig opskamer toe. Hy het die span gevra hulle moet vinnig 'n parade hou voor Volbrecht afgelewer word.

Almal sit en wag by die groot tafel toe hy inkom. Hy vertel hulle vlugtig van mevrou Knobel se oproep.

"Bliksis, so hulle wou haar ook vergiftig!" roep Rooi uit.

Kassie knik. "Soos met Sonja Eksteen het hulle seker besluit dis beter om ook van mevrou Knobel ontslae te raak."

Paal skud sy kop. "Hel, as hulle mense nie skiet, keel afsny of omry nie, vergiftig die donners hulle. Met watse spul het ons hier te doen?"

"Mafia-styl daai," sê Monty. "Beslis hulle enemies."

"Hoekom sou die Orde se vyande Sonja Eksteen en mevrou Knobel wou doodmaak?" vra Rooi geïrriteerd.

Monty antwoord nie, vroetel net met sy selfoon.

"Raait," sê Kassie, "kom ons los nou die bespiegelinge. Ons het min tyd, die Volbrecht-ou is op pad. Enige oproepe vanoggend gekry, Rooi?"

"'n Paar Hermanus-inwoners wat bevestig het hulle het Louw in die omgewing van Marine Drive gesien, en 'n kafee-eienaar wat sê Vorster het by hom meat pies kom koop. Dan een wat nogal 'n surprise was: 'n Kaapse sakeman het gebel om te sê Louw was twee weke gelede langs hom op die vliegtuig van Doebai af Kaapstad toe."

"Van Doebái af?"

"Ja, en dit was beslis Louw. Die man sê hy het 'n tatoe van 'n slang op sy arm gehad, iets wat ons glad nie in die nuusverklaring genoem het nie."

"Doebai . . ." sê Kassie peinsend. "Wat sou hy daar doen?"

Daar is 'n ligte klop aan die deur. Die administratiewe beampte sê die Hermanus-polisie met TJ Volbrecht het gearriveer.

"Laat hulle solank in die ondervragingskamer wag. Ons is nou daar," sê Kassie. "Paal en Rooi, julle twee kom saam met my."

Hy kyk na Magrieta. "Dalk is dit beter dat jy beskikbaar bly vir die inkomende oproepe. En reël asseblief met die Hermanus-polisie dat hulle 'n ogie hou oor mevrou Knobel se plek. Ons wil waaragtig nie hê sy moet óók iets oorkom nie."

Sy staan dadelik op. "Ek maak so, Kassie."

"En Monty, kry Karen Moller se adres by Magrieta. Reël met die stasie in Groenpunt dat hulle haar huis ook dophou. Mens weet nooit."

Monty frons. "Kan ek nie ook insit by Volbrecht se ondervraging nie? Ek't nogal 'n knack om sulke ouens te laat praat."

"Nee, ons wil hom nie oordonder met te veel mense in daardie klein vertrekkie nie. Paal weet ook baie goed hoe om 'n onwillige verdagte spraaksaam te kry."

Monty lyk afgehaal, maar Kassie steur hom nie daaraan nie.

Toe hulle uit die opskamer stap, sê hy vir Paal: "Jy's die bad cop, ons twee die good cops."

65

'n Straaltjie sweet loop langs TJ se nek af. Hy vee dit met sy hand af en deins terug vir die walm wat uit sy armholte opstyg. Die stuffy vertrekkie waarin hy en die twee cops sit, het geen vensters of aircon nie.

Ten spyte daarvan bewe sy lyf soos iemand wat koud kry. Sy senuwees is fucked. Hy weet nie wat om te verwag nie. Hy't net gehoor die een cop sê hulle gaan hom in Bellville aflewer by die taakspan wat die Orde ondersoek.

Wat moet hy doen? Sy bek hou en vra vir 'n prokureur? Of werk hy saam en vertel hulle alles wat hy van die Orde weet? Dit kan later vir hom punte tel . . . óf hy kan hom net dieper in die kak in praat.

Die deur gaan oop en drie mans stap in. Dit moet speurders wees, besef hy, hulle dra gewone klere. Die skrale in 'n windbrea-ker sê vir die cops hulle kan maar gaan, hulle werk is afgehandel.

"Van nou af sal óns met sy gal werk," sê die lang speurder met 'n wicked smile op sy gevreet.

Toe die cops uit is, gluur die speurders hom aan. Dan sê die een met die windbreaker: "Jy weet jy's 'n moordverdagte?"

"'n Misdaad waarvoor jy baie lank gaan sit," sê die derde speur-der, 'n kort sproetgesig.

"Ek het niemand doodgemaak nie," sê TJ.

"Wel, jy't aan die Hermanus-polisie erken jy was betrokke by die juweeldiefstalle . . . en 'n man is dood tydens 'n inbraak in Bloemfontein," sê Windbreaker.

'n Naarheid stoot in TJ se keel op. "Ek was nie die moordenaar nie."

Die lang man leun onverwags vorentoe, gryp TJ aan die kraag

en pluk hom regop, sy hand dreigend gelig. "Moenie lieg nie, man!"

"Dit was nie ek nie!" skreeu TJ.

Die lang man klap hom. Die hou brand soos vuur op sy wang.

Toe die lang man weer sy hand lig, word alles meteens swart voor TJ, asof daar 'n kortsluiting in sy brein is. Die klappe van daai majoor op Hermanus is nog vars in sy geheue, en nou staan die lang man voor hom nes Dad.

Hy begin huil. "Asseblief, ek swéér ek het dit nie gedoen nie . . ."

"Sweer se moer!" skreeu die lang man in sy gesig.

Windbreaker hou sy hand op. "Wag, wag, kom ons tree nie soos barbare op nie. Dalk was hy nie die moordenaar nie, hulle was immers twee. Gee hom kans om te verduidelik."

Die lang man los TJ se kraag. Terwyl hy terugsak in sy stoel, vee hy met sy voorarm die trane uit sy oë.

"Kan ons vir jou koffie of tee bring?" vra Sproetgesig.

"Hierdie is nie 'n fokken vyfsterhotel nie," brom die lang man.

"Koffie sal lekker wees," prewel TJ.

Sproetgesig stap by die deur uit. Oorkant TJ loop die lang man heen en weer, tjek hom uit met yskoue skrefiesoë.

Windbreaker skuif in die stoel oorkant TJ in. "Ons is hier om jou te help . . . as jy bereid is om ons te help. As jy nie jou samewerking gee nie, sal ek geen ander keuse hê as om jou alleen by kaptein Pretorius te los nie."

Hy beduie na die lang fokker en glimlag amper verskonend. "Sy metodes is soms ietwat onkonvensioneel, maar . . ."

"Ek sal alles vertel," mompel TJ.

Hy is tot die dood toe moeg vir sy eie kak situasie en die Orde se stront. Om nou te wil vra vir 'n prokureur gaan die lang donner net weer trigger. Hy sien eenvoudig nie meer kans om verskree en gebliksem te word nie.

"Ek's bereid om 'n staatsgetuie te wees," sê hy. "Ek het net opdragte uitgevoer."

Windbreaker knik. "Dis wat ek vermoed het."

Sproetgesig kom in met die koffie.

TJ drink in stilte. Toe hy klaar is, vra hy vir Windbreaker: "Waar wil jy hê moet ek begin?"

"Sommer heel by die begin." Windbreaker skakel die stemopnemer langs hom aan. "Jy besef wat jy nou sê, kan in 'n hof teen jou gebruik word?"

TJ knik. 'n Kalmte spoel oor hom. Hy vertel alles: hoe hy en Snake gewerf is, hulle opleiding, die Orde se gebooie, hulle verblyf op Sasolburg, die veldkornette, die inbrake, Daisy se rol, hoe Snake die ou man se nek gebreek het, hoe hulle gevlug het en op Hermanus gevang is, hoe die groot ou met die mes L se keel afgesny het en hom laat gaan het, hoe hy by die vrou se huis op Hermanus ingebreek het.

Hy praat bykans 'n uur lank sonder dat hulle hom onderbreek.

• • •

Kassie glo Volbrecht se storie. Hy het dit vertel sonder om te huiwer of te stamel.

Maar Paal is steeds die bad cop.

"En jy wil vir ons sê jy't in dié tyd nooit een van hulle se gesigte gesien nie? Nooit enige name behalwe hul voorletters geken nie, maar jy't meer as drie jaar saam met hulle gewerk? Dis mos nou perdedrolle vir vye probeer verkoop!" Paal tree dreigend nader aan Volbrecht.

Dié keer met sy hande vir sy gesig. "Ek swéér, ek het die volle waarheid vertel," sê hy met 'n stem wat bewe.

"Wag, Paal, ek glo hom." Kassie haal 'n pen en notaboekie uit sy binnesak. "So as ek jou reg verstaan, TJ, is die V-karakter eintlik die leier, en E en L is handlangers?"

Volbrecht skud sy kop. "Ek weet nie of V die leier is nie. Wanneer ek hom gebel het, het dit altyd geklink asof hy die opdragte van iemand anders kry. Dit het geklink soos 'n vrou se stem in die agtergrond."

Kassie maak 'n paar vinnige aantekeninge.

"Daisy was ook een van hulle," sê Volbrecht.

"Hoe weet jy dit?" vra Kassie. "Het sy jou vertel? Jy sê dan hulle was so geheimsinnig."

"Wel, ek en Daisy het in 'n stadium 'n affair gehad. Sy't eendag genoem sy's een van hulle . . . dat van haar familielede in die Orde is."

"Jy't nooit haar regte naam of van uitgevind nie?" vra Rooi.

"Ek het haar net geken as Daisy Buys, maar of dit haar regte naam is, weet ek nie."

"Hoe lyk sy?" vra Kassie.

"Baie mooi swartkop, lang hare, dra dit partykeer in 'n bolla. Klein gebou. Sexy. Sy's jonk, nog nie dertig nie."

Ek moes dit geweet het, dink Kassie. "Het sy die gewoonte gehad om jou met 'n 'tjirrie-baai' te groet?"

Volbrecht lyk verbaas. "Soms, ja. Hoe weet . . ."

"Maak nie saak nie. Wat het julle met die gesteelde juwele gemaak?"

"Daisy het dit na iemand in Johannesburg geneem. Van daar af is dit glo Doebai toe."

"Wanneer het die L-ou op die toneel verskyn?" vra Rooi.

"Eers 'n paar weke gelede . . . toe ons al in die Kaap was."

Kassie kyk betekenisvol na sy kollegas. "Vertel my van V en E, enigiets wat jy dink ons kan help . . . liggaamsbou, ensovoorts."

"V is lank en sterk gebou, maar hy's nie jonk nie. Hy't somewhat van 'n boepmaag. En hy't baie kennis oor hoe die cops operate. E is skraler en korter. Hy het ons altyd gebrief oor die bewegings van die security firm en die alarmstelsels by die huise. Hy's ook nie jonk nie."

283

"Kan jy V se telefoonnommer onthou?" vra Paal.

Volbrecht skud sy kop. "Nee, met die sel druk jy mos maar net 'n knoppie . . . jy't nie nodig om die nommer te onthou nie," sê hy vinnig, ooglopend nog katvoet vir Paal.

Kassie kyk weer na die notaboekie in sy hande. "Wat kan jy ons van die veldkornette vertel?"

"Dis die ouens wat die grondwerk vir die Orde doen. Hulle het op die huise gespy waar ons moes inbreek om te kyk wat die inwoners se roetine is."

"Met hoeveel van hulle was jy en Vorster in kontak?" vra Rooi.

"Baie." Volbrecht dink 'n oomblik na. "Vyf, ses in Joburg . . . In Durban het hulle drie, PE twee en in die Kaap 'n klompie. Maar ek weet vir 'n feit daar is meer as die ouens met wie ons te doen gehad het."

Rooi knik. "Sal jy die huis in Wynberg waar julle gebrief is weer kry?"

"Nee, ek dink nie so nie. Ek ken nie daai deel van die Kaap goed nie. Ishmail het elke keer met 'n ander roete gery, en ek het ook nie regtig opgelet nie."

Kassie maak sy notaboekie toe. "Enigiets anders waaraan jy kan dink?"

"Ek onthou nou . . . daar's nog 'n naam wat genoem is: Iskariot. Die dag toe hulle my op Hermanus gevang het, het ek gehoor L sê vir iemand oor die foon hulle sou Snake graag lewendig vir Iskariot wou bring. Dit was die eerste keer dat ek die Iskariot-naam gehoor het. Dalk is dit die vrou wat vir V sy opdragte gegee het . . . ek weet nie."

Rooi frons. "Het jy nie geweet die Orde se regte naam is die Orde van Iskariot nie?"

"Nee. Ons het net altyd van die Orde gepraat."

66

Monty se meganiese handbewegings oor sy ken, afgewissel met sy ander hand wat heeltyd die posisie van sy donkerbril op sy voorkop verstel, laat hom soos 'n spietkop lyk wat die verkeer reël, dink Kassie. Maar hy's 'n fokken nors spietkop, nie gewoond daaraan om oor die vingers getik te word nie.

"Soos ek vroeër gesê het: dit voel nie of jy alles insit nie," gaan Kassie voort. "Jy's ook heeltyd met jou selfoon bedrywig wanneer ons in die opskamer is."

Monty leun vorentoe. "Kyk hier, ek's 'n ou vir aksie. En ek's gefrustreerd. Jy gee my allerhande stront takies wat 'n beginnerspeurdertjie met toe oë kan doen."

"Hoe lank is jy al speurder?"

"Vier jaar!"

Kassie gaan hom nie laat rondfok deur dié windgat nie. "Wel, jy ís nog 'n beginnerspeurdertjie. Dit bepaal jou take."

Monty brom iets onhoorbaars.

Kassie ignoreer dit. "Ek verwag 'n bietjie meer geesdrif van jou in die toekoms. Ons kan nie ordentlik as 'n span funksioneer as daar een dwarstrekker is nie."

Monty knik dikbek en staan op. "Kan ek nou maar gaan?"

"Ja. Onthou net ons kom oor tien minute in die opskamer bymekaar."

Op pad uit die kantoor lui Monty se selfoon.

"Hallo, mooi ding!" hoor Kassie hom sê. "Wanneer sien ons tweetjies mekaar weer?"

Kassie skud sy kop. Vroumense maak mans sag in die kop, laat hulle hul fokus heeltemal verloor.

Maar hy's seker die laaste een wat kan praat.

• • •

"Die astronomiese bedrag van agthonderdduisend rand word maandeliks in kontant uit die rekening van Knobel Konstruksie getrek," sê Magrieta. "Die bankbestuurder sê Merwin Louw was so 'n goeie kliënt dat niemand by die bank ooit die onttrekkings bevraagteken het nie."

Paal fluit deur sy tande. "Dis 'n helse lot geld!"

"Heel moontlik salarisse," sê Kassie. "Klink of hulle 'n moerse lot second strings in diens het."

Magrieta kyk weer na haar notas. "Maar presies vier dae gelede is daar 'n veel groter bedrag as gewoonlik getrek . . . eenmiljoen-vierhonderd-vyf-en-negentig-duisend rand."

"Klink of hulle 'n paar ouens bonusse gegee het," sê Rooi.

Magrieta haal haar skouers op. "Die bankbestuurder sê daar word net een keer 'n maand 'n groot bedrag geld getrek. Die enigste ander aftrekkings uit die rekening is vir die kerk se munisipale dienste en 'n paar kleiner uigawes."

"Goed, wat nog?" vra Kassie.

"Jaarliks word miljoene rande uit 'n Switserse bankrekening oorbetaal in Knobel Konstruksie se rekening. Die oorsese rekening se naam is Koffiefontein Limited."

Paal lag. "Bleddie local naam vir 'n fancy Switserse rekening!"

"Die oorspronklike Orde-lede is in 'n interneringskamp op Koffiefontein aangehou gedurende die Tweede Wêreldoorlog," sê Kassie. "Dis waar die naam vandaan kom."

Magrieta kyk op van haar notas. "Niks anders van belang nie."

Kassie knik. "Dit help in elk geval nie ons bespiegel oor die Orde se geldsake nie. Kom ons konsentreer op die inligting wat ons uit Volbrecht se ondervraging gekry het."

Hy beduie na sy aantekeninge op die swartbord. "Ons weet nou Stephanus Louw was L en dat hy die ontvanger van die gesteelde juwele in Doebai was. Dit klink of die E-karakter Joep Eksteen kon wees – hy het die juweeldiewe ingelig gehou oor die bewegings van die sekerheidsmaatskappye. Merwin Louw kan nie V wees nie, want dié is volgens Volbrecht 'n lang, sterkgeboude man . . . wat nie ooreenstem met die buurvrou se beskrywing van Merwin Louw nie. Daisy Buys is beslis die Anna Uys wat my probeer bevriend het om inligting te kry."

Kassie het kortliks die storie van Anna Uys vir almal vertel. Rooi het hom oortuig om nie te verwys na sy flater met Sonja Eksteen nie. "Dit gaan nie 'n goeie indruk van jou as hoofondersoekbeampte skep as jy dit doen nie."

Kassie draai terug na sy gehoor. "Wat dus nog 'n raaisel is, is wie V is . . . en natuurlik Iskariot."

"Dalk is dit nie 'n mens nie, net 'n verkorte naam vir die Orde van Iskariot," sê Rooi.

Kassie knik. "Ook moontlik."

"Wel, ons het darem nou meer duidelikheid oor Victor Carelse," sê Paal. "Volgens Volbrecht se beskrywing is hy die man wat Stephanus Louw se keel afgesny het."

"Ja, en ons kan met redelike sekerheid aanneem Carelse is ook die moordenaar van Joep Eksteen en Cry Baby October," sê Kassie. "Dis duidelik hy dra 'n groot wrok teen die Orde. My raaiskoot is dat hy ook die Eksteen-egpaar destyds vermoor het, maar heel moontlik in opdrag van die Orde. 'n Broodmes is beslis sy voorkeurwapen."

"En daarmee is Monty se teorie ook in sy moer in," sê Rooi sarkasties. "Ons het nie hier te doen met 'n ander Mafia-gang nie, Carelse neem wraak op sy gewese kollegas."

Monty staar net voor hom uit, blykbaar steeds nors oor Kassie se skrobbering vroeër. Kassie besluit om nie daarop kommentaar te lewer nie – sy longe smag na nikotien.

Hy staan op. "Raait, ek dink ons het 'n tydjie nodig om bene te rek. Maak dit tien minute."

Op die balkonnetjie aan die agterkant van die kantoor steek hy 'n Lucky aan. Hulle is op die punt om groot deurbrake te maak, weet hy. Maar daar wag nog baie werk. Hy sal nou 'n lys moet maak van dinge wat opgevolg en gedoen moet word. Hulle moet ook dringend 'n foto van Victor Carelse aan die koerante stuur. Met sy reuse-liggaam kan die man beswaarlik onopsigtelik tussen mense rondbeweeg, iemand sou hom iewers gesien het.

Terug in die opskamer merk hy Paal op by die lessenaar waar die hoofdossier gehou word. Paal wink hom nader.

"Ek sien julle het met Sybrand Vos gepraat oor die destydse Broeksma-moorde. Hy was mos die hoofondersoekbeampte in daai saak."

Kassie knik. "Ja, maar wat 'n poephol! Ons het daardie dag net ons tyd gemors. Ken jy hom?"

"Nie eintlik nie. Maar toe ek nog 'n groentjie was, was hy vir so twee wedstryde my slotmaat in Polisie se rugbyspan. Hy was toe aan die einde van sy loopbaan. Redelike ou windgat. Sy rugbypelle het hom 'Swys' genoem."

Paal lag. "Maar hy't seker die mooiste vrou getrou wat ek nog gesien het. So 'n smeulende swartkop wat al die ouens by die klub katools gehad het."

Op pad na sy stoel steek Kassie in sy spore vas. Hy en Rooi het Vos se vrou net vlugtig in die winkelsentrum gegroet, maar haar skoonheid het hom opgeval.

En skielik weet hy!

"Rooi, Paal!" roep hy dringend. "Julle moet nóú saam met my kom."

Die ander staar verbaas na hom.

"Ons verdaag eers die meeting," sê hy en gryp sy windjekker.

67

Dis 'n moderne dubbelverdieping in Welgemoed, wit gepleister met rooibruin dakteëls. Twee blink 4x4's staan onder 'n groot afdak. Die gordyne voor die vensters is dig toegetrek.

Hulle stap met 'n klipgeplaveide paadjie na die voordeur. Kassie druk die klokkie. Hulle wag in stilte, maar ná 'n minuut is daar nog geen teken van lewe nie.

"Wel, dit lyk nie of die mense hulle bene afhardloop om oop te maak nie," sê Paal.

Kassie haal sy selfoon uit sy windjekker se sak. "Ek sal hom maar op sy sel moet bel."

Rooi stap langs die huis af.

"Geen antwoord nie," sê Kassie toe die foon net aanhou lui.

Paal druk weer die klokkie.

"Bliksis!" roep Rooi skielik. "Kom tjek hier!"

Hy beduie na 'n groot venster. "Kyk deur daai skrefie in die gordyne."

Kassie loer binnetoe. Die huis is taamlik donker binne, sy oë sukkel om daaraan gewoond te raak.

Dan sien hy dit ook . . . 'n hand wat uitsteek op die mat agter 'n rusbank.

"Hier's groot kak," sê Paal toe hy ook kyk. "Laat kom die forensics!"

Kassie bel vir Da Silva. "Julle moet in full force kom."

• • •

Almal staar na TJ. Geharde criminals. Sewentien van hulle saam met hom in die sel.

Hy sit op die bed met sy bene styf teen sy borskas opgetrek. Jy kan dit nie 'n bed noem nie, dink hy. Dis niks anders as 'n smal plank met 'n dun klapperhaarmatrassie op nie. Hoe jy op só 'n harde plek slaap, weet die donner alleen.

"Wat soek jy hier, whitey?" vra 'n skraal man met 'n tatoe van twee tiete op sy voorkop. "Het jy kindertjies gemolest? Dis mos waarvoor julle whiteys gewoonlik in is."

TJ skud sy kop. "Diefstal," mompel hy.

"Nè!" Die man se smile vertoon 'n bek sonder voortande. "As hulle jou hiér ingooi, is dit nie vir petty crime soos robbery nie. Jy't at least jou ma afgefinish."

"Of 'n cop gekill," sê 'n grote op die bed oorkant TJ. Hy loer met swart ogies oor 'n brilraam wat aanmekaar gehou word met 'n stuk hegpleister oor die brug. Vroetel heeltyd met sy hande tussen sy bene.

"Of iemand gerape," sê een met 'n blinkgeskeerde kop en 'n lang scar oor sy wang. "Met die purpose om dood te steek."

Die ander lag.

TJ staar net na die bed voor hom. Jissis, hoekom het hulle hom in dié sel gesit?

Die grote klim van sy bed af en kom staan voor TJ. "Ons het hier by ons 'n tradition. Enetjie om ons nuwe selbuddies welkom te laat voel."

Hy maak die knope van sy tronkoorpak stadig los. 'n Paar van die ander staan ook nader.

"Hoe sê ons altyd vir 'n nuwe outjie? 'n Blow job a day keeps the doctor away."

Sy groot maag dril soos hy lag.

Die punt van sy stywe tril is enkele sentimeters van TJ se gesig; in sy hand hou hy 'n skerp ding vas.

"Choose your weapon, my buddie," sê hy.

• • •

Kassie laat gly sy blik stadig oor die toneel.

Sybrand Vos, sy pragtige vrou en 'n onbekende man lê soos lappoppe enkele meters van mekaar op die mat in die groot sitkamer. Vos moes vorentoe geval het, sy een arm is onder sy lyf ingevou, die ander een voor hom uitgestrek. Sy vrou lê op haar rug, haar bene oopgesprei, haar linkerhand om haar keel geklem. Die ander man lê op sy sy, 'n koffietafeltjie oor sy bors gedrapeer asof 'n fotograaf hom gevra het om so te poseer.

Geen opsigtelike wonde of bloed aan die liggame nie, dink Kassie. Hy hou een van die forensiese span dop wat oor die lyk van Vos se vrou buk.

Da Silva kom nader. "Wessie sê die lyke is nie veel ouer as 48 uur nie. Dis sy voorlopige skatting, maar die patoloog is op pad."

Kassie knik. "Ons sal die plek donners deeglik moet fynkam." Hy sug. "Dit gaan 'n lang aand word."

Sy selfoon lui en hy stap op die voorstoep uit om te antwoord. Seker weer sy neef Bollie in Vereeniging. Sedert gister terroriseer die man hom met SMS'e dat Kassie hom dringend moet bel. Die orige bliksem wil seker weer 'n guns bedel.

Maar dis die taakspankantoor se nommer. Moes dit geweet het, dink Kassie, Bollie is te suinig om 'n oproep te maak.

Dis Magrieta.

"Kassie, Interpol het my pas gebel. Die rekeninghouer van Koffiefontein Limited is niemand anders as Hans Wagner nie!"

Kassie knik. "Ek het geweet daai donner is betrokke!"

Hy vertel haar vinnig wat by Vos se huis aangaan.

"Magriets, ek gaan te besig wees hier om nog oproepe te maak. Bel die brigadier en vra hom om met die streekkommissaris te praat – dit gaan net werk as die versoek van 'n hoë vlak kom. Interpol moet met die Hollandse polisie reël dat Wagner by die Uni-

291

versiteit van Amsterdam vasgetrap word. Nou dádelik, dit kan nie wag nie. Al moet ek Amsterdam toe vlieg, Wagner moet so gou as moontlik ondervra word."

Toe Kassie aflui, staan Rooi by hom.

"Die ander man is Merwin Louw. Ons het sy bestuurslisensie in 'n slaapkamer gekry, die foto stem ooreen met die derde liggaam."

Terug in die huis wink Paal hulle nader. Hulle stap agter hom aan in die gang af. In 'n groot slaapkamer wys Paal na geraamde foto's bokant die bed.

"Hierdie is seker die Vosse se kamer. Daar hang 'n troufoto en 'n foto van die jong Sybrand in sy rugbydae, maar dit lyk aan die leë hakies of twee foto's van die muur verwyder is."

Hy beduie na die spieëltafel waar 'n album oopgeslaan lê. "Daar's ook foto's weg uit die album. Lyk soos 'n familiealbum."

Kassie bekyk die troufoto bokant die bed aandagtig. Onteenseglik: Anna Uys, Daisy Buys of wat haar regte naam ook al is, is 'n ewebeeld van haar ma.

Hy glimlag. Sy het verniet haar foto's van die muur en uit die album verwyder.

68

"Buiten die hoofslaapkamer en die kamer waarin Merwin Louw se tasse staan, is daar nog twee kamers waar mense geslaap het," sê Kassie. "In een van die kamers staan 'n tas met 'n lughawe-etiket . . . Doebai/Kaapstad."

"Stephanus Louw s'n?" vra Rooi.

"Dit wil so voorkom, daar's mansklere in die tas. Ons weet dit kan nie hy wees nie, maar daar het beslis iemand geslaap. Da Silva kyk nou rond vir hare en so aan."

"Wel, die lessenaar in die studeerkamer het boggherol opgelewer. Net 'n klomp papiere, rekeninge, fakture en ou tydskrifte. Mens het baie tyd nodig om deur die goed te sif. Maar iets in die kombuis het my opgeval," sê Rooi.

"Vertel."

"In die skottelgoedwasser is daar vyf glase."

"Wat's so vreemd daaraan?"

"Die glase is gewas, maar jy gebruik tog nie die skottelgoedwasser om vyf glase te was nie. Torretjie pak haar masjien altyd vól voor sy die ding aansit."

"As jy doodseker wil maak daar's geen vingerafdrukke aan vyf glase nie, sal jy dit seker in 'n skottelgoedwasser was . . ."

Rooi glimlag. "Ek't ook so gescheme. Great minds think alike."

"Daarvan gepraat," sê Kassie, "onthou om Da Silva-hulle te herinner om alles in die vuilgoedblikke in plastieksakke te sit om later te kyk vir vingerafdrukke."

Paal onderbreek hulle. "Kassie, hier's 'n vrou by die voordeur. Sy sê sy's 'n goeie vriendin van mevrou Vos. Sy wil weet wat hier aangaan. Moet ek haar wegwys of wil jy met haar gesels?"

"Ek sal met haar gesels."

Kassie stap voordeur toe en trek eers die beskermende skoene en handskoene uit wat hulle op 'n moordtoneel dra. 'n Mollige vrou in 'n geblomde rok staan op die stoep. Sy stel haarself voor as Corlia Scheepers.

"Kaptein, ek dring daarop aan om te weet wat hier aangaan!" sê sy ergerlik. "Ons as inwoners in die nabye omgewing is geregtig daarop om ingelig te word."

Kassie vertel haar dat albei Vosse dood is.

"Swys én Katrina?" Haar gesig is wit van skok. "Was . . . was dit inbrekers?"

"Ons weet nog nie."

"Die misdaad in ons buurt raak nou onuithoudbaar! Hulle is nie meer net tevrede om te steel nie, hulle maak nou dood ook. Dis . . . dis verskriklik!"

Sy trek haar asem sidderend in. "Dis net 'n genade ek en my man was nie in die huis toe hulle ons juwele gesteel het nie."

Kassie frons. "Juwele?"

"Ja, dit was in die nuus en als. Meer as drie miljoen rand se juwele gesteel."

Sy beduie met haar hand straatop. "Vyf huise van hier af. Ons was die aand nog by ons maandelikse wynklubbyeenkoms. Toevallig was die Vosse ook daar. Toe ons terugkom by die huis, het die kluis oopgestaan. Swys het nog kom kyk vir leidrade voor die polisie opgedaag het. Hy was mos op sy dag in die polisie."

"Hoe lank woon julle al hier?"

"So 'n jaar en 'n half. My man het die enigste oop erf in die blok gekoop en ons het laat bou."

"En hoe lank ken jy mevrou Vos?"

"Laat ek dink . . . sedert ons die wynklub gestig het. Moet seker vyf, ses jaar wees."

"Het die Vosse kinders?"

"Ja, 'n dogter, maar ek het haar nooit ontmoet nie. Sy was al uit

294

die huis toe ek en Katrina bevriend geraak het. Maar waar julle vir Vera gaan opspoor om die nuus oor te dra, weet ek nie. Sy't in 'n stadium in Sasolburg gebly, dink ek."

. . .

"Was julle hééltemal breindood gewees?"

Die gesette kolonel slaan met sy vuis op die lessenaar. "As die kommissaris hiervan moet hoor, gaan ons weer groot kak hê!"

"Dis al plek wat beskikbaar was, kolonel," sê die bewaarder.

"Julle moes 'n ander plan gemaak het. Julle kan mos nie die man in 'n sel gooi saam met 'n klomp moordenaars en verkragters nie! Dis nog 'n whitey ook! En die arme drommel het nog nie eers in die hof verskyn nie. Hy was nie eers veronderstel om hierheen te kom nie, maar Bellville se selle is oorvol. Toe gaan neuk julle hom waaragtig in C-seksie in 'n fokken sel!"

Die bewaarder antwoord nie, sy kop hang.

"Hy moes 'n klomp afsuig en is toe nog verkrag ook. Dit terwyl julle 'n entjie daarvandaan doodluiters sit en dambord speel!"

"Ek's jammer, kolonel."

"Dis nou te laat. Die sielkundige sê ons sal hom na 'n inrigting moet stuur. Hy's heeltemal van sy trollie af. Noem almal 'Dad' en huil aaneen soos 'n donnerse baby."

. . .

Dis al skemer toe Kassie op die Vosse se stoep uitstap. Hy steek 'n Lucky aan. Hy't tyd nodig om sy gedagtes te orden. Daar is net te veel onbeantwoorde vrae. Sy selfoon lui. Brigadier Filander.

"Pas terugvoer gekry van die Amsterdamse polisie, Kassie. Hans Wagner is tans in Suid-Afrika. Sover die sekretaresse by die universiteit weet, keer hy eers oor drie dae terug Amsterdam toe."

295

69

Kassie kom agter die atmosfeer in die opskamer is gespanne. Belangrike dinkwerk lê voor, maar almal is moeg; hulle slaaptyd was enkele ure. Hy, Rooi en Paal het eers middernag van Vos se huis af teruggekom. Buiten Monty was almal nog op kantoor, reg om opvolgopdragte te ontvang.

Arme Rooi moes vroegoggend die Welgemoed-lyke se outopsie bywoon. Nou, terwyl die laatoggendsonnetjie deur die gordyne syfer, is die lang gape opvallend om die tafel. Nie die ideale omstandighede om skerp gevolgtrekkings te maak nie, besef Kassie.

"Raait, kom ons beskou eers rustig al die nuwe feite. Eerstens weet ons nou wie V was." Hy kyk na Rooi. "Noudat ek terugdink, besef ek dit was 'n fout om Sybrand Vos nie deegliker te ondersoek nie. Sy leuen oor Knobel wat kwansuis met sy kar-mechanic 'n uitval gehad het, moes ons laat lont ruik het."

Rooi knik. "Maar sy bleddie van stem nie ooreen met die stigterslede van die Orde nie, dís wat ons gegooi het. Ek dink hy't destyds beslis 'n hand in Knobel se dood gehad."

"Ja, daar's by my geen twyfel daaroor nie. Vos het die hele ding georkestreer sodat die moord op Knobel nie nog 'n ondersoek sou meebring nie. Die Orde het vir Broeksma geframe: hom gevang, verdoof en toe in die buitekamertjie naby Knobel se huis gaan dump."

"Wel, nou weet ons minstens hy was die V wat vir Volbrecht en sy handlanger hulle opdragte gegee het," sê Paal. "G'n wonder hy kon hulle sulke goeie tips gee oor die leidrade waarna die polisie kyk nie. En die vrou in die agtergrond wie se stem Volbrecht op die foon gehoor het, was heel moontlik Katrina. Haar matriekser-

tifikaat wat Rooi in die studeerkamer gekry het, wys haar nooiens-
van was Louw."

"Moet familie van Merwin en Stephanus Louw wees," sê Rooi.

"Ja," sê Kassie peinsend, "Merwin trek nogal na haar. Ons weet
ook nou Vera is Daisy Buys oftewel Anna Uys, dogter van die Vos-
se. Hans Wagner is heel moontlik die brein agter die Orde – die
Iskariot na wie Volbrecht verwys het."

Die foon op die hoek van die tafel lui en Paal pik die gehoorbuis
op. Hy luister, hou dit dan na Kassie uit. "Die patoloog."

Kassie luister aandagtig.

"Presies wat jy vermoed het, Rooi," sê hy toe hy die gehoorbuis
laat sak. "Selle storie as Dennis Karools – die patoloog dink die
Vosse en Merwin Louw het dieselfde gif ingekry."

Rooi skud sy kop. "Dit bring ons by die groot vraag: wie het
hulle doodgemaak? En waarom?"

"Die enigste oorblywende Orde-lede van wie ons weet, is Wag-
ner en Vera Vos," sê Kassie. "Maar hoekom sal 'n dogter deel wees
van die moord op haar ma en pa? Dit maak nie bleddie sin nie. En
hoekom sal Wagner die kernlede van sy eie organisasie wil uit-
wis?"

"Dalk was dit Victor," praat Monty vir die eerste keer.

"Kan wees," gee Kassie toe. "Dit strook net nie met sy modus
operandi om mense keelaf te sny nie."

"Dit lyk of Vera moeite gedoen het om foto's van haarself uit
haar ouerhuis te verwyder," sê Paal. "Dit maak van haar 'n ver-
dagte."

Almal kyk vol afwagting op toe Magrieta by die deur inkom.

"Kassie, ek't reggekom by South African Airways. Wagner sou
oormôre van hier af Amsterdam toe gevlieg het, maar hy het sy
kaartjie gister gekanselleer en geen ander bespreking gemaak nie."

• • •

Die mure om hom is wit geverf, die beddegoed op die enkelbedjie is wit, die toilet en wasbak is wit. 'n Wit hel, dink TJ. Hulle het hom gisteraand hier by die malhuis kom aflaai.

'n Groot fokker met 'n wit baadjie het hom in die boud inge-spuit, maar dit het nie veel gehelp nie. Sy nagmerries was erg. Elke halfuur wakker geword, natgesweet en kortasem. En dan weer gedroom: wilde perde met lang maanhare, Dad op een se rug, jaghonde met gespitste ore en swaaiende sterte agter hom aan . . . 'n swerm kraaie om sy kop . . . Ma se krete in sy ore . . .

Dieselfde droom, oor en oor.

Hy staar by die venstertjie uit. Die wind fluit om die hoeke van die gebou, die boomtoppe buig en beur teen die Suidooster, ge-noeg om sy beswaarde gemoed nog swaarder te maak. Hy draai om, tree die kamertjie af van een kant na die ander.

Hy gaan sit op die vloer in die hoek van die kamer, sy bene op-getrek teen sy bors. Warm trane rol oor sy wange. Fok, hy verlang na Snake. Hy sou hulle uit dié kak gekry het.

Snake sou hom ook in die tronk beskerm het, hy sou nie toege-laat het dat hulle so met hom mors nie.

Die gebeure in die tronk spoel skielik soos 'n golf oor hom. Hy huil en skreeu, gil van die pyn.

Iemand maak die deur oop, loer in. Dis die groot fokker wat hom gisteraand ingespuit het.

"Fokof!" skree hy vir die man.

• • •

Kassie se oë knipper en val toe. Hy moet sy kop skud om die vaak te verdryf. Hy kan nie bekostig om nou sy fokus te verloor nie. Hulle móét vanaand nog vordering met die saak maak.

Hy het die meeste spanlede laatmiddag huis toe gestuur sodat hulle ordentlik kan uitrus. Vir 'n vars begin môre. Dis buitendien

Sondag. Net hy, Rooi en Magrieta beman vanaand die kantoor. Maar hy sal hulle nie veel later as elfuur kan laat werk nie. Hy kyk op sy horlosie . . . dis oor 'n bietjie meer as drie uur.

Vandag was frustrerend. Hulle het wel twee oproepe gekry van mense wat Victor Carelse herken het aan sy foto in die Sondagkoerante. Die een is 'n prostituut wat beweer Victor het haar sleg behandel, die ander die eienaar van 'n losieshuis waar Victor gebly het. Sy enigste nuttige inligting was dat Victor met 'n wit BMW ry . . . maar Victor is intussen vort. Rooi se verdere navrae by die losieshuis het niks van belang opgelewer nie.

Kassie trap sy sigaret op die sementvloer van die balkonnetjie dood. Hy moet vir Rooi en Magrieta gaan help. Forensies het vanmiddag die res van die Vos-huis se studeerkamergoed en vullisoorblyfsels hier afgelewer. Hulle het net 'n paar items teruggehou waarop goeie vingerafdrukke was. Nou het die span 'n wavrag papiere en strokies om deur te werk.

Kassie sug. Forensies kon nog niks wys word uit die vingerafdrukke nie. As iemand nie 'n vorige veroordeling het nie, help die polisie se databasis niks.

Op pad na die opskamer laat die harde tieng van 'n SMS hom sy selfoon uit sy sak haal. Neef Bollie. *Bel my wanneer jy tyd kry.* Kassie snork en sit die foon terug in sy sak. Hy het nie nou tyd óf lus om met Bollie te klets nie.

In die opskamer is die Vos-vullisgoed op die een kant van die tafel uitgepak, die studeerkamerkorrespondensie op die ander kant. Magrieta se dun nekkie is gestrek soos sy 'n vel papier in haar hand bestudeer. Rooi sit agteroor in sy stoel, 'n hoop strokies en rekeninge op sy skoot, sy voete op die hoek van die tafel.

"Al iets gekry waaroor ons opgewonde kan raak?" vra Kassie sonder veel hoop.

Rooi en Magrieta skud gelyk hulle koppe.

"Waarvoor presies moet ons kyk?" vra Magrieta moedeloos.

299

Kassie sug. "Enigiets wat ons kan opvolg."

Rooi stoot 'n velletjie papier oor die tafel. "Magrieta, bel gou vir ons hierdie nommer, dalk is ons gelukkig."

"Staan daar niks by die nommer geskryf nie?" vra Kassie.

"Boggherol," sê Rooi. En vir Magrieta: "Dis presies die tipe goed wat ons moet opvolg."

Hulle sit in afwagting terwyl Magrieta bel. Sy trek 'n skewe gesig en sit die foon neer. "Dis 'n pizza-afleweringsplek, Jim's Pizza Palace."

Rooi knik. "Ek het juis in hulle kombuis gesien hoe staan die leë pizzabokse opgestapel."

Kassie trek 'n hopie koerante nader. Te oordeel aan die vlekke daarop kom dit uit die Vosse se asdrom. Hy blaai die eerste een deur, kyk oudergewoonte in die bylaag se kleinadvertensies of daar nie seëls te koop is nie. Niks.

Net toe hy die bylaag wil toemaak, sien hy die kolletjie wat met 'n pen langs 'n telefoonnommer gemaak is: *Vakansie-eiendomme te huur*.

70

"Ja, dit moet hier wees," sê Kassie vir Rooi terwyl hy die kaart bestudeer wat die verhuringsagent op 'n velletjie papier vir hulle geteken het. Hy vou die papier op en sit die binneliggie van die Toyota af.

Die gemerkte telefoonnommer in die koerant was die deurbraak waarna hulle gesoek het. Die verhuringsagent van Melkbosstrand het bevestig dat twee mense, 'n pa en dogter, 'n vakansiehuis vir drie dae gehuur het. Ondanks die Beukes-van wat hulle opgegee het, stem die agent se beskrywing van die dogter ooreen met Vera Vos. En die beskrywing van Hans Wagner wat Magrieta by die Universiteit van Amsterdam gekry het, klop ook: kierie en poniestert.

"Kaptein, die plek is só beveilig dat jy net toegang tot die erf kan kry deur die motorhek. En daarvoor moet jy die interkom gebruik sodat die mense in die huis vir jou kan oopmaak," het die agent gesê.

"Jy't nie dalk 'n ekstra afstandbeheerder vir die motorhek nie?"

"Ongelukkig nie, die eienaars het die ander een en hulle bly in Gauteng. Maar julle kan maar net die interkomknoppie druk."

"Natuurlik, natuurlik. Jy sê hulle is van plan om môreoggend vroeg te vertrek?"

"Ja, hulle gaan die sleutels voor ses by my kom aflewer."

En nou, terwyl hy na die hoë muur om die huis staar, weet Kassie nie presies hoe hy die situasie moet hanteer nie. Die huis is in 'n kort doodloopstraatjie, met langsaan 'n oorgroeide oop erf en langs dié net een ander woonhuis.

"Hoe gaan ons hierdie ding tackle, Kassie?" vra Rooi.

"Wel, ons kan van die ander taakspanlede laat kom, die huis omsingel en die interkom se knoppie druk. Of ons kan tot môreoggend wag en toeslaan wanneer hulle uitry."

"Dalk is hulle nou nie eers hier nie."

"Ek het ook daaraan gedink. Wat my hinder, is dat hulle ons motor gaan sien sodra hulle in die straat indraai. Dit kan ons cover blaas, en hulle kan besluit om weg te jaag. Die agent sê hulle ry met so 'n grand rooi Merc. Gaan maar moeilik wees om by te hou met ons ou poelskedonk," sê Kassie.

"Ek sê jou wat: kom ons loop om die plek en kyk of ons nie iewers ligte sien brand nie."

"Goeie idee, maar dan moet ons donners vinnig maak."

• • •

"Wat is jou bevinding?" vra die superintendent van die hospitaal.

Die jong psigiater skud sy kop. "Die man het groot probleme. Hy sal hier moet bly vir waarneming. Daar's geen manier waarop hy nou na Pollsmoor teruggestuur kan word nie."

Die superintendent kyk op sy horlosie. "Dis laat, ek wil huis toe gaan. Lig my net kortliks in."

"Wel, hy ly aan erge post-traumatiese stres. Hy kan nie nou sinvol kommunikeer nie. Hy toon angssimptome . . . moeilike asemhaling, oormatige sweet, koue rillings. En hy kners voortdurend op sy tande."

"Wat dink jy is die oorsaak?"

"Moeilik om te sê. Hy weier om te praat. Skree net heeltyd ek moet 'fokof'. Ek raai iets het met hom gebeur in die tronk. Maar met 'n bietjie moeite en tyd behoort ek hom te kan help. Gewoonlik duur so 'n buitengewone reaksie nie te lank ná 'n trauma voort nie."

"En wat sê die tronkowerhede?"

Die psigiater lag wrang. "Soos gewoonlik was hulle hul hande in onskuld. Volgens hulle het hy net 'skielik' snaaks begin optree."

• • •

In die verte blaf 'n hond. Iewers klap 'n deur toe.

Kassie spits sy ore. Al wat hy in die onmiddellike omgewing hoor, is die geritsel van hul voetstappe in die lang gras. Hulle loop struikelend langs die muur af, die penflits se lig beswaarlik genoeg om geruisloos te beweeg op die ongelyke terrein.

Hy sien die lang aluminiumleer teen die muur staan toe hulle om die agterste draai van die erf kom. 'n Kombers is oor die lemmetjies-draad aan die bokant van die muur gegooi. Die perfekte inkomplek.

"Bliksis, wat gaan hier aan?" fluister Rooi.

"Kom ons klim oor en gaan kyk."

Kassie klim teen die leer op terwyl Rooi dit vashou. Hy kyk oor die muur na die huis. Nie 'n geluid of roering nie. Lig brand in die verste hoek.

Reg onder hom is 'n buitebraai. Die skoorsteen is in vlakke ont-werp sodat dit amper soos trappe na onder loop. Hy lig hom ver-sigtig oor die lemmetjiesdraad en wink vir Rooi om hom te volg, klim teen die skoorsteen af na onder.

Beretta in die hand staan albei eers stil. Hulle hoor niks. Loop dan voetjie vir voetjie na die hoek van die huis waar die lig brand.

'n Venster staan wawyd oop, die gordyne toegetrek. 'n Stuk diefwering lê op die gras voor die venster.

"Los uit die raam geruk," fluister Rooi.

Kassie trek die gordyn versigtig oop.

Dan snak hulle gelyktydig na asem.

Op 'n dubbelbed lê 'n kaal man uitgestrek op sy rug. Albei sy arms is onder hom ingevou asof sy gewrigte vasgebind is.

Sy kop lê na hulle gedraai, sy grys hare en poniestert deurweek van bloed, die bultende oë glasig. Sy keel is oopgekloof, die lug-pyp ontbloot. Sy verskrompelde geslagsorgaan hang soos 'n half-gerookte sigaar uit sy mond.

303

'n Siddering trek deur Kassie. Heilige herder . . .

"Victor was hier," fluister Rooi.

"Is dalk steeds hier?"

Kassie oorweeg hul opsies. Hy kan bel en versterkings kry, maar dit gaan net kosbare tyd mors. Hy trek die gordyne verder oop, bespied die kamer. Geen teken van lewe nie. Die kamer se deur is toegetrek. Hy wys vir Rooi hulle moet deur die venster klim.

Binne staan hulle eers roerloos. Die kamer is 'n bloedbad: rooi-gevlekte beddegoed, bloedspatsels teen die mure.

Die huis is doodstil.

Kassie loop na die deur, draai die handvatsel stadig en maak dit oop. 'n Lang, donker gang begroet hom. Hulle stap versigtig in die gang af, sit ligte aan so ver hulle gaan, soek deur al die vertrekke.

"Hier's nie 'n siel nie," sê Rooi moedeloos.

In die motorhuis is daar ook geen teken van die Merc nie.

71

Die bloedspoor loop net nooit dood nie, dink Kassie terwyl hy terugry kantoor toe. Hy was lanklaas so gefrustreerd. Keer op keer is hulle te laat. Eers Dennis Karools, toe die Vosse en Merwin Louw, nou Hans Wagner.

Elke warm leidraad lewer 'n koue lyk op.

Daar is net te veel vrae waarop hy nie antwoorde het nie. Hoe het Victor uitgevind Vera en Hans skuil in Melkbosstrand? Waar het hy so maklik 'n leer in die hande gekry? Hoe het hy geweet Hans slaap in daardie spesifieke kamer?

En waar is Vera? Is sy en Victor kop in een mus? Het hulle twee die Vosse en Merwin Louw vergiftig? Toe Hans hierheen gelok sodat Victor hom kan afslag? Of was Vera dalk glad nie betrokke nie? Was sy al weg met die Merc toe Victor die moord gepleeg het? Gaan hulle haar dalk ook iewers aantref met 'n afgesnyde keel?

Hy parkeer die poelmotor op die oop stuk grond wat saam met die kantoor gehuur is. Kyk op sy horlosie. Halfdrie. Hy het eers vir Rooi by sy woonstel gaan aflaai. Twee ouens van Forensies is nog in Melkbos besig, maar hy en Rooi kan dié tyd van 'n Maandagoggend nie meer veel uitrig nie. Hulle het niks in Hans se tasse of in die res van die huis gekry wat hulle nader aan die waarheid kon bring nie.

Hy stap oor die verlate straat kantoor toe. Net 'n Honda CR-V staan 'n entjie af in die straat geparkeer. Hy gaap. Hy gaan daai divan in die kantoor nou seermaak.

Die nagwag by die toonbank in die ingangsportaal slaap vas, kop gestut teen die muur agter hom, pet skeef oor sy gesig, mond wawyd oop. Die man roer nie eers toe Kassie verby hom stap nie.

Hy ry met die hyser op na die tweede verdieping. Haal sy sleutel uit om die kantoor oop te sluit, maar die deur is nie gesluit nie. Magrieta het seker vergeet om dit te sluit toe sy uit is, dink hy.

Dié arme siel moet net so moeg wees. Toe hy elfuur gebel het, was sy nog hier besig, baie opgewonde oor 'n psigiatriese verslag van Vera Vos wat sy tussen die papiere gekry het. Dis glo 'n verslag van tien jaar gelede, gerig aan Katrina.

Hy't gesê sy moet huis toe gaan, hy sal vroegoggend daaraan aandag gee.

• • •

Vera tuur uit oor die donker oseaan. Sy neem 'n slukkie van die wit wyn. Die nag is bedompig; sy sukkel om te slaap.

Dalk is sy maar net te opgewonde dat die dag moet breek. Haar laaste dag op hierdie vasteland. Sy sal nooit weer hierheen terugkeer nie, belowe sy haarself. Môrenag dié tyd is sy al ses ure lank op die vliegtuig – op pad om haar drome te gaan leef.

'n Ligte windjie steek op, wat hoendervleis op haar naakte vel laat uitslaan. Sy sluk die laaste bietjie wyn af en stap na binne.

Sy glimlag. Vera Vos se laaste ure het aangebreek. Binnekort gaan sy sonder die Orde-bagasie 'n nuwe lewe begin.

• • •

Kassie hoor die geluid agter hom toe hy die yskas se deur wil oopmaak. Hy kry nie kans om om te kyk nie.

'n Arm klem om sy nek en pen sy lyf teen die yskas vas. Hy spartel tevergeefs. 'n Hand gly by sy windjekker in en haal die Beretta behendig uit die holster.

Hy grawe met sy naels in die aanvaller se dik arm, maar die ystergreep verslap nie. Die suurstof na sy brein raak min. Hy spartel verbete, ruik die bedompige asem van sy aanvaller.

Skielik verslap die greep. Sy aanvaller gryp hom aan sy windjek-ker se kraag en slinger hom teen die muur vas. Hy stamp sy kop hard en val op die naat van sy rug.

Hy kyk stadig op. Eers sukkel sy oë om te fokus.

Dan sien hy dis Victor Carelse wat wydsbeen oor hom staan. Sy kaalgeskeerde kop blink in die plafonlig. Hy gluur Kassie minagtend aan terwyl hy stadig agteruit tree.

"Staan op sodat jy my in die oë kan kyk," sis hy en sit die Beretta op die wasbak agter hom neer. Hy trek 'n lang mes uit die velskede aan sy gordel, 'n onheilspellende grynslag op sy gesig.

Kassie kom stadig orent. Sy slape klop van die adrenalien, sy hart galop in sy borskas. Hy is in die hoek vasgekeer, Victor is te naby aan die deur om te probeer ontsnap.

"Hallo, Meerkat, goed om jou weer te sien," sê Victor smalend. "Jy weet, jy was selde uit my gedagtes in die tronk. Ek het baie tyd gehad om te dagdroom oor hoe ek jou eendag uit die lewe gaan help."

Sy mond trek skeef. "Jy's mos die mannetjie wat my 'n kinder-verkragter genoem het. Jy't nog gesê vuilgoed soos ek behoort ont-man te word. Dis dinge wat seermaak, veral as mens onskuldig is."

Sy wysvinger skiet uit na Kassie. "Jy wou tien jaar gelede nie na rede luister nie. Jy't my geboei, vir my gesê ek kan in die hof gaan verduidelik hoe al daai video's in my woonstel beland het. Gesê ek mors my asem om met jou te praat. Jy was tóé 'n groot-meneer, saam met daai ander twee wat hulle pistole in my gesig gedruk het. Jou houding het my nie aangestaan nie. Maar ek het geweet ons paaie sal eendag weer kruis. En dan sal ék in beheer wees."

Hy lag skielik. "Nou is die uur hier."

"Ek . . . ek het net my werk gedoen."

"Jy't dit donners sleg gedoen! Jy't 'n onskuldige man in die tronk laat beland!"

Kassie onthou van die brandblusser vlak langs hom, effens verskuil agter die asdrom. Hy het dit nog self daar gesit; in dié klein vertrekkie was dit net in almal se pad. Victor is sowat drie treë van hom af. Sal hy genoeg tyd hê om die brandblusser te gryp?

Victor se oë is op skrefies getrek, sy tande ontbloot in 'n grimas.

"Ek gaan eers jou fokken balls uitsny sodat jy kan voel hoe dit is om ontman te word . . . en dan gaan ek jou keel afsny, Meerkat," sis hy.

Hy streel met sy vingers oor die mes se lem en gee 'n tree nader.

Kassie se hart hamer in sy keel. Nou of nooit!

Hy skop die asdrom om sodat dit tussen hulle inrol, gryp die brandblusser, ruk die veiligheidspennetjie uit en druk die sneller.

Die straal wit poeier vang Victor vol in die gesig. Hy brul onaards en probeer die straal met sy hand keer.

Kassie los die sneller en swaai die blusser na Victor se meshand. Die metaalsilinder vang hom op die kneukels en die mes kletter op die vloer neer. Hy sak op sy knieë af, soek koorsig na die mes.

Die poeier het hom verblind, besef Kassie. Hy skop die mes weg voor Victor se grypende hande, hardloop verby hom na die wasbak en gryp die Beretta. Hy rig dit op die groot man.

"Moenie iets probeer nie," hyg hy. "Maak net een verkeerde beweging en ek skiet jou vrek."

Victor kom steunend orent, vryf met albei hande oor sy oë. "Ek kan nie sien nie," sê hy skor.

Kassie tree terug, die Beretta sekuur op Victor se bors gerig. "Spoel jou oë in die wasbak uit, maar ek waarsku jou weer: probeer iets en ek skiet om dood te skiet. Dis 'n donnerse belofte."

Victor voel-voel sy pad tot by die wasbak. Hy maak die kraan oop en spoel sy gesig af.

"Ons moet gesels, Meerkat," sê hy toe hy orent kom. "Ek het . . ."

"Jy kan in die ondervragingskamer met my en my kollegas ge-sels," onderbreek Kassie hom. Hy haal sy selfoon uit sy broeksak om Rooi te bel.

"Ek sal nie bel as ek jy is nie," sê Victor.

Kassie frons. Wat voer die bliksem nou in die mou?

"Jou vroulike kollega wat alleen hier was, is besig om te ver-smoor. As jy gou spring, kan jy dalk nog haar lewe red."

Kassie se nekhare rys. "Waar is sy?"

Victor lag. "Ek het haar vasgebind, 'n lap in haar mond gedruk en 'n stuk gordyn oor haar mond en neus gebind. Ek twyfel of sy nog lank met ons gaan wees. Suurstoftekort."

"Waar's sy!" skree Kassie en lig die Beretta.

Victor gee 'n tree nader aan hom. "Ek sal jou gaan wys . . . maar dan moet jy my laat gaan."

Paniek wil Kassie oorweldig, alles in hom wil so vinnig as moontlik by Magrieta uitkom. "Moenie probeer onderhandel nie, gaan wys my waar's sy! Of ek skiet jou nóú morsdood!"

Hy sal homself nooit vergewe as Magrieta iets moet oorkom nie. Sy het op sý aandrang die kantoor alleen beman toe hy en Rooi Melkbos toe is.

Hy staan terug, beduie met die Beretta Victor moet verbykom, tel die broodmes met sy linkerhand van die vloer af op.

Voor die opskamer steek Victor vas en draai om. "Jy sal haar onder die groot tafel kry."

"Maak die deur oop!"

Victor grinnik, leun met sy rug teen die deur. "Jy mors waarde-volle sekondes. Laat my gaan en jy kan haar dalk nog red."

Kassie lig die pistool hoër. "Jy vra daarvoor!" skreeu hy.

"Oukei, ek sal jou gaan wys," sê Victor skielik. Die opskamer is stikdonker toe hy die deur oopmaak.

"Sit die ligte aan," beveel Kassie. Hy sorg dat hy kort agter Victor bly.

Toe die skerp dakligte aangaan, verblind dit hom vir 'n oomblik.

Victor lig sy regterarm in die rigting van die tafel asof hy daarheen wil beduie, maar swaai dan blitsvinnig om. Kassie sien die hou te laat. Victor se vuis tref hom teen die kant van sy kop.

Die impak slinger hom grond toe. Hy verloor die mes, maar bly klou aan die Beretta. Hy val op sy sy, rol onmiddellik op sy rug, die pistool nog stewig in sy greep.

Victor raap die mes op en storm brullend op hom af. Kassie dink nie, hy lig die Beretta instinktief en trek die sneller. Die oorverdowende knal laat sy ore suis.

Die groot man stop in sy spore asof hy teen 'n muur vasgehardloop het. Die mes val uit sy hand. Hy klem sy bors vas terwyl bloed tussen sy vingers deur sypel. Hy staar met verwarde oë na Kassie. Dan steier hy soos 'n dronke agtertoe en val met 'n dawerende slag op sy rug.

Kassie is dadelik op sy voete. Hy sien hoe die laaste konvulsies deur Victor se liggaam golf.

Dan hardloop hy na die tafel, val op sy knieë neer om tussen die stoele deur te sien. Hy kruip onder die tafel in, stamp stoelpote wild uit die pad.

Niks. Fokken niks!

Hy swets toe hy onder die tafel uitkruip. Victor het vir hom gelieg.

Hy storm by die opskamer uit, hardloop na die ondervragingskamer. Hy kyk onder die tafel. Niks.

Hy hardloop in die gang af, sit die eerste kantoorlig aan, kyk onder die twee lessenaars. Niks. Tweede kantoor. Niks. Derde een. Niks.

Daar is ook geen teken van Magrieta in die stoorkamertjie nie. Hy kyk onder die divan en in die ingeboude kas.

In die badkamer pluk hy die stortgordyne oop. Sy sit in die hoek

310

van die storthokkie, haar oë wyd gesper. Hy ruk die stuk gordyn van haar neus en mond af en trek die waslap uit haar mond.

Sy teug gulsig na vars lug. Hy gaan sit langs haar, sit sy arm om haar rukkende skouers en hou haar styf vas.

72

"Dit was soos om selfmoord te pleeg, hy kon tog sien jy het nog die Beretta," sê Rooi. "Hy't natuurlik nie weer vir die tronk kans gesien nie."

Kassie knik. "Kan wees. Maar dit was hy of ek, ek móés skiet."

"Ek dink nie Victor se soort pleeg selfmoord nie," sê Monty met sy gewone selfvertroue.

Paal en Magrieta sit saam met hulle om die tafel in die opskamer. Rooi was byna onmiddellik by die kantoor nadat Kassie gebel het. Forensies se mense het 'n halfuur later opgedaag. Paal en Monty het eers 'n paar uur later aangemeld.

"Ek wonder hoe het hy geweet ons werk hier?" sê Rooi.

"Hy moes ons vroeër dopgehou het." Kassie kyk besorg na Magrieta. "Jy kan regtig huis toe gaan. Jy't rus nodig."

"Jy moet nog meer gedaan wees as ek. Ek bly hier," sê sy beslis en stoot haar kennetjie vasbeslote uit.

"Hoe laat het hy jou oorval?" vra Rooi.

Tot dusver het niemand nog die moed gehad om Magrieta uit te vra oor wat presies gebeur het nie. Die trauma van die nag se gebeure is duidelik op haar bleek gesig geteken.

"Net voor halftwaalf. Ek was op pad huis toe. Ek het die buitedeur oopgemaak en toe ek my rug draai om dit te sluit, het hy om die hoek gestorm en my oorval. Hy't gevra wanneer Kassie gaan terugkom, maar ek het net stilgebly. Dit het geklink asof hy weet Kassie slaap snags hier. Hy het my toe vasgebind en in die storthokkie gesit. Hy't eers heelwat later my mond toegebind . . . en . . ."

Haar oë skiet vol trane. "Ek het nog nooit so magteloos gevoel nie. Ek was vreesbevange oor wat hy aan Kassie gaan doen. En ek het al moeiliker begin asemhaal, die stortgordyn het aan my neusgate vasgekleef. Kassie het net betyds op my afgekom . . ."

Rooi sit 'n vertroostende hand op haar skouer.

Almal kyk om toe Da Silva by die opskamer se deur inloer.

"Ek het 'n vermoede die nagwag het skedelbreuk opgedoen," sê hy. "Victor moes hom 'n helse hou gegee het. Hy't nou eers bygekom."

Kassie skud sy kop. "Shit, en ek't gedink hy slaap."

"Arme man," sê Magrieta. "Hy't nog gistermiddag 'n geselsie met my aangeknoop."

"Daai Victor was 'n gevaarlike wetter," mompel Monty.

Dis stil in die opskamer; almal is besig met hul eie gedagtes.

"Bliksis, hierdie saak smokkel met mens se breins," sê Rooi. "Waar de hel pas Vera Vos in die prentjie?"

Kassie staan op. "Dit help nie ons raai daaroor nie. Ons moet nou álles insit om haar in die hande te kry."

• • •

Kassie slaan die psigiatriese verslag oor Vera Vos oop. Dis drie bladsye lank, geskryf toe sy negentien was.

Hy begin lees. Sy het blykbaar verwoesting gesaai by die opleidingsentrum vir skoonheidsterapeute waar sy 'n student was. Daar word kortliks verwys na doodsdreigemente teenoor dosente en klasmaats en geld wat verduister is. Volgens die verslag het haar onbehoorlike gedrag wat al in hoërskool begin het, al ernstiger geraak, totdat sy uiteindelik geskors is.

Dit is duidelik Vera toon 'n gebrek aan berou of skuldgevoel . . . Sy het selde emosie gewys in my gesprekke oor haar wangedrag . . . Ek sou haar antwoorde as koud en gevoelloos beskryf . . . Sy was egter sjarmant toe ons oor algemene sake gesels het . . . baie glad met die tong . . . Sy het my deurentyd probeer manipuleer . . . Selfs 'n seksuele voorstel gemaak, haar borste aan my onbloot . . . Sy's buitengewoon intelligent . . . patologiese leuenaar . . . Haar antwoorde was weldeurdag, maar by talle geleenthede het sy nie die waarheid gepraat nie . . . Sy is uiters selfsugtig en probeer mense uitbuit vir eie gewin . . . Sy aanvaar nie verantwoordelikheid vir haar dade nie . . . Sy het 'n onvermoë om 'n langtermynverhouding met enigiemand aan te knoop . . . Sy toon beslis losse seksuele gedrag . . .

In die slotparagraaf van die verslag skryf die psigiater: *My aanbeveling is dat Vera onmiddellik in 'n psigiatriese inrigting opgeneem word. Buiten dat sy al die eienskappe van 'n psigopaat toon, is dit ook duidelik dat sy tans nie normaal in die samelewing kan funksioneer nie.*

Kassie skuif die verslag eenkant toe. Net gegrond hierop twyfel hy of Vera 'n slagoffer van Victor sou wees. Daarvoor is sy veels te uitgeslape.

• • •

Langstraat is al taamlik besig toe Vera uit die gebou skuins oorkant Clarke's Bookshop stap, die paspoort veilig in haar handsak.

Sy stap na die Mini Cooper. By die motor steek sy vas toe iemand vir haar fluit. Sy draai vererg om, sien 'n aantreklike jong man 'n entjie van haar af.

Hy glimlag. "Jammer vir die fluit, maar ek kon myself nie keer nie. Rooikoppe doen net iets aan my."

Sy lag, skuif haar donkerbril op haar voorkop en beskou hom. "As ek nie so haastig was nie, het ek jou nou ingelaai."

Sy tuit haar mond in 'n soen, wuif vir hom en klim in die Mini. "Tjirrie-baai!" sê sy deur die oop venster toe sy wegtrek.

Nou moet sy gaan pak . . . 'n taak wat sy nog heeltyd uitstel. Watter klere om saam te vat en wat om hier te los, gaan 'n nagmerrie wees.

• • •

Magrieta kyk op toe Kassie by haar kantoor instap.

"Enige nuus?" vra hy.

"Vera Vos het nie 'n motor wat in haar naam geregistreer is nie, maar Hans Wagner het die Mercedes by Avis gehuur toe hy in Suid-Afrika aangekom het."

Hy knik. "Stuur die Mercedes se besonderhede aan al die polisie-stasies in die Skiereiland en ook aan die stad se verkeersmense. Hoe ver is die kunstenaar?"

"Hy's nog besig, maar hy sal binnekort klaar wees. Hy sê die troufoto van Katrina Vos help hom baie."

"Laat hy die skets eers vir my kom wys. As ek tevrede is, moet elke lid van ons taakspan 'n fotostaat kry voordat hulle lughawe toe gaan. En dan moet jy dit dadelik aan al die polisiestasies en die koerante email. Onthou om dit ook vir Georganiseerde Misdaad in Joburg te stuur. Hulle het 'n klein taakspan by OR Tambo ont-plooi."

Magrieta se navrae by die lugdienste het niks opgelewer nie: geen Vera Vos, Daisy Buys of Anna Uys het 'n kaartjie bespreek nie. Kassie stem egter saam met die taakspan dat sy heel moontlik só gaan probeer wegkom. Soos hy die Orde leer ken het, is dit nie onmoontlik dat sy 'n hele klomp vervalste ID's het nie.

Op pad deur toe sê hy vir Magrieta: "Ek hoop net ons is nie te laat nie. Sy kon al gister die pad gevat het. Dalk vermy sy juis die lughawens en is sy nou iewers op die N1."

"Ons kan maar net probeer," bemoedig sy hom.

Hy loop na die stoorkamertjie en strek hom op die divan uit. Hy weet hy sal nie nou kan slaap nie, maar sy lyf het die rus nodig. En sy kop dinktyd.

73

Kassie kom vervaard orent. Hy moes ingesluimer het nadat Magrieta die skets kom wys het. Hy swets en staan op van die divan.

Magrieta is steeds in haar kantoor.

"Ek het aan die slaap geraak," sê hy vies. "Hoekom het jy my nie kom roep nie?"

Sy skud haar kop. "G'n mens kan so lank sonder slaap klaarkom nie."

"Hoor wie praat!"

"Ek's nie moeg nie, Kassie. Ek sal in elk geval nie nou kan slaap sonder om van die aanval te droom nie. En daarvoor sien ek nie kans nie."

Die polisiekunstenaar se skets van Vera lê op Magrieta se lessenaar. Die kunstenaar het 'n briljante job gedoen.

"Die ander al lughawe toe?" vra hy.

"Ja, almal behalwe Monty. Shame, hy't 'n oproep gekry 'n rukkie voor hulle gery het. Sy ma was in 'n motorongeluk."

"Ek hoop dis nie ernstig nie?"

"Dit klink of sy ma fine sal wees, maar die arme man was bleek geskrik. Hy't gesê hy sal later by die lughawespan aansluit."

"Oukei, dankie, Magriets."

Kassie stap na die balkonnetjie toe. Hy steek 'n Lucky aan. Hy begin nou twyfel of hulle Vera op die lughawe sal kry. Sy kan steeds in die Kaap skuil. Die psigiatriese verslag het gewys sy tree nie voorspelbaar op nie, en sy's te slim om oop oë in 'n strik te trap. Hy wens nou hy het meer van haar geweet, dan sou dit makliker wees om te verstaan hoe haar kop werk. As hy net met iemand kon praat wat haar geken het wanneer sy nie voorgee nie . . .

"Kassie!" roep Magrieta agter hom. "Die middestadpolisie het laat weet oor die Avis-Merc van Hans Wagner. Dis in Queen Victoriastraat langs die Kompanjiestuin geparkeer. Volgens die karwagte staan dit al langer as 'n dag daar. Twee uniforms hou die kar nou dop."

Hy sug. "Te laat. Ek's seker sy't die kar net daar gedump."

Hy huiwer 'n oomblik. Gaan hy nie bloot sy tyd mors nie? Maar hy kan netsowel probeer.

"Magrieta, vind vir my uit by watter stasie word TJ Volbrecht aangehou."

• • •

Sy sien hom in die deur verskyn net toe sy haar selfoon in haar handsak soek.

"Debra," sê hy. Hy't 'n skietding in sy hand en rig dit op haar.

Sy vroetel in die groot handsak totdat sy die koue metaal van die pistool voel, die knaldemper stewig in posisie. Sy kom orent, hou die handsak van dun materiaal voor haar uit. "Dis 'n lekker verrassing," sê sy met 'n glimlag.

Hy kom nader. "Debra . . . jy is nie . . ." stamel hy, die skietding steeds op haar gerig.

Sy wag tot hy twee treë weg is voordat sy die sneller trek. Hy skree, gryp die linkerkant van sy bors vas, val vooroor op sy gesig. Sy pluk die pistool uit haar handsak en skiet hom weer. In die agterkop. Bloed boog die lug in.

Sy laat haar opgehoue asem sidderend uit en gaan staan by die skuifdeur. Ná tien minute is daar nog geen teken van iemand verdag nie.

Sy is vies vir haarself. Dit was 'n groot fout om hom die een keer hierheen te bring. Sy het nie helder gedink nie. Maar toe was haar planne nog nie gefinaliseer nie.

Sy loop na die lyk en trek hom aan sy arms agter die kroegtoon-
bank in. Dan gaan staan sy weer by die deur. Alles lyk normaal.

Hy't beslis alleen hierheen gekom.

"Arme idioot," prewel sy.

• • •

Volbrecht kyk nie op toe Kassie instap nie. Hy sit met opgetrekte
bene op die vloer in die verste hoek van die kamer.

Die psigiater het reguit gesê Kassie gaan sy tyd mors. "Hoewel
hy kalmer is as gister, sukkel 'n mens nog om 'n sinvolle gesprek
met hom te voer."

"Ek gaan tog probeer."

Kassie kan nie glo hulle het die arme man in 'n sel tussen 'n
klomp gevangenes in Pollsmoor gegooi nie. Hy was veronderstel
om iewers by 'n stasie aangehou te word!

Volgens die psigiater moes Volbrecht 'n helse slegte ondervin-
ding in die tronk gehad het. Kassie kan net dink wat dit was.

Hy gaan sit langs Volbrecht op die vloer.

Stilte.

"Is daai lang fokker ook hier?" vra Volbrecht uit die bloute.

"Nee, dis net ek. Hoe voel jy nou?"

Volbrecht sê niks, staar net voor hom uit.

Uiteindelik vra hy: "Hoekom is jy hier?"

"Ek wil sommer met jou oor Vera Vos gesels. Jy't drie jaar saam
met haar gebly en gewerk. Ek het gedink . . ."

"Vera Vos?"

Dis duidelik Volbrecht weet nie van wie Kassie praat nie.

"Ek bedoel Daisy Buys." Hy haal 'n fotostaat van Vera se skets
uit sy sak en hou dit na Volbrecht uit.

Dié kyk lank daarna. "Fokken bitch," prewel hy.

"Hoekom sê jy so? Julle was tog in 'n verhouding."

318

Volbrecht gooi die skets op die vloer neer. "Ek wil nie oor haar praat nie!"

Hy kyk na Kassie. "Ek wil ook nie met jou praat nie. Jy moet loop." Hy beduie na die deur. "Nóú."

"Ek gaan nie lank wees nie," probeer Kassie.

"Skoert!" skree Volbrecht.

Kassie staan op. Die psigiater was reg: mens kan nie met die donner praat nie.

Hy stap deur toe en klop sodat die bewaarder vir hom kan oopmaak.

"L het haar gespyker," sê Volbrecht agter hom.

Kassie draai om. Volbrecht sit met die skets in sy hande, staar stip daarna.

"L was nie al een nie. Sy't gesê sy't baie boyfriends in die Kaap. 'n Regte hoer." Volbrecht se gesig raak rooi. "Sy't hulle seker almal op die Orde se fokken yacht genaai!"

· · ·

Ná 'n gesukkel kry Kassie die plek. Dié deel van die Kaap ken hy nie.

Hy bel Magrieta eers voor hy uit sy motor klim. "Ek's nou in die hawe, by die Royal Cape-seiljagklub. Ek gaan maar navraag doen, mens weet nooit."

"Laat weet my onmiddellik as jy iets uitgevind het."

"Maak so."

Hy stap na die kantoor van die klub. Drie bebaarde gryskoppe staan in 'n kringetjie en gesels. Hy vra waar hy inligting oor die klublede se seiljagte kan kry en hulle beduie na 'n toonbank.

'n Hulpvaardige vrou luister na sy storie.

"Kaptein is welkom om na ons databasis te kyk. Dit bevat al die jagte wat hier vasmeerregte het."

Sy beduie dat hy by 'n rekenaar agter die toonbank moet kom

sit en druk 'n paar sleutels op die toetsbord. Die databasis verskyn op die skerm: eienaar, naam van seiljag en vasmeernommer.

Hy begin werk deur die name. Baie maatskappye besit seiljagte, sien hy, afgekorte name wat sy taak bemoeilik.

Ná vyftien minute sien hy 'n seiljagnaam wat sy hart vinniger laat klop: *Robey Leibbrandt*. Die eienaarnaam – JCC&M – lui geen klokkie nie, maar Leibbrandt was 'n legendariese figuur in die Ossewabrandwag. Kan dit só maklik wees?

Hy roep die vrou nader.

"Die *Robey Leibbrandt* is die grootste dubbelromp hier," sê sy. "Dit behoort aan 'n groep wat iets te doen het met invoere en uitvoere, dink ek. Die jag is in die verste hoek vasgemeer en word maar selde gebruik. Hulle onthaal soms gaste daar."

Sy trek 'n groot boek nader, kyk vlugtig daarin. "Debra Lessing, een van die eienaars, het die jag die afgelope paar dae gereeld besoek. Of sy nou daar is, weet ek nie. Die mense is so laks wanneer dit by in- en uitteken kom."

Nóg 'n skuilnaam? wonder Kassie. Of gryp hy nou na 'n strooihalm?

Die vrou stap saam met hom uit en beduie tussen die honderde jagte deur na waar die *Robey Leibbrandt* in die verste hoek vasgemeer is. Dis 'n enorme seiljag; dit troon bo die ander jagte uit.

Hy bel Magrieta en lig haar kortliks in.

"Wees versigtig, Kassie," maan sy. "En bel my dadelik as jy vermoed sy's daar."

Net toe hy sy foon se klank wil afsit, kry hy 'n SMS. Neef Bollie. Hy delete die boodskap sonder om dit te lees. Die man se origheid is besig om hom teen die kranse uit te dryf.

Hy volg 'n voetbrug en moet kophou om tussen die talle afdraaiplekke sy pad te vind. By die jag aangekom, staan hy eers stil en bespied dit. Lyk vreedsaam genoeg. Hy klim met 'n trapleertjie op die dek.

Dan merk hy dit: die hoofkajuit se skuifdeur is op 'n skrefie oop. Hy haal sy Beretta uit die holster en stoot die deur versigtig oop.

74

Kassie se oë flits oor die groot binneruim. Hy sien niks verdags nie. Die kajuit is stil en verlate. Niemand hier nie, dink hy.

Met sy eerste tree binnetoe sien hy dadelik die rooi plas op die wit vloer. Hy stap soontoe en sak op sy hurke af. Beslis bloed. Bloedstrepe oor die vloer lei na 'n kroegtoonbank in die hoek. Sy maag draai. Is hy wéér te laat?

Hy hoor 'n geritsel agter hom en die volgende oomblik druk iets hards teen sy agterkop.

"Maak net een beweging en jy's dood."

Anna se stem . . . Vera Vos. Hy sit versteen; skok golf deur sy liggaam. Hy het 'n beginnersfout gemaak, moes die verdomde plek eers deeglik deursoek het.

"Laat val jou skietding," beveel sy.

Hy gehoorsaam.

"Staan op en stap stadig na die kroegtoonbank."

Hy kom orent, stap na die toonbank en draai om.

Sy staan in die middel van die kajuit. In haar regterhand hou sy 'n pistool met 'n knaldemper, die lang loop op hom gerig. Sy Beretta is in haar ander hand.

Hy sou haar nie herken het nie, besef hy met 'n skok. Haar swart hare is kort geknip en bloedrooi gekleur. Die uiloog-donkerbril verberg 'n groot deel van haar gesig.

Sy glimlag. "Ek sien jy dra al weer daai afskuwelike windbreaker van jou. My baadjie nie goed genoeg nie?"

"Jy . . . jy gaan nie hiermee wegkom nie, Vera," stamel hy. Nou moet hy haar met alles in hom probeer bluf. "Die polisie is oral om die seiljag ontplooi."

Hy gee 'n halwe tree nader aan haar.

"Bly net waar jy is," waarsku sy, haar vinger om die sneller ge-krul.

Sy stoot haar sonbril met die ander hand se pols teen haar voor-kop op. Haar koue blik weifel nie.

"Moenie aan my stront verkoop nie, Kassie. Ek het jou dopge-hou van die klubhuis af tot hier. Jy't alleen gekom." Sy lag. "Jou spul kollegas wag vir my op die lughawe."

Hoe weet sy dit? Raai sy?

Paniek pluk aan sy binneste. Nóú moet hy kalm bly. Magrieta sal bekommerd raak as sy nie van hom hoor nie. Dalk hou sy kop en stuur die middestadpolisie na die seiljagklub.

Hy moet vir tyd speel, besef hy, vir Vera op 'n manier aan die praat kry.

"Jy gaan nie ver kom sonder die ondersteuning van die Orde nie," sê hy. "Julle grootbaas is dood, al die ander Orde-lede ook in hul grafte."

"Dis nie nuus vir my nie," sê sy saaklik. "Ek het alles so beplan. Hans Wagner was die laaste struikelblok op my pad na vryheid."

"Het jy Hans doodgemaak?"

Sy grinnik skielik. "Nee. Maar ek het geweet Victor wil wraak neem – ek't gesien hy agtervolg ons van Welgemoed af Melkbos toe. Ek het ná donker by die huis uitgeglip, die leer teen die muur laat afsak en met hom gaan praat. Hy was heel verbaas, hy't my in sy tyd by die Orde nooit geken nie, maar hy kon sien ek was ernstig oor ons gemeenskaplike doelwit. Hy het toe oorgeklim en sy kans afgewag."

"En as Victor nie daar was nie? Sou jy Hans doodgemaak het?"

Sy knik. "Maar Victor was 'n welkome uitkoms. Ek het geweet julle soek hom oor die broodmesmoorde, so as julle later op Hans se lyk sou afkom, sou Victor die enigste verdagte wees. Niemand sou vermoed dat ek iets daarmee te doen gehad het nie."

"Victor is ook dood," sê Kassie.

Sy giggel. "Ek weet."

Sy moes dit op die radionuus gehoor het. Die Bellville-stasie het 'n verklaring aan die media uitgereik.

"Ek het vir hom vertel waar julle in Bellville werk."

Hy frons. "Hoe het jy geweet ons werk daar?"

"Ek het my bronne," sê sy vermakerig. "Victor het vir my gesê hy was een nag in jou woonstel, maar jy was nie daar nie."

'n Rilling loop teen Kassie se rug af. Toe hy gisteroggend skoon klere in sy woonstel gaan haal het, het hy gewonder hoekom staan die gangtafeltjie so skeef.

"Was Victor ook vir jou pa en ma en Merwin Louw se dood verantwoordelik? Of was dit jy en Hans?" vra hy.

"Sy het my net in die lewe gebring, niks meer nie. Sy was nooit die naam 'Ma' waardig nie," sê Vera met venyn in haar stem.

"En jou pa?"

"Stiefpa. Ek het hom gehaat."

"En jy het hulle vergiftig?"

Sy knik. "Ek en Hans het besluit die Orde se dae is uitgedien. Daar het die afgelope tyd net te veel goed skeef geloop, en dit sou beter wees as niemand oorbly om te praat nie. Hans het vir hulle gesê ons moet 'n heildronk drink voordat hy die Orde se nuwe geldmaakskema aankondig. Ek het hulle drankies vooraf gedokter met Hans se Aldicarb-pille."

Haar gevoelloosheid laat hom vir 'n oomblik sprakeloos.

"Was dit regtig nodig om hulle dood te maak? Kon hulle nie ook maar net afgetree het nie?"

"Asseblief! Hoekom sou ek en Hans die Orde-miljoene met hulle wou deel?"

"Wel, julle het in die laaste maand 'n klomp geld uitbetaal aan die veldkornette . . . was dit bonusse?"

Sy lyk nie verras dat hy oor dié inligting beskik nie.

"Ons het besluit die beste manier om hulle gelukkig te hou, is om hulle drie maande vooruit te betaal. Ná drie maande sal ons lankal uit die land wees, so dit sal nie saak maak as hulle begin praat nie."

Kassie kan sien sy geniet dit om hul meesterplan met hom te deel. Sê enigiets net om haar aan die praat te hou! dink hy.

"Die polisie sou Hans se spoor kry," sê hy. "Hy sou nie daarmee kon wegkom nie."

"Ek weet. Nog 'n rede waarom ek van hom ontslae wou raak."

"Hoekom het Hans jóú juis uitgekies om die Orde-miljoene mee te deel?"

"Hy's my biologiese pa," sê sy sonder enige emosie. "Ek het dit nou eers uitgevind, maar hy't drie jaar gelede al gesê ek is geoormerk om hom op te volg as Iskariot, die hoëpriester van die Orde."

Sy glimlag wrang. "Ek was in 'n stadium opgewonde oor dié vooruitsig. Ek sou alles verander, die Orde van Iskariot het hulle met kleingeld besig gehou. Ek sou baie hoër mik. Die naam wat ek vir myself gekies het, is Judas. Ons sou dan as die Orde van Judas bekend gestaan het."

"Klink of jy baie drome oor die nuwe Orde gehad het?"

Sy knik. "Maar dis lank terug se drome. Die afgelope tyd het ek tot ander insigte gekom. Jy kan maar sê Judas het nuwe planne gemaak vir die toekoms: om vry te wees van enige Orde-bande, om te leef soos ék verkies, om die wêreld te verken met 'n oorvloed geld tot my beskikking."

Hy vat die gaping. "Hoe gaan jy toegang tot die geld in Koffiefontein Limited kry? Hans was die alleenrekeninghouer. Interpol sal jou vinnig vastrap as jy geld uit daardie rekening probeer trek."

Weer is sy nie verbaas dat hy van Koffiefontein Limited weet nie.

"Jy onderskat my, Kassie. Koffiefontein is maar net 'n salarisrekening vir die Orde-lede. Daar is vier rekeninge by ander Switserse banke, rekeninge waarop ek tekenregte het." Sy glimlag selfvoldaan. "En nie as Vera Vos nie, maar onder 'n ander naam . . . dieselfde naam wat op die paspoort is waarmee ek oor 'n paar uur op 'n vliegtuig na Europa gaan klim."

"Hoekom het Hans Wagner dan so openlik onder sy eie naam hierheen gevlieg? Ons weet ook hy het sy vlug Amsterdam toe gekanselleer."

Sy frons ergerlik. "Hans was onnosel. Ek was nooit van plan dat hy lewend uit die land sou kom nie, daarom het ek die vlug sonder sy wete gekanselleer."

Kassie huiwer. Wil hy regtig weet?

"Was julle verantwoordelik vir die tref-en-trap-ongeluk van Sonja Eksteen?"

Sy knik en glimlag. "Alles te danke aan jou. Ons het nie besef Joep het Orde-geheime met die vrou gedeel toe hulle nog getroud was nie. Ons het nie veel van 'n keuse gehad nie."

Hy moet skielik op sy tande byt om hom in te hou. Hy wil op haar skreeu, sy vrees vir sy lot getemper deur haar ongeërgdheid oor die dood.

Dis asof sy sy gedagtes kan aanvoel. Hy sien aan haar liggaamshouding dat sy die gesprek nou wil afsluit. Hy grawe in sy brein rond vir 'n nuwe vraag, maar sy spring hom voor.

"By wie het jy uitgevind van die seiljag?"

"TJ Volbrecht."

Sy frons vererg. "Ek het so gedink. Ek moes dit op 'n keer vir hom genoem het."

Dan sê sy smalend: "Wel, jou kollegas wag sekerlik nog op die lughawe vir my . . . nie dat hulle my enigsins gaan herken met my nuwe voorkoms nie. En ek is nou seker dat jy alleen hierheen gekom het."

Sy aarsel 'n oomblik. "Ek het geweet jy sou nie by Monty van die seiljag gehoor het nie."

Kassie is stomgeslaan. "Monty?"

Sy lag selfvoldaan. "Ja, Monty was nog dommer as jy. Ek het hom ook bevriend in die tyd wat hulle Joep Eksteen se moord in Durbanville ondersoek het. Net om seker te maak ek is volledig ingelig oor waar die polisie met die saak staan. Dit was 'n groot bonus toe hy in jou taakspan opgeneem is. Hy wou my tog so graag beïndruk met sy speurvernuf en het my getrou ingelig oor julle vordering. Die arme drommel was tot oor sy ore verlief op my . . . nes jy," sê sy spottend.

Kassie antwoord nie daarop nie.

"Monty het my met vanoggend se vorderingsverslaggie vertel die polisiekunstenaar maak 'n skets van Vera Vos. Ek het toe besef hy gaan uitvind wie sy geliefde Debra Lessing eintlik is."

Sy skud haar kop. "Maar ek het geweet hy sal julle nie van my vertel nie, daarvoor is sy ego veels te groot. Boonop wou hy so graag die held wees. Moet sê, hy't my amper verras. Hy't veel vroeër hier opgedaag as wat ek gedink het. Maar hy was dom om alleen te kom."

Kassie voel siek. Hy wys na die vloer. "Is dit Monty se bloed?"

"Ja," sê sy koud. "Sy lyk lê agter die toonbank."

Sy lig die pistool hoër, mik vir sy voorkop. "Presies waar ek jou ook gaan bêre voor ek lughawe toe ry."

Hy kyk skielik verby haar na die skuifdeur. "Pasop, sy's gewapen!" skree hy.

Sy val instinktief plat, kyk oor haar skouer na die deur.

Hy duik agter die kroegtoonbank in, kry Monty se regterbeen beet en grawe onder sy broekspyp vir die Smith & Wesson Snubby. Hy pluk die rewolwertjie met 'n bewende hand uit die kuitholster.

Sy giggel. "Speel ons nou wegkruipertjie, Kassie?"

Hy sit op sy hurke, hoor hoe sy nader kom. Hy bid die Snubby is gelaai.

Sy verskyn om die hoek van die toonbank, 'n grinnik op haar gesig.

Hy trek die sneller. Die skoot weergalm in sy ore.

Sy los 'n kreet en gryp na haar skouer. Die Beretta val uit haar linkerhand.

Kassie duik vorentoe, tref haar met sy volle gewig in die midrif. Sy verloor haar greep op haar pistool en dit kletter op die vloer neer.

Hulle val saam grond toe, hy bo-op haar. Sy veg verbete ondanks haar skouerwond. Sy klem sy hand met die Snubby krampagtig vas en kry hom met haar linkerhand aan die keel beet. Haar skerp naels grawe diep in sy vel.

Hy gryp haar pols met sy los hand en draai dit met mening. Sy kreun van die pyn en hy kry sy regterhand losgewikkel uit haar greep.

Hy druk die loop van die Snubby styf teen haar wang. "Dis verby, Vera," hyg hy.

Die waarheid sink vinnig in. Haar oë is wyd gesper, die selfversekerde uitdrukking van vroeër word vervang deur vrees.

Eers verskyn daar een traan in haar oog, dan nog een.

Sy los sy keel. Haar lyf verslap onder hom.

Hy kom orent, hou die Snubby op haar gerig, skop die pistool buite haar bereik en tel die Beretta op.

Sy bly lê in 'n patetiese bondeltjie, haar een hand om haar bloeiende skouer geklem.

Haar rou snikke klink hard in die kajuit op.

Epiloog

Kassie skommel sy voete op die maat van die "Boemelaarsvastrap" terwyl hy Creme Soda in 'n lang glas skink.

Hy glimlag ingenome. 'n Week se salige verlof! 'n Volle week waarin hy Alwyn se seëls kan uitpak en dit integreer met sy eie versameling. Dan kan hy alles kategoriseer volgens sy unieke stelsel!

Hy het hierdie breek broodnodig. Die afgelope week was pure hel. Hy en die taakspan moes eers die finale verslae afhandel vir die kommissaris en die hoofdossier opdateer. Toe die taakspan se begroting laat klop en die kantoor ontruim.

Wanneer hy terug is by die werk, sal hy en Rooi die meer omvangryke dokumente vir die staatsadvokaat voorberei in die saak teen Vera Vos. Sy het intussen in die hof verskyn op verskeie aanklagte van moord, poging tot moord en diefstal. Gelukkig is haar borgtogaansoek geweier.

Kassie weet dit gaan 'n lang en uitgerekte hofsaak afgee. Sy sal die duurste regspan kan bekostig en hulle sal gate probeer skiet in sy getuienis van wat sy alles op die seiljag gesê het. Die bewysstukke teen haar is egter oorweldigend, veral haar vingerafdrukke op die pistool wat Monty om die lewe gebring het.

Die boek wat hulle in Victor se Honda ontdek het, sal ook 'n belangrike bewysstuk wees. Afgesien daarvan dat dit die geskiedenis van die Orde vertel, beskryf Victor in die laaste inskrywing hoe Vera sy taak vergemaklik het om Hans Wagner te vermoor. Hy meld ook dat Vera gesê het dat sy en Wagner die Vosse en Merwin Louw vergiftig het.

Dat sy uit die land wou vlug, gaan die staat se saak verder vergemaklik. Haar vervalste Hollandse paspoort met die naam Theresa

Kessner klop ook met die naam op dokumente van vier Switserse banke wat hulle in haar bagasie gekry het. Daarvolgens het sy tekenregte op rekeninge met etlike miljoene euro's.

Die veldkornet Ishmail Davids is danksy 'n identikit van die Hermanus-polisie 'n dag ná Vera op die Kaapse Vlakte vasgetrap. Hy word aangekla vir die moord op die juweeldief Vorster en poging tot moord op mevrou Knobel. As staatsgetuie sal hy Vera se verbintenis met die Orde kan bevestig.

Davids het ook die name van die ander Kaapse veldkornette aan die polisie gegee. Rooi en 'n paar uniforms sal dié week kyk hoeveel hulle kan opspoor.

Die feit dat talle van die gesteelde Kaapse juwele in Vera se bagasie versteek was, saam met die eerstehandse getuienis van TJ Volbrecht, sal haar doppie finaal klink. Volgens gister se psigiatriese verslag toon Volbrecht goeie vordering na herstel, en hy kan minstens 'n ligter straf verwag omdat hy sy volle samewerking aan die polisie gee.

Kassie glimlag. Dat Volbrecht se terloopse verwysing na die seiljag toe die groot deurbraak in dié saak was . . . 'n saak wat begin het by Daniel Knobel se beendere op 'n munisipale stortingsterrein en wat ná soveel draaie en kinkels op 'n luukse seiljag in die Kaapse hawe geëindig het.

Die tragedie is dat daar meer lyke agtergelaat is as in enige ander saak waaraan Kassie al gewerk het. Gister is die laaste Orde-slagoffer begrawe – Kassie en die taakspan het Monty se begrafnis bygewoon. Altyd aaklig om een van jou eie mense te verloor.

Elke keer as hy aan Monty dink, pak 'n skuldgevoel hom beet. Hy't nie van Monty gehou nie, maar sy James Bond-gewoonte om 'n skietding in 'n kuitholster te dra, het Kassie se lewe gered.

En soos Kassie en Volbrecht het Monty ook geval vir die sagte lippe van Vera Vos . . . maar ongelukkig 'n veel duurder prys daarvoor betaal.

Kassie skud sy kop om van die donker gedagtes ontslae te raak, loop sitkamer toe met sy koeldrank.

Hy gaan sit op die bank en beskou Alwyn se bokse. Hy't vanoggend vroeg alles van die studeerkamer oorgedra hierheen. Hy wil eers al die seëls uitpak. Dan wil hy die Amerikaanse versameling hier in die sitkamer kategoriseer en die res in die studeerkamer uitpak. Sewe dae behoort net-net genoeg tyd te wees daarvoor.

Hy kan nog skaars sy geluk glo. Hy kon Daniels soen toe dié hom uit die bloute inlig dat hy sy week uitstaande verlof nou maar kan neem.

"Jy verdien dit," het Daniels gemoedelik gesê.

Net toe Kassie die skêr vat om die eerste boks oop te maak, klop iemand aan die voordeur. Hy sit die skêr neer en staan op. Seker weer buurvrou Rita wat suiker of iets wil leen. Sy kan so bleddie lastig wees.

Toe hy oopmaak, staan neef Bollie, sy gesette vrou Linda en hul twee spruite met breë glimlagte in die deur.

"Yes, yes, ou Kasman! Hoe laaik jy hierdie surprise?" sê Bollie.

Kassie hap na lug. "Ek . . . ek . . ."

Bollie lag uitgelate. "Ons nie vandag hier op jou voorstoep verwag nie? Maar jy bel mens mos nie terug nie. Het juis eergister weer na jou kantoor toe gebel, maar jy was glo besig. Toe sê die vroutjie daar jy't van vandag af verlof vir 'n week en sover sy weet, gaan jy by die huis wees. En dis net daar wat ek vir Linda en die kinders sê: 'Kom ons gaan verras vir Kasman. Hy sal darem seker vir sy familie 'n ou lêplekkie hê.' "

Hy beduie na die tasse langs hom. "Kan ons maar inkom? Ek't vir Linda gesê ons twee kan sommer in jou sitkamer slaap en die twee kleintjies sal maklik in jou studeerkamer inpas. Ons wil jou nie verontrief nie."

"Ja . . . ja, kom in," sê Kassie verdwaas. Hy kan nie fokken glo wat besig is om te gebeur nie!

331

"Hel, dis 'n lang sit déúr die nag op die bus van Vereeniging af hiernatoe," sug Bollie. "En toe nog in die taxi ook tot by jou plek."

"Het . . . het julle nie met julle kar gekom nie?"

Bollie lag dat Kassie die stopsels in sy tande kan sien.

"Ek't vir Linda gesê ek ken die verdomde Kaap nie goed genoeg om myself hier op die paaie te begeef nie, maar ek's seker jy sal nie omgee om ons bietjie rond te karwei nie. Ons wil hierdie week al die plekke besoek waaroor julle Kapenaars altyd so spog."

"Ons sal vir die petrol betaal," sê Linda vinnig.

Bollie buk af toe sy dogter aan sy arm trek. Sy fluister iets in sy oor.

"Ja, ek's seker oom Kasman sal nie omgee nie." Bollie kom orent. "Altatjie wil weet of jy so gaaf sal wees om vir haar en Japie vanoggend nog die Tygervalleisentrum te gaan wys."

Hy kyk na Linda. "Dan kan ons sommer ons tasse uitpak. Dit sal vir ons ook salig wees om 'n tydjie verlos te word van dié woelige tweetjies. Jy sal nog uitvind, hulle is soms bitter bedrywig."

Uit die hoek van sy oog sien Kassie hoe Japie op een van die seëlbokse klouter.

Om 'n Aldicarb-pil met 'n glas Creme Soda af te sluk het nog nooit na so 'n aantreklike opsie geklink soos nou nie, dink hy.

Bedankings

Ek wil graag my diepste waardering uitspreek teenoor:

- Hester Carstens, my uitgewer, wat met haar arendsoog, gees-drif, insig en kennis onskatbare waarde tot die verhaal toege-voeg het.
- Kerneels Breytenbach, wat weer eens met waardevolle wenke 'n groot bydrae tot 'n beter verhaal gemaak het.
- Jonathan Amid, wat met sy groot geesdrif en kennis van mis-daadfiksie belangrike insette gelewer het.
- Deon Brits, verbonde aan die destydse Moord-en-roofeenheid in Johannesburg, wie se kursusmateriaal my insig verbreed het oor die werking van 'n polisietaakspan.
- Kaptein Fienie Nimb van die Bellville-polisie wat altyd bereid was om my (soms dom) navrae met soveel geduld te beant-woord.
- Michiel Botha vir sy altyd treffende omslagontwerpe.
- Suzette Kotzé-Myburgh en Annie Klopper vir hul aandeel om die manuskrip vaartbelyn te kry.
- My vrou, Líze, my kinders, MC, Neil en Amieke, my ma, Christa, en talle goeie vriende vir hulle wonderlike ondersteu-ning en aanmoediging.